"村上的事"系列之四

走,到村子里去

樊秀峰◎著

花山文艺出版社

图书在版编目（CIP）数据

走．到村子里去 / 樊秀峰著．—石家庄：花山文
艺出版社，2017.12（2021.1 重印）
ISBN 978-7-5511-1757-9

Ⅰ．①走… Ⅱ．①樊… Ⅲ．①散文集－中国－当
代 Ⅳ.①I267

中国版本图书馆CIP数据核字(2017)第264749号

书　　名：**走，到村子里去**

著　　者：樊秀峰
_____

策　　划：张采鑫

责任编辑：李　鸥

责任校对：齐　欣

封面设计：景　轩

美术编辑：胡彤亮

出版发行：花山文艺出版社（邮政编码：050061）
　　　　　（河北省石家庄市友谊北大街330号）

销售热线：0311-88643221/29/31/32/26

传　　真：0311-88643225

印　　刷：石家庄市西里印刷厂

经　　销：新华书店

开　　本：700×1000　1/16

印　　张：23.75

字　　数：330千字

版　　次：2018年4月第1版
　　　　　2021年1月第3次印刷

书　　号：ISBN 978-7-5511-1757-9

定　　价：58.00元

　　我写下这些村上的事，犹如朝花夕拾，是为了唤醒和留住心中的那些记忆，并用文字作一次寄存。

　　如果没有记忆，所有的东西就都没有了意义。

　　记忆，有时也需要有温度的文字来刻痕和印证。

目　录

念念不忘，必有回响

——爸爸和他的"村上的事"

□　樊伯阳

一直以来，我爸爸的另一个身份是业余作家。

说他是个业余作家，真是名副其实却又有点儿委屈他。他在省直部门，工作很忙，经常加班。机关不需要文学，文学只能是他业余时间里忙中偷闲的一件事。如果说文学是爸爸的生命，也许有点矫情，但说文学是他的精神寄托，是他心里的一块绿洲，怕是并不为过。自打我记事起，多少年来，爸爸除了上班和其他必要的时间支出以外，一直沉迷在书报和写作的世界里，虽默默无闻，却孜孜不倦、自得其乐。有时候灵感来了，大有抛下一切而专注于写作的架势。在这个熙来攘往而又城府深沉的世态中，他对文学的确看得比大多数人都很在乎的东西更重要一些。他把别人应酬、休闲和娱乐的闲散时间，大都用在读书、看报和写作上了。他没有多少闲待着的工夫，物质条件要求也不高，没有多少俗世经营之心，很少去想太多太远太复杂的事情。也因此，他的为人处世是单纯的、执拗的、笨拙的，甚或在别人眼里也是有点儿天真的"傻气"的——有时他不被人理解，比方说个别人在背地里发些言论，说些挖苦的话，也是有的。爸爸曾为此纠结过，但终归还是放不下自己的爱好，也便无所谓了。这么些年就这样走过来，喜也有，忧也有，茫然也有，期许也有，经历了很多，失去了很多，也收获了很多。他用读书写作建立自己的世界，过自己的精神生活，内心里始终是简单的、本色的、朴素而又丰富的。包括他的那些文字，大多也是如此。我在爸爸的身边长到十九岁，然后就去了外地读书，这些，就是他留给我的最突出的印象吧。

记得我四五岁的时候，爸爸的书房里有一张涂着浅蓝漆的旧书桌，桌上有一盏灯罩上装饰着许多水晶吊坠儿的台灯。爸爸坐在那里看书写字的时候，我时常跑去捣乱，钻进他的怀里，又坐在他腿上，伸着手去拽那些吊坠儿，或者用指甲去抠桌面上的蓝漆——这张书桌和那盏台灯现在老家，还可以看到当年我"搞破坏"时留下的痕迹。每晚要睡觉了，我和妈妈在南边这个屋，爸爸便在北边那个屋。两个房间的隔墙上有个小窗户，时不时地，能听到他翻动报纸和书页或者是写字时发出来的细细声响，从那里透过来爸爸房间里暖暖的灯光，一直亮到很晚。

爸爸喜欢读报看书，对我的童年也是有很多影响的。爸爸不止一次地教导我："趁着年轻记忆力好，要多看书啊！多读书、读好书，对人的一生都是有益的。好的书记在了心里，就能记住一辈子，对你的人格产生良好影响。"慢慢地，我也养成了书不离手的习惯。我房间的书柜里装满了各类书籍：最大最厚最沉的百科全书在最底层，上面依次是各类文学名著，有小说、散文、传记、画册等。那些书大多是我跟着爸爸去逛书店时买来的，看他买书毫不吝惜，我也像模像样买几本回来，经年累月，便摆满了整个书橱。爸爸曾说他有个遗憾，便是没让我从中国文学经典出发，而是直接去读了外国文学经典，也没怎么注意挑选版本。类似的话他说过多次，看得出他很为这事感到自责。

读小学时，我们要是有谁在报纸上发表了作文，那可是轰动整个年级的大事件，是值得所有班的班主任大肆宣传和全体同学"虔诚拜读"的。得益于我爸爸对我的开导，我在小学时期发表了大大小小"作品"十余篇，大多是记述自己第一次炒鸡蛋或独自坐公交之类的"人生初体验"。这直接导致我成了小伙伴里的"名人"，心里洋洋得意却还故作谦虚地把印有自己作文的报纸塞到抽屉里不让人看。这些画面回想起来，真是很独特的童年记忆。

成长过程中，我和爸爸的一个很重要的情感纽带，便是一起回莲花营。

　　爸爸对生他养他的莲花营总是念念不忘。他给我讲过太多与村子有关的回忆：村子的南边有条蒲莲河，村西的河塘里曾经蛙声一片，这个巷口曾经有一棵什么样子的树，那家以前有个和气的老爷爷，街巷里时常传来各样充满乡土气息的叫卖声……有时讲到情深，我能看到他眼角的湿润。有时候听到某种鸟叫或是从街上传来熟悉的吆喝，他便大踏步走出屋去寻找声音的来源。他年少时常跟着我奶奶下地干活儿，一回到老家，总喜欢拿上锄头背上粪筐，带我去菜地里巡视一番。每年六月过麦收和秋天收玉米、种麦子，我总能看到爸爸干活儿时淌下的汗珠和脸上充实的笑容。他在回到莲花营的时候，内心一定是满足、欢喜又有几分伤感和怀念的。

　　爸爸心中抹不去的，还有他跟我诉说过很多遍的亲人和亲情的故事：心灵手巧的奶奶把做衣服剩下的布料儿一片儿一片儿地砌起来给爸爸缝书包；爸爸调侃他小时候又黑又丑，他的姥娘却很亲他，一见面儿就疼爱地说："看俺峰峰，又白了！"我姥舅既会开小拖拉机，又会开大拖拉机，农忙时节，他白天没空儿，就夜里开着拖拉机来帮着我奶奶耕地，等到把地犁完、耙平，已是夜半时分……

　　我刚开始记事，便离开了莲花营。在我的眼里，跟爸爸讲的相比，莲花营已然是另一番模样：农忙时人们忙着各自地里的活计；农闲时便纷纷出门打工，有当瓦匠的，有作厨师的，有开出租车的，各有自己不同的日子。那些有关生产队敲钟、村委会大喇叭、社员集体劳动等人欢马叫的热闹场景，是我这样的"90后"以及"00后"们无法亲眼看到和亲身经历、体会的。

　　爸爸将这些有关故乡和过去时光的回忆写成一系列文章，是很久以来便有的事情。他创作的重心始终围绕故乡那座小村庄来展开，写那里的人、那里的事、那里的草木，还有风土人情。能将这些像是挖土豆儿一样从故乡的泥土里"抠"出来的文字和回忆装订成册，乃至出版成一册册厚厚的"村上的事"系列书，爸爸的心里一定是很欣慰的吧。而这一切成果的背后，最可贵的无疑是爸爸长年累月不间断地坚持写作和挖掘。——这就是人们所说的"念念不忘，必有回响"吧。他扎根于乡村的内心和血液中，回忆这些是甜蜜的；而用自己热爱的文字记述下来，又是充满乐趣的。"村上的事"系列的出版过程，虽说耗时费力，但在他看来，是一种无上的享受，一种无可比拟的心灵回归乃至升华的体验，更是对艰苦岁月里的那份坚守与淳朴乡情的重温和拥抱。我觉得，这是一种深沉的情怀。

作为晚辈，我看到爸爸对家乡和亲人、对曾经走过的岁月、经历过的生活如此充满深情，也不禁感触良多。这是对故乡，对过往的年代，对每个有心人历久弥新的回忆的一个最好的交代，也是送给我的最好礼物之一。我想，肯定会有那么一天，我抱着我的孩子，坐在桌前灯下，带着他们一页一页地读我爸爸写的"村上的事"，让他们从中了解老辈子的人们所走过的坎坷的路和他们所经历过的起起伏伏、曲曲折折的生活。

现在，爸爸的第四部书就要出版了，我写了这么一大篇话，为他这么多年来的努力和付出所取得的成绩感到高兴和骄傲。——写到这里，已显啰嗦，还请大家赶紧翻篇儿，去看他的书吧，相信你在阅读之中一定会有所发现。

2017年4月16日夜，写于加拿大多伦多

（本文作者樊伯阳，系樊秀峰之子，2013年出版长篇纪实散文集《大公司里的小实习生》）

自序：乡村风物，细描慢写

《走，到村子里去》是"村上的事"系列的第四部。

我是从2007年夏天开始着手写"村上的事"系列的，陆续出版了《村上的事》《在村子里》《平原上的村庄》和这本《走，到村子里去》。十多年的光阴，就在这上面打发掉了。

美国作家威廉·福克纳一生致力于叙写故乡约克纳帕塔法县的故事。他曾说过这样一句话："我的像邮票一样大的故乡是值得好好描写的，即使写一辈子，我也写不尽那里的人和事。"我的目标则更小，只写我们那个名叫莲花营的小村庄——它是我的个人专属文学领地。我已经写下四部有关村庄的书，可是，距离写深、写透还是差得太多、太远！况且，这恐怕也是不大可能的事吧。

我在村子里一直长到了十九岁。这十九年的时光对于我来说，漫长但并不虚空。在村子里积攒下的生活记忆，并未随着流水一样的光阴而破碎和消逝。它们贯穿了我所走过的人生岁月，时不时地浮现在脑海和眼前，不绝于缕而成为乡愁。我坐在城市的高楼上回望村庄、翻检记忆，用朴素、宁静的文字把它们一点一点地写出来。写啊写啊，似乎老也写不完。

一个人不管走到哪儿，也不管活多大，得有根儿，就像飘在天上的风筝得有一根长长的细绳牵着一样。故乡的村庄就是我们每个人长根儿的地方。我离开村庄已经三十多年，那座村庄对于我，不仅仅是生身之地，从某种意义上来说，更指涉我安放在乡愁深处的一座精神家园。它是我命中注定的人生出发地。在那里，有我对社会、对人生、对世界最初的认知与感触；有我对劳动、对生活、对岁月最原始的怀恋和领悟；有我最熟悉、最迷恋的声音、色彩和滋味，也有我最柔软、最温暖的心事、情怀与梦想。自然，也有许许多多一时难于与人言说的失意、落寞和怅惘。在村子里生活的十九年，除了在学校读书，我还在田野里学会了做各种各样农活儿。我打小就常跟着母亲一起下地。我从母亲身上学会了不怕吃苦受累，有苦有累也轻易不对人说，因为说也没用。我把吃过的苦、受过的累都记在了自己的心里。十九年的乡村生活，我没有白过，都在心里存着呢。三十多年过后，它们慢慢地发酵了，源源不断地酿出了酒，供给我写作的素材和灵感。每当我提起笔来，那段早已远去甚至被尘封的岁月便缓缓地打开了。随着一行行文字的涌现，时光开始汩汩倒流，仿佛枯木又遇上了春天。就这样，我通过一段段质朴、安详的文字，将自己的生活经历和故土风情一点点、一滴滴地呈现到读者的面前。

我们那个村庄非常普通，也不大。翻看村志记载，没发现历史上出过有重大影响的风云人物。而我生活在村子里的时候，也没有经历过多少波澜壮阔，总是那么平平常常、平平淡淡。日复一日，年复一年，人们为春播秋收的农事奔忙，为柴米油盐的日子操劳，连大一点儿的热闹也并不多见。因此，我在书里的呈现，也只能是我所熟悉的平常人、平常事、平常景，以及那些最普通、最平凡、最朴素的寻常生活。

近些年来，随着城市的不断发展和持续扩张，站在我们村东口儿往远处看，能看到石家庄一片片新起的高楼。我在村子里也越来越频繁地听到人们关于村庄前途命运或许要被改写的议论，风一股、雨一股，吵吵嚷嚷、莫衷一是。村子里的人有的平静，有的欢喜，有的忧愁，有的一头雾水。年轻人们的心里多有兴奋与期待，他们思维活跃，也更开放。他们愿意相信，村庄变成了城市，生活会变得更加美好。有时我也想：我们这个村子当真会在新型城镇化建设的浪潮中，像一粒沙尘一样被裹挟着顺流而下，最终变没了？我设想着：村里的人们搬出自家院落，迁移到远处新盖的高楼集中居住，兴高采烈地扒着窗户，望着变得越来越陌生，面目也越来越模糊的故乡田园。直到有一天，村庄被开发殆尽，村舍俨然消失掉，田野肌理消失掉，田园变成一个想回却只能在梦里回去的地方，人们的心里是否会泛起一股难言的酸涩，是否会感觉到一种被切割的疼痛？又会有多少人感觉到怅惘、失望和后悔？想呀想呀，我的心里乱麻麻的。

作家龙应台说："土地和老家，并非只是经济问题，它更深层次地联系着价值、信仰、情感、记忆，联系着人之所以安身立命的整套网络，犹如皮与肉的不可割离。"当城市像墨迹、油渍那样蔓延，站在村边就能望得见，我愈来愈觉得写作"村上的事"的必要。在这个系列里翻一翻、看一看，倘若读者能在文字间寻找到"吾心安处是吾乡"的慰藉，那么，我的写作即不是一种徒劳，拔高儿一点的话，甚至也可以说是一种责任和荣耀吧。

木心先生说过，许多"个人"加起来，便是"时代"。那么，把"村上的事"系列里写到的一桩桩、一件件、一个个加起来，兴许也能大致素描出一个村庄的模样吧。

村 庄 素 描

村 西

我一直比较喜欢我们村的村西。我老觉得村西更有意思。

站在村西口儿，顺着从村里延伸出来的土路，可以望得见六里地以外镇上的楼房、烟囱和公路旁一排排整齐、高大的树木，以及从树丛中一闪一闪疾驰而过的汽车，也能望见更远处高低起伏着的灰蓝色的山影。

那时，村西还有一条小河，名叫官河。村里谁也说不上来为啥它叫这么个名字。这条小河是从村西北五里桥那里的金河湾流过来的，在田野里拐了三四道弯，就拐进了村子里。清凌凌的河水，一年四季哗啦啦地流着，有时紧，有时慢，有时不紧也不慢，从容自在，优哉游哉。河岸上有零星的柳树、杨树，也有槐树和榆树，更多的则是一丛一丛的灌木和野草。从暮春开始，那里就响起蛙声。夏天时下了大雨，夜里的蛙声会更响亮一些，吵闹得人不能好好地睡觉。我喜欢村西，其实真正喜欢的是这条小河。春天里，可以在河边拔紫红色的、灰绿色的苇锥子，苇锥子的嫩芯儿吃起来甜滋滋儿的；夏天时，可以下到河里打扑腾耍水，又凉快又能洗澡；秋天到了，河里的水浅下去，用粪筐就可以从水洼儿里捞上柳叶子似的鱼来，弄回家去裹了面糊炸着吃，香得很；到了冬天，河面上结了厚厚的冰，我们就冒着严寒，结伴去河里打跐溜儿、打皮牛儿。有时也凿冰，在凿下的冰凌块儿里，我还发现过一条被冻住的可怜的小鲫瓜儿，睁着圆圆的大眼睛，好像还活着一样……

村庄的风光是朴素而又安宁的。我有一个小学同学，他家就住在村子的最西头儿。隔着西院墙，外面就是大片平展展的田野，春天和夏天时长着麦子。到了六月，麦子黄了，南风中，麦浪汹涌，拍打着村庄，无边的麦浪就像平原上那无边的时光；麦收过去不久，棒子又长高起来，田野里就织起了密密的青纱帐。西边那一列连绵的山脉，站在平原的尽头，看上去有一种无限优美的淡远。只有西北方向的那座好像是个大馒头似的山包，离我们最近，就连山坡上挖山炸石留下的巨大的白色伤痕，也看得清清楚楚。

我还记得，傍晚的时候，有人拉着车子，打西边的土路上缓慢地往村子里走来，车的影子，车上草垛的影子和人的影子铺在路上，随着人的步伐，一下一下地往前移动着，落日越低，人的影子就越长，人刚走到村边上，影子已经提前伸进村子里去了。

忙碌了一天，人们都疲惫了，大地上的一切都跟着沉寂了下来。倘若日子是在农历的月初，夜晚会有上弦月，天一擦黑儿，就能看得见，天越黑，月越明。我有时喜欢到村口儿去，不用仰脖子，就能看见天边那弯新月。要是上到房顶上去，就会看到整个村庄安静地浸在浅淡的清辉里的样子；抬头看一下，天空的景象肯定也会让你吃惊，好像你自己一下子就拥有了那一大片浩瀚的星空似的。

我想，要是我家也住在村西就好了。我一定要在房子的西墙上开一扇大窗户，让阳光透过来，让风吹进来。傍晚时分，夕阳斜照，那种黏稠的金黄色，笼罩着整个村庄，只在偏僻的犄角旮旯里，留下暗淡的阴影。再过一段时辰，圆圆的夕阳被山顶咬住，一点点地吞下去，这时候从西窗上望出去，一定是一幅好看极了的画。而那明亮的夕晖通过西窗涌进我们家的屋子，那份美好，又该会多么激动人心！我在窗下看书，喝茶，或者闲坐着发呆，或者想念远方的朋友，又会是怎样惬意的一幅图景呢？

但是，我们家已经住在村东了，一辈子就得住在那里了。在村子里，不是谁想在哪里建房子，就能在哪里建房子，也不是谁喜欢哪块地方，就能把家搬到哪块地方。但我一直喜欢村西，到了现在还是。2014年的秋天，南水北调通了水，一湾碧波正好从村西荡漾而过，北流而去。站在桥头，望着那从远方来、又往远方去的清澈流水，在我的喜欢里，更多了一些说不清楚的怅惘。

村　东

站在村东口儿往远处看，广阔的平原，让人不能一下子极目望断。

我们家住在村东。这是1972年秋天时村里放给我们家的一块宅基地，当年初冬时节，父母张罗着找人帮工，画线、开槽、拉石头，然后打上了根脚。闪过年儿后，从春天开始，父母努着劲儿操持了一年，盖起了一座"四破五"的北房，到1973年入冬时节，新房子的墙壁还没有干透，我们就搬了进去。又过了两年，才圈上围墙、垒上两个门垛子，安上了父亲自己设计、焊制的一扇铁栅子门。

那时，我们家差不多是村子的最东头儿，再往东就是小树林、小河沟和机井、庄稼地了。后来，陆陆续续地，在我家东边又搬来了双雪家、建高家、建震家、三辰叔家，我们家就爽进巷子的深处了。

因为家在村东，从小到大，我待在村东的时候是最多的。

我们生产队的地大都在村东，水口地、抬牛地、五十一亩地、闫家坟、李家坟、道儿南、岗上道、"台湾岛"，横着的，竖着的，斜着的，被土路、土堰或者河沟隔开。我从五六岁上起，就开始到这些地方去给猪拔草。猪喜欢吃的草我都认得。十多岁以后，开始跟着母亲下地，锄草、翻地、拉土、送粪、看水、施肥、割麦子、拾麦子、抠棉花杈儿、摘棉花、拾棉花、挖花生、刨山药，主要是给母亲搭个帮手儿。不到十五岁，我已经很有些干农活儿的经验了。但我一直没有学会赶大车、开拖拉机，也不会犁地，因为过了十五岁以后，我就到外边上学去了。

队上的菜园子也在村东。夏天的晌午，我有时和三两个小伙伴一起，趁着大人们歇晌，偷偷钻进去拽黄瓜、揪茄子、摘西红柿、拔大葱，只要不被看菜园子的大兵大伯或我二爷爷发现，我们就兜着"战利品"，躲到打麦场边上麦秸垛掏出的草窝儿里，或者跑到村南的机井房房顶上，在大柳树洒下的阴凉里，"咔哧、咔哧"地大嚼一通。茄子皮是紫色的，掉色，吃了嘴唇和牙肉也染上了紫。渴了，就趴在机井上喝一肚子凉水，却也不闹肚子，一个个快活无比。

队上的打麦场、猪圈、牲口圈，也都在村东。每到麦收和秋收时，打麦场上就会热闹、繁忙一阵子。收获的日子，就是农人们的大年。他们在场上来来回回地忙碌着，带着满头满脸的尘土和疲惫，劳累而又快乐着。队里的母猪下小猪儿的时候，我们小孩子会跑去看热闹。大人们老嫌我们烦，一个劲儿地轰，我们就帮着他们从麦场上�''来一抱一抱的干麦秸，给小猪儿铺窝儿。这是我们很乐意干的事。这样的事，一年总要遇上三两回吧。

牲口圈是人们冬夜里的一个好去处。外间的大屋子，是牲口占的地方，盘着一座高火炉子，垒着一长溜儿半人多高的料槽，上面悬着胳膊粗的横梁，分开拴着马、骡子、牛和驴，它们在地里劳累了一天，回到牲口圈里，便只顾埋着头吃草料或站着打盹。小一点儿的里间屋住人，盘着大土炕。再冷的天气，牲口圈里也不冷。好多大人喜欢凑在那里排闲话、讲故事，一待就是半宿。牲口圈里总是混杂着一种热烘烘的干草和牲口粪尿的气味，虽然不大好闻，但也并不感觉有多坏，反倒温暖、亲切。有时，我们趁喂牲口的二爷爷不注意，偷偷抓上一把他给牲口们煮好的咸棒子豆儿或者黑豆儿，一粒一粒地嚼着吃。还有一种叫"马婶饼"的饲料，也能吃，有人说是榨了花生油后的下脚料儿，有股淡淡的香甜，跟制作粗劣的饼干似的。要是二爷爷发现了我们偷吃这些东西，必定少不了挨上一顿嚷骂。

我们到公社去，到南李家庄，到岗上，到北降壁等村子去，都是走村东。村东有一条柏油路，叫"大寨路"，是在1981年夏天我刚考上高中那一年才铺好的。当年，这条乡间公路曾让我们满怀新鲜地感受到现代、发展和前进的意味与景象，以至于兴奋了好长一段时间。在当时，它算是离我们村最近的一条柏油路了。

村　　南

我也经常到村南去，有时是自己一个人，有时是和小伙伴一起去给猪拔草，有时则是几个伙伴儿一块儿闲跑着玩儿。

小的时候，谁会觉得家乡有风景呢？风景如同诗歌、爱情与梦想，永远都在他乡，在远方。

其实，朴素、安静也是一种风景。我喜欢到村南去，因为村南就有这样的风景。风景主要来自于一条既不宽、也不深的小河。这条小河有一个非常美丽的名字：蒲莲河。蒲莲河从西边的耿家庄流过来，一直往东，流到我们不知道的地方。河边丛生着蒲草和一片一片的芦苇，到了夏天，高高低低地在水里立着，在风中一起一伏，娴静而又好看。鸟儿们出入其间，有时探头探脑，有时一飞冲天，有时光能听见它们鸣叫，却看不到它们的影子。但我从未见过河里有莲，也许在更早的时候曾经有过吧。河水里有一群群的游鱼，小鲫瓜儿、野鲢子，精灵得像是闪电似的，很难捉得住它们。耿家庄村边有一片深潭，水里有老鲇鱼。这些老谋深算的家伙，偶尔会悄悄地在水中央冒一冒头，摆弄出水花儿，就又潜进了深处。暮春时节，蛙声此起彼伏地响亮起来。不多久，河水里开始游动着一串串的蝌蚪，它们有时星散在流水里摇头摆尾地游来游去，有时则聚集在水边，互相拥挤着，黑压压的，像是在赶庙会似的。我们一般不去捞蝌蚪，只有没本事捉住鱼儿的，才去捉了它们装进罐头瓶里来玩儿。

村南有一眼机井，还盖着一座蓝砖机井房。机井房不高，我们扒住房檐，蹬着水池子的沿儿，一跷腿就能上到房顶。房顶上有个舒缓地拱起来的坡，向东西两边微微地倾斜着，很适宜躺卧。机井房的旁边有两棵大柳树，夏天的时候，树荫正好遮盖住了房顶，是个很凉快的所在。我们有时去生产队的菜园子里偷了瓜果躲起来大嚼，多是选择在这里。这里是村外，大晴晌午的，少有人路过。

蒲莲河的北岸有一条小土路，顺着这条小土路往东走一里多地，就到了一个叫"台湾岛"的地方。这个"台湾岛"其实是我们村的一块庄稼地，因为夹在蒲莲河的中间，四周全是水，村里的人们就给它取了这么个很形象的名字。这块地由于被河水围着，一到夏天，地中间就串满了苇子，和庄稼挤在一起生长，锄也锄不完，薅也薅不净，很难拾掇，而且，地里的蛤蟆也特别多，人一走近，四处乱蹦，有时还会蹦到你的脚面上来，胆子小的人常常被吓得一惊一乍、吱哇乱叫。我们去地里割草，有时会在草丛里发现蛇留下来的蜕皮，一米多长，还很完整，白花花地挂在那儿，能把人吓一跳。碰见一两条草蛇的时候也有，它们的身上有着鲜艳而冰冷的花纹，小脑袋微微地抬起来，小眼珠儿"咕噜、咕噜"地转，蛇信子一伸一吐，样子特别瘆人。见了我们，它们同样也有些惊慌失措，稍微犹豫一下，便"哧溜、哧溜"地钻进草丛深处去了。

逆着蒲莲河往西走不远，就到了耿家庄。耿家庄跟我们村只隔着一条小河沟，河上有一座小石桥。我们常走过小石桥到耿家庄去看电影，记得看过的有：《青松岭》《朝阳沟》《激战无名川》《看不见的战线》《秘密图纸》《追鱼》《多瑙河之波》《列宁在一九一八》等。过了小石桥往西拐，是一片高高低低的杂树林子，林子中间有一条斜穿过去的小路。傍晚的时候，我们吃过了饭，结伴儿走过石桥、穿过树林子去看电影的景象，虽然已经过去四十多年，我还清晰地记得。

村　北

我们村的庄稼地，四分之三以上分布在村北，最远的直到五里桥那里，去一趟的话，比去公社还要远上二里来地呢。

我们村的果木园也在村北，五里桥东边，原来在金河的南岸，后来为了防洪，大概是在1978年前后，公社召集各村出人，从五里桥往东又人工开挖了一条水渠，给金河改了道，果木园就被隔在水渠的北岸了。果木园不算太大，主要种苹果、油桃，也有一些核桃。春天时，这里的景色最美。先是桃树开出一片片红，像是灿烂的云霞从天空飘落，挂满枝头。一入四月，苹果树们也开花了。苹果花是白色的，一簇簇地杂在嫩绿色的树叶中间，也是热热闹闹的。核桃树的花没什么好看的，但它的树叶却着实有些特别，有一种独特的香甜的气息。有时，我们扳着树枝摘上几片，放在鼻子底下，来回闻呀闻呀，使劲地吸溜着，有的干脆卷起来，塞在鼻子眼儿里，浓郁的香气常把人熏得有些头晕目眩。大人们说，别看核桃树叶闻着好闻，但是不能吃，据说吃了核桃树叶，嘴唇就会肿胀起来，高高地外翻着，跟挨了马蜂蜇似的。

到了冬天，果木园里就清静、荒凉下来。天好的时候，管理果木园的会给果树们剪枝，在树干上抹白灰。那些剪下来的果木枝条，表皮红红绿绿的，味道也好闻。据说用果木树枝烧火做饭，有着不一样的香味与色泽。北京的烤鸭就是用果木烤出来的。我们望着那些堆成一垛一垛的果木枝，心里感到十分惋惜：如果这些枝条还长在树上，春天里会开花，到了秋天又会结出多少又香甜又好看的果子啊！

村北还有一座养猪场，与我们生产队的曹家地隔着一条土路，是一座长满了柳树的没有围墙没有大门的大院子。院子的北边，是一排溜儿窑洞式的蓝砖房，从东到西十来间，跟村里的房子模样不大一样。猪舍则在院子的南边，长长的一溜儿。但我从来没见过那里养猪，猪舍里一直空着，好多猪棚子顶儿都塌了下来。让人喜欢的是这座院子里的大柳树，枝丫密密匝匝，有好多还是倒栽柳，柔顺的枝条像女孩子的发辫儿一样，在风中一斜一斜地摇曳，娴静而又好看。

猪场里住着一个叫周满合的老汉，也不知他一个人住在这里晚上会不会寂寞。他主要的工作，好像是侍弄猪场东边的那一大片药材地。那里种着一大片一大片的药菊、金银花和枸杞。大多时候是他一个人在地里干这干那，只有需要采菊花、摘枸杞时，才会有大帮人过来，由他带领着，热闹上那么几天。夏天时，我们有时去曹家地干活儿，歇晌的时候常去猪场里歇凉儿、找水喝。满合住的那间屋子里有水桶，我们就提上水桶，去井上打水。井水很清凉，喝得急了，有时会激得门牙疼，但热天里喝凉水是很过瘾的，也就不再计较。那时喝凉水，也很少听说谁闹肚子疼。我们喝了水，赶牲口的老汉又牵着牲口来饮，有的牲口性子急，又很犟，舒着脖子就往水桶里扎，满合看见了就嚷嚷："嘿，嘿，到井台儿上去！也不看着点儿，人还使那桶哩！"但牲口们可能是渴坏了，挣着脖子不抬头，很难拽起来，也只好任由它们了。其实，那些马呀骡子呀，喝水的时候还是挺老实、挺文静的。

那时村北还有一座老砖窑，是左近的村子里唯一一座烧制青砖的砖窑。但打我记事儿起，这座砖窑就不烧窑冒烟了，废弃成一个长满荒草和灌木丛的大土丘。现在，在那里的旧址上，建起了一座充满田园格调的名叫"荷花草堂"的酒店，周围还开辟了许多"开心菜园"。当年挖土烧砖形成的大土坑，如今蓄了水，养着鱼，种着荷花，到了双休日的时候，从城里赶来的人们围着水坑钓鱼、闲玩、吃农家饭，人来车往的，很是有些喧闹。

村 中 间

村子的中间，一向是村子里最热闹的所在。这里有唱戏演电影的戏台子，有宽阔、平坦的小广场，有架得高高的扩音喇叭，有卫生室、供销社，还有炸油条、打烧饼、修车子的小摊儿。过庙会时的集市、过年时的拔河比赛、篮球比赛，也是在这里和周围举行。那些来村子里串游着做小买卖儿的外乡人，常常把载着他们营生的车子停在供销社门口，一边坐下来歇息，一边向围过来的人们招徕生意。这里是我们村的政治、经济、文化活动中心，既是村里的"人民大会堂"，又是村里的"人民大剧院"，还是村里的"人民广场""人民公园"。

戏台子是中心的中心。小的时候，戏台子的西边有座小院，里边是座旧庙，叫三官庙（供奉着天官、地官、水官），三间瓦房坐北朝南，破旧不堪，后来扩修戏台子时就拆掉了，拆庙时，许多古代人穿的宽袍大袖的衣服被扔在院子里，我还记得当时的景象。新戏台子修好后，村里或开社员大会，或放露天电影，或冬闲里排练演戏，都是在这里进行，时常红旗招展、锣鼓喧天，灯火通明、人影幢幢。早些时候，戏台是个小土台子，临到要唱戏演出，还要就着这个土台子，用木杆子、门板、木板搭起一座舞台。20世纪80年代初，村里曾重建过戏台，还在戏台的两侧盖了配房，西配房是两间平房，作了村委会的办公室，其中的一间有电话机，有弯着腰的话筒，话筒上绑着一块红绸子布。村干部常对着这块红绸子布儿讲这个、讲那个，有时还要搬到舞台正中央的桌子上，供老支书站在那里发表重要讲话。兰柱来村里劁猪的时候，把他的破自行车往院子里的树上一靠，径直来到屋里，熟门熟路地打开开关，就冲着话筒喊上了："村民们注意啦，兰柱劁猪来啦！哪户劁猪，赶紧捉到大队来呀！"用不了多会儿，村里的猪娃子们开始哭爹喊娘似的号叫起来……东配房则是个三间敞开的大屋子，作了村里"育红班"的教室，村里唱戏的时候，就改作演员的化妆间、临时休息室。现在的戏台子则是2002年又重修的。

村卫生室，也就是原先大办合作医疗时的药铺，最早是在大街西边的一处闲院子里。村里有谁得了病，到这里来，或领了药片儿，或包了药面儿，回家去服用；或褪下裤腰来，露出一块屁股，让爱枝或是孟合给打上一针；有受了伤、破了口儿的，就抹了碘酒、紫药水或红色的"二百二"，简单处置一下，顶多再缠上几遭纱布。记得我们小的时候，每逢走到药铺那儿，都是要远远地绕开的，因为即使孟合态度那么亲切和蔼地拿出听诊器来，轻轻地放在肚皮上，或将体温计夹在胳肢窝里，也会使我们愁眉苦脸。2002年新戏台修好后，药铺就搬到了东侧的套间屋里，医疗条件也比早先大大改善，也不叫药铺了，改叫村卫生室。现在，这里不仅能做常规检查，能输液，还能做些简单的小手术。

村里的供销社，相当于村子里的"百货公司"吧。我们小孩子心里想的一些东西，除了铅笔、小刀、橡皮，好多是没有的，比方小人书，还有这样那样的玩具，大人们觉得这些东西没有用，买这些是白花钱。这里更多的还是油盐酱醋、火柴烧纸、毛巾鞋带儿、煤油蜡烛，都是村民们日常离不开的灯油火耗。但我们仍然带着某种渴望，喜欢到这里来看一看、逛一逛。

住在村中间的人家，在戏台的周围，有小四家，庚辰家，景新奶奶家，孟泰家，丑子家，东辉家，二申家，庆丰家，庆立家。庆丰家在大街西边，有一座大门，成天敞开着。过了这座大门，是一片幽深、阔大的院子，四周长满了又高又大的杨树和洋槐树，夏天时遮得院子都暗下来了。绿荫的深处有道二门儿，过了二门儿，里边的院子我只去过一次，记得有一架枝叶繁茂的葡萄树，院子里也是绿得发暗的样子。庆丰的爷爷坐在北屋前檐儿台上的一只圈椅里，清瘦的面容，花白的胡子，慈祥而又威严。庆立和我是小学、中学的同学，他家也有里外两个院子，外院完全是敞开的，院墙也只剩下了墙基，我们可以轻松地翻过。院子的东南角儿上有一口老砖井，早已废弃多年，也没有辘轳架。我们小心翼翼地伸过头去，可以看到深处有一小片映着天光的水面。据说这口井里藏过许多东西，甚至说有手枪、手榴弹什么的，谁藏进去的，又是什么情况下、什么时候藏进去的，传得神乎其神、莫衷一是。

二申家也是有意思的。他家的后墙正冲着戏台，看戏看电影的时候，只要上到房顶上，就可以俯瞰全场，谁也影不住。二申家和东辉家紧挨着，隔墙上开着一道小门，是为了方便去东辉家的井上打水才开的。他家的院门其实在院子的西南角儿，在另一条街上。

村中间也曾经风起云涌、风雷激荡。由这里所产生的政治风波，曾经辐射整个村庄，激荡到每家每户，或深或浅地影响着改变着人们的心情和生活，甚至是命运和人生。村子里的每一个人都记得那些年发生在这里的那些情景，也都有或深或浅的感受与体会吧。

附：

莲花营简介

莲花营隶属于石家庄市鹿泉区铜冶镇，西距铜冶镇政府3公里，西北距鹿泉区政府17公里，东北距石家庄火车站10公里。北连石铜路，毗邻石家庄铁路南站新编组站，青银高速、南水北调中线输水干渠侧村西而过。沃野平畴，交通便利，优势得天独厚。村民向以农业为本，村风淳朴，民殷村富。

莲花营历史悠久，底蕴深厚。据有关文献记载，早在公元600年前后的隋唐时期，莲花营即已成村，因四周多泉、塘，塘内莲花茂盛，军队于此驻扎安营，故名"莲花营"，后作为村名沿用。元末明初，战乱频仍，老弱转乎沟壑，壮者散之四方，村内民生凋敝，人烟稀少，遂有山西洪洞县移民至此，安家落户，绵延子嗣，旧野新耕，重现生机。

悠悠一千四百多年间，莲花营历代先民励精图治、开创基业，历经沧桑、繁衍至今。至2016年底，全村共有土地2853.62亩，514户、2060人。

（2017年6月，此文铭刻于莲花营村名石）

田 野 小 景

地头儿小憩

老汉吆喝着大黑牛，来回转扭着耕了八九遭地，天就到半前晌的光景了。人和牛都有些累乏。

天也有些热起来。日头升到半空，照得晃人眼。风不大，一阵儿一阵儿地，忽地吹一下，又跑开了，一会儿又忽地一下，像是跟人闹着玩儿似的。老汉扭扭脖子，抬头看看不远处的地头儿。那里长着一棵乱蓬蓬的柳树，树叶子绿油油地亮着，在风中轻轻地摇摆。

走到地头儿，老汉"吁——"的一声喝住黑牛。牛很听话地就站下了，呼哧呼哧地喘着气，慢慢地扭过头来，眨巴眨巴眼，望一望老汉，又猛地晃一晃头，脖子那里的皮毛像匹新缎子一样闪了一下光。

老汉使使劲，用力把犁提着从土里拔出来，放倒，从旁边还没有耕到的地垄里捡起一把柴草，在手里窝巴窝巴，团成一个团儿，然后蹲在犁尖儿前，把上面挂住的湿土、草根儿使劲地往下蹭，不几下儿，那犁尖儿就又像镜子一样亮闪闪的了。他把草团子一扔，又把鞭子竖着往刚犁过的土里一插，拍拍手上和身上，慢慢地踱出来。柳树的旁边，有一处高一些的土埂子，老汉就在土埂子上慢腾腾地坐了下来。他掏出随身带着的烟袋，用烟袋锅在烟布袋儿里挖呀挖呀，然后小心翼翼地掏出来，又用大拇指使劲摁了摁，划着火柴点着，开始抽起烟来。他的眉头微微皱着，嘴里缓缓地呼出烟气。烟缕袅袅地缭绕着，从他的脸前飘过去。

黑牛立在地头儿，低下脑袋，伸出舌头，四处寻找着青草或干草，不时地叫上一声："哞——"时间长了，黑牛便想卧倒，但脖子上套着脖格拉子，身上也套着牛鞍呢，试了几次也没法儿卧下。老汉看见，赶紧起来，碎步儿跑过去，给牛解下来。牛安安生生地卧了下去，湿漉漉的眼睛一眯一眯的，上嘴唇和下嘴唇一错一错的，默默地倒嚼，嘴边上挂着白沫子。

新翻的泥土的气息，在空气中弥漫着，有些潮湿，也有些凉。天空蓝汪汪的，像是没有底儿似的，只在远远的天边上贴着几片闲云彩，银白里有些发青，又有些发灰。

几只麻野雀"喳、喳"地叫着飞了过来，张开翅膀，滑翔着转了半个圈子，落在刚翻过的地里，一会儿飞起，一会儿又在前边落下，不时地从土里啄着什么，一会儿扭搭扭搭地走两步，长长的尾巴左歪一下、右歪一下，还一翘一翘的，看上去有点儿笨拙的滑稽。

村庄就在不远处，公鸡的长鸣一声又一声从村子里传来，被风吹得飘飘忽忽、曲里拐弯的。往远处看，白花花的日头地儿里，地气在徐徐上升，庄稼和树木在地气里轻轻而模糊地摇晃着。

劳累之际，歇上一会儿，抽上两锅子，片刻的轻松与舒坦，该是一个老农最为惬意的时刻吧。

小　满

在二十四节气中，我尤其喜欢"小满"。

已是初夏，然酷暑未至。这时节，虽然纷繁的花儿们已陆陆续续地退去，但层层叠叠、高高低低的绿，却愈加浓郁起来，一团连着一团，一片接着一片，浓稠得能拧出汁来，天地之间一派清新明媚的景象。晌午时分，空气有些燥热了，但绿树已经成荫，风从树下吹过来，仍是清爽怡人的。树上的麻雀们叽叽喳喳，欣欣然的生气与热闹自不必说，望着地里一片片已经灌浆的齐刷刷的麦子，人们的心情也是无比欣喜的吧。

乡间的农事与农历节气是分不开的。"小满"之名，也正来自于农作物的生长。《月令七十二候集解》中有记："四月中，小满者，物致于此小得盈满。"这个时节，田里的麦子高过了膝盖，在初夏的微风中摇晃着，鼓动起波浪。麦穗儿里的麦仁儿已开始饱满，饱胀得像是小鸟儿的眼珠子儿，颜色青中泛白，但还没有成熟，将满未满，所以叫作"小满"。用手将麦仁儿一挤，一股白浆"噗"地爆出，离得近些，有时能滋到人脸上。

丰收在望的田野和庄稼，是最能让人心生欢喜的，因为满怀着美好的憧憬。

村子里的女孩子中，有小名儿叫"满儿"的。想来，她的生日一定是与"小满"节气有关的吧。后来我读孙犁的小说《铁木前传》，看到书中写的那个好看的女孩子也叫"满儿"，还有画家张德育画的满儿的插图，一下子就觉得既亲切，又有意思。孙犁先生的村子里，是不是也有过一个名叫"满儿"的女孩子呢？大概是有的吧。

浇　　地

在村子里时，我最喜欢做的农活儿是看水，也就是浇地。

庄稼旱了就得及时浇水。收拾好机井，再顺着垄沟把杂草铲一铲，垫补垫补塌下来的沟堰，来回顺一趟，就可以放水浇地了。

清澈的井水像是撒着欢儿的小孩子，顺着垄沟一路奔流过来了。改好了垄沟口，将水头儿引到畦子里来，拄着铁锹站在旁边看着就可以了。有烂柴火挡住水流的地方，就用铁锹拨一拨、顺一顺，遇有地势高点儿的地方水不好漫上去，就用铁锹挖一挖，疏通一下。每一棵庄稼都是宝贝，都要浇到，不能有偏有向。畦子里灌满了，水开始来回打旋儿，就打开下一个畦口，堵上刚才的畦口，水头儿就乖乖地流向下一个畦子里去了。

如果地里旱得狠了，水头儿一进地，能听见从地缝儿里冒出"吱儿、吱儿"的声音，然后，水流中会冒出一串串水泡儿。这是干渴的土地正在畅饮。看到这一情景，我总是有一种发自肺腑的欣慰和感动。再看喝饱了水的庄稼们，绿叶子坦然地舒展着，在风中欢快地翻动，一副欣欣然的样子。我喜欢看水，喜欢的就是这份轻松的、让人愉快的满足感。

看水，不仅仅是看着水，既要把庄稼浇到，又不能跑水。有的人勤劳惯了，一边看着水，一边拔地里的杂草，还一边捉虫，一边修整土地，这里挖两锨，那里垫两锨，这样地会越来越好浇。我在看水的间隙，主要是玩儿。有时，从庄稼棵里逮一只晕头涨脑的小甲虫，放在手心儿里或者胳膊上，让它给抓痒痒玩儿；有时，拿上一本书，抽空儿看上两段；有时，兴致一来，还随意哼唱些小调儿。漫场野地里没有别人，不会担心有人听得见，不用感到不好意思，也就无所顾忌。垄沟里时有被水冲出来的蚯蚓，它们随着水流一会儿蜷曲，一会儿舒展，在水波中五迷三道、不由自主。偶尔地，也有一两只蝼蛄被水灌了窝儿，忽然从土里钻出来，手忙脚乱地抓挠着，贴着水皮儿奋力泅渡、狼狈逃窜，等好不容易爬上了垄沟沿儿，就趴在那儿不动了，瞪着大眼儿喘气，一副惊魂未定的样子真是好笑。

更有意思的是秋后，刚种上麦子浇头一遍水的时候。天已经凉了，地里的蚂蚱、担杖钩儿什么的，肥得很，一个个拖着个大肚子，慢慢腾腾地蹦跶着。这个时候，正是它们的产卵期，饱胀的肚子里全是肥嘟嘟的子儿。一边浇地，一边捉蚂蚱、捉担杖钩儿，往往一捂一个准儿。把它们用狗尾巴草穿成一串，点把柴火连燎带烤，不一会儿就焦黄酥脆，浑身冒油儿，香得让人咧嘴。

但也不能太贪玩，要是垄沟冲开，跑了水，可不是好耍的。特别是刚刚种上麦子的地，土壤疏松，新垄沟很容易让水流冲开口子，用土挡也不好使，往往是挡了这边儿，那边又跑开，左冲右突，顾了吹笛子顾不了捏眼儿。等到终于把跑水的口子堵上，鞋子上、裤腿上、手上一定会湿漉漉地沾满了泥巴，溅满了泥点子。再看浇水人的样子，一定狼狈得难看。

追风的鸟儿

在地里干活儿，累了的时候，就特别想站起来伸一伸懒腰。

风，悠悠然吹过田野，庄稼们便跟着激动起来。抬头望望远处，有时能看见天空中正有一群鸟儿飞过。鸟儿们有时迎着风振翅飞翔，一顿一顿的，越飞越高，"嗖"地一下子飞过去，落到远处的树林子里去了；有时，则展开翅膀，顺着风向滑翔，慢慢悠悠的，像是小孩子们放在天上的风筝一样。

喜欢迎着风飞的，是麻雀、燕子。喜欢顺着风飞的，是喜鹊、鸽子、斑鸠。老鹰和鹞子，喜欢追着风飞。它们都是性情凶猛的飞禽，常常远离村庄，孤独地徘徊，随着气流盘旋，一会儿攀高，一会儿低回，一会儿远了，一会儿近了。飞着飞着，飞到天空的深处，变成一个小黑点儿。其时，它们正在缜密地观察着地上的动静，随时准备出击。——"鸟瞰"一词，即来源于此。当它们看见打麦场上有觅食的鸡，附近又没有人，就会收住双翅，像石块儿一样从高空往下坠落，到快要挨住地时，"嚯"地伸出大爪子，一下子就把吓傻了的鸡攫住，然后，身子往下一顿，又腾空飞起，提溜着它的战利品溜走了。那鸡也是胆子小，一看见空中闪过老鹰或者鹞子的影子，就有些慌神儿，等到它们朝着自己俯冲下来，更是不知所措地耷拉着翅膀，傻呆呆地立在那里，静等着人家扑下来把它抓走。据说，老鹰和鹞子逮野兔子时，也是这个样子。

老鸹其实是很好看的鸟儿，通身墨黑油亮，只因为名声不太好，不受村里人的待见。孩子们不管这些，一见老鸹们飞了来，就开始喊："老鸹老鸹你打场，我给你二斗红高粱……"孩子们喊破了喉咙，老鸹们仍旧无动于衷，一副不理不睬的样子。

鸟儿们是村庄的熟客。它们在村子里的树杈上、房檐下、屋梁间筑巢、繁殖、哺育，从早到晚在村庄飞翔、鸣叫、跳跃，累了时，就落在树枝上、房檐上、草垛上或是场院里歇息，梳理羽毛，三五成群地聚在一起，叽叽喳喳述说着各自的见闻。它们给村庄带来了朝气和活力。每天，村庄在鸟儿们的欢唱中醒来，到了傍晚，夕阳西沉，夜色渐渐降临，鸟儿们开始返回村庄——它们是从不摸黑归巢的。在那晚霞烧起的黄昏里，一群鸟儿从田野上空飞过去，它们的翅膀和脊背上也染上了霞光。不一会儿，这群鸟儿就变作一片忽上忽下飘荡着的黑点儿，又像是被风忽然吹起来的树叶子，飘进村子里去，落进繁密的枝丫里去，然后就不见了。

有了鸟儿们，村庄和天空就不寂寞了。

傍　晚

　　我总觉得，村子里的傍晚有一种特别的风情美。

　　那时节，夕晖斜照，晚风徐徐，炊烟袅袅，农人们说笑着从地里收工，孩子们奔跑着从学校放学，鸟儿们也拍打着翅膀，欢叫着从村外飞回，急急地归巢。寂静了一天的村子里，大人、孩子们高高低低的说笑声、喊叫声，汽车、自行车长长短短的喇叭声、车铃声，公社广播站播放的乐曲声，连同马的嘶鸣、牛的哞叫和羊的咩咩，此起彼落地交汇着混杂在一起。村子里明显喧闹了许多。

　　下了晌的农人们，一边收拾着农具，一边彼此高声地打趣，三三两两地相跟着，哩哩啦啦地从地里走出来。结束了一天的劳作，他们脚步因为疲惫而显得有些沉重和杂沓，但心情却是急切而快活的。那些还不知道过日子深浅的年轻人们，到底更精力充沛些，虽然在地里干了一天活儿，此刻仍是不肯安安分分的，总要互相嘻嘻哈哈地追打着耍笑一阵儿。一时间，在通往村庄的土路上，因为走着这样一群人而热闹了起来，连路上的蹚土也被搅扰得"突、突"地往起飞。这样的景致，差不多在每一天的傍晚，都会出现在村子的东边西边，村子的南边北边。

　　田家少闲月。在村子里，一年四季都有要忙活的事。地里的农活儿缠手而又累人，面朝黄土背朝天，或在风天雨地里刨挖锄耪，或者是在麦场上抢场打垛，都不是轻松的差事。农民的那份辛劳，没有亲身体验过的，不会知道和理解其中的真实滋味。乡村傍晚的风景美则美矣，而乡村生活在更多的时候却是平淡的、单调的、寂寞的。扑踏着劳累了一天，傍晚时下晌，顾不上欣赏乡村黄昏的美景，就急急忙忙往家跑，女人洗洗手，开始张罗着做饭，男人拾掇拾掇使过的家伙儿，再盘算盘算明天要做的事。放了学的孩子也不闲着，帮着掏灶灰、挡鸡窝，然后摆低桌儿、拿碗筷预备吃饭。等一家人吃过了饭，女人刷锅洗碗喂猪，再抽空儿做两针营生，一边看着孩子趴在桌子上写作业，男人则坐在一边抽烟。然后，天色就不早了，该着躺下来睡了。一夜的安眠之后，迎来新的一天，劲儿又重新满满地回到身上，可是，又有一堆活儿在等着了……这就是村子里过的日子。

我就出生在这样的一个农民家庭。小的时候，家里穷，刚和叔叔分了家时，连吃的也不够。据我母亲讲，曾经有一次，家里盆光碗净，一点儿米面也没有了，晚上就要断顿儿，赌等着生产队后晌分了新麦才去磨面做饭。日子好转还是在1984年生产队解散以后，集体的土地重又分到各家各户。我们家的地是按四口人分给的（父亲的户口不在村子里），一共有三块，互相没挨着，好在三块地都在村东，离村子也不算远。最大的一块在楔子地，二亩半，中不溜儿的一块在李家坟，一亩八，最远也是最小的一块，在岗上道，只有九分。刚分了地的时候，母亲非常高兴。母亲高兴的是，种自己的地，吃自己的饭，不用再看别人的脸色，只要不怕流汗，肯下苦力，就不愁过不上丰衣足食的好日子。自从分了地以后，只要没有别的要紧事，她几乎天天长在这三块地里，该锄耪了锄耪，该浇水了浇水，该打药了打药，该施肥了施肥，侍弄起庄稼来，比梳头洗脸还上心。母亲那时常说，不好好作务，怎么会好好地长庄稼、多多地打粮食？庄稼人不就是凭着这个吃饭吗？

那时，每天傍晚放了学，我常跑去地里“接”母亲，也就是帮着她干活儿。一边干着，一边欣赏着傍晚时的乡村美景，看着夕阳一点一点地落到山里去，看到村庄里开始飘起炊烟，看到西天的晚霞渐渐熄灭，暮色渐渐降临，看到下了晌的人们扛着锄头或铁锨、背着粪筐子往村子里走去。有时，干活儿干得累了，我就催促母亲：“天快黑了，咱们也回去吧！”母亲在地里劳作一天了，肯定比我更累得慌，她却一点儿也不急，抿着嘴唇，不接我的话茬儿，依旧不紧不慢地锄着耪着。又过了会儿，母亲才从地垄里直起腰来，朝四下里看看，又看看我，然后淡淡地说："天黑得这么快呀！走，咱们回吧。"我们收拾起农具，顺着窄窄的田埂从地里走出来……

村东头的道口儿有一座小桥，桥头儿竖栽着一个废弃的碌碡。傍晚时从地里收工回来，我喜欢一个人在这里坐着歇会儿。这里的眼界很开阔：远处，夕阳在山；高处，漫天晚霞；近处，就是我们的小村。我特别享受在这里的片刻安闲。望着夕阳下变成一幅剪影的连绵起伏的山，有时我会想，我什么时候才能到西边的山里去看一看呢？山里边一定跟我们平原上有太多的不一样吧？想着想着，不禁勾起我的一些心事来：我知道，村子里有的人曾笑话我呆头呆脑。我当然是不愿意承认的。外表上看，我确实有着一股呆气，但我知道，比起和我岁数一般大的小伙伴们来，我的心眼儿其实一点儿也不少，只不过是我喜欢一个人在没人的地方待着，另外也比别人多了些不着边际的胡思乱想而已。但是，这又有什么呢？——我就不信，在这个世界上，在我这样的年纪，有谁不曾有过胡思乱想的时候呢？我的个子已经蹿到一米七八了，可我的经历却那么单薄，有好多好多地方没有去过，好多好多景象没有看过，好多好多好吃的没有品尝过，好多好多书本没有阅读过，生活平静得有些贫乏、单调，而地里又总有干不完的农活儿……我的心思就像生出了翅膀，忽忽地飞着，飞着飞着就不知道飞到哪儿去了。

我就那样坐着，一个人，想想这儿，又想想那儿。夕阳越接近山尖的时候，似乎沉得越快，眼看着它像是被山头儿咬住了似的，一点儿一点儿很快被吞吃了下去。天边的晚霞渐渐暗淡下来，变成灰色的放射状的云条，一动不动地浮在那里。暝色像一层薄纱，徐徐地降下，继而合拢。夜晚正在来临，远处的田野、树木、山影变得苍茫起来，即刻便会沉入黑暗之中。抬头看去，天上的星星一颗接着一颗跳出来，像银钉儿一样发出细小的光亮。如果是农历初四初五的傍晚，景致会更好，可以看到像是用纯银打造出来的上弦月，弯弯的，亮亮的，挂在南山的顶上。

通向村庄的土路，在变暗的天光下，泛着淡淡的白。远处，炊烟缠在树梢儿，村中正渐次亮起灯火，这里，那里，像一粒粒闪着光的豆子。我站起身来，迎着这些星星点点的灯火，慢慢悠悠向着往村子里走去。

一朵云彩飘过村庄

一

一朵云彩飘过村庄，这是再平常不过的事。

一年四季里，村庄的上空时不时都会有云彩飘着。或是聚，或是散，有时浓，有时薄。天气晴朗时，天空蓝汪汪的，像无边的湖，云彩大多是白的，有时是白中带青或带灰的，猛地一看，一时弄不清它们是在天上，还是在水里。下雨的时候，云彩就变成灰黑色的了，它们沉着脸色，仿佛有些湿漉漉的沉重，连天空都压低了似的。早晨和傍晚的云彩是最绚烂的，有火焰一样的红，有南瓜皮一样的橙，还有橘黄的、玫瑰红的、葡萄紫的，交织在一起，浸染在一起，不断地变幻着……

这些云彩，会不会是村庄或明亮或隐秘的心事呢？

有时云彩是一大朵一大朵的。这里躺着一朵，那里卧着一朵，那么安静，那么安详，像是晒在这家、那家房顶上的棉花一样温柔而又素净。它们慢慢地飘着，飘过远处的树梢儿，再飘到更远处没有边沿的苍茫里去；有时云彩是一片一片的，像是有人把一大群羊放牧到了天上，任它们在那里安闲自在地吃草；有时云彩是一丝丝的，像微风吹乱了小姑娘长长的发丝。也有乱云飞渡的时候，天空跑着巨人，跑着马，跑着牛，跑着狮子，跑着狗，像是有谁在追赶着似的，跑着跑着，就跑散了，不知道跑到哪里去了。

我还见过，有月亮的晚上，有时也有大朵的云彩从村庄的上空飘过，它们在夜里仍是白白的。

多么好啊！望着云彩，什么时候都会心生欢喜，把别的烦恼都忘掉。

二

很喜欢"油然作云，霈然作雨"这样的句子。每一读到，眼前就仿佛出现了一幅画，油画或者水墨画，就好像看见云彩在天上聚在一起，看见明亮的雨丝从云朵里斜斜地挂下来，然后，就哗哗地响起了雨声。

没有云彩是下不起雨来的；但是，有云彩，却并不一定就会下雨。我喜欢有云彩的天空。总是有了云彩，天空才会更好看；没有，就单调着，寂寞着。我也喜欢下雨的天气，像村里的那些老农民一样，替土地以及树、草和庄稼们高兴。春雨沙沙沙，夏雨哗啦啦，秋雨淅淅沥沥，在乡下，这比什么样的音乐都动听。北方的冬天极少下雨，要下就是下雪，飘飘洒洒，漫天飞舞，大地一片洁白。雪花是雨的灵魂吧，那么白，那么净，那么轻，无论是飘着，还是落下，都那么安静。

云彩有时会把自己淡淡的影子投在村庄，投在田野上，天色会倏地一暗。

云彩在天上飘，云影在地上走。云彩在天上飘得那么慢，云影在地上却刷刷地跑得那么快，不大一会儿就跑到前边去了，撵也撵不上，踩也踩不住。

三

中年以后，喜欢的一些东西，跟原先不大一样了。

年少时，喜欢花红柳绿，喜欢热烈繁华，还喜欢轻狂孤傲。中年以后就不这样了，更喜欢从容的，安静的，朴素的，简约的，舒展的，温润的。有时来到乡下，看着天上的云彩发发呆，就觉得很好。仰着头看，一看就是老半天，看着云彩在风中慢慢地变幻着姿态，从头顶上，一直看到它们飘向天边，直到被夕阳照亮，或是喷着烈焰，或是镶上金边儿，变成一朵朵、一片片、一条条瑰丽的晚霞。

白云悠悠，亘古千年；俯仰天地，思接万里。有时想，云彩再好看，也变不成棉花，变不成羊群；再怎么巍峨和浓烈，一场风过来就有可能崩塌殆尽，席卷而去。而人世间的一切，又何尝不都是浮云呢？忽如聚，忽如散，不经意间，就会被世外的风吹得转瞬即逝，被看不见的扫帚清空，不留下什么，连一丝痕迹也找不见。

人到了一定年龄，人世间的事见得多了，差不多的也都能看得开了。看开了，就能微笑着面对生活，什么这个那个的，能有什么大不了的？其实，我们每一个人都一样，大都过着寻常的日子，带着点儿好奇，带着点儿傻，也带着点儿心事，带着点儿难与人言的苦或痛，每天笑嘻嘻地在这人世间生活下去。我又想起陈继儒在《小窗幽记》中说的那句话："宠辱不惊，看庭前花开花落；去留无意，望天上云卷云舒。"琢磨琢磨吧，这话说得多好！

四

有位作家说过：美丽的，往往也是愁人的。因为，人世间的美丽，大都是短暂、易逝的，即便是无限的美好、无限的曼妙，也是这样。如此这般，怎么会不让人愁闷和怅惘呢？

杨绛也曾在文章中说："世间好物不坚牢，彩云易散琉璃脆。"其实，这话最早还是白居易说出来的，他在一首《简简吟》的诗里，深切地感叹苏家小女苏简简结恨春风的可怜身世："大都好物不坚牢，彩云易散琉璃脆。"多么惹人惆怅和叹惋！

天上行云，地上流水，美丽归美丽，自在归自在，却也无意缭乱谁的心事，因为一会儿就都不见了。一山又一山，又在千山外。不必站在那儿傻傻地思索，辗转留恋，千丝万缕，心心念念。

一朵云彩飘过村庄，一会儿就走远了。没有什么，走就走吧。今天走了，明天还会来，明天不来，还有后天。记取下它曾经映入眼底的美丽和奇妙，记取下它曾经像风一样轻轻地拂动过我们的心事，也就够了。

浮光流年

羞涩的少年

1980年，我们正在村子里读初二，赶上全公社搞学校调整，我们村的初中部被合并到了邻村南李家庄学校，暑假以后的新学期，就得转去那里读初三。邻近的耿家庄、南张庄的学生，和我们一样，也都转到南李家庄学校就读。

南李家庄比我们村大，在我们村的南边，而南李家庄学校又在村子的最南边。从莲花营到南李家庄，差不多有三四里地。学校没有学生的伙房和宿舍，我们每天跑学，三顿饭都得在家吃，前晌后晌各跑一趟，全靠地下走，来来回回跑了一年。

有一天中午，我临时有事要去西龙贵姥娘家，来不及跟家里大人说，就让跟我一个村的玉增给家里捎话儿，告诉我母亲一声，晌午不用等我吃饭。那时没有手机、网络，有了事只好靠捎口信儿。

我和玉增一般大，从小学起就是同学。那时我们十四五岁，正当青春年少，有着乡村少年特有的腼腆、敏感与古怪、慌乱。玉增比我聪明、机灵，也顽皮好动一些。记得有一回，因为老是不遵守课堂纪律，我们班主任李老师曾在班上批评玉增："你的屁股是个酸枣核吗？一会儿也坐不住！"

那天晌午，我母亲正在厨房里忙着做饭，听见院门外有人在喊："秀峰，秀峰！"便支应我妹妹去外头看看是谁在喊。妹妹就走出去，见是玉增正站在院门口儿。见了我妹妹，玉增有些磕磕绊绊地说："秀峰叫我对说家里一声，他晌午下了学，去西龙贵姥娘家了，不回来吃饭，不用等他。"说完，扭转身儿，逃也似的急匆匆地走开了。妹妹站在那里，望着玉增远去的背影，有些莫名其妙地想：你明知道我哥中午不回家，你咋站这儿喊着找我哥呢？

其实，玉增是一时不知道该怎么开口，不知道如何称呼我母亲才合适，是叫婶子，还是大娘，还是别的什么。乡下又不像城里那样可以敲门，要不直接进院子，要不就在院门外高声叫喊。聪明的玉增灵机一动，想出个主意，于是"自编自导"了这一出儿——先喊我的名字，等弄出来动静儿，引出了家里的人，他再把口信儿捎到。

这件事，是我妹妹有一次闲聊天儿时讲给我的。

初中毕业后，我和玉增上的是同一所高中，高中分班时，他上了理科，我上了文科。他比我早一年考上大学，是重庆的第三军医大学。大学毕业后，他分配到山东日照工作，然后结婚成家，娶的媳妇是个在石家庄工作的甘肃天水姑娘。那几年，我们见面不多，只在过年的时候，他从山东回来探亲，在老家住一阵子，我们才聚到一起喝顿儿酒。后来，他就调回石家庄的一家部队医院了。他对乡亲们都很好，谁来找他帮忙看病，他都非常热心地张罗，楼上楼下来回跑。我岳母有一年春天做手术，找到他，他给安排得很好。他家里条件好，一调回石家庄，他父亲就给他在市里买了一套单元房。他是我们那一班同学当中第一个在城市拥有楼房的，让我们羡慕得不行。令人惋惜的是，回到石家庄也就四五年的时间吧，他患了重病，治疗了半年多，到底还是去世了。他住院治疗期间，我和妻子曾在一个傍晚到医院里去看他，因为隔离着，只站在病房的门口儿跟他说了几句话，没待多大一会儿就走了。我记得离开时，他歪着身子斜躺在病床上，笑着朝我使劲扬了扬手。那是我们见的最后一面。

玉增去世时大概只有三十三四岁。他有一个活泼可爱的女儿，聪明又大方，长得细白细白的，小的时候在老家过年，玉增领着她去过我家，见过两三次，玉增去世之后，就再也没有见过了。一晃儿，这都好些年了。

一双尼龙袜

　　有一天，我在营生笸箩里翻出了母亲的一双旧尼龙袜子，其中的一只团成团子，塞在另一只的袜筒儿里——母亲曾说，这么着，袜子好收拾，不会因为丢了一只而"破双儿"。这双袜子是墨绿色的，摸上去厚扭扭儿的，又禁撑又禁拽，弹力很大。我拿着那双袜子，把玩儿了好久。

　　也许你会说：一双普通的旧尼龙袜子有什么新鲜的？别急，我讲给你，你就知道了。

　　母亲的这双尼龙袜子看上去确实很普通，一点儿也不起眼，但它的确又是很不普通的。记得有一次我拿起这双袜子又拉又拽时，母亲对我说："别小看这双尼龙袜子，比你岁数还大哩！"

　　母亲一边回忆着，一边讲起这双袜子的来历。这双尼龙袜子是她1963年冬天和父亲结婚时，她姑姑从石家庄给她买的。在当时那个年代，这算是个稀罕的高级物件儿，大小也算一件陪嫁吧。你想，买一双袜子居然两块多钱，能顶一个壮劳力四天工呢，一般人在一般情况下，谁肯舍得买？

　　母亲的这双尼龙袜子穿了二十多年，却没怎么变样儿，既不掉色显旧，更不显磨耗损坏，只是式样稍有些过时而已。

　　那时候的东西质量高、做工好，东西实实在在的，自然结实耐穿。但这只是其中一个方面，更重要的另一方面，是母亲懂得爱物惜物。母亲对什么东西都特别爱惜，不管是穿什么、吃什么，还是使什么、用什么，母亲都很节俭、小心。这差不多是她的生活习惯。她的鞋袜、衣裳、围巾、手帕，明显比别人穿得长、用得久。我小的时候挺费的，一双新鞋穿不了多久，就露出"大哥"（指露出脚的大拇指头儿）来了，母亲常说我穿鞋穿袜像是用猪嘴拱、狗嘴啃一样。这一方面是我正处在好动的年纪，另一方面，还因为我是汗脚，在外头跑跶上一天，睡觉时脱下的袜子，湿漉漉、臭烘烘。这样，自然就费鞋袜了。我母亲不是汗脚，她的脚从来都是干爽的，所以穿鞋穿袜子都省。况且，她平日里也舍不得多穿，只有过年和去串亲戚时才换上。

敬天惜物、知足惜福，这是我们中华民族传承了几千年的美德。朱子治家格言中云："一粥一饭当思来之不易，半丝半缕恒念物力维艰。"人若对物有情，物必对人有意。那个年代的人们，日子清贫，也因此，爱物惜物就成了生活习性。他们不肯浪费和毁坏正在使用着的每一样东西、每一件物品。再看现今的生活风尚，用好的，买贵的，号称是拉动内需，是刺激生产，是促进消费。一件衣服，别说"新三年、旧三年，缝缝补补又三年"了，不怎么时行、好看，没怎么穿就扔在一边儿了。

我从母亲穿了二十多年的一双尼龙袜子上体会到，勤劳节俭、物尽其用，何尝不是一个人的品性和修养呢？

国 华 的 家

原先，村子里除了那些明显的"好过主儿"（家境富裕）住的是青堂瓦舍、宽房大屋以外，平常老百姓们的房屋、院落，格局、大小、高矮都差不太多，属于"茅檐低小"之类。

村里大多数的人家，是以三间或"四破五"（四间的地方盖成五间）的北屋作为上房，东边有两间厢房，西边则既有盖厢房的，也有盖敞棚的，西南角上是猪圈，东南角上是院门。这就是那时标准的一"全"院子、一处庄户的布局与模样。要是家里有弟兄俩，则有六间北屋，不过这六间北屋也是以三间为一单元的，弟兄们长大了成家另过，又会分割成三间北屋那样的格局。弟兄仨或以上的，一般是老大结婚成家后，另找宅基地盖自己的房子。家里只有哥儿一个的，结婚后还是和老人住在一起，院子比平常的稍大些，一般都是"四破五"，盖新房子也是在老地方翻盖。我们家就是这样子。三间北屋作上房的，格局大都是"一明两暗"，"明"的是堂屋，也叫"外间"，相当于客厅，东西两个"暗"是卧室；"四破五"是在"一明两暗"的基础上，东西两头儿各再加一间稍窄些的"梢间"。

但是，我的小学同学国华的家，却不是这个样子。

我只去过国华家里一次，但留给我的印象特别深。他家屋子的布局很别致，跟谁家也不一样：一进屋门，不是堂屋，而是一道长长的走廊，走廊的两侧，像糖葫芦一样串连起六个房间，左右对称分布，那式样，高级得就像城市里的筒子楼一样。我到过村里好多人家，但这样的房子还是头一回见到，新奇得不行。国华的父亲在工厂当工人，姐姐在学校当老师，哥哥考上了在长沙的大学，个个都是见多识广。我当时想，我们家咋不把房子也盖成这样的呢？要是我们家也这样盖房子，兴许我就能像国华那样，拥有一个自己看书写作业的房间了，那该有多好啊！可惜……

记不得过去了几年，国华家把那座旧房子重新翻盖了。不知道为什么，翻盖后的房子格局，又和村里别人家的都一样了，只不过院子很大，种了好多果树，有桃树，杏树，梨树，苹果树，有的我也认不出来。每年一到春天，国华家的院子里，这里一树桃红，那里一树李白，蜜蜂"嗡嗡"飞，鸟儿"喳喳"叫，村子里那些爱美的大姑娘、小媳妇们纷纷到他家里来留影、照相。这场面，在别人家里是很少有的。

说到底，国华的家和别人家还是有些不一样。

泥 暖 草 生

　　有一天，在一篇文章中偶然读到"泥暖草生"这个词，两眼一亮。这个朴实、新鲜而又生动、诗意的词语，让我坐在那里想了很长时间。它让我想起春天，想起小的时候，想起老家的村子，想起春天时村外的田野、小河、树林、草坡儿和村里的小伙伴们，勾起了我对许多往事的回忆。

　　小时候在村子里，成天四处疯跑，最喜欢的就是春天。春天更容易让我们感觉真正意义上的新的一年的到来。随着季节的转换，天气慢慢暖和起来，风不再那么硬了，池塘里的水也不结冰了，草和树发出了新芽；很快，花儿们也开了，红的，白的，粉的，黄的，一树又一树，一片又一片；鸟儿在枝头叽叽喳喳，蜜蜂成群结队在花间飞舞，忙得晕头转向；白蝴蝶、黄蝴蝶和花蝴蝶扑闪着翅膀，一会儿飞到这儿，一会儿落到那儿……在某一个阳光明亮的晌午，从外边跑回家来，一脑门子的汗水沾湿了额前的碎发，背上也热得发痒。经过了母亲的允许，终于可以脱下臃肿的棉衣了，浑身上下一下子变轻了，胳膊腿脚变快了，屋子也再关不住我们了。我们欢快地跑向了原野。

　　乡下的早春真好！四下里的景物，虽然还都是灰扑扑的色调，却亮堂堂地多了几分清新，晃眼得让人微微有些头晕；风软软地吹拂着大地，吹拂着树梢儿，也吹拂在人的头脸上，吹得人想要张着胳膊飞起来。地也变得又暄又软了，潮湿的地方像是月饼起了一层酥皮儿，走上去有些陷脚，一踩一个坑儿，想快跑也跑不快，跟刚喝醉了似的。抬头往远处看，地气微微地晃动着，像一片透明的火焰，又像是闪亮的水流，徐徐地往上飘去。大地的深处，隐隐地透出一层绿意来，在阳坡儿上，在背风的地方，已经有小草冒出嫩芽儿了。

《淮南子》讲："春气发而百草生。"张轼也在诗里说："春到人间草木知。"我一直认为，最先给我们报告春天消息的，不是柳树，也不是杏花，而是那些不起眼儿的小草儿们。当大地吸收了太阳的热量，小草们再也按捺不住，从晒暖了的泥土里早早地探出头儿来。

我们能见到的最早发芽、开花的，是二月底三月初的"二月兰"。在背风而又向阳的坡洼地里，忽然就能看见三四棵或一小片儿安安静静的"二月兰"。"二月兰"的样子有点儿像酢浆草，细脚伶仃的茎也就寸半来高，叶片儿细小、稀疏，也不怎么绿，而是暗淡的土黄色或淡褐色，要不是它的顶上招摇地开着三四朵儿小白花儿，也许你根本就发现不了它。那小白花儿小得呀，还不如黄豆粒儿大，却那么舒展、奔放、明亮，一下子就照亮了我们的两眼。小风儿忽地吹来，"二月兰"把头儿歪一歪，没一点儿声音，轻轻地抖动着，有一点点细细的妖气。

过去，村子里的人常调侃着说："获鹿县，三大宝：青泥菜、老菅草，打火石头遍地找。"所谓的"三大宝"，并非是什么"宝"，也不是我们这个地方独有的"特产"。这其实是一种正话反说，农民式的幽默。这几样儿，都不是什么珍贵、值钱的东西——青泥菜是地里常见的一种野草，它的主根能扎到地下一米多深，前头耪掉一茬儿，过个十来天，从主根上憋出的新芽儿又悄悄地冒出头儿来了。青泥菜在暮春时节开花，顶上的花苞像是一粒粒圆圆的小算盘子儿，开出的花儿很精致，是一颗颗紫红色的绒球儿。但青泥菜的叶边儿上带着一溜儿小尖刺儿，一碰就扎手，小孩子们见了就躲。据说在灾荒年，人们去地里挖回青泥菜做饭团子，但是，"青泥菜蒸'苦累'，又粘牙，又扎嘴"，让人望而生畏。菅草跟青泥菜一样，也特难除根儿，这次耪掉了，过一阵儿再看，又冒出来新的一茬儿。"打火石"，又叫"白马石"，是一种白色的半透明的石头，有点儿像汉白玉，比汉白玉还好看，但这种石头不成材，没多大用处，一凿就碎裂开了，一般不能用来盖房子打地基。河滩上有很多这种"白马石"，大多是支离破碎的，很少见到大块儿的。小孩子们捡到"白马石"，在别的石头上一蹭，"唰"地一下子迸出一溜子火花儿。夜里玩儿"白马石"，打出来的火花儿会更显眼、更好看。这三样儿东西，孩子们更喜欢春天时的菅草。菅草常常生长在河坡地、土堰子、干草沟儿、马路边。这家伙挺霸道，地下的主根儿使劲往下，侧根则横着往四处串，串到一尺多长，就像竹笋一样从地底下冒出来。凡是长菅草的地方，一般都不大长庄稼，还不等庄稼苗儿长起来，就让菅草给"吃"了。小孩子们对菅草倒有一种别样的感情，因为它的根儿、它的嫩花穗儿都能吃。菅草根儿叫"甜甜根儿"，在地下积蓄了一冬的生机，早春的时候汁水丰盈，白白地鼓胀着，一圪节儿一圪节儿的，就像是细细的莲藕一样，嚼起来甜滋滋儿的。我曾听县地方志办公室的韩庆志老师说过，灾荒年间，人们把"甜甜根儿"晒干了，上磨子磨成面，用于救荒。早春时节，我们常常寻到一块菅草地，像工兵挖掘工事一样，用锄头捯这种"甜甜根儿"，不一会儿，一人就能弄到一大把，然后坐在土坡上，像地老鼠一样大嚼起来，"嘶、嘶"地吸吮着，再把嚼完的渣子吐出来，仿佛嚼着甜甘蔗一样。女孩子们文雅一些，她们更喜欢寻找着拔菅草的嫩花穗儿。菅草的嫩花穗儿叫"甜甜锥"，长在菅草棵儿里，鼓胀得像个小棒槌儿，很容易被发现。女孩子们眼尖心细，猫着腰在菅草棵儿里找，找见了就拔出来，剥开外面两三层皮儿，里边就是一根白白嫩嫩的纸捻儿似的"甜甜锥"。有的女孩子小半天儿就能拔到一大把，然后安闲地一根根地剥着吃。"甜甜锥"肉肉儿的，吃起来甜滋滋儿、格筋筋儿的。漏掉的"甜甜锥"则很快挺拔着长高起来，然后扑棱着开出灰褐色的花穗子，像支狼尾巴一样高举着，蓬松着，亮闪闪地在风中招摇。

天气越来越暖和，田埂上、小路边，越来越多的草芽长了出来，漫漫成片。这些草芽儿娇娇的，嫩嫩的，带着一身朦朦胧胧的柔毛，对着这个世界好奇地打量。最显眼的是荠菜。其实，这些荠菜早在头年的深秋就长出来了，它们在冬天的风霜严寒里一直蛰伏着，等待着，连叶子也变作土灰色，直到春风吹来，才又长出一片片嫩叶儿，焕然一新。

春风春雨里，荠菜细细的茎秆很快就挺了出来，往上开出一串串小白花儿，然后就结出一只只小小的三角形的荚儿。

这时节，灰灰菜、猪耳朵棵子、打碗花儿、蒲公英、曲曲儿菜、酸溜溜苗儿、狗牙根儿也开始接二连三地冒出来了。时令过了春分，地里的农事也忙了起来，而这其中的一项，却是要扛起锄头，到麦田、到菜园子里锄草去。为着锄草而发愁的农人若是看到我在这里写的这篇"泥暖草生"，说不定会咧咧嘴角儿，露出不屑的笑吧。

风刮过村子

　　村子里一年四季有风。刮过村子的风是有规律、有特点的。一年当中，秋天和冬天的时候，多是刮西北风；到了春天和夏天，风便转了向，刮的多是东南风；一天当中，早上好刮西北风，到了午后，风向渐渐转为东南风。风也是有性格、有脾气的。东南风相对温和，一阵儿一阵儿的，像是村子里那些上了年纪儿的性子绵坦的老人；西北风则要直率得多，刮起来哗哗啦啦，在平原上长驱直入，像是村子里那些成天忙忙活活、直爽而倔巴的中年人。

　　村子里刮东北风的时候不太多。有经验的老农们知道，一刮东北风，那就预示着要变天了——夏天时下雨，冬天时下雪，即使不下雨不下雪，也得闹一闹阴天，比公社气象站预报得还有准儿。所以，民谚说："东北风，雨祖宗。"刮西南风的时候则更少见，一年到头儿也遇不上一两回吧。你看树上的那些鸟巢，口儿大都朝着西南，为的就是防风避雨。

　　有一种特别的风，刮起来一拧一拧、一旋一旋的，像水里的漩涡一样，还晃晃悠悠地擦着地皮儿四处游走，那是旋风。平原上的旋风一般都刮不大，小小的一股，急急地转着圈儿，风过处，会把地上的树叶子、烂柴火卷进来，飘飘悠悠地卷到半空中，卷着卷着，飘着飘着，又忽地抛到一边，再慢慢地落下来，然后风就到别处去了。村里的老太太有的讲迷信，一见旋风刮过来，就神情严肃起来，一边躲着，一边用衣襟护住小孙子的头脸，背转身，"呸、呸、呸"地朝着旋风吐三口儿唾沫。她的眼神里有一丝慌张，吐过"呸"以后，才渐渐安定下来，拉着小孙子的手，继续走路。小孙子瞪着眼睛望着奶奶，并不清楚刚才发生了什么稀奇的事情。

东南风从田野上吹过来，带着庄稼清新、甜润的气息，吹拂着村庄，又将这种气息灌满村子里的街巷。田野里，有老牛在"哞——，哞——"地叫，叫声被风吹送过来，有些发飘，有些起伏，有些拐弯儿，一会儿圆了，一会儿扁了，断断续续，时远时近。

每年麦穗儿扬花儿时节，刮一场风是好的。"风中秀麦，雨中秀谷"嘛！麦穗儿在风中摇头晃脑，一个碰着另一个，像风吹过寂静的湖面，一大片麦子便涌起波浪，一波赶着一波地向远处荡漾开去。麦穗儿们在风中完成了授粉，开始结籽、灌浆。要是扬花儿时节不刮风，人们就要着急了，赶在扬花儿扬到最盛的时候，俩人一个站畦的这边，一个站畦的那边，拉根绳子，兜住麦穗头儿，捋着麦芒儿，沿着畦界儿往前走，让麦穗儿们互相碰一碰，一碰，麦穗儿上的花粉就四散飘落，完成互相授粉。只有授粉好的麦穗儿，才会结出饱满的麦粒儿。倘若扬花儿时节赶上连阴雨，兴许就会出秕麦子。秕麦子是一层皮儿，磨面的话，麸子倒比面粉出得多。

麦子灌好了浆儿，再过一阵子，便开始黄梢儿了，就快要到麦收了。阳光炽烈起来，风也变得热辣辣的，风中蒸腾起新麦的香气，浓郁得让人想打喷嚏。

夏天的风时常会带来一场丰沛的降雨。村里人说："风是雨头儿。"一点儿没错，特别是天气炎热的晌午。风是给雨开道的，雨就跟在风的后头。雨点子打在树叶子上，打在庄稼叶子上，落在土路上，落在房顶上，落在院子里。风吹着雨，雨声开始是叮叮咚咚的，像弹奏乐；下大了就成了噼里啪啦，像交响乐。风声雨声交织着，把整个村子都笼罩在了里面。夏日里下一场大雨，多好！一下大雨，地里的庄稼就不旱了，草们、树们也都有了精神，天也跟着凉快了下来。还有，村边池塘里的蛙声也响起来，彻夜不息。

秋天时，清爽的风里有股芬芳、甜美的味道。那是从成熟的庄稼和红了的苹果、黄了的梨子那里飘散出来的。飒飒秋风中，人们有的下田收割，有的来回搬运，有的在场上翻场打垛，有的在果园里忙着采摘，度过一年之中最为辛苦也最为快乐的季节。秋风一天天变凉，也将树们的叶子吹得一天天变黄，再一片片地吹落，刮进土坑里、河沟里，积攒起来。那些天不亮就起来搂树叶子的勤劳的农人一定是欣喜的，他们不用使竹箅子，就可以直接把一堆堆的树叶子装进筐子里，再装到小胶车儿上。

风是能看得见的。远远地望一望庄稼和树木，就知道有风摇摇摆摆着过来了。风还没进村，村外的庄稼地里先起了波浪。路旁的树也歪了头儿，来回一摇一摇的。过不了多会儿，风就到了村口儿，村口儿上的杨树、槐树、香椿树兴奋起来，树叶子窸窸窣窣作响。风也给在村头儿歇晌儿的老汉帮忙打扇子，给在场上扬场的老汉帮忙扬谷糠。正在村口儿溜达着的鸡和狗，身上的毛儿被风吹得呼地翻上去，又呼地落下来，风让它们的表情变得有些凌乱和滑稽。

风进了村子，就沿着街巷走，游手好闲地四处瞎钻，敲敲这家门子，碰碰那家院墙，发出哗哗啦啦、吱吱嘎嘎或噼里啪啦的响声。它们翻过房檐，爬到房顶上去，将升上去的炊烟吹歪，或者干脆吹散了去。风还挤过门缝，将灶间飘出的饭香、菜香，吹到院子里和街上去。——这些都是我最熟悉的村庄的味道。

风进了村子，也吹在人们的脸上，吹起小孩子们额前又细又软的刘海儿，把母亲的头发吹乱，把父亲头上的草帽儿吹到地上，像车轱辘一样滚出去老远。有时，一场风刮过了村子，把丢在路上的柴草、树叶子都刮得干干净净，村庄的里里外外显出了整洁，好像是有谁刚刚仔细地打扫过了一样。

天上下雨地下流

我回去给母亲烧寒食纸的前两天，村子里刚下过一场雨夹雪。那场雨夹雪下得很大，季节也仿佛遇到断崖一般，一下子由秋天跌进了冬天，很冷。

我走上村东通向田野的那段土路时，还能看见前两天下雨夹雪时，从村子里涌过来的雨水冲刷道路所留下的痕迹，好几处路面像是水流刮过的河底一样。虽然大部分雨水已经流走，但在一些坑坑洼洼的地方，还积存着一汪汪的水，映着一片片初冬时节云层覆盖所特有的浅灰色的天光。我踩着路边垄沟沿儿上厚墩墩的杂草，看准下脚儿的地方，小心翼翼地走过去，有时还需要稍稍蹦一下。挨着建高家的地南头儿，路中间有个可以卧下一头牛的水坑，里边有许多发乌的水，看样子，深得差不多能淹住脚脖子。水坑的南边有两个铁锹挖开的口子，看得出是为了引水、泄水故意挖开的，因为路面比南边的麦地要高出一些。当初一定有很大的水流聚焦在这里兜兜转转，最后沿着这两个口子冲了出去。我看见，路南边的麦地里冲出了一个浅坑，坑里和地里还汪着一层水，翠绿的麦苗挣扎着挺立在水中，在寒风中瑟缩着。麦地垄儿里，还有好些花花绿绿的垃圾与沙石夹杂其中，一定是随着水流冲进来的。不知道这家麦地的主人晓得不晓得地里的情况？若是晓得了，会不会为这事儿生气？因为，光要清理干净这些垃圾和沙石，也必得要大费一番周折的。

其实，紧挨着这条土路的南侧，原来有一条从村子里通过来的小河沟。在我高中毕业那年，这里还长年流水不断，河水里游荡着一群群柳叶子似的小鱼，河边生着芦苇，沟北岸上长着一排碗口粗的白杨树。只是，现在没啦，小河沟早被人们用堆积的泥土和柴草填平，变成了麦地。只有这里一簇、那里几棵稀疏、低矮而寥落的芦苇，隐隐约约泄露出这里当年曾经有过的景象。

相对于村庄的变化，这只是个很小的缩影，别处的变化则更多、更大：房舍整齐、高大、漂亮了，街道硬化、整洁、通畅了，修建了新的村民活动中心，安上了太阳能路灯，栽上了绿化树木，村容村貌有了许多现代化的气息……说实在的，这些年来，村庄确实变得越来越美了，但跟原先相比，我却觉得少了些从容、随意，少了些乡村田园的韵味。最让人遗憾的，是村子里的那些河沟和水塘。自20世纪80年代初，它们一个接一个地干涸、枯萎了，之后，村里的人们便理所当然地把它们填平，变成宅基地，盖上了房子，原先的河水、芦苇、水鸟、鱼虾、青蛙从此销声匿迹，再也看不见、听不到了。

我们的村子名叫莲花营。这个名字可不是无中生有、凭空白叫的，虽说我在村子里没有见到过"莲叶何田田"的美丽风光，但在儿时的夏日里，村西官河的水面上，水波潋滟，浮荡着的一大片肥大、饱满的水葫芦，鸭子、鹅和水鸟儿嬉戏其中，苇子坑边一片片绿油油的芦苇、蒲草、三棱子草随风起伏摇曳，却是再寻常不过的景象。官河，苇子坑，还有村东北的养鱼池，就是我们村子的湿地和"滞洪区"，一派自然和谐的乡野风光。到了夜晚，更有蛙声震天，此起彼伏。这样的田园景色，一直留在我童年、少年的记忆之中，从不陌生，也永远不会磨灭。

河沟和水塘干枯后又被填平、盖上房子，副作用很快就显现了出来——天上下雨地下流，流向哪儿？不用说，哪儿低就往哪儿流。过去有河沟、水塘的时候，每逢下大雨，人们一般不会担心雨水涌进院子、屋子，因为有河、塘，雨水不是顺着河沟流走了，就是汇集到了水塘里。冬天里下了大雪，也可以把雪扫起来、推进去，慢慢地融化着。现在可好，一下雨，雨水没地儿去，硬化了的街道便变作河床，汇集起全村的雨水，自西往东流淌，到了村东又无路可走、无处可去，最后，一涌一涌的水流就只好哗哗地冲进路边的庄稼地里，不是淹了你家这块，就是淹了他家那块。

2013年夏天，我到邢台威县调研农村面貌改造提升工程，在老沙河附近的几个村庄里，看见村中间或是村边的一个个大水坑，并没有填平，而是因地制宜、就势改造：坑底做了防渗处理，又铺了厚厚的肥土，在里边种上了莲藕，水里养上了鱼和泥鳅，坑沿儿和护坡用石头砌了，还围着坑沿儿栽植柳树、槐树、月季花。经过改造以后，原先的水坑、草坑、垃圾坑，一下子变成了水中鱼肥藕壮、岸上杨柳依依的乡村公园。村干部热情地向我们介绍，村子在硬化道路时，所有的街道在水平上都向着水坑微微倾斜，一遇雨天，全村的雨水便顺着街道向水坑汇聚。在水流涌入的地方，他们还巧妙地修建了"水簸箕"，有效防止了垃圾随水冲进水坑。若是赶上天旱不下雨，就从老沙河那里引过水来，补充水源……

我们村子里原来的河、塘，要是也这样改造一下该有多好！

我想，合适的时候，可以给村干部们提个建议，看看能不能在村子里搞一搞生态恢复工程——把我们村原来的老河道照着原样儿疏浚一下，然后在村西北的五里桥或金河湾选个合适地儿，建个水坝、水闸，从金河里分出一绺河水，重新引到村子里来。到那时，河里有水有鱼有青蛙，岸边有草有花有芦苇，我们的村庄一定会变得更美的吧。

2015年11月8日夜

是日立冬

鸟声如洗

　　村子里有很多树。树多的地方鸟儿多，这是一定的吧。

　　村子里的鸟儿，春天和夏天时最多。在这些鸟儿中，最常见的是麻雀，它们冬天也不走，而且总是一大群一大伙的，要飞一块儿飞，要落一块儿落，不管飞还是落，一天到晚叽叽喳喳地叫，难有安安生生待着的时候。其次就是燕子、麻野雀和乌鸦了，它们常常也是一群一伙地结伴在一起。杈鸠、"黄昏儿"、斑鸠、鸽子相对要少一些。斑鸠和鸽子的模样儿看上去差不多，有人也把斑鸠叫"野鸽子"。啄木鸟、白头翁不算多，它们常常独自行动，偶尔才会见得着一两只。猫头鹰也是有的，只是很少能碰见，它们白天藏起来，只在夜晚出来，在夜深人静的时候，发出一声声凄厉、尖细而又悠长的叫声："咕、咕、咕——呦儿！"那叫声破空传来，在寂寂的夜空里盘旋不绝，不禁令人毛骨悚然、思绪万千。至于黄鹂、戴胜这样好看的鸟儿，则更是稀罕得难得一见。到了初夏，当东南风将麦梢儿吹得一天天转黄，忽然的一天，会有布谷鸟儿飞来，在麦田的上空，一声接着一声地叫唤着："王八好过！王八好过！"有时，夜深了，还偶尔听见它们的叫声。等过完了麦收，也不知道是从哪一天起，它们又消失了踪影。村里的老人们说，北边的麦收迟，它们往北边飞去了。

　　有这么多的鸟儿，村子里就热闹了。

　　春天的破晓时分，百鸟争鸣。麻雀们醒来就吵吵个不停，春天的风让它们急于表现与释放自己。在房檐上，在树梢上，在场院里，它们飞起飞落，一边叽叽喳喳，仿佛在互相打着招呼，或者彼此辩论着什么。有时，它们会扑棱扑棱地飞到猪食槽子那儿，或者跟在鸡群的旁边觅食，趁着猪和鸡们不注意的空当，抢着啄食一些碎粮食粒或者草籽。

天气渐渐暖和了起来。忽然的一天，就看到了在屋檐下忙着飞进飞出的一对对燕子夫妻。燕子不好叫唤，即便是叫唤，也不是多么响亮和动听。形容燕子的叫声，书上用的词是"呢喃"，其中带有撒娇的成分。不过，燕子的呢喃的确讨人喜欢。有的人家专门在房门的上方或是窗户的一角挖开一个四四方方的齁拉口儿，这是为了在家里没人或者关着门窗时，也能让燕子畅通无阻地飞进飞出。

麻野雀大多时候待在村外的地里。它们的叫声粗声大气，像是村子里那些一遇事就好一惊一乍、快舌快嘴的女人们："喳喳喳！""喳喳喳！"它们待在一起吵吵闹闹的样子，也好像是村里的妇女们凑在一起议论东家长西家短。要到傍晚的时候，它们才成群搭伙地飞回到村子里来，落在它们盘在高高的树顶子上的窝儿里，随着日落而渐渐安静下来。

斑鸠总是忠厚、文静而又小心谨慎的样子。它们羽毛洁净、齐整，光滑得像是绸缎一样，两只眼珠子则像豆儿一样黑亮，看人时微微地歪一下脑袋，露出一点点傻乎乎儿的憨模样。其实，斑鸠也是很机灵的，不等你靠近，就一下子飞得远远的了。斑鸠的叫声也是矜持而温存的，"咕咕——咕！咕咕——咕！"有些低哑，仿佛是怕惊扰到了谁似的。

乌鸦通常被村子里的人们视为不祥之兆，特别是在黄昏和夜深人静的时候，"哇、哇！"或"呱、呱！"叫声里有些惊慌与焦躁，也有些哀伤和凄凉。是不是乌鸦自己也知道人们不大喜欢它们呢？反正，如今的村子里，乌鸦是不大见得着了。

我们家猪棚子的房顶上，每年夏天都会串满丝瓜、吊瓜和眉豆的蔓子，枝叶缭绕、密密匝匝。有一年初秋的一个后晌，我们无意间发现一只特别好看的小鸟儿——红嘴儿、红腿儿，细脚伶仃，浑身上下紧恰恰儿的，走起路来，像是舞台上俏花旦儿出场一样，迈着一溜儿小碎步儿。它有时会站在房檐上，歪着脑袋、伸着脖子偷偷地往院子里瞧，一见有人或听到什么动静，立马一扭身儿钻进豆蔓子里，或者一下子飞起来跑得没了影儿。它的叫声清亮、婉转而又细碎，好像是小孩子在吹灌了水的小哨子一样，滴溜溜儿地打着旋儿。禁不住好奇，一天，父亲悄悄地上到房顶，猫着腰，仔细地扒拉着瓜蔓儿豆蔓儿，在里边找寻那只鸟的鸟窝儿。结果，小鸟儿受到惊吓，一下子飞起来，振着双翅，直蹿入云天去了。这一去，它就再也没有回来。为了这事儿，我们好生埋怨了父亲一阵子，父亲只是嘿嘿地憨笑着说："我只是想看一看么！谁知道这小东西这么害臊……唉！"我们到现在也不知道那只鸟儿叫什么名字，而且在别的地方也再没见过那样子的鸟儿。多少年过去了，我们依然非常想念它。

住在村子里的人们，在每一天的清晨，都是在酣睡之中被鸟儿们的欢唱唤醒；在每一天的傍晚，又都是在紧张的劳作之后被鸟儿们的欢鸣催促着回家。此起彼伏的鸟儿啼鸣，如同晨钟暮鼓，提醒着季节匆匆来去的脚步，也催促着紧张繁忙的田间农事。它们是大自然的有机组成部分，意味着大地生机盎然，意味着万物欣欣向荣，意味着岁月虽然辽阔、深远，却并不空虚、寂寞。

我很喜欢"鸟声如洗"这个词语——鸟儿的叫声，就像水洗过一样清新、清脆、纯净！在乡村寂静的时光里，在聆听着鸟儿们此起彼伏的鸣唱中，人们的心里或欢悦，或安静，或感喟，或忧伤。其实，不管是哪一种心理感觉，都是一种精神上的享受。

但愿村庄里鸟儿们快乐的鸣唱，永远也不会消失。

村庄里的色彩

正月里，沉浸在浓浓年味里的村庄，笼罩着一团喜气。家家户户门楼上挂着红灯笼，屋门上贴着红春联，上面是龙飞凤舞的油黑的墨字，或是金光耀眼的金字，街道上空也飘动着一串串三角彩旗或是彩子，色彩缤纷，气韵生动，寒风中自有一番热闹。

北方冬日的乡村，向来色彩单调，天地间一片灰黄。沉默着的树们是灰黑色的；通往田野的土路，灰中带黄；路边的枯草乱纷纷地倒伏着，它们经历了霜雪和寒风，早已陈旧得发暗。要是下上一场大雪就好了，厚厚的柔软的白，会一下子覆盖住村庄、道路和田野。最高兴的是地里的麦子们吧，麦苗的尖叶子，从覆着的雪被下面挺出来，探头探脑的，是星星点点的墨绿。

过了二月二，已是三月了，路边和田头的草开始试探着泛出绿意，乡村的景色变得清新起来，连麻雀、斑鸠的叫声也跟着清亮了许多。晌午时分，阳光暖热了空气，村庄浸泡在早春的气息里，有着微醺的晕眩。杏树们憋不住了，枝头上的花蕾慢慢地张开粉红色的小嘴儿，背风向阳的地方，已有两三朵、四五朵杏花悄悄开放，令人眼前一亮。杏花一开，村庄里的色彩就热闹了起来。三月快要过完的时候，杏花渐渐开败，桃花又接了上来。桃花红艳艳的，要比杏花好看，只是因为开得有些晚，在村里好多人的心目中，它还是有些比不上杏花。

到了四月就更不一样了，从树上，从地里，从路边，更多的绿色漫溢开来。地上也有了树荫，虽然还是浅浅的，淡淡的，但跟冬天光秃秃的时候毕竟大不一样。我特别喜欢这个时节的麦田，一丛丛、一垄垄的麦苗挺立着，像小嫩葱儿一样，满眼的翠绿，是那种朴素的、干净的好看。夹在麦子垄里的荠菜，已经开出了一串串小白花儿，细瘦细瘦的，在暮春的风里摇头晃脑。小白花儿一溜儿往顶上开去，下边依次结出小三角儿的豆荚。荠菜是一种能吃的野菜，可在早几年，村子里的人们谁都不知道，也叫不上它的名字来。现在城里的人们拿着它们当宝贝，到了星期六星期天，成群结伙地骑着车、开着车，专门下乡来挖荠菜。他们提着小铲，带着塑料兜，在春风里欢天喜地，放浪形骸，为自己的那点儿收获沾沾自喜。回去后，就不厌其烦地用荠菜包馄饨、包饺子、煎春卷儿，做了清新碧绿的汤，还不忘在微博、微信上"晒"出来，也真是有意思。

从杏花到桃花，到梨花、苹果花、泡桐花，再到洋槐花、笨槐花，树上的花儿们陆续都开过了，地上的花儿们也接二连三，一天也没有闲着。油菜花自不必说，满垄满垄地盛开着，像是一畦畦饱满的黄金，引得蜜蜂和蝴蝶们从早到晚，忙碌得晕头转向；地头儿上的打碗花儿，有粉红的，有嫩白的，还有的镶着花边儿，一开就是一大片；蒲公英、曲曲菜开出的花金灿灿地明亮，像是点着灯一样；青泥菜开的花，一簇簇地紧挨着，一片紫红色的毛茸茸的花球儿，像是演戏的戴在头上的装饰。野蒿子也开花，田埂上、麦垄里，它们黄色的小碎花儿，就那样一直往上开着。不过，只有村子里的懒家伙们，才会听任它们招摇着长在麦垄里而不去管它们的吧。

从春夏一直到秋，菜园子里也是花开不断。芫荽在五月里蹿了薹、开了花，一骨朵儿挨着一骨朵儿，细密紧致，一下子让人有些认不出它原来竟是芫荽。暮春时节栽在菜园里的萝卜，是用来打籽的，开出的花儿叫"萝卜碗儿"，有碗口那么大，高高地举着，猛一看，没什么看头儿，要是凑近了看，你就会发现，它的每一个小花骨朵儿都是十分精巧、别致的。

六月里，有金色的麦浪起伏，这个时候的村庄，浓烈得像是一幅巨大的油画。黑色的布谷鸟在村庄的上空绕着飞来飞去，一边飞一边叫。村子里的人叫这种鸟"王八好过"，它的叫声也的确像是在一迭声地喊："王八好过！王八好过！"

麦收很快就过去了，田里的玉米长起来，赶上雨水丰足，便疯了一样地长，村里的色彩变得单调了，满眼都是绿色，浓得似乎要滴下翠来。

地里的棉花长得高过了膝盖，就开始开花，红的，白的，黄的，蓝的，五颜六色，很是好看。它们有点儿像喇叭花儿的样子，但更像是酒杯。有时，一棵棉花上，从下边依次往上，会有三四种颜色的花，也真是令人诧异。只是棉花的叶子一层又一层，像张开了的手掌，常把这些花朵儿给挡住。这些花朵儿渐次开败以后，新生的棉桃就一天天膨大起来。我在棉田里给棉花打杈儿的时候总忍不住要想：要是这些棉桃能吃就好了。——看它们跟桃树上结的桃子差不多的样子，多么像是能吃的。

其实，"棉花"的"花"，并不是指这些美丽的花朵，而是指棉桃成熟裂开后喷出的棉骨朵儿。"七月十五见新花，八月十五大把抓。"农谚这样讲。意思是说，到了农历七月十五，长在棉花棵最底层的头一批棉桃，就该着成熟裂开，喷出棉絮来了。头一批的棉絮质量并不是最好的，要到第三"喷"、第四"喷"，才会产量又高，质量又好。到那个时候，差不多正是中秋时节，棉骨朵儿们在明艳的秋阳下，在飒爽的秋风中，一两天的工夫就能盛开一大片。远远地望去，蓝蓝的天空下，那一片棉田里星星点点，雪一样白，真是叫人喜欢。棉花是经济作物，种得好了，棉桃滴溜儿当啷直碰腿，把棉棵也坠得歪棱了身子，能摘上七八"喷"（七八次的意思）。摘下的棉花铺在房顶上晒干后，送到公社棉站，能卖不少钱。好多人家平常的灯油火耗，靠的就是卖棉花得来的钱。

菜园子里的韭菜会在八月里开花，到这个时候，好多人家就舍不得割韭菜了，单等着韭菜开花，好做上一坛子韭菜花酱。我父亲每年都做韭菜花酱，把采下来的韭菜花洗净晾干，再用轧面机细细地轧碎，轧的时候往里边放些生姜，再放一两只雪花梨，这样做出来的韭菜花酱，真是又鲜又辣，还发些甜口儿，味道好极了。父亲把做好的韭菜花酱装进几只罐头瓶，分送给我和两个妹妹，我们能吃到过年的时候。

到了九月底，收割掉玉米，土地很快就要深翻，准备种麦子，村外的色彩就以泥土的褐黄色为主了，直到麦子长出来，重新给大地铺上一层毛茸茸的绿毯。时令已是深秋，树叶子们的绿色渐渐褪去，有的变黄，有的变红，然后在秋风中飘落。一年将尽，天地间又开始渐渐换上冬天的装扮。

　　乡间的色彩是丰富而又变幻的，又岂是我这一篇小文能描绘得尽？

村庄的另类"解词"

  "不干不净，吃了没病。"村子里的人生吃东西有时不太讲究儿，或者说讲究儿不起，特别是在野外的时候，也的确没条件讲究儿。摘个黄瓜、西红柿，拔个萝卜、蔓菁，挖个红薯、花生什么的，用手擦一擦，随便捋摸捋摸，或是在衣襟上蹭一蹭，就当是清洗过了，放到嘴里，嘎巴儿就咬，一边大嚼，一边念咒儿一般说道：不干不净，吃了没病。也真是怪，尽管那瓜果上沾了灰尘或是泥土，吃过的人倒很少有闹肚子的。

  "闲事少管，睡觉养眼。"这是那些明哲保身者的生活信条。常言说：管闲事儿，落闲事儿。特别是那些鸡毛蒜皮、四六不靠的闲淡事儿，也真是管不得，断不清，理还乱，费口舌，落麻烦，哪如眯着眼睡觉来得清静、舒坦？——可是，每一个人都是各种社会关系的总和，不可能单独生活在真空里，别人遇到了事，你不管不问，等到自家也遇到麻烦，看你怎么张口求人？——谁能保证自己不遇到这样或那样的闲淡事儿呢？

  "齐不齐，一把泥。"这是村子里的那些二三流瓦匠干活儿时胡乱将就、敷衍了事的伎俩之一。垒墙垒不直溜，七努八爽、高低不平，别人说他，他就歪着脖子辩解道："齐不齐，一把泥。不要紧的，抹墙时多甩上一把泥也就'找平'了。"抹墙的遇见这样的瓦匠砌起来的墙，一定会歪着嘴叫苦不迭。

<u>万吨远洋货轮</u>。上小学时，在语文课本上读到这个名词，我们一下子就被震住，大眼瞪小眼，引发强烈的好奇与遐想。说来说去，谁也说不清楚。那时，我们最集中的猜测是：这个"万吨远洋货轮"，一定比我们的村子还要大！在我们村子里，连一只小船也没有，更别说轮船。更何况，我们那时对"吨"的计量单位没有切身感受，对"万"也毫无概念，把这两个字组合到一起，这个"万吨远洋货轮"着实把我们惊到心塞。多少年过去了，依旧觉得"万吨远洋货轮"庞大无比、壮丽无比，想起来就心潮澎湃。

<u>沙发、席梦思、马赛克</u>。遥想当年，村子里一度有不少人曾一致认为马克思姓马，斯大林姓斯，列宁姓列，金日成姓金、尼赫鲁姓尼。至于西哈努克、勃列日涅夫姓啥，还引发过争论，闹出过笑话儿。改革开放后，随着时代发展、社会进步和生活的丰富，一些过去没有的新词语不断涌现，包括用中国话翻译过来的外来名儿、外国词儿，逐步进入人们的日常生活。对这些过去没听过、没见过、没说过的新词儿，村子里的人们在一开始的时候总是说不大顺溜儿，理解也费劲，念叨起来时，先要在脑子里过一道坎儿，和那样东西的模样对上号儿，才能说出来，比如沙发、席梦思、马赛克、的士、炒鱿鱼、超市、互联网、网吧、登录、下载、在线、电子邮件、涨停板、跌停板、晕菜、克隆、纳米……现在，年轻人们嘴上常说的新词就更多了：蓝牙、网购、视频点播、亚健康、脑死亡、一带一路、二维码、G20、网红、酒驾、代驾、WIFI、QQ、微信群……

<u>"猴儿武器"</u>。小的时候在村子里，见识少，啥也不懂，却知道跟小伙伴吵架时，拿大话吓唬人。那时老听人说"猴儿武器"有多么多么厉害，也不知道"猴儿武器"是什么玩意儿，不知道这仨字儿咋写。这是传说中最具杀伤性的武器，据说一个"猴儿武器"扔下来，就能把一座城市在一瞬间摧毁，远比什么地雷、手榴弹、坦克、轰炸机，机关炮、冲锋枪要厉害得多。所以，一般说到要用"猴儿武器"来跟自己吵嘴的小伙伴儿

打仗，对方立马就被比了下去。多年以后，我们才从报纸上知道了我们说的"猴儿武器"，应该是"核武器"才对。

定时炸弹。这个在我们小孩子的心里，跟上边讲到的"猴儿武器"是一样厉害的角色。我们在那时候演的战斗片儿、破案片儿里都见到过。它的厉害，在于它不是一下子就爆炸，而是上边安着定时器，按照预先设定的时间，一点点地靠近，在人们毫不注意的时候，"轰！"地一下子爆炸。也因而，更具有一种神秘莫测的恐怖色彩。我们还曾听大人们说，有个潜伏的特务，在城市的公共厕所的粪池子里安装了颗定时炸弹。幸好让我公安人员得知消息，最终成功破获，给原封不动地起了出来。要不然，人们都正在蹲着解手儿，屁股底下突然"嘣"地炸了，弄得哪儿都是，你想想，这该有多可怕！

"耐活"。"耐活"的本义通常有两个，一个是指人或动物、植物生性泼实，好侍弄，好伺候，好养活。如："仙人掌特别耐活，不用老浇水。"二是略含讨厌的意思，多用来开玩笑，如："你这老家伙，真是耐活着哩！"是说这人老了老了，活得时间还挺长。在我们村子里，"耐活"还有个讲法，用作动词，是指含辛茹苦把小孩子拉扯大。如："她一个人'耐活'着仨孩子，受了多少罪？可是不容易哩！"又如："他们家这俩孩子挺好耐活的，没记着怎么着，哈，都长这么大啦！"不知道在别处有没有这么个说法儿？

"能吃就能干"。20世纪90年代中期，大概是1995年或是1996年的秋天吧，我去陕西开一个会，有一天吃完了饭，和《教师报》的一位叫阎成功的记者聊天儿，他笑了笑，对我说："秀峰，我递给你说，像你这样的，在我们陕西这儿是很好找婆姨的。"婆姨是陕西人的叫法，也就是媳妇儿。我知道自己又黑又不帅，又没特别的能耐，他这么"夸奖"我，一定是在给我"挖坑"，开我的玩笑，便不置可否地冲着他傻乐。他一本正经地跟我解释道："在我们陕西农村，闺女家相女婿，先让来家的小伙子吃顿饭，看看饭量。越能吃，饭量越大，闺女家的人就越喜欢。农业社会嘛，他们信奉的是：'能吃就能干。'"——哦，阎成功这是在绕着弯子笑话我饭量大、吃得多哩！

真的是"能吃就能干"？能吃，身上就有劲儿，能干活儿，这倒是真的。不过，肯定不全是这样。我没见路遥、陈忠实、贾平凹在书中写到过这个。能吃不能吃，与能干不能干并没有必然、一定的联系，也不一定成正比。在我们村子里，也并不缺少学啥啥不会、干啥啥不行、吃啥啥不剩的不靠谱的主儿。靠"能吃"来相女婿，小心上当后悔！

乡 村 经 验

不住人的房子塌得快

老辈子人说，不住人的房子塌得快。

房子离不开人住。有人住，房子就有人经管，就不容易坏。比方说，下雨了，看看有没有漏雨的地儿；下雪了，赶紧上房扫一扫。没人住，也就没人管了。没人管的房子，很快就会露出破败之相。

先是房子的墙壁上、房梁上、窗台上，慢慢覆盖上一层尘土。然后，蜘蛛开始四处结网，墙皮慢慢鼓包儿，一点一点往下秃噜，老鼠们疯了似的沿墙打洞，继而窗户、门扇、门框也慢慢走形、歪拧、发霉，日渐朽烂、松垮下来。挂在门上的铁锁，锁孔锈蚀，变成长满红锈的铁疙瘩。房顶上也一下子出现了蜿蜒曲折的鸡爪子似的裂纹儿。随之，荒草也在房顶子上一丛一簇地长了起来，一岁一枯荣，甚至还莫名其妙地冒出了小树苗儿。夏天，雨水顺着裂纹儿灌下去；冬天，雪水又顺着裂纹儿渗下去，裂纹儿便越张越大了，房子里开始漏水、返潮，在墙壁上留下一片片难看的水渍泥痕，梁、檩、椽子跟着慢慢地朽坏。用不了几年工夫，房檐变形、房顶倾斜，再开始一块一块地塌陷、坍落……终于有一天，就像再也支撑不住的老人，房子轰然倒塌，变成一堆瓦砾废墟。院子里的那些树依旧是繁茂的，还长出一片片蓬勃的蒿草，但遮掩不住那满目的荒凉。

人是屋子胆，屋子没人住，就像一个人没有了胆，是不得长久的。

树冒嫩尖子，近来有大雨

这是母亲当年讲给我的。

有一年夏天，久旱无雨，地里的玉米叶子拧起了绳子，菜园子里的茄子、青椒也蔫头耷拉脑的。有一天晌午从地里收工，我忽然发现路边许多树的树梢儿冒出了一截嫩尖子，显得很是反常，特别是洋槐树、笨槐树和小叶杨，最为明显。母亲看了看，说："这天快旱到头儿了。树们这样子，过不了几天就该着下大雨了。"母亲又到地里看了看棒子棵的侧根，发现有好多新生出的毛毛根，正往土里扎。母亲直起腰来，对我说："棒子也冒白毛毛儿根了，这雨是非下不可了。"

过了三两天，果然就下了一场透雨。

2016年初冬，我在家翻《获鹿县民间故事民谣谚语卷》时，看到里边记载着这样一句谚语："树梢拔嫩尖，快见下雨天。"

给红糖掺点儿白面

母亲蒸糖包儿（有的地方叫"糖三角"）时，总要事先在红糖里头掺些干白面。

一开始，我以为母亲这么做是因为家里的红糖少，掺点儿干白面在里头，用来充数。

其实不是。

红糖遇热会化成糖水，而小孩子吃糖包儿容易心急，倘若不加小心，下嘴一咬，滚烫的糖水猛地滋出来，弄不好就会烫了嘴、烫了手，或者弄脏身上的衣服。掺上白面之后，糖馅儿变得黏黏的、糯糯的，就不会轻易流淌出来了。

生活里的一些细节，其实是挺深刻的。

"抄水平"

村子里的人家盖房子，第一件要紧的事，是先找好地基的"水平"，然后才能打根脚、垒墙、安门窗、上梁。村子里有句话："水流东南望"，意思是说我们这里的雨水，都是往东往南流的。要保证下大雨时排水通畅，各家各户的房地基就要讲究"水平"的高低，东边的不能压住西边的，南边的不能高过北边的。这是多少年、多少代的"讲究儿"，属于家家户户共同遵守的乡规民约，一般不得违犯。

那些乡村建筑师们没有精密的仪器设备，但他们也自有妙法：先把细塑料管儿里灌满水，然后以邻居的地基水平为准，比住塑料管儿一头儿的水高，再四处去比画，等塑料管儿另一头儿里的水高平稳下来，就在房基地的四个角钉上木橛子，再在木橛上刻上水平印儿。新房子的根脚不能高于这个印儿。这叫作"抄水平"。

农民中间充满了各种各样的智慧，别看他们是土法上马，但简单而实用，同样能解决实际问题。

香椿保鲜法

香椿芽儿算是一种"时鲜"，过了节令就不大好找了。

每年过了清明，香椿树的嫩芽就渐渐膨大起来。开春儿的头茬香椿是最鲜嫩的，肉肉儿的，没有叶筋儿，也不发柴，吃起来还筋道。香椿芽儿扳了再长，每年春天能连着扳三茬，扳过三茬以后，就不能再扳了——总得给香椿树留条活路呀！

我们家有四棵香椿树，每年扳下来的香椿芽儿吃不过来，父亲就用开水把香椿焯一下，然后一把儿一把儿地装进塑料袋里封好，放进冰箱储存。这样处理过的香椿，放一年也没问题，什么时候想吃，拿出来就是，依然那么鲜嫩、碧绿，味道也一如春天时那么纯正而又浓郁。

看云识天气

上中学时，曾在语文课本上学过一篇《看云识天气》，讲的是根据云彩的种种迹象，来推断阴晴风雨，预知天气变化。里边有一句话，记忆得很深刻："云就像是天气的'招牌'：天上挂什么云，就将出现什么样的天气。"

村子里老一辈儿的人们在生产实践中，根据云的形状、来向、移速、厚薄、颜色等变化，经过多年的观察对照，也总结了丰富的"看云识天气"经验，并编成顺口溜，如："云彩往南水连天"，意思是云彩往南走，就要下大雨。也有的地方这样说："云彩往南，老头儿坐船"，意思是一样的；再如："云彩往北一阵黑"，或者"云彩往北，做饭摸黑"，意思是云彩往北走，只是黑了天空，不一定会下雨；还如："云彩往东一阵风"，意思是云彩往东，只刮风不下雨；"云彩往西水来急"，意思是云彩往西跑，大雨即刻就会来到。北方的云是这样，南方的好像也是如此。我在一本书上读过，他们是这样说的："云往东，车马通，云往南，水涨潭，云往西，披蓑衣，云往北，好晒麦。"

在乡下，每逢要变天的时候，我总是习惯性地看一看头顶上云彩的走向，预测一下随后的天气变化。这些顺口溜所总结到的，多数还是挺准的。

制 服 犟 驴

驴子是很有脾气的，最主要的表现就是犟。不管是空身儿，还是拉车，还是拉碌碡，或者是驮着人，只要它不高兴，或者稍不乐意，它就发一发自己的"驴脾气"，使出犟劲儿，"定"在那里不动了，无论你怎么引导、训骂，也无论你怎么用鞭子或树枝抽打，急得你脸红脖子粗的，它就是不肯向前迈步。更有的时候，你越打它，它越叫劲，越往后退。所以，村子里的人有时讽刺那些脾气硌硬的"倔巴头"们，就好用犟驴来打比方："牵着不走，打着倒退。"

村子里有经验的老农在对付犟驴时自有妙法，其实也很简单。我曾听一位老农给我讲，遇到这种情况，不用费劲，找来一把干草，提起驴尾巴，把干草夹在驴尾巴下边就成。原来，驴尾巴只能左右摆动，不能上下摇动，一把干草夹在那里，驴会感到非常瘙痒，便不由自主地来回摆尾巴，却越摆越痒。驴子一时忘记了自己的犟脾气，只顾得"嘚、嘚、嘚"地往前走，直到你把那把干草给它一把扯下来。

村 庄 散 札

1

我对生活向来没有太高的奢求，喜欢淳朴、素简、平实、安静，远离人际纷争的扰攘，避开噪音污染的喧嚣，自己面对着自己，更真实、更自然、更从容，让生命回归最为坦然的状态，孤独而不寂寞。

我有时会想，假如我有四五亩地，就住在村子里，养上一头小毛驴儿，或是一头大黄牛，每日日出而作，日落而息，在自己的田里劳作，秋天种小麦，初夏种玉米。再养上一群鸡鸭。我愿意我享用的食物都来自于自己的种植和饲养，间或有些从野外的树林里和草地上采摘来的。当我和小毛驴或黄牛干活儿干得累了，就停在地头儿的树凉儿下，或者一处长满了草的地方，歇歇晌儿。我坐在旁边，或者半躺在草窝儿里，看着它们那双挂着长睫毛的湿润大眼睛。那双眼睛必定是温和的、天真的、无辜的、善意的。我会和它们说话，或是胡乱地哼着自己编的不成调调儿的小曲儿，它们则傻傻地，默默地听着，一副若有所思的样子，却一言不发。看它们听不懂，我也许会亲切地骂它们两句。它们依旧会那样傻傻地、默默地看着我，也有些不屑，晃荡晃荡脑袋，拨棱拨棱耳朵，好像把听进耳朵里的话，又都抖搂了出来。

村庄就在不远处，一抬头就看得见我家所在的那个巷子口儿。偶尔能听见从村里传来的大公鸡悠长、嘹亮的啼鸣；晌午或者傍晚，风中能闻得到炊烟里飘来的香气。

遇上刮大风、下大雨的日子，或者特殊一点儿的节气，我就和我的小毛驴儿、大黄牛在家里歇着。

也许你会说，我把自己向往的生活想象得过于理所当然，有些天真，有些矫情。但是，我的确是这么想的，时不时地这么想。其实我也知道，想着尽量过简单的生活，并非是那么简单的事。

2

一个人待着的时候，我有时会想：

我奶奶要是能活到现在就好了。

我爷爷要是能活到现在就好了。

我姥爷要是能活到现在就好了。

我姥娘要是能活到现在就好了。

我母亲要是能活到现在就好了。

……

唉，我的生命中最亲的亲人们，你们都离去得那么早，等不到现在。如果你们现在还活在这个世上，住在村子里，我保证，至少每个节假日、每个星期天，都要赶回来看望你们，给你们带上些好吃的、好看的。然后，夏天坐在院子里的大树下，冬天坐在北墙根儿的日头地儿里，有一搭没一搭地和你们淡淡地扯些闲话儿，开开你们喜欢的玩笑。再然后，和你们，还有家里的一堆小孩子们，一块儿吃顿简朴而热烈的饭。

我一个人待着的时候，常常老这样想，使劲儿地想。

3

我特别喜欢我们村外的麦田，从村北到村东到村南，连成一片。

站在村口儿望出去，能一下子看到老远，直到被远处另一个村子的房子和树挡住。如果是在春夏之交，风景更好，麦子们绿油油的，长到了板凳那么高，蓬勃茁壮。有风的时候，开始有麦浪涌现，一波追赶着一波地起伏着，像是海面上起了风一样。

到了谷雨的时候，麦子们站得齐刷刷的，马上就要抽出麦穗儿了，一副纯净、从容、自得的样子，更是让人欢喜不尽。农谚讲："谷雨麦怀胎，立夏秀出来。"看到麦梢儿鼓肚儿的样子，让人立马想到"丰收在望"这个充满美好向往的词语，也让人想起村子里谁家怀了小宝宝的年轻媳妇儿——她们的模样，还有她们脸上带着的骄傲而又娇羞的神情，多像是棵就要秀穗儿的麦子啊！

麦子们沐浴在明亮的阳光里，迎接着立夏的到来，满含着对收获的期待。它们，还有村子里那些怀孕的年轻母亲，都是我们这个村庄的喜悦和希望，有的是让人们羡慕的幸福。

4

母亲坟头上的这棵榆树，长着长着，就由一棵变成了两棵。

其实它们原本是一棵的，只不过出了地皮就分开了杈儿。两个杈儿伙着一个主干，小的时候不怎么显，随着树越长越高、越长越粗，这两股杈儿就变成了相依相偎的两棵树了，南边的那棵稍粗些，北边的那棵稍细些。

2017年清明节的时候，我去母亲的坟上烧寒食纸，看到这棵当年只有锨把儿粗的小榆树，已经长到小碗口那么粗了，仰着头才能见到它们高高的树梢儿。更可喜的是，树梢儿上绽开了一串串的榆钱儿。想象着春天快结束时，榆钱儿在风中飘飘洒洒的情景，心里边不觉掠过一丝丝的暖意。

这棵榆树是在2012年的清明节，我从铜冶镇赶集回来时，在村西嘎子家西墙外的乱树丛中挖下来的。当我踩着乱石土块，费力地挖下这棵树时，天已响午。记得那一年，嘎子的母亲还在世，站在围墙边上，热诚地指点着，让我要不挑这棵，要不选那棵，还隔着墙头儿从她家里给我递铁镐、拿铁锨。如今，她去世快有五年了吧。

5

小时候在村子里，觉得我们村子又小、又偏僻、又闭塞。日子一天天过去，除了春夏秋冬四季交替，风雨雷电因时变幻，一天天都差不太多，生活贫乏，周遭安静，光阴缓慢，心情寂寥。

因为离着城市较远，小村是不被城市惦记的。我们这些小村里的小孩子们，时常踮着脚尖儿，遥望着远处那些真切而又模糊的繁华，心中满是怅惘。

长大了，走得远了，我却越来越烦恼我们的村子距离城市还是太近了。村子里的许多人在城市里找到了赚钱的工作，早上去，晚上回，每天带回五光十色、莫衷一是的新闻或是传闻，然后，就着吃、就着喝、就着嘴边和鼻孔里缭绕的烟雾絮絮叨叨、津津乐道。有时，你很真诚地跟他们讲说一件事情，他们的第一反应往往是：眼珠儿一转，歪一下头儿，半张着嘴愣怔一下儿，然后说："真的吗？不可能吧。"或者说："不准吧？我觉得够呛得慌。"除非亲自遇见或亲身经历，他们的心里有越来越多的怀疑、防备和不确定。

这就是村庄离城市太近的缘故和结果。城市不仅污染空气、污染河流，连人的眼睛、耳朵和心眼儿有时也要污染的。每念及此，我心中的惆怅便更加浓稠了。

6

一个人实在不实在，跟你是不是真好，一说话就能听得出来。听话得听音儿。

那些真心跟你亲近的人，不讲前提条件，愿意与你分享，之前也并不轻易许诺。他会不声不响地提前准备好，在你需要的时候，直接拿给你。这是真正的给予与分享，不图有所回报。对这份礼遇，他表现得从容，你接受得也坦然。

有的人却不是这样子。他们看上去似乎更热情些，总是满面春风、眼含笑意，有时还要亲热地拍拍你的肩、拉拉你的手、揽揽你的腰，然后亲切地对你说：我给你点儿这个吧！我给你点儿那个吧！要不就问：你要点儿这个不？你要点儿那个不？但是，光眨眼、不舒手，光嘴说、腿不动。如果你腼腆一点儿、迟疑一点儿，说：不用了，我也有。这事儿马上就翻篇儿。如此一来，他既表达了对你的亲近，又不会有真正的付出——这"买卖"是合算的，他端给你的，只是一箩筐暄暄腾腾的又好看又好听的甜言蜜语，一点儿真事也不顶。

一句"拿着！"就两个字，却胜过一大篇"我要给你！""我会给你的！"还有，"改天不忙了请你吃饭。""有空儿了一定好好坐坐。""下回对事儿了再说。"类似这样的承诺，他那么一说，你就那么一听，过后算拉倒，就当是刮过一阵儿风。就像村里人常说的那句话："让让你，是个理儿，锅里没有煮小米儿。"不必当真，不要拘泥，也就没有烦恼。

7

考上大学的那年秋天，一个星期天的下午，我骑着车子去了南降壁村的三姨家。那时，三姨还住在原先的那座老院子里，房子也还没有翻盖过。

三姨见我来了，很高兴，说正巧她家的电视机出了点儿毛病，荧屏上的图像老是不稳定，演着演着，里边的人脸就歪了，嘴巴一扯一扯的，脑袋也成了"门楼头"，要不就是波纹荡漾，像风中的池塘一样，看不了多会儿就让人头晕脑涨……三姨说完，掀开电视机上罩着的一块花布，让我帮着给修一修。这一下，可把我给为难住了——我念的是河北师大中文系，学的不是这一路，哪有能耐修理电视机？

三姨见我束手无策，有些失望，说："唉，我还以为你上了大学，就什么都会呢！闹了半天，你连个电视机也不会修呀？"

村里的人们对"有知识""有头脑"的人的看法，就是会修收音机，会修电视，会写对联儿，会看说明书，会办别人不会办、不能办、办不了的事。要是对这些事"拿"不起来，他就对你的水平产生怀疑，以后你再在他跟前高声说话，他才不会听你的呢。

我承认，直到现在，我仍有好些个事"拿"不起来。

8

那天傍晚，我回到村子里。在村东，见到两个打井师傅正在五十一亩地双兵家的地南头儿上打井。打井机"咣当！咣当！"一下接一下地响着。见我过来，双兵站在马路边，和我说话。两位打井师傅是从栾城请来的，五十多岁，农民模样，不时瞥我一眼。两人都光着膀子，穿着大裤衩子，浑身上下甩满了黄泥点子，连头发上也是，像个泥人似的。旁边一个方方正正的大土坑里，已经灌了半坑多稠粥似的黄胶泥。

打井队是双兵自家请的，打成这一眼井的费用是五千元。我们这里的水脉还行，打到二十七八米就出了水了。双兵说，打到四十米深，就准备下管子了。管子就堆在旁边，是些鸡蛋粗的白塑料管子。我问他，地里不是早就有机井么？双兵说，他打这眼井不是为浇地，用这么细的管子浇地不行，走水还不够渗的。

在他家西边不远，是新会家的地，也在地头儿上打了一眼井。新会家前几年就不种庄稼了，全栽上了苹果树。今年，又用铁丝网把地全封闭地圈了起来，里边散养上五六百只鸡，还在地南头儿盖了三间小房。双兵说，等打好了井，他也想搞一搞这个，比种麦子种棒子要强。有这么一眼小机井，使起水来就方便多了，随用水随开机子。

五十一亩地是我们村边上的一块方田，打我记事以来一直种麦子、种高粱、种玉米。可如今这年头儿，光靠种庄稼来不了多少钱，村子里已经有好多人家不种庄稼了，有的在地里栽上了核桃树，有的栽上了苹果树，有的栽上了樱桃树，有的栽上了国槐。农民靠土地过日子，种庄稼不挣钱，就变一变思路，换一种方式，兴许就能闯荡出另一番新的天地。

9

谷雨时节，父亲在村东的菜园子里种上了苦瓜、丝瓜、南瓜、北瓜。

到初夏时，瓜秧子开始串蔓子了，父亲就给苦瓜和丝瓜搭起木架子，好让它们往上面爬；南瓜和北瓜不用搭架子，瓜蔓子满地串。七月里，瓜们长得热热闹闹的，苦瓜、丝瓜、南瓜、北瓜结下了好多，有的在架子上吊着，有的在地里卧着，跟头咕噜的。

丝瓜和苦瓜紧挨着，好多蔓子串在了一起。父亲种的这种丝瓜，我们这里叫洋丝瓜，上头细，下头粗，身上带着七道棱儿，就跟小棒槌儿似的。那天傍晚，父亲给我摘了好几根嫩丝瓜。可等我回家刮了皮、切了丝凉拌，一吃，竟是苦的。这种苦，不是苦瓜那种带有清香的苦丢丢儿的苦，却跟黄连差不多，令人难以忍受。我从来没有吃过这种苦丝瓜，吃了两口儿，实在难以下咽，只好倒掉了。

我打电话问父亲，父亲也说不清是怎么回事。我怀疑是不是蜜蜂在采花粉时，先采了苦瓜花粉，再去采丝瓜的花粉，从而导致丝瓜变苦了呢？我上网查了查，发现丝瓜发苦虽不常见，却也时有发生。网上说，丝瓜味苦主要有两个原因，一是植物在开花授粉时串粉了，不同品种丝瓜之间、不同植物之间都可能会串粉；二是在当年气候异常等环境影响下，丝瓜也会出现苦味。另外，和丝瓜的病虫害也有关。还有的说，种过苦瓜的地里种丝瓜，丝瓜也会变苦。后来，我看河北电视台都市频道上的报道说，变苦的丝瓜里边有一种生物毒素，吃了会恶心，还会有其他不适，建议人们最好不要吃。

我是第一次吃到这样的苦丝瓜，而苦滋味又是如此不同寻常，特此记之。

10

民谚说："立夏百鸟全。"意思是说，过了立夏节气，村子里南来的、北去的鸟儿，该有的就全都有了。鸟儿们和人一起住在村子里，每一个清晨和黄昏，总要喧闹上一阵子，才旋着身子飞去，或钻进巢中睡觉。村子里有鸟儿，每天都是热闹的。

在村子里听鸟儿叫是很有意思的。除了我过去在书中写过的"姑姑穷""王八好过"、斑鸠和猫头鹰等以外，还有一些也分外有趣。

有一次，我骑着车子路过村北，听到远处树趟子里有一种鸟儿在叫，声音激越婉转，又富于变化，好像是村里的那些巧嘴女子正在跟人吵架，连珠儿炮似的："就数你臭精！""臭精、真臭精！""臭、臭、臭、臭精！"我停下车子仔细辨听，真是越听越像，不由得笑了起来。只是，枝叶过于茂密，我只能听到鸟儿叫，却看不到它到底藏在哪儿。

还有一种鸟儿的叫声，平时并不能常听到，那声音，总觉得像小流氓儿似的，每每叫起来，仿佛是在喊："看——屁股！"而附近若是有麻野雀，就有意思了。麻野雀的叫声有些傻乎乎儿的，好像是充满了看热闹的好奇一样回应着："哪儿来？——哪儿来？——"一个问，一个答，真是惟妙惟肖，听来令人忍俊不禁。

11

2016年，村里开始编村志，由王孟珍和樊瑞华两个人具体负责。王孟珍是位退休老师，有很好的文字功底，管文稿的撰写；瑞华是我高中同学，主要管外联，搜求资料、拍摄照片。别的村大都是五六个人，我们村就他俩，成天忙得不亦乐乎。

瑞华把他们编写好的村志初稿，过一阵子就发给我一部分，让我有空儿了帮着作些修改、润色。有一回传来的是村子里的家谱。我在看时，发现有一个人的名字叫"冯会虾"，还有一个人的名字叫"雇贵枝"。我挺奇怪：北方人的名字，哪有用"虾"字的呀？还有这个"雇"，百家姓里好像也是没有的。

我给瑞华打了个电话，就这个事提出疑问。瑞华说，这是他们按照村里的户口册子填写的，不会错。我说，户口册子就真的那么有准儿？最好是问一问本人或家里头的人。瑞华就去问了，果然都是错的，"虾"应该写成"霞"，"雇"应该写成"顾"。但这些错都已经成为"法定"的了——户口簿、身份证上，都是这么写的。说起这个事来，冯会霞气得不行，可要想改，还得找这儿找那儿的，费事得不行，只好将错就错了。而这错的源头，就是村子里的那个户口册子，出自村子里的不知是哪个工作人员的"笔误"。这样的"笔误"，在别的地方和村子里，也并不鲜见，有弄得男女颠倒的，有弄得生日错乱的，有弄拧夫妻关系的，错字别字更是五花八门、奇形怪状、洋相百出。在一个村，因为写错了一个人的年龄，而影响到当事人到了60岁却领不了养老金，这事儿还上过电视、登过报纸哩！

12

从秋后到初冬，北方的平原上常会刮大风。那大风浩浩荡荡，扯地连天，卷得树叶、柴草飞起来，跑出去老远，只在间歇中才徐徐落下来，聚集到坑洼、沟坎和背风的地方。一场大风刮过，村庄的里里外外好像被人打扫过了一遍，场光地净。

二爷爷、丑子、明祥，是村子里公认的勤快人。他们在田地里劳作一辈子了，上了年岁，仍一天到晚闲不住，每天早晨都醒得格外早。乡下人本来就是要早起的，只不过他们起得更早些。雄鸡唱过三遍，麻雀们还没有起身，他们就拉上小胶车儿出了村子。那会儿，东边的朝霞还未升起，天上寒星闪烁，地上布满浓霜，四下里黑咕隆咚的，只看得见微微发白的土路，和远处模模糊糊的一团，那是树趟子的影子。小胶车儿在冻得硬邦邦的村道上不时颠簸一下，发出"咣啷、咣啷"的响声。

他们是趁着大早起来搂树叶子的。风在入夜后就渐渐停了下来。那些坑洼、沟坎和背风的旮旯儿，都有成堆的树叶子和柴火，不用扫帚和筢子，就可将这些树叶子白捡一样装上车子。

"哗啦——，哗啦——"干透了的树叶子被撮起来时发出一阵阵脆响。二爷爷的嘴里哈着呼呼的白气，短胡楂儿上挂起一层白霜。等到二爷爷他们将装得冒尖儿的小胶车儿拖回村子里来的时候，浅青色的黎明刚刚降临。

村子里家家户户都有猪圈，粪眼的旁边是一堆一垛的柴草、秫秸。二爷爷、丑子、明祥家的猪圈旁，会比别人家多出一大堆像山岸一样高的树叶子。这是他们每天大早起跑遍村南村北的收获。这些树叶子的用场，一是给猪铺窝儿，二是垫圈。猪窝里铺上这些温暖、干燥的树叶子，猪会特别喜欢，漫漫的冬夜里再不会挨冻，睡觉时钻进去，暖暖和和、舒舒服服。用树叶子垫圈，也能省下不少秫秸和柴草。一个冬春下来，就能比平常的人家多攒出两圈粪。

粪多，地里的庄稼就长得好，粮食就打得多。勤劳是农人的本业。农家的日子，朴素、干净、本分，就是这样一点一点丰厚起来的。

13

小的时候，小伙伴们在一起玩耍，常玩儿一种游戏，就是各自伸出小手儿，叉开十个手指，翻来覆去地互相比"斗"和"簸箕"，彼此取个乐子。十二三岁的女孩子们尤其热衷于这个，你看看我的，我看看你的，叽叽喳喳地对来比对去，有的笑，有的恼，有的嘻嘻哈哈，有的闷头不语，然后，每个人带着不同的心绪四散而去。

每个人的手指头肚儿上都有着细密、宛转的纹络，看上去就像是水中温柔的漩涡一样，而且每根手指头儿上的纹络都不一样。有的是一圈圈儿的，人们把这样的纹络叫"斗"；有的纹线是一边开口儿的，像个簸箕似的，就叫"簸箕"。有的人"斗"多，有的人"簸箕"多，个别的，甚至十个手指头儿全是"斗"或者全是"簸箕"。

据从村子里老一辈儿的人们流传下来的老话儿讲，手指头儿上"斗"和"簸箕"的多与少，可以大概预测出一个人"命"的好赖。有一套口诀是这样说的：

"一个斗穷，俩斗富，仨斗四斗卖豆腐，五斗六斗开当铺，七斗八斗把官做，九斗十斗享清福。"

也有不一样的版本和说法儿："一斗穷，二斗富，三斗四斗开当铺，五斗六斗卖豆腐，七斗八斗沿街走，九斗骑白马，十斗坐天下。"或是："一斗穷，二斗富，三斗卖豆腐，四斗五斗开当铺，六斗七斗有个中药铺，八斗九斗十斗是个大财主。"

当然，这都是些闲话和笑谈。因为同样是七个斗、八个斗，有的说可能当官坐轿，有的却说要沿街乞讨，整个儿拧了。因此，姑妄听之，但求一乐，不可全信。假如对号入座，过于当真，肯定是自寻烦恼、没事找事。

用"斗"和"簸箕"推测人生境遇也许并不全部灵验，但它作为"人体身份证"，则是一门严谨而实用的科学。指纹人人皆有，却各不相同，除形状不同之外，纹形的多少、长短也不一样，重复率极低，大约在150亿分之一，据说直到现在还没有发现两个指纹完全相同的人，真正的独一无二。并且，它们的复杂程度足以提供用于鉴别的特征。由于指纹是每个人独有的标记，我们在电影电视上经常看到有这样的情节：警方只要在犯案现场提取到一枚罪犯所留下的指纹，就会成为追捕和锁定嫌疑犯的重要线索和定罪证据。

至于人们研究手掌纹的"生命线""感情线""智慧线""财富线"什么的，即便是有根有据、头头是道，也多是穿凿附会、自圆其说吧。不过，根据人们手掌上的纹络，来推断身体状况，或推测与身体相对应的部位可能存在的健康问题，倒不一定没有道理。据说，这在学术上叫作"生命全息理论"。这个我不大懂，不敢在此妄加评论。

14

我有一个初中同学，邻村南张庄的，和我一般儿大，大名儿叫全进朝，还有个小名儿，叫"垛垛儿"。

一开始，我们都以为是"多多儿"这几个字，因为他在家排行老三，上头有两个哥哥，估计到生他的时候，父母一看：咦，怎么又生了个小子？一家有仨小子，父母便觉得有些吃不住劲了——小子们长大要成家立业，哪个不得勒紧裤腰带，给弄上一处庄户才能娶媳妇儿呀？仨小子，就得扒三层皮、抽三回筋，可不是叫说话儿哩！高兴中夹杂着点儿无奈和懊恼，父母给他起了个"多多儿"这个小名儿，大概意思，是嫌小子生得有些多了吧。

谁知实际上却不是这样。据他自己讲，他小的时候又淘气又拧，好"撒泥腿儿"（小孩子耍赖），惹得哭了就往那儿一"垛儿"，从早起哭到晌午再哭到天黑，哼哼唧唧，没完没了，一天都不带动窝儿的。家里人拿他没法儿，他父亲就在院门口儿的土堆上给他挖了个半人来深的坑，他一哭，就把他系进去，让他待在里边，只露着头儿，却爬不出来。等天快黑了，大人们下晌回来，哭了一天的他，浑身上下早成了个泥人儿。能把自己哭成一坨儿泥，真够有本事的。家里人就给他起了个外号，叫"坨坨儿"——我们这里是把"一坨儿"讲成"一垛儿"的（"垛"读平声）。"垛垛儿"这个小名儿，念着又上口儿，听着又好玩儿，便在村子里叫了起来。"全进朝"这仨字儿，也只在他上学时的作业本、考试卷子以及户口本子和身份证上，才有机会露一下面儿。

15

说起村子里对一些物事的"命名"，也是挺有意思的。

布谷鸟，学名叫杜鹃，古人又称为杜宇、子规。每年春夏之际，杜鹃啼鸣不止，啼声清脆而短促，勾起人的惆怅思绪，令人浮想联翩。古语中有"杜鹃啼血"之说，传说杜鹃昼夜悲鸣，啼至血出乃止，常用以形容哀痛之极。白居易曾在《琵琶行》写道："其间旦暮闻何物？杜鹃啼血猿哀鸣。"在我们村子里，布谷鸟不叫布谷鸟，也不叫杜鹃、杜宇和子规，偏偏起了个怪名，叫"王八好过"。你不是家里好过吗，那你是个王八！——先吃我一骂，也好让我的心里得到一点儿平衡，得劲儿那么一点儿。

再比如，有句俗话，别的地方说："好汉没好妻，赖汉娶花枝！"也有的说："好汉没好妻，赖汉娶个花滴滴！"换在我们这儿，却是另一个版本："好汉没好妻，赖汉子骑好驴！"你听，口气里是不是流露着些许的恨意？自怨自艾也就算了，连同那个肯嫁给赖汉子的小媳妇儿也要被捎带上骂作一头驴！——自己娶不上"花枝""花滴滴"，骂你媳妇是头驴，也算解解气！

还比如，有一种药材，叫地黄，小时候我们常把它细长的喇叭筒花揪下来，从后面吸它那甜甜的汁液。在平山，管这种花叫"蜜蜜罐儿"，在赵县叫"老鸹喝喜酒儿"，在新乐叫"妈妈喝酒儿"，还有的地方叫"酒壶秧""酒壶花""酒布袋棵儿"，你猜我们这儿怎么叫？——"狗嗍嗍儿"！你不是沾光儿尝到花儿里的那一点儿甜蜜了么，得，你是小狗儿！

——这里头是不是有点儿阿Q的"精神胜利法"呢？

还比如，我们这儿把小孩子喜欢的好物件儿，叫作"狗喜欢儿"。这虽说有拿小孩子开玩笑逗乐的成分，却终究还是把小孩子当小狗儿给调侃了一下子。

还有，我们这儿的损人话、骂人话也是够粗、够狠的，有时，就连妇孺们骂起来，也是不管场合，张口就来：狗×的，穷×的，好像那玩意儿就长在他（她）的嘴边一样。这么"赶劲"而又硌硬的骂法儿，在别的地方是很少能听到的吧。

总归来说，我们这儿的人们还是勤劳朴实的。但性格中大都有点儿倔巴，有股狠劲儿，有时候还有一点点"蔫损"，心服口不服，暗服明不服。想来，这或许与我们这里的水土是有关的。我们这儿的土地是黑夹土，这种土有一种胶性，用村里人的话说就是："湿了黏、干了硬，不干不湿弄不动。"在这样的土地上凿井而饮，吃着黑夹土里长出来的粮食、蔬菜，人们的心理、性格、气质，甚至外观相貌，自然也会受到一定影响吧。这与我脑海中对村里人的一些风格印记是吻合的。如此看来，老话儿说的"一方水土养一方人"，还是很有道理的。

无　题

一

　　现如今，村子里家家户户的大门都修得高大、气派，安的是红的或黑的大铁门，"咣当"一关，壁垒森严，再也不像原先那种简陋的木门，或用柴木棍子捆扎的栅子门。古人云："闭门即是深山。"大铁门一关，人就如同钻进了山里一样，严实是严实了，外边有人来找也不好找了，外边喊叫半天，里边也听不见；听见了，门里边还得警惕地盘问上老半天。我在这里简单描述一下——

　　"duang! duang! duang!"有人敲门。

　　里边："谁啊？"

　　外边："我。"

　　里边："谁？"

　　外边："我！"嗓门儿提高了些。

　　里边："你？——你谁呀？"

　　外边："我呀。"

　　里边："看这个，真是的！你到底谁啊？"口气中已有些不耐烦了。

　　外边："我嘛！你说你，怎么连我也听不出来了？"

　　"哗啦——"，铁门栓一响，大门开了。

　　里边："咳，我当谁哩？——是你呀！咋咋唬唬的。"

外边："可不我嘛！我不一个劲儿告诉你是我、是我嘛！你就是听不出来！唉，大门挡着，说个话吧，看这费劲哩！把我嗓子都快喊劈了！——你这人！"

里边："哎呀，看你这个！不要说啦不要说啦，进来吧，快进来吧。你找我有什么事儿？"

外边："是有个事儿哩！要不我也不费劲在你这铁门子外边连喊带叫的，练了这老半天的嗓子。"

……

在村子里，这样的问答经常能够遇见。

二

村子里有个年轻人，跟人问话时有个习惯，常常揪住不放，紧追不舍，刨根问底的，直到把人憋在墙角转不过身来，问到无言答对。比方他到别人家去找人，我给模拟一下——

年轻人：大娘，俺大伯在家不？

大娘：没在。

年轻人：俺大伯去哪儿了？

大娘：不知道，我从外边回来他就不在家里。

年轻人：俺大伯什么时候出去的？你知道不？

大娘：不知道，我又没看见。

年轻人：你回来多大一会儿了？

大娘：怎么也有一顿饭的工夫儿了。

年轻人：那你知道俺大伯什么时候能回来呀？

大娘：你看你这说哩，那咋知道哩？——没个准儿。

年轻人：那你估摸着俺大伯什么时候能回来？

大娘：这咋估摸？该回来的时候他自然就回来了。

年轻人还在那儿皱着眉头想问下去。大娘瞪眼望着他，心想："这人，咋这么'二五眼'呀？问起来也没个完！"她被年轻人这些问话缠绕得头昏脑涨，不耐烦得连一句话也不想再说了。

三

小时候在村里看露天电影，总是满心的新奇与兴奋。

那时，最喜欢看的是打仗片儿，《地道战》《地雷战》《小兵张嘎》《激战前夜》《打击侵略者》什么的。刚刚认了几个字的我，对影片中日本鬼子司令部或者炮楼的墙上挂着的一幅字，总是感到有些莫名其妙，这四个字就是繁体的"久长连武"，也不知道他们挂着它是啥意思。其中，"长"字我是认识的，"運"我不认识，以为是个"连"呢。"久长连武"了好长一阵子，也不好意思去问大人们。到后来才知道，是我念错了，一是这四个字应该从右往左念，二是第二个繁体字"運"，念"运"而不是念"连"。这四个字的正确读法是"武运长久"，日本鬼子挂上这四个字，是妄图武装扩张搞侵略的好运能够长久。

还有一件事，是我不知道电影里的人物都是电影演员扮演的。因为场景设置、道具使用和人物表演都太真实了，老以为电影里演的就是发生在那里的真人真事，好人就是真好人，坏蛋就是真坏蛋，英雄在影片中英勇牺牲了，那他或她就是真的再也见不到了！当时我还纳闷呢：这些日本鬼子和汉奸在暗地里密谋干坏事，"咱们"就好像在跟前看着他们、听着他们似的，"咱们"是怎么知道的呀？……一连串的问题找不到答案，常常使我辗转反侧、夜不能寐。直到渐渐长大，看到《林海雪原》中的侦察英雄杨子荣又出现在《激战前夜》中，变成了师部侦察科长鲁维智，又在《野火春风斗古城》中成了起义将领关敬陶；《柳堡的故事》中甜美、淳朴的二妹子，又出现在《霓虹灯下的哨兵》中，变成了乡下媳妇春妮；《五朵金花》中清纯、可爱的副社长金花，在《阿诗玛》中变成了坚强、美丽的阿诗玛，我这才恍然大悟，知道了电影的"真相"——"电影"是门艺术，是导演带领演员们创作、表演、拍摄出来的。

四

年少时在乡下，见识少，对世事懵懂无知，但内心里并不安分，对于外面的世界，时常充满了无限的企盼和不知所以的渴望。

记得那时，每逢在报纸上读到或是在公社的有线喇叭里听到"机关、部队、学校、厂矿、城市、乡村"如何如何、怎样怎样时，我的想象力立即活跃了起来，眼前浮现出一片生机勃勃、秩序井然、欣欣向荣的景象来：机关，庄严、神秘，隆重而又肃然；部队，一排排营房，整齐的队伍，年轻的步伐，嘹亮的歌声；学校，明亮的教室，琅琅的书声，辛勤育人的园丁；厂矿，高高的烟囱，林立的井架，火红的高炉，飞溅的钢花；城市，宽敞的马路，奔跑的汽车，优美的公园，欢乐的人群；乡村呢，广阔的田野，丰收的庄稼，一派五谷丰登、人欢马叫的气象。

其实，这都是我在年画上看到的景象。那时的年画上，常常描绘着祖国的大好河山，全国各族人民紧密团结在一起，沿着毛主席指引的革命路线，满怀豪情地奔向胜利的前方，奔向幸福、美好的新生活！

那时，我最喜欢的词语有：万水千山，万紫千红，万众一心，光芒万丈，莺歌燕舞，兵强马壮，欢欣鼓舞，斗志昂扬，春暖花开，东风浩荡，欣欣向荣，日新月异，硕果累累，繁荣昌盛，兴高采烈，欢声笑语，光阴似箭、日月如梭……我曾在作业本上抄了好多好多这样的好词好句，预备着写作文的时候，挑着拣着把它们一一安插进去，好让老师看了，高高兴兴地给我打个红对钩儿。

有时，真的很怀念那个时候。当然，那个时候也并不是完美无缺的，但绝对有许多美好的、让人相信、让人敬仰的人物和事物，比如理想、信念、追求、向往，情怀、力量、才华、境界……这些，都与一个人的成长和人生道路的选择是息息相关的。也正因为如此，才使我对这些词语一直心怀好感，念念不忘。

五

儿子三岁以后开始上幼儿园，先是在河北师院幼儿园，第二年秋天转到了省直四幼。一上幼儿园，小家伙儿可就不一样了，每天都学新花样儿，一回到家，先把白天学到的儿歌叽里咕噜地唱给我们听。他觉得很有意思，我们也听着有趣。

最初他唱："小花猫，上学校，老师讲课它睡觉，左耳朵听，右耳朵冒，你说可笑不可笑。""小兔子乖乖，把门儿开开，快点儿开开，我要进来。""小白兔儿，白又白，两只耳朵竖起来，又吃萝卜又吃菜，蹦蹦跳跳真可爱。"

后来，越学越多，特别是上了小学以后，花样儿也不断翻新，有的还算靠谱儿，比如："一年级的小豆包儿，一打一蹦高儿；二年级的小不点儿，一打一瞪眼儿。""因为所以，科学道理，要想知道，问你自己。"有的却有点儿"嬉皮士"的风格，比如："你的头，像皮球，一踢踢到百货大楼。""剃头的，技术高，一根儿一根儿往下薅，薅得脑袋长大包。""我是克赛，前来买菜；茄子两毛，黄瓜一块！""青青园中葵，快说你爱谁。如果你不说，就是你同桌！"还有的颠三倒四，不着四六，令人如坠雾里，不知所云，如："嗝儿屁着凉醮白糖。""不跟不跟，板蓝根；不理不理，狗不理。"……

还有一些，现在都记不得、说不上来了。儿子在念着这些勾拉圪扯、乱七八糟的歌谣时，脸上总是嘻嘻地怪笑着、坏笑着，开心得很。而且，你越不让他念，他反而越上劲，非冲着你念完不可。这些新的"无厘头儿"的歌谣，跟我们小时候在村子里所唱的"小小子儿，坐门墩儿，哭哭啼啼要媳妇儿""小老鼠，上灯台，偷油吃，下不来""拉大锯，扯大锯，姥娘门口儿唱大戏"什么的，在风格以及趣味上，已经很不一样了。

六

姥娘是个心软的人。她说，人在世界上遇到的最悲惨的事，就是缺吃少穿、冻饿而死。我小的时候跟着她，听不懂她说的是什么，以为是"冻饿二死"，一个是冻死，一个是饿死，得死两回。

她见不得上门讨饭的人空着手儿离开。那个年代，每到青黄不接的时候，老有要饭的来村子里串游，悄没声儿地就走进院子里来，有气无力地叫道："老大娘给点儿吃的吧！"

我姥娘听见了，抬头看看，望见个面庞黄瘦的女人正迈步进来，便放下手中的筛子，说一句："你等等。"然后就到厨房里去，拿出一个饼子，再盛上一碗饭，端出来倒给那人。中年女人伸手接住，捧着碗吃起来，却不吃那只饼子。姥娘看着她，说："你咋光喝稀的呀？也吃饼子呀，我还有哩！"那女人扬扬手中的饼子，说："村口儿还有俩孩子哩，这个给孩子们。"她走的时候，冲我姥娘说："老大娘你真是个大善人！"姥娘笑了笑，没说话，手里还端着那只空碗，望着她迈出院门，消失在春天暖洋洋的日头里。

姥娘信佛，初一十五烧香上供儿。后来"破四旧"，不让信佛，她就偷偷地。

听我母亲讲，不管是谁要到门上，姥娘都给，正吃着的饺子也给往外端。母亲说她还小的时候，有一个半傻不俏的女人，是外村的，人们都喊她"傻芸芸"，一走到我姥娘家门口，就不走了，总要待上三四天，因为我姥娘给她饭吃。晚上她也不到别处去，随便钻在姥娘家门前空场院的柴火垛里睡觉，半前晌的时候爬出来，脑袋顶儿上常顶着乱七八糟的柴草圪节儿。她见了我姥娘，就会咧着嘴傻笑。有一年，傻芸芸没过来，姥娘还念叨她哩！又过了一年，还是没来，姥娘说："唉，这个傻芸芸呀，说不定死到哪儿去了。唉，冻饿而死。"

姥娘家的南边，有一个光棍汉，叫福学。我去姥娘家的时候，断不了能碰见他。他爹娘死得早，自己一个人过，后来得了病，说不准什么时候就"抽"起来了，脸上常有或新鲜或陈旧的血痂儿，那是他"抽"的时候倒在地上蹭的。他却手巧，会用细柳条儿编笊篱，大的小的，编得细密、紧致、硬卡卡儿的，拿着特别可手儿。他好来姥娘家串门儿，来的时候手里攥着一把剥好皮儿的细柳条儿，找个屋旮旯儿一坐，低着头编笊篱，听我们说话。编好了就大方地说："姥姥（我们这儿管比奶奶大一辈儿的老婆婆叫'姥姥'），这个给你。"姥娘接过去，翻过来翻过去地看，说："看人家福学这手巧哩！编得多是样儿啊！"福学就像孩子一样在那儿笑，露着白白的牙齿。姥娘平时断不了接济他个吃的，他这是报答哩！母亲领着我们来姥娘家，他见了我们，脸上带着笑，不言声，只慢腾腾地喊我母亲一声："老姑。"他也给过我母亲笊篱，捞饺子、捞麦子（过去磨白面，麦子都要在大锅里洗一过儿的），使着很顺手儿。

姥娘常说："有饭要给饿的人吃，有钱要给穷的人花。"还说："盼着能给人家吧，甭等着人家给你。能给人家，说明你有；等着人家给，可就麻了烦了！"

姥娘心慈面善，行了一辈子好儿，八十五岁上去世。

说　和

　　村子里的时光，有时安静得有些寂寥。当然，热闹的时候也有，除了过年、过庙、唱戏演电影、过红白喜事外，就数两口子打架或邻居吵架了，厉害的，也会弄得街上鸡飞狗跳，让人围过来看景儿。

　　生活在一个村子里，特别是前后左右邻居，包括种庄稼的地邻，低头不见抬头见，成天在一个锅里抢马勺，哪有马勺不碰马勺、马勺不碰锅沿的？为个房根脚、鸡野蛋、地横头、小孩子打架什么的争竞起来，是免不转的。两口子之间，父子之间，婆媳之间，弟兄之间，更不必说，为个什么大事小情闹误会，或者是为一句不赶半句的不咸不淡的闲磕牙儿闹起别扭。碰上两个憨的，或者一个尖、一个憨，一般也吵闹不起来，怕就怕两个尖的遇到一块儿，都是不服软的硬茬儿，针尖对麦芒，谁也不让谁，双方就会掐起来。假若其中再有个"二杆子""二红砖"之类的角色，说不定还会打将起来。

　　遇到这种事的时候，就会有村上的热心人出面，来做劝解、说和了。来说和的人，大多是左邻右舍们，或者是村子里那些讲公道、有威望、有见识、人缘好、热心肠、会说话的人。经过他们穿针引线地从中调解，这边压服压服，那边捋摸捋摸，一般就能大事化小、小事化了，日子重又安静下来，该怎么过还怎么过。

　　说和，有当着面儿的，也有背地里的。当面儿说和的，一般是明摆着向着有理的一方，批评、压服另一方。这种有偏有向的说和，并不是在拉偏架，而是在给受了委屈的一方撑腰。这个，大多用于原本恩爱的两口子偶然生气闹架的时候。背地里说和的，一般都是关系不赖的前去轻言细语地相劝，也是以压服、安抚为主，大多是邻里之间生气、吵架的时候。

两口子隔气，大多并没有多大的事儿，话儿赶话儿的，有时说不对一句，就有可能鸡毛蒜皮地饯饯起来，发点儿毛毛火儿、生些燎烟子气而已。遇到这种情况，通常是左右邻居中几个同辈儿的男人和他们的老婆一起过去说和。

男人们是场面儿上的人，一出场，先镇着脸儿，怼住那做丈夫的损一顿："你有本事，在家里充大个儿萝卜！也不想想，惹媳妇儿不高兴，能有你好烟儿抽吗？"这也是故意说给那媳妇儿听的——也不管那媳妇儿是真受了委屈，还是跟男人胡搅蛮缠，办了没理儿的事。然后，就不由分说，硬拉了那男的："走吧，别在这儿杵着了，到我那儿，咱捏两盅儿去，我那儿还藏着一瓶石家庄大曲哩！"先把斗鸡似的两口子拉开了再说，也不容那男的发拧，三下五除二，便把他连拉带拽地扯了出来，一边走一边低声对着他说："傻呀？走开看不见不就没事儿了，娘儿们都是这样子！"等把男人拉进家里，拿出酒瓶子，往桌上一蹾，找几个杯子倒上，再简单整两盘儿。"来来，别愣着了！喝俩。"便喝起来。一边喝着一边嘻嘻哈哈地东说说西说说，当然都是劝解的话，拐弯抹角地夸赞他老婆，这儿也好那儿也好，尽管着说，说得驴唇不对马嘴，就哈哈一笑。那男的先是绷着个脸，呼呼地喘粗气，之后便诉说自己的委屈，说女人如何蹬鼻子上脸。男人们一个劲儿地劝他端杯子，也不管他说啥，尽给他打岔往边上扯，很快也就转了话题，说起村子里的咸淡事。那男人也就渐渐地平静了下来，慢慢地消了气，低着个头儿，叹两口气，一仰脖儿，把杯子里的酒灌了进去。再过一会儿，眉眼就舒展开来。

女人们给两口子劝架自有她们的一套办法。她们一般先是围上来，满脸同情的神色，听那女人哭诉自己的委屈，然后你一言我一语地好言相劝。说着说着，就说到男人的身上，说他们养家不容易，顶门立户的主儿，还能不叫人家说句硬话儿、发一发脾气？他呲嗒两句就呲嗒两句，给他个听不见，不接茬儿，不往心里去，让着他们就是了。又说："过日子哩，谁家不是这样？男人们都是些顺毛儿驴，顺着多扑拉两下，就不犯犟了。"又说："男人们都是长不大的孩子，成天穷'烧包儿'，劲儿劲儿的，你个女人家，真的假的、有的没的，哄他们两句儿好听的，也就过去了。"又说："男爷们儿嘛，全是一个样子，不是咕嘟着嘴，就是爱说大话！越在人前越上色！你对着他说些好话、软话，又不费劲儿，哄他高兴呗，让他觉得你听他的话，哪怕是他错了，也不唱反调儿，得，万事大吉！谁叫咱是女人哩？女人就是风箱板儿做锅盖——受了凉气儿受热气儿！"如果家里有小孩子，这会儿也会拿小孩子来说事："孩子都那么大了，平日胳膊离不开腿儿的，这会儿你俩倒学会打架了，猫儿对爪儿似的，是好看呀还是好玩儿呀？叫小孩子咋看你俩？"女人们到底是爱说的——"三个女人一条街，两个女人一台戏"嘛，你一句我一句地赶着，就扯到了别的事儿上，说到谁谁刚买的新衣服，说到明天该去赶个集了，或是地里的山药该着翻蔓儿了，菜园子里的南瓜老了，该着包一顿南瓜韭菜腌肉丁儿的饺子了……不知不觉间，女人也就消了气，脸上平静了下来。

过了小半天儿，女人这边早就没事儿了，男人们也把丈夫推着送了回来。女人见了，翻个白眼儿："看你那尊贵的样子吧！"然后，身子一拧，给他个屁股。女人们一齐笑起来，又齐心协力冲着那丈夫责怪，要他立马就给老婆赔罪，当面下保证，一个比一个嘴厉害。男人起初还有些放不下脸来，架不住女人们鸡一嘴鸭一嘴的，末了，便顺坡儿下驴，嘿嘿地笑着，顺口答音儿。男人们也跟着帮腔儿，说着说着，俏皮话儿都出来了。女人装作不依不饶，又朝男人翻个白眼儿，嘟囔一句："傻蛋样儿！"人们都跟着乐起来。有的女人扭脸儿看见了自家男人，就冲着自家男人说上了："还有你，也是这副臭德性！成天有多大功似的。一抬举你，就不知道东西南北、不晓得天高地厚，大得院子里都盛不下你啦！就忘了自己到底吃几碗干饭了！"那个男的把大眼珠子一瞪："咳，'上色'了不是？今儿我又没惹你，干吗趁水和泥儿，把我也给捎带上了？你晒谁的台？这不是狗皮袜子没反正嘛！"女人佯装生气，用眼挖男人："哼，小心眼子！——不是呀？你说我说的不是呀？张那么大嘴干什么，想吃了我呀？""还说！还说！穷'烧包儿'，大了你了！臊臊我就碰了你的心儿了是不？"院子里立时又飞起一片哄笑声。

遇上两家子之间闹矛盾，也有分头儿去说和的。他们一般是先到这一头儿拉呱拉呱，不紧不慢地劝说一番，向着他家说两句儿。等这里消消气儿，再跑到那一头儿去拉呱拉呱，不紧不慢地劝说一阵儿，也向着他们说两句儿，让那边也熄熄火儿。这是第一回合。然后，再转回头儿来，不管是真的假的，到这边过来，先说那边有些软了，承认是自己做得过分了，已经后悔了；到那边去，也说对方觉得自己也不全对，不该咬死理儿。这中间，自然也少不了有理有据地把他们各自都批评上一顿，再大道理、小故事地讲说一番，乡里乡亲啦，远亲不如近邻啦，得饶人处且饶人啦，退一步海阔天空啦，掐一掐他们的话尖儿，压一压他们的火头儿。穿梭着跑上两三趟，这裂辫子蒜就又和好啦！这事儿说起来简单，却不知那来回说和的热心人多费了多少唾沫星子。

能把伤心、生气的双方给说得滴滴嘎嘎地笑了，说得双方握手言和，那叫本事，说和人也觉得自己脸上有光彩。说和既需要语言艺术，更需懂处世哲学。那些会说和的，有的俏皮幽默，有的柔中带刚，有的掰开了揉碎了地摆事实、讲道理，有的慢答扯语、循循善诱，有的干巴利落脆，丁是丁卯是卯，也有的善于拿捏软硬，连唬带吓。他们的眼神儿里，大都充满着善意，或是真诚实用的忠告，或是带着暖意的附和，即使有时是撒谎，也要说得跟真事儿一样。说和的人，就像是媒人一样，会说的说得两头儿笑，不会说的说得两头儿恼。有的人去说和，三句话两句话，就把人给说笑了，脸上云开雾散、雨过天晴；那些光有热心不大会说话的，说着说着就没词儿了，闹不好有时候倒把自己也给绕进去，两头儿得罪人。

当然，碰上一脖子犟筋的主儿，再能说和的人也没有办法。俗话说，能和清楚人打一架，不和糊涂人说句话。说和的人最怕的，就是遇上那些既没文化，又翻不清套的人，老说框外话，还认不清好赖人，翻捣半天，倒把好心来说和的人给顶到一边去了。

也并非一有吵架就有来给说和的。如果闹矛盾的双方互相用脏话谩骂、对骂，甚至上到房顶上拍着大腿、跳着脚儿地骂大街，以至于动手动脚儿地打起乱架来，这属于低级行为，是要被村里的人看不起的，一般来说，也就没人愿意上前去说和他们。再如果两边的人平时都不是什么省油的灯儿，为人行事上不咋样，人缘儿也不咋地，就更没人前去说和，看热闹的倒多，抱着俩胳膊，白看一场戏，咬着耳朵说三道四，笑话他们"狗咬狗，一嘴毛！"最不堪的就是这个了，吵半天没人来劝说拉架，连个台阶儿也没法儿下，只好去找村干部或治保主任说道说道，有的甚至吵到了乡政府，围着包村干部办公室的门要求给个公断，笑话传到了三里五乡。

　　如今，村子里吵架的事儿虽然还有，但比早先少多了。都攒着劲儿地忙着挣钱哩，哪还有空儿生那个闲气？再有，谁过谁家的小日子，自己的痒痒自己挠，原先那种彼此帮衬说和、化解矛盾的风俗，也渐渐地淡漠、远去了。

习　　惯

在我的印象中，二爷爷是个典型的乡下老农，一身粗布衣裤，一副憨厚表情，终日勤谨、手不识闲儿，面色黧黑、头发花白。他身上的土布衣服，夏天是单的白、蓝、黑，浑身素净，春天和秋天的时候换成夹的蓝或黑，到了冬天就换成棉的蓝或黑，连脚上穿的单鞋、棉鞋的鞋面也是土布的。他的这些穿戴，大都是我二奶奶连裁带铰、一针一线地给他做成的。我二奶奶高高的个子，脾气急，火气足，说话冲，很能干，也爱指教个人。我们却很少见二爷爷跟她高声嚷嚷过。

二爷爷有一个很好的习惯，母亲常跟我们说起，语气里总是非常赞赏，也常拿这个来批评和教育我们，那就是做事有讲究儿——"有后手儿"。"有后手儿"的意思，就是虑事周全、做事严谨，有拿有放、有始有终。连父亲也说，我二爷爷无论做什么事，都特别当事儿，精细得不行，干就要干好。比方往地里送粪，一个一个粪堆儿，都是一个样儿，不大不小、不多不少、不远不近、不高不低，横看成排、纵看成列、斜看成线，咋看咋不乱，好像是拿尺子量过、拿绳子比过一样，好像是部队站队列、学生做体操一样，简直到了极致。而且，他这么做，却并非刻意，也不是为了弄给谁看的，而是多年养成的一种习惯。后来我多次留心观察过，正像母亲和父亲所说的那样，二爷爷干什么事都有条不紊、不慌不忙，利利索索、规规矩矩。像二爷爷这样把农活儿做到这个地步儿的老农，说实话，在村子里并不多见。村里的人们闲下里说起二爷爷来，没有不佩服的。

　　二爷爷每次从地里下晌回来，都要顺手从路边捡一块小木片儿或者小石块儿，或者撅一圪节儿树枝、扯一把草，一边慢慢地往回走，一边把锄头或铁锨上沾着的泥土，一点儿一点儿地刮去、蹭掉、揩净。如果碰巧路边的垄沟里有水，他就到水边把农具洗一洗，一路走着，让风吹干。锄头或铁锨在阳光下锃明瓦亮的，他就会很高兴。

　　"工欲善其事，必先利其器。"二爷爷家的农具，每样都使着轻巧、顺手，有刃儿的都明亮、锋利，看不到锈迹；有把儿、柄的，都光溜溜儿的，拿着特别趁手儿。这与二爷爷一直保持着的良好习惯是分不开的。回到家里，他把擦洗得干干净净的农具安安生生地放好。每一样农具都有自己固定搁放的地方，该在房檐下挂好的，挂在房檐下；该靠在墙角里的，靠在墙角。镰刀、竹箅子，不用时一定得挂在下雨淋不着的地方。铁锨、三齿、镢子、粪杈总是放在南屋与西屋之间有棚顶的夹道儿里。小胶车儿拉回来，就放在大门洞儿里，半天用不着，一定要将车棚儿捆起来，安安稳稳地斜靠在墙上，车轱辘也要竖起来放在车棚儿的一边。不戴的草帽要挂在墙上钉着的木橛子上。扫院子的竹扫帚用完之后，也一定要扫帚尖儿朝上靠住墙歇息，从不随手往哪里一扔就拉倒。这样"有后手儿"的好习惯一直保持到二爷爷年老。

　　一年四季里，除了下雨下雪不能下地，二爷爷每天都去地里干活儿，很少看他闲着，什么时候遇见他，不是背着筐子，就是扛着铁锨。有一阵子，冬天的早起我们去小学上早学，经常一出门儿就能碰见他拉着高高的一车子树叶子和柴火回村子里来，车顶上扣着一把竹箅子和一只粪筐子。这些树叶子和柴火，都是他大早起就起来，到村外的树趄子里搂的。干完了这一趟，他再去生产队干活儿，吃过了早饭，就又去上工。那时，他和大兵负责我们生产队的菜园子，成天跟作务花儿一样侍弄着西红柿、黄瓜、茄子、豆角儿，不让地垄里长杂草，每一样儿菜都收拾得棵儿是棵儿、根儿是根儿、叶儿是叶儿、花儿是花儿。我们队上的菜园子在全村都是数得上的，不说最好，也是第二。人们一提六队，先不说别的，一说就说到村东的菜园子。后来，上了年纪儿，二爷爷又到队里的牲口圈去当饲养员，和老十、冬至爹轮班儿。当饲养员比下地要轻省些，但是是个细密活儿，没有责任心是干不好的。二爷爷说，别看牲口不会说话，揣着一肚子明白，会看人。管牲口的，首先得懂牲口，懂比管重要，不懂只会越管越坏，而用心比懂更重要。二爷爷既懂牲口，又有经验，还十分用心，喂给牲口的草料，他每回都用手来回拨拉好几遍，生怕混进去小土坷垃儿、小石子儿什么的。牲口们在槽上吃草料的时候，他就拿着那根草料棍儿，一边来回转悠着看，一边这搅和搅和，那儿划拉划拉，遇到咬槽子的捣蛋鬼，他就用草料棍儿点着它的额头，笑眯眯地训它一顿，好像它能听懂他说话儿似的。他对队上的每一头大牲口都亲，队上的人们，不管老不管小，不管队长还是社员，都这么说。

二爷爷一家人，也都像他一样"有后手儿"。对待家里的物件儿，都像对待有生命、有感情的人一样，有理解，有体恤，有尊重。这似乎成了他们家的家风。不管是志平大伯对待木匠工具，还是我堂哥秀刚对待他驾驶的那辆"小红牛儿"，也都是这样的习惯，始终都是整整齐齐、井井有条。他们对待农具、家什的态度，也是对待自己的态度、对待人生的态度。这样知道惜物、爱物，保持着淳朴习惯的农人，即便是与土坷垃、泥巴打交道，也有一种职业的尊严感、高贵感，永远值得我们由衷地尊敬。

巧　说

　　作家贾平凹说过："话有三说，巧说为佳。"的确，会巧说的，既避免了生硬、直白，触犯忌讳，又音在弦外，意味深长。村子里的人们，有许多能说会道的，听他们说话，很是有意思。

一

　　村里驻着工作组，是上级派下来的，帮助村里建设"美丽乡村"。有一天，一个驻村干部到村边散步，在地头儿遇见一位正歇晌儿的农民，便走过去与他攀谈起来。拉扯了会儿闲篇儿，就谈到了村里的干部们。

　　"你们的村长当得怎么样？群众愿意不愿意他？"驻村干部有些小心翼翼地试探着问道。

　　那中年农民把烟卷儿从嘴上拿开，慢慢悠悠吐出一口烟，口气里似乎有些迟疑，不急不忙地说："还，还可以吧。"

　　"'还可以'？'还可以'是个怎么'可以'？"

　　中年农民眯着眼，稍稍扭头儿，望了一下他，沉吟半晌，又挠了挠头皮，好像有些犯难地说："我这么着给你说吧，你让我说他当得多不好，我是不说的；你要让我说他当得不赖，我也是不说的。这个，就是'还可以'吧。"

　　驻村干部有些听明白了，这个村的村长是属于"一般化以下"的。

"那，支书这个人呢？"

农民直一直腰，立马说道："哎，好！支书好！"

"真的？"

"看你这个，我讲的净实话。我说支书好，那自然是真的嘞！"他抽一口烟，接着说，"他要是好，我就真说他好；他要是不好，我肯定不说他不好，但我肯定更不会愣说他好。你说对不？咱就老百姓一个，干活儿吃饭，是从不说瞎话的，没那个必要。"

二

有一次，在村口儿，驻村干部遇上去地里打药回来的一个老农，便站下来，随便拉呱上几句。

"又去打药来？"

"可不！"

"还挺勤的。我记得你前几天不是刚打过吗？"

"不打不行啊，老也治不住那些穷牛牛儿们！"

"打那么多的药，咋还治不住？"

"要不说哩，也真是奇了个怪哩！怎么打也除不净，安生不了几天！"

"这是咋回子事儿哩？是药不管事儿？"

"不是药的事儿。药都是真药，村上给发的，不是假货，还是挺管事儿的！你瞧瞧现在给农药起的那药名儿——什么'百草枯'，喷啥草，啥草就死，这东西没有解药，厉害着呢！还有什么'一步绝'，什么'一月无虫'，可过不了多长时间，哎，你说怪不怪，又有害虫出来了。真有一股子死鸡头的劲儿！"

驻村干部有些疑问："我记得早先也没打过这么多的农药，弄个'六六六''敌敌畏''1059'什么的，害虫就治住了。怎么现在农药越来越多、越来越厉害，咋反而管不住、治不住了？"

那老农扬扬手，说道："噫，你说早先？早先那会儿跟现在这会儿可不一样！"

"那咋不一样？"

"你可说哩，早先那会儿，村里的鸟儿多多呀！白天黑夜都叽叽喳喳的；蛤蟆多多呀！白天黑夜咕儿呱、咕儿呱的。这会儿可比不上那会儿了，那是差小鼻子他爹——老鼻子喽！"

三

邻村有个堂子哥，人很纯朴，也幽默、健谈。堂子哥家的二闺女早些年移民去了美国，生了小孩儿后，堂子哥和老伴去美国帮着给闺女领孩子，住了半年多才回来。村里人好奇地向他打听在美国的见闻，他就讲了美国与中国的三个不一样：

"美国和中国还真不一样！头一样儿不一样就是，人家的汽车守规矩，绝不闯红灯，而且，车和人走到一块儿，总是车让人先走。汽车开到路口，即便是绿灯，也得先慢下来，要是有人横穿马路，就停下来，等人过去了再走。俩车碰到一块儿，也是你让我、我让你，客客气气的，好像谁也不着急似的。你说他们那儿难道没有'时间紧、任务重'这一说吗？有一次我过马路，汽车立马就停住了，司机脸上笑模滋滋儿的，一个劲儿地摆手儿，一定要让我先过。你再看看咱们这儿，汽车和行人一个个都牛气哄哄的，哪管你这个那个？我寻思着，要是让美国的司机来咱们中国开车的话，他一上马路非得急得晕头转向不可，一步也不敢走，说不定得吓傻了。

"这第二样儿不一样，就是美国的司机从不着急马爬地乱按喇叭。汽车开到你跟前了，你不给他让道，他也不响喇叭，就那么慢慢悠悠地在后边跟着你，什么时候你发现它了，让开了，它才开过去。当然了，这样的事儿不多。人家的城市不像咱们这儿，到处都是刺溜刺溜乱钻的电动车，一个个都跟泥鳅似的；也不像咱们这儿的人这么多，脑袋一冒一冒的，到处是人，在街上胡走乱串，钻过头子不顾屁股，一点儿规矩也没有。

"还有第三样儿不一样——我发现，美国的日头是打西边出来的！一到美国我就发现这个了，心想，这美国就是和中国不一样啊，我们是白天，他们是黑夜；我们的日头从东边出，他们的日头从西边出！一直到我快回来的时候，有一次我跟别人聊天儿讲起来，这才知道，弄了半天，是我自己调了向了。你看这事儿闹的！——闹了个'国际笑话'！"

堂子哥的老伴在旁边翻白了他一眼："你净瞎咧咧！"

有人插嘴问他："咱们中国人齐步走、齐步跑的时候，嘴里喊'一、二、三，一二三四'！外国人列队走喊什么呀？是不是喊'A、B、C，ABCD'？"堂子哥笑了："这个咱没见过，不知道。不知道的事，不能瞎说。"

四

忽然想起我母亲多年前曾经说过的一句非常贴切的话。

二妹秀芬结婚的时候，母亲已经病了好几年了。除了有时去医院，她很少出村子，秀芬的婆家也没有去过。她只从秀芬那里知道，秀芬的婆家住在石家庄北边的一个城中村里。至于家的具体位置，住在哪条街、哪道巷，院门朝南朝北，院子大不大，房子什么样，宽绰不宽绰，她听秀芬说过，但形不成概念和印象，心里便一直牵挂着。有一回，我回老家，她跟我说话，说着说着，话题一转，又提说起秀芬来。她慢悠悠地说："我怎么着也得去秀芬那里去看一看。要是不紧着去，说不定越往后越去不成了。"后来，我和秀芬商量了一下，决定带母亲去秀芬家里看看。

那天，在秀芬家，母亲这儿看看、那儿看看，摸摸床上的被褥，在上面坐了坐，还到厨房里转了一圈儿。吃饭的时候，她跟秀芬的婆婆说了好多话，很高兴。回程的路上，母亲坐在车子里，跟我们说："来过这么一回，我心里也就踏实了，黑夜睡下了也能安生了。以后再想二闺女了，就知道往哪儿想了。"

母亲的这句话，是一个做母亲的最为由衷和贴切的表达。从秀芬家回来之后，在母亲的心里，一定有了一幅清晰的路线图。这幅路线图，由莲花营出发，走小路，转大路，去往石家庄，然后弯弯绕绕，最终到达秀芬家所在的那条胡同，停留在那座坐北朝南的院子里。

吆 喝 声 声

一

一年四季，差不多每天都有各式各样做小买卖儿的小商小贩来到村子里。

他们或步行，或骑车，或者拉着小胶车儿，或者赶着小毛驴儿，或者蹬着三轮车，或者开着三马子、拖拉机，一个个风尘仆仆，一看就是走过了老远的路；他们走街串巷，走走停停，见了人，不笑不说话，转着圈儿地照应；他们的买卖也是灵活的，有时是现钱交易，有时是用东西串换，比如用棒子换豆腐，用芝麻换香油，用麦子换苹果、换西瓜，用废品换盘子、碗碟；也有的是先赊账，后还钱，比如卖小鸡儿的，都是一年压着一年，今年卖出去的小鸡儿，先记个账儿，到第二年再过来时才收钱。

这些小贩儿大抵都有副好嗓子，有的一进村就开始吆喝，一边走，一边扯着嗓子喊，嗓音高亮而又辽远；有的在街口站下来，才喊上一声，然后就在原地儿等着；也有的不愿意费嗓子，便借用梆子、铜锣、拨浪鼓、电声喇叭什么的弄出响动，招徕买主。人们听小贩们的吆喝声听得熟了，有时只听见一嗓子，就知道是谁来了，他来是卖什么玩意儿的。

二

我小的时候，邻村耿家庄的一个小脚儿老太太，经常挎着个柳条儿篮子，老态龙钟的样子，一边在街上慢慢地走，一边慢慢悠悠地拉着长声吆喝："打火儿梨膏！——"我们不知道她卖的"打火儿梨膏"是什么，大概是大人们过日子用得着的东西吧。

现在回想起当年那个情景，我总是联想到一部老电影：《渡江侦察记》。那里有一个穿花衣服的活泼的女人，也是挎只小篮子，拉着长声儿在人群中叫卖："香烟洋火儿桂花糖！"大概是和"打火儿梨膏"差不多的东西吧。后来，那老太太年纪越来越大，就不再上街卖"打火儿梨膏"了，小孩子们有时在街上碰见了她，跟在她蹒跚的脚步后边，高一声低一声地喊："打火儿梨膏——""打火儿梨膏——"，好像"打火儿梨膏"是她的外号似的。老太太耳朵可能有些背了，一时听不见，便不理不睬，可小孩子们实在是顽皮，喊起来没完没了，有时蹬鼻子上脸，见老太太没什么反应，就上前去拽她的后衣襟，招惹老太太生气。她扭过身儿来，瞪着眼，凶巴巴地嚷道："穷小子们，想挨梆啦？成天发废！穷喊什么嘞？滚回你娘那儿去！"孩子们吓得"噢——"的一声，一下子作鸟兽散。

三

"有破铺衬烂套子的拿来卖！"

这是最典型的收破烂儿的吆喝声。干这样儿营生的，多半儿是些慢慢腾腾、脏拉巴叽的老头子，推着一辆破旧的小胶车儿，一边沿街吆喝着，手里一边晃荡着个"拨浪鼓"：当啷！当啷！当啷当啷、当——啷！不一会儿，后边就跟起一串儿看热闹的小孩子们。

那时的破铺衬、烂被套都是纯棉的，不知道他们回收这些东西做什么用处？有的说是捣成浆子用来造纸，有的说是弹成棉绒用来做炸药，还有的说是卖给小作坊加工"黑心棉"。"有破铺衬烂套子的拿来卖！"喊是这么喊，其实好多破烂儿都能拿来卖，比如旧鞋子、旧帽子、生了锈的烂铁片子，都能拾掇拾掇，一股脑儿地提溜出来交给他们。在这方面，那些有心眼儿的小孩子往往是最积极的。一听到街上有人吆喝，他们就开始翻箱倒柜地行动起来了。带着巴望的眼神，小孩子喜滋滋地从收破烂儿的老汉那里，换出三两粒硬块水果糖、玻璃球儿，或者是三两张皱巴巴的破角票子。

不知道从什么时候起，那些收破烂儿的老头子就再也不见来啦。

四

"磨剪子嘞，抢菜刀——"街上响起的吆喝，高亢、浑厚、嘹亮、悠长，一下子能响遍半个村子。正是冬闲时节，家里的媳妇儿、老太太听到这一声吆喝，就赶紧翻自家的营生筐筐找剪子，或者到厨房里找菜刀，走出院门，东瞧瞧、西望望，找寻那个磨剪子抢菜刀的人影子。

过去磨剪子抢菜刀的师傅，都是地下走着，腰里煞着一条围腰，胳膊上戴着套袖，肩上扛着一条长凳子，长凳子的一头儿，安着一块细长条的磨刀石。他们大多是些行事沉稳的中年汉子，或者是慢慢腾腾的老头儿，走了长长的路，一副风尘仆仆的样子，鞋面和裤脚上蒙着一层黄土。

磨剪子抢菜刀的师傅接到了活儿，便把长凳子在一个背风向阳的街角放下来，归置稳当了，就骑坐在上面，再往磨刀石上洒点儿水，然后按住剪刀或菜刀，慢条斯理地磨起来，"嗞啦、嗞啦"，来来回回，一下儿是一下儿。磨上一会儿，用左手的大拇指轻轻地刮一刮，试试刀刃的锋利。磨刀师傅的手分外大些，手指又粗又黑，厚厚的茧子上裂着许多细碎的口子，手背上筋肉盘结像树根一样，显然是岁月和生活留给他的馈赠。试过之后，还不是太满意，接着再洒上点儿水，再磨一会儿。磨刀师傅都是些很有耐心的人，一边不紧不慢地磨着，一边和和气气地跟人们聊天儿。感觉差不多了，就拿起磨好的剪刀铰一下随身带着的碎布头儿给女主人看，再让女主人也铰一铰试试。要试菜刀时，就从旁边拔一把青草放在凳子上切一下，然后亮给周围的人看切的力道和切出来的整齐的茬口儿。他脸上的表情是谦卑的、平静的，直到女主人十分满意他的磨刀手艺，他的脸上才漾起一丝丝的笑纹，而额头上的皱纹也一下子显得更深了。

现在，来村里磨剪子抢菜刀的少多了，偶尔来一个，也大都骑着车子，一边在街上慢悠悠地转，一边拉着长声喊："磨剪子嘞，抢菜刀——"当然，磨剪子抢菜刀的价钱已经不可同日而语矣，磨一把剪子要五块钱，抢一把菜刀则是八块钱。不变的，还是过去的吆喝声中那股子浑厚、洪亮而又悠长的韵味。

五

南李家庄离我们村有三里多地，有一个高个子的利利索索的中年妇女常常推着一辆小胶车儿，来我们村吆喝着卖豆芽儿菜。

这些鲜嫩、洁净的豆芽儿装在两只细竹篾编的大筐里，上面还苫着一块湿漉漉的细白布。听人们说，她每天辛勤劳作，不知疲倦，自己泡绿豆，滤水，然后将生好的豆芽儿，装上车子推出来卖。她也不远走，就转附近二三里地外的三两个村庄。临近晌午的时候转到我们村，一进村就朝着街上喊："豆芽儿菜来！——"她的吆喝放得开，嗓音宽，而且打远，能传半个村子。她的生意也很好，转不了几道街，筐里的豆芽儿就能卖完。

她吆喝的嗓音稍微有些沙哑，但不影响她喊声的高亢嘹亮，一声吆喝，总是那么亮亮堂堂，透着质朴的乐观。有时，她在耿家庄吆喝，我们也能听得到，还觉得怪好听的。

我在南李家庄学校上初三时才知道，这个推着车子叫卖豆芽儿菜的，是我们邻班一个女生的母亲。

六

好多来村子里的小贩是外地人，吆喝起来侉声侉气的。比如来收鸡的，骑着辆破自行车，车上绑着根长杆子，长杆子的一头儿，绑着个大网兜儿，是专门用来捕鸡的。他将收来的那些鸡都拴在一根绑在后椅架的横木上，脚朝上，头朝下，鸡们都奋力地向上扭着脖子，眼神惊慌不定，又无可奈何，样子很是可怜。

收鸡的吆喝起来是这样："钱儿买鸡吧！"侉声侉气的，有着和我们这里完全不一样的腔调。特别是吆喝声里的那个"吡"，我们这儿的人一般是不说的。

来收鸡蛋的，也是骑辆破车子，只不过后椅架上有两根锨把儿粗的木梁，两边各挑着一只用细荆条编的篓筐，车大梁那里挂只布兜子，里边插着一杆小秤。收鸡蛋的可能怕把篓筐里的鸡蛋颠破了，他们骑起车子来，总是慢悠悠的，停下来做生意时，也总是先把车子停在一处牢靠稳当的地方，不像收鸡的，随便把车子往墙边或树上一靠就得。

收鸡蛋的一边骑着车子，一边在巷子里吆喝："钱儿买鸡蛋！"也是满嘴的怪腔怪调，滑稽得很。

我还在村子里上小学时，有一天快晌午的时候，来了个卖老花镜的南方人，正好我们放了学往家走，就跟在他的后边。他在前边一边走，一边起劲地吆喝："老花镜！谁买老花镜？"我们跟他隔开一段儿，在后边学他，故意地歪腔怪调："老鸹镜！谁买老鸹镜？"喊了几次，惹得那位南方人不高兴，回头嚷我们一顿："你们还当学生哩，不学好儿！"他戴着一副大墨镜，脸上的表情有些坏蛋似的凶恶。我们的胆子也不大，见他那副样子，便立马噤声，停下脚步，不在后边跟着他了。

有一回，村里来了个卖年糕的，邢台隆尧的，他吆喝的是："年糕！——"听起来总像是喊："攮狗！——"小孩子们听见了，互相学着打趣："攮狗的来啦！攮狗的来啦！"那个隆尧人望着他们，有些哭笑不得，又不便发脾气，一时间竟不知该不该吆喝、又该如何吆喝了。

七

元氏跟我们是邻县，说话口音比我们软。有两个从元氏过来的中年女人，常骑着车子来村子里吆喝着叫卖。

有一个一进村就喊："豌豆黄儿！——"声音起伏带拐弯儿，细里细气的，没什么穿透力。她骑着一辆旧自行车，后椅架儿上绑着一个浅筐，用细白布蒙着，上面放杆小秤。一进了街，她就下来推着走，不时吆喝一声，不时停停站站，遇着有买的，就脸上带着笑，不言不语儿地张罗。在村里兜完一圈儿，就又骑上车子奔下一个村儿去了。

另一个女的，是卖玉米膨化食品的，吆喝起来更有元氏味儿："卖棒子花儿！卖棒子花儿！"她的声音黏糊糊儿的，尾音儿还带点颤，使得空气也仿佛跟着变得柔和起来了。所谓的棒子花儿，就是那种机器压制的玉米膨化食品，里边加了不少糖筋，很酥，很甜，可以哄小孩子们。这种东西有小孩儿胳膊那么粗，有白色的，有淡黄色的，有淡粉色的，顶上还带点儿夸头，像是一根拐杖似的，小孩子们常拿着抢抢架架，或者扛在肩上。它们装在自行车后椅架两边又长又大的袋子里，喧鼓囊囊地冒出头儿来，看着有不少，其实并没多少分量。估计跑一天也卖不了多少钱吧。

八

有些吆喝是分季节的。比方街上响起"张蚂蚁罗哎！"多是在暮春时节。这时节，米呀面呀有的开始生虫儿。赶上日头好的天气，女主人要用蚂蚁罗把这些米、面掸一掸。蚂蚁罗好长时间不用了，这就用得着张罗的手艺人了。

而当街上响起"换凉粉儿！""卖扒糕！"一定是在夏天的时候。凉粉、扒糕是要在夏天时才吃的。驮着凉粉儿或是扒糕的自行车停在树荫下或是房凉儿里，不一会儿就围满了人。

村子里的小孩子们嘎得很，小贩儿刚吆喝出一句："换凉粉儿！"他们躲在一个什么地方，故意歪曲着学一句："换娘们儿！"如果来的是"卖扒糕！"，就一定给歪曲成"快趴倒！"常惹得小贩哭笑不得，站在那里，眼光四处搜罗着，看是谁在发坏。

有人端着一升或半簸箕的棒子来换凉粉儿、换扒糕了。先是约了棒子的斤称，再兑换出凉粉、扒糕的斤称，然后切出一坨颤颤悠悠儿的凉粉儿，或是几块扒糕，装进一只大海碗里端回家。天热，人们没胃口，吃点儿凉粉、扒糕换换样儿，也挺有意思的。用刀把凉粉切成方丁，砸点儿蒜，调上酱油醋香油和细盐，再用井拔凉水一搅和，呼噜噜地就下去了两大碗。有的人家夏天的晌午饭，就是喝一顿凉粉，去暑解渴，是夏日里难得的一份享受。

扒糕是由荞麦面做的一种面食，却常常当作一道凉菜，切成一条儿一条儿的，也是蘸了蒜泥儿吃。

九

"量麦子！"村子里传来这样的吆喝时，一定是在麦收过后；有人在街上吆喝"量棒子！"多是深秋或初冬的时节；等到街上有人喊："钱儿买骨头！"则一定是在腊月里，快到年根儿的时候。

一入腊月，村子里就开始张罗着杀猪了。村里有杀猪班儿，六七个人吧，专司这个营生。这不是什么好营生，既要有胆量动刀子，又要不怕脏不怕累，一般人不愿意干这个。杀猪班儿分工明确，有条不紊，挣下的辛苦钱大伙平分。

杀了猪，在"气煞猫"（一种用荆条编成的带盖儿的浅筐，猫钻不进去）放上两三天，就开始煮肉了。再过上四五天，就专门有外乡的人来村里收煮肉时剔下来的猪骨头了。他们的吆喝是："钱儿买骨头！——"也不知是什么地方的人，听着就像是喊"钱儿买骨突！"

听见吆喝，人们便将盛着猪骨头的筐子，从厨房里搬出来。家里有女孩子的，一定迫不及待地从屋子里跑出来，扒着装骨头的筐子，在里边翻着寻找猪腿拐上的那个骨头子儿。这是她们热衷于玩的"抓子儿"游戏的必备之物，天天装在书包里，一有空儿就凑一块儿抓上两把。伴着只有她们懂得的口诀，猪骨头子儿在女孩子们的手上上下翻飞，令人眼花缭乱，有的还在上边点了红儿，"抓子儿"的时候会更好看。

十

有的小贩儿吆喝起来有腔有调，跟唱戏叫白似的好听。比如："镯——盆儿不，镯碗儿也不？"这喊声好像是在跟人客气地商量着似的，而且拉长声的语句中带着好几个拐弯，最后挑上去，仿佛唱歌一般婉转而又逗趣。

我小的时候，家里的盆呀盘呀碗呀，都很金贵，不小心打破了，也舍不得扔掉，单等着锔盆儿锔碗儿的手艺人来村里时，花上三两个小钱儿，把破了的碴口儿对在一块儿，锔上几个铁钉或是铜钉，接着再使用。这些锔盆儿锔碗儿的，大都是打南边来的，靠着走村串巷卖自己的手艺吃饭，人都很朴实，和村里人攀谈，也总是和和气气、小心翼翼的。

还有一个打醋卖酱油的常来我们村。他是邻村永壁的一个老头子，个头儿不高，胖胖的，腰里总系着雪白的围腰，像个厨子一样。他推着一辆小胶车儿，上边拉着两个像他的腰身一样的粗木桶，一桶装着醋，一桶装酱油。他来到村子里，先把车子在街口上停好，然后不慌不忙地站在街口的一只碌碡上，仰起脖子喊将起来："打好醋来——，换酱——油！"那辆小胶车儿的车把上，挂着一只小凳子，既能支住车把，也能当个坐头儿。吆喝过后，他就在凳子上坐下来，再掏出掖在腰间的烟袋锅儿和烟布袋儿，狠狠地挖上一锅子，慢慢地吸起来，脸上笑眯眯地等着人来。等到忙过了一阵子，人们提着盛满酱油醋的瓶子离开，他就再仰起脖子，拉着长声喊上一句："打好醋来——，换酱——油！"看看再也没人来，就收拾好家伙儿，推起他的车子走出村去，慢慢地消失在田野里……

想起来，这都是三十多年前的事了。如今，那些曾经熟悉的吆喝声渐次远去，不知什么时候就已销声匿迹。偶尔地，它们会在我的记忆深处发出悠然的回响，心里便不由得有些淡淡的怅惘。

乡亲辈儿

在中国人的传统文化中，最大的讲究儿是礼与孝。在村子里，很多地方活得马虎，但关于礼与孝的规矩却多种多样，其中之一便是讲辈分儿。即便不是一家一姓，也不能含糊，要是同宗同族的，或者是沾点儿亲带点儿故的，世系次第、长幼先后，更是严谨得不能有所差池。

有一首教导小孩子们从小分清大小辈儿的《辈分儿歌》："爸爸的爸爸叫爷爷／爸爸的妈妈叫奶奶／爸爸的哥哥叫伯伯／爸爸的弟弟叫叔叔／爸爸的姐妹叫姑姑／妈妈的爸爸叫外公／妈妈的妈妈叫外婆／妈妈的兄弟叫舅舅／妈妈的姐妹叫阿姨……"

一个人的辈分儿，一生下来就嵌入家族的秩序当中，按照自动生成的辈分儿规定下来。生在什么样的人家，就论什么样的辈分儿，是大是小，自己无从选择。同宗同族之间的辈分儿，除了大年初一早晨拜年和每逢过红白喜事时必须严格讲究儿以外，在日常的生活中，也是要认真遵守的，除了称呼要准确以外，言行举止、待人接物上也要分出长幼尊卑，晚辈见了长辈要主动上前打招呼，在一定的场合，要主动敬烟、敬酒、让吃、让座儿，否则就是没大没小，要招旁人笑话，更有甚者，为这个挨骂、挨打，在村子里也算不得什么稀罕事儿。

同宗同族中，每个人的辈分儿，通常体现在名字当中姓氏之后的第二个或第三个用字的排列上。有的是按"仁、智、礼、义、信"，有的是按"福、禄、寿、吉、祥"，有的是按"荣、华、富、贵"，有的是按"士、得、兆、庆"，一辈儿人挨着一辈儿人地依次往下排。这些字，在中华民族文化传统中都是表示美德或者寓意吉祥的，也都是老百姓崇敬、珍惜和喜爱的字眼儿。这样，一提到某个人的名字，他的名字含有哪个字，便可知道他是哪一辈儿人，也就知道该怎么来称呼对方了，大致不会差。而且，这么排列下来，不仅便于在同宗同族中排行论辈，也便于后代续修宗谱。

在村子里，有的人年纪不大，可是辈分儿却大，好多大人见了都得管他叫爷爷或叔叔。也有的人，年纪一大把了，辈分儿却小，他在街上走过，好多人见了他打招呼，都是提名道姓的。没法儿，这就叫"萝卜不大，长在了背儿（辈儿）上。"不管年纪大小，只论辈分儿高低，辈儿摆在那里，该怎么叫就得怎么叫，乱喊乱叫是不行的。特别是遇到那些性格有些古板的"讲究儿人"，你叫错了他，他不仅绷着嘴不搭理你，还会很不高兴地给你脸色看，甚至当即发作，嚷骂上你一顿："你刚才叫我啥？——你个小毛儿孩子，谁教得你这么没大没小、没根没把儿的？见了大辈儿咋说话哩？我看你是该着好好地'修理'一下子了！"

除了没有小大伯、小大娘、小奶奶以外，在村子里，小叔叔、小姑姑、小爷爷、小姥爷什么的，有的是。村子里的大小辈儿是咋形成的呢？不妨举个例子说明一下。

早些年的时候，村子里有的妇女四十多岁就当了婆婆了，还在生孩子，甚至和儿媳妇一块儿坐月子，婆婆生的孩子和儿媳妇生的孩子年岁一般大，甚至还要小，但是辈分儿上已大出一辈儿了。到时候，领着儿子抱着孙子，俩小孩儿小哥俩一样，却是叔侄辈儿。辈分儿就是这么着拉开的。记得村里有一位老太太，都当了姥娘了，又生了个小闺女，比她外孙女还要小。她的这位外孙女上高中时和我是同学，断不了来我们村，她比她的小姨还大两岁多呢，每回来见了面，照样小姨、小姨地喊得欢。

有的人辈分儿高，则是因为上一辈儿的人娶亲较晚。娶亲晚，有孩子自然也晚，一辈儿一辈儿地这么晚下来，辈分儿自然就拉高起来了。为啥娶媳妇晚？有的是因为家里条件不好，"新"不上媳妇——所以村里才有

"穷大辈儿"这么一说；有的是因为本人相貌不好，长得不排场，姑娘家不喜欢；有的是因为没有"本事"，不是能做能干的主儿，姑娘家里的人瞧不上；有的是因为品行不端，说话做事没成色，人家一打听就"黄"；还有的，则是因为身有残疾或别的毛病。

乡亲之间的辈分儿，因为没有血缘关系，也就没有那么严格，大多是一辈儿辈儿传下来的。比如，你的父亲叫人家叔或伯，你就得顺着嘴儿喊人家一声爷爷，那就乱不了也错不了。有句话讲："乡亲辈儿，瞎胡论儿，大点儿小点儿没有事儿。"一般是比照着年纪，或者是参照着同辈儿的叫法来称呼，稍微随意一些，即便错了，也错不到哪里去。有的人对此无所谓，只要不是故意的，随便。也有的人不沾，你叫错了他不高兴："××见了我还叫叔叔哩！——你刚才叫我啥？弄清了大小再来说话！"遇到这户儿的人，一定得注意着点儿，嘴上尊着敬着，喊他个大辈儿，他就高兴得像是沾了多大的光儿似的，说个什么事也好商量。

关于乡亲辈儿，还有个传下来的老规矩：弟弟可以逗嫂子，可以说、笑、打、闹，但哥哥不能逗兄弟媳妇，界限分明，不能破格儿，有话则说，无话则避，说话也只能规规矩矩、板板正正的。

大年初一的黎明，依照传统风俗，乡亲们都要拜年——村里叫"走节儿"。拜年是为了让长辈儿和后辈儿见见面，更是梳理辈分儿，认识同宗同族中的长幼次序和远近亲疏的重要仪式。一般是同姓宗族之间互拜，晚辈儿先要到大辈儿家里去，一进院子就喊上了，等大辈儿从煤火屋子里挑帘出来，晚辈儿就趋步上前，然后跪在地上磕头。那些辈分儿大的特别看重这一年一式的"走节儿"，老早儿就起来，上下穿戴齐整，专门坐在家里等着小辈儿们过来给他拜年。男孩子们长到十来岁的时候，就不能光知道瞎跑着放鞭炮玩儿了，他们开始在父亲的带领下，到同族的长辈儿家里去磕头，只要是辈分儿比自己大的，都要一一走到、一一磕头、一一问到，这一圈儿跑下来，得磕三十多个头，裤子的膝盖处，常常沾了尘土或是泥巴。等拜完了年，身上也差不多跑热了，天也刚好到了蒙蒙亮的时候。

我和瑞华是同学，上高中的时候差不多天天在一起。他也只比我大一岁，但他的辈分儿比我大一辈儿，我得叫他叔叔。平常下，私下里，我也不拿着他当大辈儿，处得跟弟兄哥们儿差不多，何况他又不摆谱、拿架儿，便很少叫他叔，都是直呼其名，彼此都没觉得有啥。只在大年早起拜年"走节儿"的时候，我才会别着劲儿，喊他一声叔，喊他媳妇美玲一声婶子。因为平时老也不叫，有些不大习惯，叫的时候就有些口差，不大好意思，于是，一边喊着叔一边给他开着玩笑。我们这个当然是属于例外的，因为我们俩对这个都不是太讲究儿。

城市的味道

城市有城市的味道，乡村有乡村的气息；一个更多的是工业成分、商业元素的味道，一个更多的是发自草木、来自庄稼的气息，成分迥然相异，风格截然不同。

早些年我在乡下的时候，曾经一度特别喜欢和向往城市，特别是到了十二三岁，正当少年。渐渐懂得了一些世事，心里也开始不安、躁动起来，对远方充满了好奇，对城市充满了渴盼。其实，那时候的我，既不深刻地懂得乡村，也不理性地认识城市，对外面世界的感受懵懵懂懂，对人情事理的理解也是一知半解，做事只是凭着大人和老师的教导以及自己的兴趣、爱好等并不成熟的感觉。

我父亲在城市上班，经常给我们带回来自城市的信息。1968年他从山西大同当兵转业，分配到石家庄市建华化工厂当了一名普通工人。城市里没有他的房子，他就每天骑着车子跑家，来回一趟要走五六十里地。尽管每日起早贪黑十分辛苦，遇到刮风下雨、阴天下雪的坏天气更是多受一份罪，也尽管他每月只挣可怜巴巴的三十多块钱，但他的职业、身份和收入，仍令村子里的不少人羡慕不已。毕竟，这比成天下地劳动，出大力、流大汗地捣弄土坷垃、拉着大锄耪地要轻省得多，也更体面一些吧。其实，家家有本难念的经，像我们家这样的，在城市里叫"一头儿沉"，而在村子里，则更应该叫作"两头儿沉"——男的在外头上班，还得惦记着乡下，精神上的压力和物质上的负担都不轻松；女的在乡下务农持家带孩子，有个操劳费劲儿的活计，没有男人在身边，也不能省力、省心。所说的这些，都是我那时亲身经历的生活，看在眼里，记在心上，其间的酸甜苦辣，自有真切的体会。不过，这样的家庭，好处倒也有一点，那就是相对于其他乡下孩子，我们接触城市的机会还是要多一些的。

那些年，每当腊月里学校放了寒假，快要过年了，父亲就用自行车轮流驮着我们三个孩子，到他上班的工厂里去洗个澡。这件事在我们看来，很有些隆重的仪式感，常常虚荣地引以为豪。而且，跟着父亲去洗一次澡，就等于游逛一天，既有好看的，又有好玩儿的，还有好吃的，丰富而又圆满，简直流连忘返，回来绘声绘色地讲给村里的小伙伴们，看他们眼气的样子，会更加觉得开心。毕竟，我们能比其他伙伴儿们更多地体验和感受一下城市，开一开眼。这样的事，在当时的条件下，并不是每一个人能轻易办得到的。

去洗澡的时候，一般一去就是一天。早上父亲驮着去，晚上再驮回来，中午端着铝饭盒、搪瓷盆儿，跟着父亲一起去食堂打饭，吃蒸大米饭，吃白菜炒肉片儿或者酸辣土豆丝。食堂里人很多，热闹得很，味道儿也怪好闻的。我在老家时，从来没有闻到过这种特有的洋气而别致的味道。还有食堂的饭菜，就说炒白菜吧，和我母亲炒的就不一样，除了有肉片儿外（虽然只有指甲盖儿那么大、那么薄），居然还要放料酒、搁白糖、勾粉芡！——这样子炒出来的白菜，能不比我母亲炒得更好吃吗？

到了下午，父亲便把我带到男浴池那里，帮着我脱了衣裳，把我放在浅水池子里，交代几句，或嘱咐旁边的工友两句，他就去上班了。"职工浴室"里充满着洗发水、肥皂、蒸汽混合起来的热烘烘、湿漉漉的怪异的气味。我在里边连玩儿水带洗澡，一待就是多半天。下了班后，父亲又过来，他也脱光了跳进池子里洗澡。每逢这个时候，我一定会被父亲摁着脖子，将浑身上下搓得发红，像是一只烫熟了的大虾米一样。

跟着父亲在工厂里，一天的时间都兴奋、好奇得不行。有时，我们趁着父亲高兴，脾气变好，就闹着不愿意回来，还要吃食堂里的大米饭和白菜炒肉片儿，父亲偶尔也会依了我们，把我们一一安置在办公室里的单人床上，住上一晚。躺在床上，又是刚刚洗过了澡，听着从不远处的车间里传来不知是什么机器发出的"咣当、咣当"的有节奏的声响，屋子里的日光灯管发出细微的"嗡儿嗡儿"声，还有时不时从楼外墙壁上的铁管子里往外喷蒸汽时发出的"刺——、刺——"声，心里想着，这是在城市里睡呀，屋里没有熏鼻子的煤烟味儿，却这么暖和！……胡思乱想着，老半天也睡不着觉。

父亲所在的工厂是座化工厂，主要生产一种叫"乐果"的瓶装农药。有一次，父亲到车间上班去了，我一个人在厂子里闲逛，在厂区东北角的那片空场地上，看到有好些硫酸罐子整整齐齐地排列在那里，像是站在操场上的学生们一样，有风吹过，飘散出一股浓郁、刺鼻的硫酸味。我觉得，那就是工厂的味道，有一种说不上来的怪怪的别致的亲切。以后，每逢我闻到这种硫酸味，就会想起当年在父亲工厂里的情景。

跟着父亲去工厂，顺便也就逛了石家庄。那时的石家庄给我留下的印象，除去宽阔平坦的马路、往来奔驰的汽车、鳞次栉比的高楼、琳琅满目的商场、风景优美的公园、华丽明亮的街灯以及神情悠闲的人群以外，更新奇、鲜明和独特的，是她丰富而又独特的气味。城市的味道在一个缺识少见的乡下少年的心里，是那样令人着迷、留恋和难忘。

从街上走过，街边的蛋糕房里飘散出浓郁的面粉、鸡蛋、奶油、蜂蜜与香精混合在一起的又香又甜的味道。那些桃酥、点心、面包、蛋糕，可爱地排列着，发出油汪汪的光，美好得让人心中不由得一下子慌乱起来。那种烘焙时发出的焦香，浓得仿佛能嚼着吃了。到了傍晚，街上的路灯亮了，那般温暖、柔和和明亮，特别给人一种"暖老温贫"的感觉。

从石家庄卷烟厂路过时，扑鼻而来的是那种香而暖的淡淡的呛人的烟味，那样沁人肺腑，怪不得叫"香烟"呢！香得让人禁不住要打喷嚏。

从工厂回家时，父亲有时还带着我们绕道去位于中山路路南新中国电影院附近的一个居民区转一下。他上石家庄邮电学校时的好同学吴森林的家，就在那里。吴森林在石家庄无线电二厂上班，不管他在不在家，他的母亲总是在家的。我们一去，老太太总是很高兴地拉着我们的手，一边夸奖我们又长高了，一边热情地给我们吃煮好的蚕豆、炸好的肉丸子。他家的屋子里有一种说不出来的好闻的味道，大概是做好吃的东西时留下的吧。

这就是留在一个乡下少年记忆中关于城市的最初印象。这样的味道，也就是城市的味道吧。

如今，我在城市里读书工作生活，已经有三十多个年头儿，对城市的感觉早已不似当年。城市越来越繁华盛大，越来越现代靓丽，却再也找不到像当年那般新奇、那么温暖、那么令人兴奋的感觉了。现在我更喜欢的，却是乡下那些草木、庄稼、泥土散发出来的朴素、清新而又微凉的气息。而且我觉得，这样的气息才更为亲切和别致。

不留心，看不见

世间诸多美好的物事，在平常日子里也是有的。或许是不经意间的一个动作，或许是淳朴自然的一缕笑容。不留心，不注意，就会看不见；经历过，感动过，就会忘不了。

——题　记

一

小时候嘴馋，顶喜欢吃的是糖。滋味香甜的糖果，对我是一种无以言说的诱惑，几乎符合我那个年代对美好生活的全部想象。不光我，别的小孩子也一样，日子那么寡淡，都需要一点点儿甜。

但能吃到糖的机会是很少的。偶尔吃块儿糖，连剥下来的糖纸也要舔一舔，最后还是舍不得扔掉。女孩子们更有收藏糖纸的习惯，像乡下那些财迷的老头子攒小钱儿一样。特别是那种花花绿绿的玻璃糖纸，精致、漂亮，一点一点地剥开时，发出窸窸窣窣的声响，那么富有质感，在阳光下泛出五彩缤纷的炫丽。糖含在嘴里慢慢化掉了，玻璃糖纸拿在手里，把玩儿半天，再小心翼翼地存起来，藏好，夹在一本书的书页间，或者锁在自己小箱子的深处。渐渐地，它就变成一份绵长的甜蜜的回忆。

多少年以后，偶然翻出书来，那些经年的旧糖纸突然从书页间"啪哒"掉出来。捡起来，看一看，咦，皱巴巴的糖纸也能压成这么平整、挺括？放到鼻子底下闻一闻，当初香甜缭绕的诱人气味儿，早已散发得干净，已经闻不到了。

想起当年那时的小心思，为不再有的孩子气，不禁哑然失笑。——小时候那么穷，却也有着那么多温暖、美好的回忆。

二

五月快尽的时候，田里的麦梢儿开始转黄，南来的风中传来今年头一声布谷鸟的啼鸣。村子里的人听见了，就说："咦，'王八好过'来啦！"

每年头一次听到布谷鸟叫，总要喜欢得浑身一激灵，会想到，快要过麦收了，就要有新麦面吃了，进而想到那些新蒸的哈着热气儿、暄腾腾的白馍馍。抬头望向窗外，却只见院子里那些静默着的树，透过树梢儿，远处是蓝得发亮的初夏的天空，云朵安安静静地停留在那里。不知道为什么，我的心里会一下子感觉舒服，想着马上去干些什么，却一时又没有头绪。多少年以后，我还清楚地记得当时的那种感觉。

布谷鸟是孤独的鸟，性情也有些古怪。从小到大，我从没见到过它们成群地飞过，也很少在近处见到它们的样子。等你听到它的叫声，在天上寻找它的踪影时，却只能看见一个飞掠而过的孤单的黑影，很快就消逝在田野的尽头或是远处的林中。它的叫声洪亮而又紧迫，慌张而又凄苦，里边有一股令人心颤的哭音儿。布谷鸟真是一种怪鸟啊！

三

春天的时候，架在农田上空的电线上，时常会落满燕子。让人奇怪的是：它们怎么不会被电死呢？

鱼整天在水里游啊游啊，难捉得很。奇怪得慌：它们怎么不会被淹死呢？

牛和马既不穿衣服，也不戴帽子、围围巾、穿鞋啥的，身上只有那么一层毛儿，它们在冬天里不冷么？下大雪的时候，它们咋不觉得冷呢？

瞧吧，狗居然去吃屎！——这些既不争气又恶心人的家伙们！

还有猪。这家伙也是，居然能在猪圈那样"气斜"（方言，指气味不正、不好闻）的地方待得住，还又吃又喝的。又一想，不行啊，猪不在猪圈里，它又能去哪儿呢？

还有，人咋长不出翅膀来，像鸟儿一样飞在天上？要能那样的话，我去姥娘家，就不用费劲儿走着了，六里地算啥，"忒儿"地一下飞起来，拍打拍打翅膀，一会儿就到了。往院子里一落，姥娘一抬头儿，就能看见我：咦，这不是俺家"黑蛋儿"来了么！她老人家一定会惊奇得眉开眼笑……

小的时候，脑袋里成天纠缠、缭绕着这些怎么想也想不明白的问题。我虽有好向人发问的小孩子脾气，却也不好意思老去问别人，怕人家笑话我傻。因为好一个人呆着愣神儿，村子里已经开始有人叫我"茶里怪"了。他们不知道我正在苦思冥想，还当我是个缺心眼儿的傻子哩。

四

院墙外种着几棵丝瓜，有笨丝瓜，也有洋丝瓜。

到了过麦收的时候，丝瓜架上开始热闹起来。笨丝瓜的花儿，每天早上开得最多，也最展，一朵朵的，从藤叶上浮起来一层，金灿灿的十分耀眼。洋丝瓜的花儿正好相反，它们在傍晚时开，第二天早上才"灭"。笨丝瓜一般是刮一刮皮，然后切成薄片，下油炒着吃。洋丝瓜的身上有许多道棱儿，用碗碴片儿刮去，切成丝，最好用酱油醋凉拌。

南瓜、北瓜、吊瓜（北瓜的一种）、冬瓜，还有苦瓜，也都是早上的时候花儿开得最多、最展。蜜蜂收起翅膀，撅着屁股爬进喇叭筒儿一样的花朵里，绕着花蕊爬上爬下，忙活老半天才钻出来，然后一振翅，"忒儿"地飞走了。地芸豆、架芸豆和长菜豆，也是在早上开花儿，紫红色的小花儿，精致得很，像一只只小蝴蝶儿落在上边。

辣椒开的小白花儿，都是头儿朝着下边的。我没有在辣椒的花儿上发现过蜜蜂。不知道辣椒花儿的蜜是甜的还是辣的？

院墙边、柴垛旁、菜园子篱笆上的喇叭花儿，有粉色的，有蓝色的，有紫红色的，也是在早上开得最多、最好。——野花儿居然也能开得这么灿烂、这么有气势！秋天的早晨，常有肉肉儿的玉米钻心虫钻进喇叭花儿里，吃它的花蕊。——它们可真会找地方儿！我看见了，一定要把这些家伙们一个个拽出来，装进玻璃瓶儿里，然后犒赏给我们家那些勤奋下蛋的母鸡们，真是一举两得、得其所哉！

五

19岁那年，我离开村子去上大学。学校离家也就三十多里地，并不算太远，我差不多每个礼拜天都骑着车子跑回来，待上一天，和母亲去地里干干活儿，傍晚的时候再骑上车子回学校去。每一次，我回就回，走就走，母亲并不怎么当回子事，从来也没有送过我。有时地里活儿忙，太阳下山的时候，我直接从干活儿的地里走出来，跺跺鞋子上的土，洗洗手上的泥，骑上停在地头儿的车子就走了。母亲继续弯腰干着活儿，也并不说什么——一点儿也不像书里写的别人的母亲那样，抬望眼，挥着手，千叮咛，万嘱咐，满脸慈爱，依依不舍……我母亲好像从来都不这样。兴许是她顾不上这些吧，她手里总在忙着活计，不肯停下来。

大学毕业后参加工作，我在城市里安了家。儿子阳阳在三岁之前，母亲给帮忙带着，一直到上了幼儿园才离开老家。星期天和节假日的时候，我就骑着车子带着儿子回到村子里来。也许是母亲老了，再加上隔辈儿亲的缘故，每当我们要走，母亲总是跟在后边，拉着阳阳的小手儿，一边说着话，一边送我们到院门口儿。有一回，走到村东口儿，就要拐上大路的时候，我无意中回了一下头儿，忽然看见，母亲站在巷子口三辰叔家门口的门墩石上，一动不动地，正在望着我们。明亮的夕晖里，她的身影看上去有些瘦小和孤独。我的双眼一下子模糊起来，鼻子也有些发酸……

母亲这样默默地目送我们，有多久、有多少次了？粗心的我，竟然不知道，母亲也不曾讲过。我一下了醒悟了过来——原来，我的母亲和我过去看到的书里写的那些母亲都是一样的，她们都有一副操心儿女的温暖、柔软的心肠。

六

有一回，我无意间发现，吃饭的时候，妻子先把儿子和我的饭盛好，小心地放在餐桌上各自的座位前，然后才去盛她的，再坐下来，喊我们过来。

以后，我又观察了几次，每次都是这样。她的神情是平静的，动作是从容的，仿佛本来就该是这样子。——这就是人们常常说到的母性吧。

看上去淡淡的，有时并不代表不是深情。我忽然想起已经去世多年的母亲。小的时候在家里，母亲也是这样的。她总是最后一个坐到饭桌前的人。她在给父亲和我们都盛好饭之后，才拿起自己的那只碗，盛了饭，盖住锅，在围腰上抹抹手，最后一个在灶火门儿旁边的矮木墩儿上坐下来。那是她常年固定的座儿。

母亲曾经给我盛了那么多年的饭，我怎么到现在才想起当年的这个场景，想起母亲总是最后一个坐下来吃饭的那个人？是因为太常见、总这样，因而就习惯成自然了？

那些给你盛饭、端碗、再喊你过来、等着你一起吃饭的人，都是真正从心里对你好、对你暖的人。你也要好好地真心地待她（他），不要去辜负她（他），不要让她（他）慢慢地从你的生活中走开，淡漠，消失。

再后来，我在给家人、客人盛饭的时候，也是最后一个才拿起自己的碗。

"叫魂儿"

在乡下，有好多讲迷信的人。印象中，他们大都是些上了年纪的人，淳朴、善良、厚道而又胆小怕事，谨小慎微，一辈子都在"行好""劝善"。他们最担心的，就是因为做坏事而"造罪"，在以后的某一时某一刻某一事上遭到惩罚，得到"报应"。初一十五、逢年过节，他们再忙也忘不了给各路神仙、佛爷烧香上供；遇事便拜神求佛，焚香祷告；过庙会时，几个人相约着去奶奶庙、娘娘庙进香、念经、烧纸、磕头，有时还边舞蹈边打扇鼓，嘴里念念有词，祈求神灵保佑……他们或许有些执拗、死板，也有的是啥话都听，但他们的一切祈福，无不是为了日出而作日落而息的寻常日子能够无灾无病、平安度过。

我对迷信的态度是，姑妄言之，姑妄听之。那些迷信到底有没有道理呢？比如说，预兆、风水、还比如，人死后到底有没有灵魂？千百年来，人们对这些神秘的说法或没有主见地随声附和，或拧着脖子、爆着青筋地抬杠，莫衷一是、一言难尽。有的人说有，说起来井井有条、头头是道，让人听着听着就一个头两个大，但又举不出现成的例子，因为从来没听说有谁见到过鬼魂，也没人能具体说得出鬼魂到底长什么样子——画上、戏里、电影中演的那些是不能算的，终归是云里雾里说不出个所以然，再指天画地、赌咒发誓，也没法证实；有的则坚称没有，千方百计地证伪，说这些都是封建、愚昧、落后的凭空编造。但是，问题来了：现实生活中，确实有一些真实发生和应验的怪异之事，其暗合道妙，一时间无法用"科学""文明"来诠释和阐明而让人口服心服。

想不明白,未便臆说。倒是有一个例子,不妨举在这里,以供读者评弹——

我姥娘生前是个慈祥、热心而讲迷信的人。记得她曾经确切无疑地给我讲过她为我三姨"叫魂儿"的事,听得我一惊一乍,将信将疑。她老人家对我极好,她所说的话我一般都听,都信,何况对这件事,当时已经记事的我母亲也是见证者之一,她虽然无法说透其中原委,但她佐证这件事的确是真的——

那一年,三姨还不满周岁,能坐会爬,正在学走。有一天,姥娘带着她去村东浇园。那时浇园用的是牛拉水车。水车架在井口儿上,套上老牛拉动,在井台儿上绕着水车一圈儿一圈儿地转。水车"哗啷啷"地响着,带动一长溜儿伸向井水里的水斗子,将井水源源不断地汲上来,再顺着垄沟流淌进地里。姥娘一边浇园,一边带着三姨,三姨一哭闹,她就抱起来哄哄,倒也不怎么耽误事儿。正是夏天,天气炎热。井台儿周围长着三棵大柳树,浓荫匝地、凉风习习。姥娘改了畦,就抱着三姨到井台儿上去歇着,一边照看孩子,一边照看老牛,过会儿给水车膏膏油。浇了半截地之后,她给三姨喂过了奶,不一会儿,三姨就睡着了。姥娘把三姨放在树荫下的一片草坡上,就扛着铁锨去地里看水去了。

过了小一阵子,三姨睡醒了。看看周围没人,又看到老牛正在拉水车,她便好奇地爬了过去,爬着爬着,就爬到了拉水车的牛道儿上,正好牛也走了过来,一抬蹄子,把三姨蹄得在地上翻了一个滚儿。家里的这头老牛有灵性,很懂事,感觉脚下踢着了个东西,就立在那里不走了。牛一停下来,水车就不转了,垄沟里的水头儿也就断了。姥娘正要改畦口儿,发现垄沟里的水头儿没了,以为是垄沟半道儿上跑了口子,便顺着垄沟找了过来,这才发现是水车停了,老牛正老老实实地站在那里,歪着头儿,忽闪着两眼远远地望着她。走近了再一看,三姨歪拧着小身子,躺在牛腿中间,滚了一身土,也是一动不动的。姥娘一开始以为是牛蹄子踩着孩子了,吓得脑子"嗡"地一下,浑身一激灵,赶紧扔掉铁锨,从牛腿中间把三姨抱了起来。这一抱不要紧,姥娘傻了:三姨的身子软得像面条儿一样,脸色蜡黄,两眼紧闭,脑袋也软软地歪在一边。姥娘又上上下下检查了一遍，再伸手摸摸孩子的额头，还用手背试了试她的嘴边，哪儿都没发现有什么事儿，只是再怎么喊，孩子也是软塌塌的没有反应。用姥娘的话说，当时就跟抱着一个死孩子一样。

姥娘的脑子里昏蒙蒙的，园也不浇了，牛也顾不上管了，抱起昏睡着的三姨就急急地往回走，想着赶紧去村里找医生给看看。村里的医生围着孩子忙活了半天，又是掐又是喊，三姨依旧昏睡不醒，浑身蔫蔫儿的，懒懒的，只是鼻翼在呼哧儿呼哧儿地一张一翕着。姥娘失魂落魄地把三姨抱回家来，放在炕上，守在旁边，愁眉不展。

村里的一个老婆婆也听说了这件事，说，这是孩子野了（丢了、丢掉的意思）魂儿了，去把魂儿叫回来就没事儿了。她告诉我姥娘，找一把扫帚，在扫帚上披上一件小孩子常穿的衣裳，又让我母亲抱上我三姨，一块儿往村外的井台儿那里去给三姨"叫魂儿"。姥娘诚惶诚恐、犹犹豫豫地举着那把扫帚，一边往村外走，一边带着哭音儿喊："三妮子，回来吧！三妮子——"说来也怪，几个人快要走到井台儿时，三姨忽然跟睡醒了似的，睁开眼，身子一打挺，"哇"的一声哭了出来……这件事过去之后，三姨恢复如常，仍是那么淘气和顽皮。

你说，这事蹊跷不蹊跷、怪道不怪道？

关于"叫魂儿"之事，我曾查过一则资料，是在《中华全国民俗志》中记载着的："小孩偶有疾病，则妄疑为某地惊悸成疾，失魂某处。乃一人持小孩衣履，以秤杆衣之；一人张灯笼到其地，沿途撒米与茶叶，呼其名（一呼一应）而回，谓之叫魂。"这或许是对"叫魂儿"这种民间风俗、神秘文化最为权威的描述。要说没有魂儿的存在，何来"叫魂儿"的风俗？何况书上有明文记载，在我们生存的这块土地上，"叫魂儿"也如此真实地发生过。但是，真的是叫了"魂儿"之后，小孩才得以痊愈的吗？这里头会有什么巧合、暗合之处？谁能够厘清与明辨？

写下这些文字，权作"乡村志异"吧，似真似幻，倒也不妨当个故事听听。就像《聊斋志异》卷头的那句诗所说的："姑妄言之，姑妄听之。"

说 "鬼"

　　小的时候，常听村里的人说到"鬼"。比如，遇到闹不明白的蹊跷事，村里人就说："呀，遇着鬼了？"或者说："哼，鬼才知道！"讽刺那些敷衍塞责、应付差事的人，村里人就说："这是干啥，叫你糊弄鬼呀？"或者说："你这是搞的什么鬼名堂？"说到不信一个人的话，村里人就说："鬼话连篇的！"或者说："成天闹鬼！"总之，"鬼"呀"鬼"的，常常要提说到。

　　夏天的晚上，人们在村头儿歇凉儿，小孩子们缠着老人们给讲故事。那些老头子，胡子里长满了故事，便扇着蒲扇讲起来，讲着讲着，就讲到了"鬼"身上：所有的植物和动物，还包括其他的物什，都能变成精、鬼、怪、妖，比如，树有树精，蛇有蛇精，碌碡、扫帚和捣蒜锤也能成精作怪。当然，鬼里面有好"鬼"，专替穷人打抱不平，想方设法捉弄坏人；也有坏"鬼"，比如"吸血鬼"，吸人血、害人命。还有吐着长舌头的"吊死鬼"，打着灯笼赶夜路的"灯笼鬼儿"，下油锅的"油炸鬼"，水淹死的"落水鬼"，专在夜间出没的"影子鬼"……"鬼"这样、"鬼"那样，竟讲出一大堆来。信以为真的小孩们大眼瞪小眼儿，既恐惧，又兴奋，他们的眼睛在暗夜里闪闪发亮，支着俩耳朵，越听越怕，越怕越使劲听，吓得大气儿不敢出，睡也不敢睡了。倘若这时候再有人故意装妖作怪，猛地弄出点儿动静来，一定会有人神经兮兮地惊得大叫起来。

　　小孩子们听多了"鬼"故事，就开始疑神疑鬼起来。夏天和秋天的晚上，一帮子小孩在街头玩捉迷藏，夜深时要散伙了，各人分头往家走，有做伴儿的还好说，可以互相壮个胆儿，那些独自回家的往往就胆怯，一边往回走，一边细听着后边，老是疑惑有"沙、沙"的脚步声，以为跟着一个"鬼"，越害怕，越疑心，越疑心，越害怕，也就越不敢扭头儿往后看，吓得连头发和胳膊上的寒毛儿都竖了起来，提着一口气儿，猛然跑起来，一进院门，返身把门关上，心"咚咚咚"地都快要从嗓子眼儿里蹦出来了。其实，那声音是他自己走在寂静的巷子里，脚步声带起来的回响。

我也是这样，"鬼"故事听多了，一来二去，心里怕得不行，对于到底有没有"鬼"、万一遇着了"鬼"咋办，心里边来回乱翻腾，纠结得紧。记得有一阵子，我特别怕死人。偶尔路过正在办丧事的人家门口，远远地看见，必定要绕道走开。无道可绕的话，只好硬着头皮，加快脚步，憋住一口气，连看也不看，匆匆地跑过。凡是与死有关联的东西，老觉得瘆乎乎的，仿佛上面附着什么可怕的气息，碰都不敢碰，比如拿在孝子们手里的"哭丧棒"，比如飘飞洒落的纸钱。少年时代里那种内心的恐惧、不安和复杂，至今记忆犹新。上了学，老师给我们讲"不怕'鬼'的故事"，讲鲁迅有一次半夜里回家，用皮鞋去踢一个"鬼"，却原来是一个盗墓的贼。老师说，为什么不怕呢？是因为原本就没有嘛！可私底下，伙伴们还是常为有没有"鬼"吵架似的争辩，吵半天，也吵不清，谁也说服不了谁，各自带着鄙夷对方的神情扭头儿走开，倒逗得旁边看热闹的人哈哈大笑。

村子里有没有"鬼"呢？有谁见过"鬼"的模样和行踪？说起这个来，大人们也是各持己见，莫衷一是。有的人说有，言之凿凿，语气非常肯定，说得活灵活现、神乎其神，一时让人不得不信。有的人则坚信这个世上没有"鬼"，那都是吓唬别人或者吓唬自己的。说有"鬼"的人，你若再往深处问他，比方见没见过、什么时间见过、在哪儿见过，那人的口气一定立马就虚了下来，退到最后，不得不说是听别人说的，自己倒从来没有见到过。这一来，倒给没有"鬼"之说提供了反证。也有信"鬼"的人，心里没主意，却嘴上死拧，就是不服气，愣说看不见并不等于就没有。说来说去，"鬼"就成了"莫须有"的存在。

那些信"鬼"的人说，人死了就变成"鬼魂"，来无影、去无踪，也有时故意弄出响动，留下神秘痕迹，告诉你有"鬼"曾经来过。他们还说，每年过清明、寒食的时候，人们都要去给去世的先人上坟烧纸，这就意味着，世间有"鬼魂"，要不上什么坟、烧什么纸呢？特别是出嫁的闺女们回来给亡故的父母上坟，总要准备一些花花绿绿的彩纸，据说烧化了之后，阴间的父母就收到了，用来做袄做裤，漫漫冬日里，就不会挨冻了。"吃"了坟头上的供享儿，在阴间里也就不会再受饿了。坟是一座土馒头，历经风雨，荒草覆盖，难免或裂开一道缝，或塌下去一角，甚至坍塌出一个大窟窿。讲迷信的人每见此状，便会惊诧不已，觉得这是"鬼魂"在提示着自己：阴间的人所住的房子坏了或是塌了，正在受苦遭罪，而后人没有照管好坟头，就是没有尽到后人应尽的责任，此是对先人的大不敬。于是良心不安，备加羞愧，赶紧想办法来补救，并且祈求先人的宽恕。有的人家，去上坟时是一定要扛着铁锨的，就是为了顺便把经历了一年风吹雨打的祖坟，好好修整一番。

上高中时，暑假里的一天，我在村东的闫家坟浇地，浇到半截地时，发现水头儿在一个畦子里不往前走了，而是沿着一道地缝很快地渗下去，好像有头巨兽埋伏在地底下，张着大嘴喝水，却总也喝不饱。我知道，这是遇到埋在地底下的墓穴了。这块地里曾经有好多坟头，后来为了种庄稼，村里把坟头儿平掉了，但埋在下边的墓穴还在。有一年的秋后，我见村里的来子在地里赶着牛耕地，不时有长长短短的棺材板子和一些整块儿的半截的墓砖给翻出来。来子若无其事地把那些棺材板子和砖头捡起来，抱在怀里，"哗啦"一声，扔到地南头儿的草沟里，拍拍手上的土，该干啥接着干啥。当时，这情景曾经看得我目瞪口呆。事后，却也没见来子被"鬼魂"怎么着。所以，面对眼前的场景，我也并不感到有什么害怕，那些水源源不断地灌进裂开的墓穴里，总要半天才会灌满。这种事，我原先也听村里的人说起过，说有个人在村南浇地时，也遇到了水灌墓，他害怕把"鬼"给灌出来找他的事，扛着铁锨狼狈逃窜，真像是有"鬼"在后边撵着他一样，一溜烟儿地跑回了村子里，连鞋子都跑丢了。

"人死如虎，虎死如羊"，"惊出来的狼，怕出来的鬼"，村里的人常这样说。好多人一说到死人，就会联想到"鬼魂"，怕得不行。我们上小学的时候，有一年的冬天，村里的一个老太太跳进村西的官河里淹死了。到了第二年夏天，大人们反复训导我们不要再去官河里耍水，说是那里藏着老太太变成的"水鬼"，专等着拉下水的小孩子作她的"替死鬼"，以便她能托生转世。这个说法很是管用，那一下，村里的小孩子也就真的不敢再去那里。

有的人晚上做梦，梦见家里死去的人，音容笑貌，一如在世时的模样，有时还给自己说话，或者哭泣。村里人说，这叫"托梦"，是"鬼"在阴间遇到了"难"，向阳世间的亲人传话。做过这样梦的人，便有些心神不定。有的赶紧烧香上供，有的赶去坟上烧纸。其实，日有所思，夜有所梦，做梦是一种正常的生理现象，是由环境和心理作用造成的。谁没有做过这样那样离奇古怪的梦呢？

连外国人也是怕"鬼"的。我从网上看到过一段视频，是一部以僵尸为题材的电影，僵尸遇到特殊机遇或事件，便"起死回生"，扮作活着的人，来到人世间，一蹦一蹦地跟在人的后边，动作僵硬死板，说话怪腔怪调，看得观众也一惊一乍的。可见，不管是哪里的人，都是差不多一样的德行。

母亲曾经考过我一个问题：老虎好画，还是"鬼"好画？我想了半天，不知道怎么回答，结果，答案是"鬼"好画，老虎不好画。因为人们大多见过老虎，画得不像人们一眼就能看得出来；而人们从来没有见过"鬼"，谁也说不清"鬼"的模样，也就没有具体评判的标准。母亲说，人死如灯灭，他（她）又不会坐起来去拉你的手，或在后边跑着追你，你有什么怕的呢？母亲又说，世间哪有什么鬼？愣说有，那也是活鬼，闹活鬼，活闹鬼！后来，我经历了姥娘的去世，见过了母亲的离开，更对死有了新的看法，知道了是怎么回事儿，也就不再害怕了。

村子里有比较开明通达的老人，说到死呀"鬼魂"呀什么的，跟聊闲天儿似的，反倒比有些年轻人还要看得开一些。鬼是死人，人是活鬼。——其实，说"鬼"是死人，查无实据；而说人是"活鬼"，对于某些人来说，却大致是不会错的吧。

那时候，时间很慢

记得上学上到三年级以后，开始学习写作文。那时，总爱把"光阴似箭""日月如梭""时光荏苒""岁月流逝"之类的词语想方设法嵌进句子里。其实，对它们真正的指向和意义并不能深刻理解、完全领会。那个时候，更多的感觉，并不是光阴如何快地流逝，而是日子过得实在太慢。

老觉得自己长得慢。一天天的，那么漫长，漫长到无聊，总是日头下山了天才黑。要过那么多那么多的日子，才轮着过年，过了年才算长大一岁。说到年，唉，更像是个裹着小脚儿的老太太，任凭你多么急切，她依然颤颤巍巍地挪着小步儿，不慌不忙、慢慢腾腾地走来。

老觉得春天来得迟。冬天好不容易过去了，天气终于要暖和了。可是，刚风和日丽地暖和了两三天，突然又刮起了风，天又冷了回去。春天，怎么就那么磨磨蹭蹭、腻腻歪歪呢？小草什么时候才发芽呢？柳树什么时候才会绿呢？杏树什么时候才开花呢？春天来得真慢，什么时候我们才能脱光了身子，跳到官河里去耍水呢？

果树们怎么老是那么不着急不着慌的？好不容易等到春天来了，杏树开花了，桃树开花了，苹果和梨树也开花了。可是，要想吃到今年的新杏子、新桃子和新苹果，且得等着呢！它们由黄豆般大小，一点儿一点儿地膨大，那个慢劲儿呀，急得人直流口水。最早的新杏子下树，总要等到麦子黄梢儿的时候；吃到桃子的时候，已经是夏天；要想吃到酸酸甜甜的苹果、梨子，还有枣子、石榴，还得接着等，一直要等到秋天来了的时候。

小孩子天天仰着头儿望着，大人们却并不急，该干什么还干什么。他们的理由是，早摘的瓜不甜。——多给它们些日子，它们的个头儿才会更饱满，成色也更好一些。

庄稼们从发芽、出苗到蹿棵儿，再到开花、吐缨、抽穗，也是慢慢地才长大、成熟的。这期间，农人们要锄草、松土、浇水、施肥、除虫儿，辛苦得很！而且，收了麦子才能种玉米，刨了花生再种蔓菁，掰过了玉米，腾开了地方，才能深耕土地，再然后才能播种麦子，一茬儿压着一茬儿，只能一个一个地挨着来，着急也不顶用。

牛车、马车、驴车也是慢慢腾腾地晃呀晃地往前走。马车还算强点儿，您瞧牛车驴车那个慢劲儿吧，一晃荡儿，两晃荡儿，慢慢悠悠地向着田里走，有时都把车上的人晃荡得打起瞌睡来了。

除了农忙时节，或者临时有重要事情，平常的日子里，人们大都不那么着急麻慌的。和好的面，要等着发起来了再蒸馒头；去永壁赶集，三里地，道儿不远，走着去吧；要翻盖新房子了，头年初冬前打好根脚，第二年开春儿再往起送大墙吧。家里养的猪，也要喂满一年。那时，差不多家家都养猪。从活蹦乱跳的小猪秧儿，养到肥头大耳、好吃懒动，怎么也得一年的时间，直到腊月来到，快过年了，才由村里的"杀猪班儿"把它们——送上断头台。

逐渐感觉到时间过得快，是在参加工作之后。一天又一天，一月又一月，一年又一年，转眼就过去了。"嗖"地一下儿，到了"而立之年"了；"唰"地一下儿，"不惑之年"也过去了；"哗"地一下儿，啊！如今的我，已经年过半百啦！回头一想，还清清楚楚地记得小时候扳着手指头儿盘算过年的情景，还记得自己刚娶媳妇时办的傻事，不知不觉间，似乎只是三晃两晃的工夫，我已是两鬓斑白、行动迟缓的中年老樊。咋这么快呀？不光是我，还有村子里的一些人，还记得他们壮年时生龙活虎的样子，如今有的老得不像样子了，有的早已去世多年。偶尔回到村子里去，街上跑着的好多小孩子我都认不清了，问到他们的父母，这才想起，哦，不就是前些年见过的那些娃娃们吗？一茬儿又一茬儿的，这么快就顶上来了。我越来越真切地体会到"光阴似箭、日月如梭"的厉害。

如今身处市场经济、商品社会，人们的生活节奏快得如同按了电脑的"快进"键，一个个狗赶猫慌的，总好像有什么野物儿在屁股后边撵着似的，日子过得稀里哗啦，也就谈不上什么趣味、品质、品位了。过去的猪是长得慢，不过，就是这样养出来的猪，肉吃起来才叫香呢！现在人们都说肉吃着不像早先那么香了。是啊，靠吃饲料催起来的猪，小半年儿就杀，香才怪哩！时间那么短，肉味儿跟不上来呀！年轻人在手机、电脑上用拼音打字，好多也是耐不住性子的，"喜欢"打成"稀饭"，"这样子"打成了"酱紫"，"神经病"打成"蛇精病"，本来想说"人生已经如此艰难，有些事情就不要拆穿"，干脆省略成"人艰不拆"。来不及细看，更来不及校对，就抢着发出去了。你说说，这着的是哪门子急呢？

　　时光的脚步快也罢，慢也罢，自始至终都是一样的，一如从前，今后亦如是。从前并不慢，只是因为我们小小的内心有些急躁，等不及、巴不得；现在也没有变得多么快，只是因为我们的追求和欲望有些多，这也想要，那也想拿。其实，在时间的漩涡里沉浮，一切都会时过境迁。看，古人说得多有风致："陌上花开，可缓缓归矣。"慢慢地走，一路看花一路玩儿，多好！现代人也许能够理解，但还有工夫培养那份雅致、呵护那份情怀吗？

　　心急吃不了热豆腐，火急也炖不烂猪头。急什么呢？一急，心里就乱了。沉静下来，说话、走路、做事情，不要那么急赤白脸的。人活着，为了个什么呢？——人生一辈子，说来也不算短，日子一天一天地过，事情一样儿一样儿地做，慢慢来，从容走，认真些，滋润些，不好么？

　　忽然想起木心先生写的那首《从前慢》："记得早先少年时，大家诚诚恳恳，说一句是一句……"我们每个人，都曾经有过木心先生所说的那样一种时候吧？那样真的很好。

捉　迷　藏

　　每每到了农历月半前后的时候，我时常会想起在老家的时候，那轮挂在我们村庄上空的月亮，想起在村街小巷里像溪水一样缓缓流淌着的月光。在我的记忆中，没有比村子里的月色更皎洁、更清澈的了，而和小伙伴们在月光下嬉戏着捉迷藏的一帧帧图景，多少年过去了，仍时常清晰地映现在眼前，那是我们最为美好有趣的一段段童年时光。

　　有月亮的晚上，村里的小孩子在家里是待不住的。那时的我们，作业很轻松，写写拼音字母和生字，背背乘法口诀，趁着天还亮的时候，或在放学的路上就完成了。吃过了晚饭，离睡觉还早——外边的月亮那么好，想睡也是睡不成的；待在家里捣乱，大人也烦得慌，就撵鸡一样往外撵："别在这儿当'绊脚星'了！去外头耍会儿吧，也行行食儿。"末了再找补一句："别跑没了，记得回来！"等我们跑出去了，他们也好清清静静地说会儿话，或是干些要紧的家务。有时正吃着饭，就有小伙伴在街上喊开了："月亮出来喽！都来当迷迷藏藏来！"还有的拉着长声儿，招魂儿一样地喊："快点儿出来耍哎，一个棒槌棒出俩哎！"一边喊着，一边"咚咚咚"地从街上跑过。

　　陆陆续续有五六个小孩子从自家的门洞儿里跑了出来，聚集在巷子口上。但人还是有些少，凑不够人数，一些游戏就没法开始。于是，就有大一点儿的孩子用手挡在嘴边，仰着脖子，像是吹喇叭一样地高喊起来："大拇哥，乩红点儿，谁不来谁是小王八儿！"另一个跟着一唱一和，阴阳怪气地喊道："老道，老道，到了没？——还没到！"逗得旁边几个孩子哈哈大笑。

正在家里吃饭的小孩子听见外边的动静，立马就像火烧着屁股一样，连碗也捧不稳了，筷子紧着扒拉，呼噜呼噜，呼噜呼噜。坐在对面的娘白瞪过来一眼："慢着点儿吧，噎着你了！跟勾了魂儿似的。"一边胡乱"嗯嗯"着，却依旧慢不下来，然后鼓着腮帮子，把碗往桌上一推，"啪"地撂下筷子。"噌"地站起来，一抹嘴儿，风一样卷出门去，差点儿把旁边的小板凳儿给带倒了。风门在后边"咣当"地响了一下关上了，连母亲在后边嘟囔着嚷了句什么也没听清。

月亮升高了起来，挂在天上，真明啊，照得村前村后都明晃晃的，房子的影子，柴火垛的影子，大树的影子，清晰地印在地上。小伙伴儿们这头儿一个、那头儿一个，陆陆续续地跑到街上来了。早出来的见有人正往这边走来，老远就学着电影里跑堂儿的样子，起哄似的喊叫："又来一位，楼上请！有包子，有炒饼，想吃麻花儿现给你拧！"记得有一次，我们正笑闹着，占生从那边走了过来。他是村里的光棍儿，快四十了，但个子小得像个孩子，身子却是又宽又厚。等他走到了近前，人们才看清原来是他，"哎，是占生呀！"占生嬉皮笑脸地答道："滚一边子去！浑球儿们，认错爹啦！"这个歪脖子歪嘴的倒霉家伙，向来是不肯正经说话的。

巷子口儿那里的人越聚越多，我们便商量起玩儿点什么，大一点儿的孩子说，趁着锃明的月亮地儿，咱们做游戏吧。而最好玩儿的游戏，就是捉迷藏，一玩儿就玩儿到很晚，玩儿到夜深人静、月影西斜。

我们商定了分班，先指定一个人充当"瞎子"，"瞎子"是管找人的。其他的则散开，各自寻找妥当的地方躲藏起来。通常是这样：当"瞎子"的那个坐在秀桥家门口儿的门墩石上，用两手捂住眼（"瞎子"即由此而来），等着大家去藏，一边等着，一边悄悄叉开手指，偷偷地从指缝儿里往外瞧，一边急着问道："你们藏好了唄？藏好了就开——鬼！""开鬼"就是"开始"的意思。刚刚藏好的人们也不言声儿（一言声儿就暴露自己的踪迹了），听到喊"开鬼"，立马浑身一紧，屏声静气，心里却兴奋、紧张得发颤。

躲藏的地方，各有各的巧妙。大门洞儿里的角落，二门儿后边的墙旮旯儿，麦秸垛上掏出的草窝儿，猪棚房的房顶上，大树的树杈子上，好多地方是可以藏身的。藏得好，就不容易被发现，被发现得越迟越好，哪个最后才被找出来，一定咧着大嘴叉子，摇头晃脑，自命不凡，得意洋洋。当了"瞎子"的这个家伙，像鬼子进村一样，躬着个腰，往这儿钻钻，往那儿探探，伸手捞摸捞摸这儿，拿脚轻轻端端那儿，有时还拿根棍子捅一捅、挑一挑。目标很快被一一发现，每发现一个目标，马上就像捂麻雀一样上前捂住，一边兴奋地大喊："噢，捉住你啦！你的，快快出来，缴枪不杀的干活！"被发现的，见再也藏不住，"哇"地大叫着从躲藏的地方蹿出来，跳到月亮地儿里。这也正是捉迷藏的兴奋刺激之处。被捉住的，或是兴奋，或是懊丧，再跟着去看别人被一一找到，在一旁幸灾乐祸。那个最先被找出来的家伙一个劲儿地后悔自己这回没有藏好，他将是下一班儿当"瞎子"的。——我们都愿意当藏的，不愿意当"瞎子"，当"瞎子"太辛苦，老也找不见，自己懊恼不说，还会让人笑话是个"笨球儿"！

有的人藏得深，"瞎子"打他那里路过，甚至往里边盯着看了两眼，仍是没有发现。藏着的人使劲憋住气，不敢吭声儿，一边忍耐着，一边期待着，一边暗自得意。也有的，"瞎子"明明已经发现了他，却故意粗心大意地当作没看见，嘴上还念叨："哎，这是上哪儿去了，怎么这儿也没有啊！"越这么说，越逗得那个躲藏着的人紧张、兴奋。有的就是因为紧张或者兴奋得憋不住，"吃吃"地笑出了声才被捉住的；有的乐得身体发抖，带动身后的秫秸垛也跟着窸窸窣窣地抖动起来，很快也被捉拿了出来。

捉迷藏是集体游戏，但也不能人太多，七八个、十来个就行了，要不，找起来没完没了，当"瞎子"的就会兴味索然。有时，藏的地方过于隐蔽，总也让人发现不了，只好自己悄悄地跑出来。有的人躲藏的地方又隐蔽又舒服，待着待着，居然在里边睡着了……

我们做着游戏的时候，月亮静静地瞪大了眼睛，望着我们。我们的欢笑声是明朗的，每个人的心里都有涌出来的欢喜。

也有捣乱和发坏的。最坏的是世全。他比我们大个两三岁，却是个叔叔辈儿。有一回，世全和我们玩儿，他不愿意当"瞎子"，但轮到他了又没法儿，结果，等我们一个个都藏好之后，他拍拍屁股，悄没声儿地溜回家睡觉去了。一帮子人都傻乎乎地等着他来找，一等也不来，二等也不来，实在憋不住了，才一个个走出来，大眼儿瞪小眼儿，这才发现叫世全这鬼家伙给坑了。我们跑到世全家的门口儿，"乒乒、乓乓"地使劲拍他家的大门儿，一边乱声地喊："世全！世全！"把他家院子里的狗拍得大叫起来，紧跟着，世全他爹也隔着窗户嚷上了："都几点啦！三更半夜的，还打狼似的，都给我滚走，回家睡觉去！"我们讨个没趣，你看看我，我看看你，像泄了气的皮球一样，作鸟兽散。

我们都钻了一身的土和一脑袋蜘蛛网，跑了一脑门子的汗，身上还沾着碎柴火、树叶子，也都跑得有些乏了，但还意犹未尽、流连忘返。大人们站在朦胧的夜色里，吆喝着，嚷骂着："都什么时候了？还穷跑跶！净些个'夜游大仙'们！还不快睡觉去！"我们用手拍打着嘴巴打着哈欠，一边往回走，一边还不住地拍打蹭在身上的土。

月亮西斜了过去，地上、墙上、房屋上都像是镀了一片薄薄的水银。天上的星星不太多，这里一颗，那里一颗，像是被风吹迷了眼，又像是困了似的，一眨一眨的……等远远近近的一两声狗叫和关门、插门的动静渐渐消停下来，村庄的一切就都陷入了沉寂。夜色深沉，月光下的村庄，已然静静地安睡。

乡间的赏心乐事

古有人生四大喜事之说："久旱逢甘雨，他乡遇故知，洞房花烛夜，金榜题名时。"古人真是会总结，这四样儿欢喜，一下子就点到人的心坎儿里头去了！

苏东坡对人生的赏心乐事，饶有兴趣地总结了十六件："清溪浅水行舟；微雨竹窗夜话；暑至临溪濯足；雨后登楼看山；柳荫堤畔闲行；花坞樽前微笑；隔江山寺闻钟；月下东邻吹箫；晨兴半柱茗香；午倦一方藤枕；开瓮勿逢陶谢；接客不着衣冠；乞得名花盛开；飞来家禽自语；客至汲泉烹茶；抚琴听者知音。"（据《集古名公画式》，草坪山人辑）

苏东坡老先生所说的这十六件开心事，都是文人墨客们心驰神往的。对于生活在村子里的人们，又有什么是开心的事呢？乡间自有乡间的乐子，有一些也并不比苏东坡说的那些差到哪儿去。我也试着总结一些吧。

春日遥望柳堤。乡间的早春，最早透出撩人春色的，一定是河堤上的柳树。远望河岸上一排排的柳树趟子，绿意朦胧，如烟，如雾。从一派灰黄色的冬日里走出，抬头望见这一树树春风杨柳，沉浸在无限的清新与明媚之中，心里一定是欢喜不已的。

客来小园剪韭。菜园子就在村边儿上，一出巷子口儿就能望见自家的菜畦，扭个身儿就能到。除去冬天，菜园子里总是一派生机。东一畦，西两垄，高高低低，有爬蔓儿的，有搭架的，有长得长的，有长得圆的，有吃花儿的，有吃叶儿的，有吃根儿的，有吃棵儿的，有吃果儿的。客人来家，想吃什么，小意思，剪两把韭菜，拔三棵大葱，揪两个茄子，摘三四个西红柿，随手择取，现摘现做，再新鲜不过。

暑天槐荫纳凉。炎热的夏天，大树凉儿就是乡间最好的天然空调。"树大招风"，并不仅仅是个比喻，也是一种自然物理现象。天空赤日炎炎，大树底下荫凉匝地、小风缭绕，特别是洋槐树、笨槐树，枝叶繁密，日头晒不透，从田里走出来，往大树凉儿里一坐，习习微风吹拂去浑身热汗，还有比这更悠然、美妙的享受么？

雨天拥被闷睡。乡下农事繁忙，平常的日子里，既没有双休日，也没有"黄金假期"。只在下雨的时候，去不了地里，才过礼拜天。若是连着下雨，那几乎就是"小长假"了。下雨天最惬意的事，就是拥被高卧，将自己沉入梦乡。雨天的睡眠最深沉，最踏实，也最甜蜜。一觉醒来，猛见天色已暗，一时竟不知今夕何夕，自己又身在何方。

雨后观望青苗。雨水将村外田野里的庄稼冲刷得格外翠绿。当雨停下来，潮湿的空气一派清凉，青苗的叶子被一阵风吹起，欢舞着，上面挂着的一串串晶莹的水滴随风摇落。农人们最喜欢在这个时候，踩着田间小路的泥泞，来到地头欣赏这一幅画。这幅"雨后青苗图"，足以美得人心神荡漾，总也看不够，没个厌烦的时候。

地头歇晌小憩。面朝黄土背朝天，田间里的尽日劳作是累人的。劳动的间隙，放下手中的农具，到地头儿休息一会儿，或是往田埂、渠堰上一坐，抽上一袋子烟，或是往树凉儿底下一躺，眯上小一觉儿，放松一下又酸又胀的筋骨，那份通身舒泰的美妙是无法言说的。有过乡村生活经历，特别是参加过田间劳动的人，想必都会有这样一番感受。

闲听风吹叶响。树的叶子，草的叶子，花的叶子，庄稼的叶子，有时被风吹起来，或窸窸窣窣，像是洒过一阵小雨；或哗哗啦啦，像是有人在轻轻鼓掌。这是风与叶子宁静的诉说；这是清澈、纯净的天籁之音。这种天籁之音，在安静的乡间，听来得愈加真切，在心无挂碍的人听来，则更有一份柔和、从容、散淡的亲切。天地万物皆有灵气，风吹叶响中，能看见风的影子，能闻到植物的清香。而且，听着听着，从中悟到一份自然的禅意，也未可知。

晚看夕阳落山。乡村的傍晚是好看的。我总是喜欢"傍晚"这个词。一提到"傍晚"，就仿佛在眼前展开了一幅画面：夕阳慢慢地落下山去，所有的光线，仿佛都集中到了西边的天空，晚霞像是烧着了火一样，明黄的，橘红的，淡紫的，浅灰的，好多样的颜色。而远山只剩下黑黑的剪影，树木的轮廓也变作一幅幅版画。农人们结束了一天的劳作，扛着铁锨，背着粪筐，朝着炊烟升起的村庄走去。迎着夕阳的，就变成了一个个金人；背着夕阳的，一步步地撵着自己拖在地上的长长的影子。不管怎么走，都是走在最美的画中。

　　月下小儿贪欢。有月亮的晚上，村街上明晃晃的。小孩子们在家里待不住，撂下饭碗就跑出来，一边往巷子口儿上冲去，一边猫声狗气地喊着这个、叫着那个，将别的伙伴也从家里勾了出来，很快便会合在了一起，然后开始兴奋地商量：今儿个黑夜耍什么？他们的眼珠子叽里咕噜的，在月光下仍然很亮。他们惯常的游戏，在夏天是捉迷藏，冬天则是抗拐或是开到村外的地里打坷垃仗，总要玩儿到月亮西斜了去，才在大人们高高低低的喊骂声里，灰头土脸儿地回家睡觉去。

　　秋至五谷丰登。秋天到了，玉米熟了，大豆黄了，棉花白了，高粱晒红了脸，谷子笑弯了腰，山药地里也开始七鼓八鼓地拱起来，崩开的纹儿里，隐隐地露出山药嫩红色的皮肤……这是一年当中最开心的时刻，到处是人欢马叫，到处是来回忙碌着装运的人群。丰收是最能安妥人心的。

　　负暄街口闲话。冬日里的乡下，场光地净，没什么要紧的农活儿，是一年中最清闲的时节。晴朗的天气里，半前晌的日头已经暖洋洋的了，找个背风儿向阳的地方一坐，晒晒日头儿，聊会儿闲天儿，是老头子们最乐意的事情。你讲个这个，他学个那个，有时还会抬抬杠、拌拌嘴，又是一桩乐子。回家吃了晌午饭，下午继续，还是这班老头子。也许，一整个下午就在这样的悠闲中度过，一直到金光闪闪的黄昏降临，暮色四起。时光如此美妙地流逝，让你一点儿也不觉得那是虚度。

　　小院窗前听雪。乡下的农家，家家户户都有一座院子。北方的农家小院，虽不精致，却向阳，敞亮，可以养鸡养狗，可以栽树栽花，夏天一地浓荫，冬日满院阳光。大门一关，自是一方清幽的世界，心里的那份踏实和自在，也只有内心安宁的独享者才会有所体会。冬天下雪的时候，那个静呀，站在窗前，能听到院子里落雪的声音。听着听着，声音小了，出来一看，地上白啦！

限于篇幅，我这里且先说这么十二条吧。这十二条其实都挺平常的，但我就是觉得好。

在乡间，春天有花，秋天有月，夏有凉风，冬有白雪，四季里都是好的；下雨也好，下雪也好，有云也好，有月也好，有风也好，各有各的好。春夏秋冬，是谓人间冷暖；月缺月圆，对应悲欢离合。我有时会想，有吃的，有喝的，冻不着饿不着的，还有点儿闲工夫，日子不紧不慢地过着，倘无闲事挂心头，日日都是好时节！别老想得太多，手别伸得太长，嘴也别老张那么大，这世上的好东西多的是，可人这一辈子就那么长，好东西吃不尽，钱也是挣不完的。说句实话，好多大的、多的、贵的、好看的，有的时候并没有我们所想象的那么有用。生活会因简单而惬意，因单纯而开心，如此这般，乐莫乐兮，呵呵。

春　亭

　　还没到霜降，父亲就刨了种在菜园子里的山药，拣了些个儿大的、模样儿周正的，顺便又从爬满院墙的眉豆儿棵子上摘了一堆眉豆儿，装了一兜子，专门给我送了来。

　　父亲一见到我，急急忙忙的，先跟我说道："村里的春亭死了！五队上的春亭，你知道。才六十三，死了！"我心里陡然一惊，脑海里立时浮现出春亭的样子来。

　　记忆中的春亭，中等偏上的个头儿，短圆脸儿，厚嘴唇，方下巴，粗粗实实的，看着很壮气，总是浑身冒劲的样子。他好说笑，爱打闹，有时说话挺冲，是个不带拐弯儿的直性子人。第一次对他有深刻的印象，还是在我十三四岁的时候。那年秋天，我和母亲在村西十八亩地往外拉棒子秸。十八亩地是块南北狭长的长条儿地，地北头儿横着一条不太宽的水渠，小胶车儿进不了地，只好先把棒子秸一捆儿一捆儿地抱出来，再装到车上。割倒不几天的棒子秸半干不湿的，死沉死沉，加上又要来来回回过那条水渠（好在不是灌溉期间，水渠里没有放水），抱过几捆子后，就累得吃不住劲了，只好干一会儿歇一会儿。等到要装车时，我们娘儿俩更犯难了，车子装得支架巴虎的不说，更难的是煞车的绳子总也勒不紧。就这样拉着走的话，车上的棒子秸很容易"唰"下来（坍塌的意思），弄不好还会侧翻。我和母亲围着车子，唉声叹气地干着急。正在这时，春亭拉着一车棒子秸正好路过，见状停了下来，帮我们把上边装得歪了的理了理，然后开始煞车子。他把搂着棒子秸的绳子解开，重新捋了捋，把绳头儿从车把下掏过去，递给我，让我用两手摽紧，然后往下一勒身子，双膀猛地用劲，一提一放，再一提一放，绳子被拽得紧绷绷的。他的手头子很有劲儿，我能感觉到。看看绳子煞紧了，他让我赶紧绾上扣儿拴好。我把绳子绕着车把缠了好几遭，然后使劲绑住，可等他一松手，我绾的扣儿不结实，也跟着松了不少。春亭只好返工重来，把绳子又死死地拽紧，喊我快点儿绾扣儿。因为刚才的失败，我这会儿更加手忙脚乱。春亭见我不得要领，瞪着眼嚷道："你看你，个子不小，囊哩！连个绳扣儿也不会绾。起来，你给拽着，我来弄！"我脸红红地站在一边，把绳头儿交给春亭。春亭的手很快，来回那么一弄，我还没怎么看清，他已经绑好了，动作看上去很简单，也不费劲，却十分妥帖、受用。我让春亭说得有些害臊，也有点儿生他的气：他那么热心肠地帮我们的忙，可说话粗鲁、直白、难听，不给人留面子……这是他第一次留给我的印象。

后来，我继续上学，知道春亭娶了媳妇儿，过了一年生了个小闺女儿，也知道他当着瓦匠，成天忙得不行。我参加工作后，星期天、节假日断不了回村子里来，有时在街上能碰见他。每回碰见，他总是老远就笑嘻嘻地跟我打招呼："峰峰回来啦？今儿个还走不？"说完就匆匆忙忙走开了。他为人豪爽、热情，遇事爱讲义气，村子里谁家过红白事儿，只要跟他一招呼，他就放下自己的活计，赶过来帮忙儿，干什么都跑在人前头。有时忙完他自己手上的活儿，就又去帮别人，见女人们人手儿紧张，用过的盘子、碗碟儿堆着洗涮不过来，他就赶过去，撸起袖子帮着一块儿洗涮，别人笑他"装娘们儿"，他也跟着开玩笑，一点儿也不恼。总之是不闲待着，手不识闲儿。他也肯卖力气，特别是遇上人家过白事儿的时候，总是去帮着打墓。打墓是有规矩和讲究儿的，这个活儿一般人干不了，又有的人心里硌硬，不愿意干。没听见春亭抱怨过什么，什么时候说去打墓，说走就走，乐乐呵呵地扛上铁锨，再带上盒儿烟，就像平常去地里看水一样，有时是他和山云，有时是他和我三辰叔，一边说着话，一边往村外老远的地里走去……

再后来，我听到他的消息就渐渐少了，直到这次听父亲说他刚刚去世。

最近这些年，父亲总是这样，见了我的面儿，或者是打电话，还没说别的呢，先告诉我村子里的谁谁谁死了，或者说村北的谁谁谁"夜来个"（昨天）刚埋了，或者说"今儿个"（今天）埋村西的谁谁谁哩。他提说到的那些人，我大都认识，也有的说不太清，父亲就接着给我说，这个谁谁谁就是谁谁谁他娘；或者，这个谁谁谁是谁谁谁他爹，小名儿叫个什么什么，然后我就大概知道是说谁了。我们家住在村东，父亲说到的这些人，除了住在村东这一片儿的，我在村里时就见面不太多，我离开村子后就更没有什么消息和联系。

我问父亲，春亭出殡那天去上名儿没有。父亲说："上了，我给出了个白幛子。你娘那个（去世）时候，他家出的就是白幛子。这是传换，咱算是还他家的。"白幛子就是一块白布，短的是六尺，长的是一丈二。我没问父亲出的是多少，他有一个小本本儿，是我母亲当年出殡时乡亲们上的名儿，一笔笔、谁谁家，是随的钱，还是拿的幛子，都记得清清楚楚。乡里乡亲的，遇见红白喜事，即便平常的日子里来往不多，也大都要照个面儿，或去帮两三天忙，或去上个名儿，"随"一个"份子"，除非两家人不对眼才不会走动。上名儿一般讲究对等，礼尚往来，谁不比谁高，谁也不压过谁。岁月流转，村里人之间有来有往，彼此惦记着、维系着，谁也不欠谁，也就没有别的话说。这是乡间的一种"礼数"吧。

自母亲去世以后，我回村子里的次数越来越少了。想来，我不见春亭，差不多已有七八年的时光。自然，以后也再不会见得着了。他曾给村子里那么多去世的人打过墓，不知道这回是村子里的谁给他打的墓。

记于2015年10月23日，深夜

占 兵 大 伯

一

占兵不是我们村的人，我们原先也不认识。我和他沾上点儿拐弯儿亲戚，叫他大伯，是后来才有的事。

占兵是邻村永壁南街的，姓孙。我们村有好多人认识他，特别是家里的地在道儿南、楔子地、李家坟和岗上道的人们，更特别是他种西瓜的那几年。

占兵承包经营着永壁南街的"试验田"。"试验田"在永壁村南三四里地，离我们村倒近，正东，一里多地的样子。说是"试验田"，其实是个小型农场，有三百来亩地。"试验田"的西边、南边跟我们村接壤，由一条田间土路和一条草埂子相隔。

我认识占兵的时候，还在上高中。那时，他已经快五十岁了。学校放了暑假后，我常跟着母亲下地，我们家的地就在"试验田"的南边，紧挨着，断不了能碰见他。在我的记忆中，占兵个子高高的，瘦瘦的，黑黑的——是那种乡间老农常见的经受过太多风吹日晒而形成的黑。他的脸有些长，嘴巴有些大，下巴上胡子拉碴乱糟糟的，上身穿一件旧汗衫，老是敞着怀，下身穿一条颜色混乱的单裤，裤腿挽起老高，通常是一边高、一边低，光脚儿上则是一双家做的"懒汉鞋"，有时穿着，有时趿拉着，露出光溜溜的脚后跟。他的头上成天戴着一顶旧草帽儿，只有当他站下来，拿下草帽给自己扇风的时候，你才会有机会见识到他那个秃到后脑勺儿的有些明光光的脑袋。他的右腿有点儿跛，走起路来稍显一瘸一拐。村里的人叫这是"踮脚儿"。"踮脚儿"归"踮脚儿"，偏偏他又能走得飞快。他最大的长处，就是有一副大嗓门儿。他站在地头儿上，把俩手挡在嘴边，随便冲着哪头儿吆喝上一声，农场的远远近近、里里外外，不管离开多老远，都能听得见，那喊声，就跟下雨的时候天上打雷似的。

二

我不大喜欢占兵这个人。村里有好多人也不喜欢他。在我还没见过他的时候，就听好几个人说过他好几回了。凡说到他，大都是说他抠门儿、小气、心眼子多。有的说："种个穷西瓜，那算是看了个要紧！见天儿里兜外转的，瞪着俩大眼，跟个汽灯似的，见谁都跟防贼一样。"有的说："一个破西瓜，什么值钱毛儿？'生瓜绿枣儿，见面吃饱儿。'你什么时候见这家伙大大方方地放过痛快话儿？——没有吧？让他搂媳妇儿一样地搂着他的西瓜吧！"还有的说："他明里不给，咱不会来暗里？我就不信，哼！走着瞧！"一个比一个没好气。

占兵是村子里那种脑子活络的能人，他在"试验田"的经营项目，主要是小麦制种儿、玉米制种儿、大豆制种儿，这比单独种麦子、玉米和大豆的收益要强得多。我们村好多人都去占兵那里换过麦种儿，一斤三四两普通麦子兑换一斤麦种儿。他还养着几头大牲口，有一挂马车，有拖拉机、打场机、扬场机等各种农业机械。他在农场打了两眼机井，中间摊了一块打麦场，场边上盖了一溜儿北屋，七八间的样子，有的当粮仓，有的放农具，有的当厨房做饭，有两间住人。打麦场的东边种着一大片树，有苹果树，有大叶杨。我那时总感觉，这个"试验田"就跟"世外桃源"似的。

那几年，占兵看到有人种西瓜发了财，便专门腾出二三十亩地种上了西瓜，还从山东请来了一个"瓜把式"，帮着他侍弄。那个"瓜把式"是个瘦高个儿，有五十多岁，成天戴着草帽，手拿一把泥抹子，一会儿剜剜这儿，一会儿剜剜那儿，一会儿掐几只瓜尖儿，一会儿理一理瓜蔓儿，除了大晌午外，黑地早晚儿都在西瓜秧中间忙活着，很少见他跟人说话。麦收过后，西瓜蔓儿热热闹闹地串开，铺严了地，蔓子上开出一朵朵小黄花儿，不多久，一只只西瓜像吹气似的鼓起肚子来，这里一只，那里一只，这边两三个一堆儿，那边三四个一窝儿。占兵看在眼里，满心欢喜，心却也跟着提溜起来了，天天住在农场不回去。

三

占兵的西瓜地紧挨着我们村，有的地方隔开一道田埂，有的地方隔开一条三四米宽的小土路。西瓜地的南头儿跟我们家的玉米地正顶着，只隔着一道长长的东高西低的土埯子，土埯子上有一条自东向西的垄沟。

暑假里，我天天跟着母亲去地里，一边耪麦茬，一边给渐渐长高的玉米间苗儿，一抬头儿，或者一扭头儿，就能看见那些胖鼓鼓儿的花皮大西瓜。正是盛夏，到了半前晌的时候，天气炎热起来，在地里干活儿的人们又热又渴又无奈。这工夫儿，要是能吃上一块儿黑籽红瓤儿的西瓜，又解饥、又解渴，该有多么美！这东西要是不在眼前，还算好，想那么一下儿也就拉倒；要是就在眼前搁着，念想儿就要复杂得多。可是，别看紧挨着西瓜地，占兵却从不主动让附近的地邻们过来吃个西瓜。只要他不言声，你想也是白想。

那不，占兵这会儿正在南边的柳树凉儿下、机井台儿上歇着呢！他佯装着跟没事儿人一样，一边在柳树下扇着他的那顶旧草帽儿，一边抽着旱烟袋，一边跟地里干活儿的人们打哈哈，喊着人家的外号儿开粗俗的玩笑，看似性格爽朗，实则别有心机——他是看着他的西瓜地哩！有人故意拿西瓜的话题跟他逗，他就顾左右而言他，实在转扭不开话头儿，就说："还不到开园的时候哩！等过两天开了园，还能少了你西瓜吃？不叫谁吃也不能少了你呀，眼皮子底下守着嘛！"他总是等到人们都收工回家了，才收起他的旱烟袋，一拐一拐地回农场的红砖房子里去。吃过了饭，转身就又回来了。遇到旁边的地里有人，他就自言自语实则是说给人听："哎呀，还是在柳树底下这片地儿睡着最凉快！"其实，他这还是为了看瓜！他从外地聘来的那个"瓜把式"在地北头儿搭了个瓜栅，住在瓜棚里，这样，西瓜地的转边儿有个什么动静，一览无余，尽收眼底。

四

俗话说："不怕贼偷，就怕贼琢磨。"

在乡下，种西瓜不攀种庄稼，能吃的东西，惦记的人就多，看护不好，就有可能受到祸害。最近便的地邻，眼皮子底下，更容易招惹，也更不好招惹。所以，得首先"维"好地邻，西瓜一开园，先送地邻尝。否则，抠抠唆唆的，弄僵了关系，得罪了地邻，麻烦就来了，你也就别想着安安生生的了。西瓜熟了，种瓜的一般都会隔三差五摘个大个儿西瓜，大大方方地送给地邻，相互推让中，彼此建立起良好关系。

在这一点上，占兵显然没有做到。他的抠儿，就成了他的错。也因此，或晌午，或夜里，时不时有莲花营的半大小伙子去"试验田"摸瓜，弄得占兵晚上也睡不成个安稳觉儿。有时把占兵气得没法儿，他会恨恨地骂我们村的那些偷瓜贼："穷×哩！净些背兴鬼！叫我捉住，看我不拧断他们的脖子剁了他们的手！"

有一次，他站在地头儿的土埯子上对我和母亲说起这个事，感叹着："唉，莲花营的这些人们呀，这算是没法儿！马尾儿拴豆腐——提不起来！"我母亲接着他的话茬儿说了一句："这也怨你！虽说种个瓜不容易，让人吃哩，是情分，不让人吃哩，那是本分，可该'维持''维持'的，你也得'维持''维持'，打打名气嘛！"

我看着占兵脸上有些无奈而又漠然的神情，觉得他又讨厌，又有些可怜。

倒是那个"瓜把式"，有时看占兵不在，悄悄抱上一两只西瓜走过来，送到我们地头儿，站在不远处，和和气气地说："你家这地邻不赖！给你们娘儿俩个瓜，尝尝吧！"我母亲赶紧停下手里的活儿，冲着他说道："别了，别了！哎呀，你看你这个！"那"瓜把式"只是憨厚地笑笑，就转身走开了。母亲站在那里，倒有些不好意思。

这样的情况有过一两次。母亲说："这个'瓜把式'是个厚道人。他是替占兵'维人'哩！"

五

种西瓜离不开井水，三天两头儿得浇地，机井差不多每天都开着。熟了的西瓜，就是一兜兜儿甜水嘛！

我和母亲每天在地里干活儿，天热了，口渴了，就走到机井边喝点儿水，歇歇脚儿，有时干脆就趴在垄沟沿儿上咕咚咕咚地喝一气。有一回，我喝完水，就势又洗了洗头脸，猛地一抬头，却看见占兵正站在垄沟那边，笑嘻嘻地看着我，吓得我一激灵。

我翻白了他一眼："干什么你？一点儿声儿也没有，把我吓了一跳。"

"嘻嘻，没事儿没事儿。你喝凉水不怕闹肚子呀？"

我一下子明白了。原来，我趴在垄沟上喝水时，他以为我是要偷他的西瓜呢，便急急忙忙地赶了过来。我心里一下子很有些瞧不起他，冷着脸子看了看他。他见我看他的眼神儿不怎么友好，便讪讪地说："到机井那儿喝，不比垄沟里干净呀？天这么热，水这么凉，你这么洗，小心激着你、落下病。"

我甩甩手上的水，说："没事儿，别看是垄沟里的水，有讲究儿，人说这叫'撅尾巴茶'——你得弯下身子趴着喝。'撅尾巴茶'喝了也不会拉肚子。"我白瞪了他一眼，迈过几垄玉米苗儿，回到地里继续干活儿。他一个人满脸堆笑地站在那儿，过了一会儿，才一拐一拐地走开，边走边哼哼着小曲儿，七扭八扭的也不成个调调儿。

以后，有好几次，我故意捉弄着逗他玩儿，远远地看到他在那边地头儿上晃悠，就佯装去喝水，而且，故意把动作搞得好像是预备着偷瓜似的。我故伎重演，他也屡次上当，假装顺便过来看一看的样子，见没什么情况，讪讪地说一句："你这小子，肚囊子真好，喝凉水也不拉肚子。"

六

没想到，后来，我竟与占兵沾上了亲戚，见了他的面儿，还得喊他一声大伯。——有一次，我从女友那里得知，占兵的母亲和她爷爷是亲姐弟，按辈分，女友管占兵叫大伯。自然而然，尽管不大喜欢，我也得管他叫大伯了。

有一天傍晚，我和女友一起往李家坟的地里拉粪。当着女友的面儿，许是为了逞强，或是故意逗弄一下占兵，卸了车后，我就大大方方地走进西瓜地里，拣大个儿的挑，摘下一只西瓜来。女友有些急，喊我："看你，干吗呀？回来，快回来！"我扭头儿扮个鬼脸儿，佯装没事儿，抱着西瓜走出地来。这是我头一次大模大样地走进占兵的西瓜地，而且不打招呼就摘人家的西瓜。这不是明偷么？抱着那只西瓜，我的心里也有些发虚，脸上也有些烧。

我的这一大胆举动，自然逃不过立在远处的占兵的注意，不一会儿，他就顺着垄沟一拐一拐地走过来了。还没等走到跟前，女友冲着他喊了一声："大伯，是我！"他一愣，认出站在我旁边的女友竟是他表侄女，脸上一下子露出惊讶、欣喜的表情，哈哈着说道："穷妮子，你也在这儿哩！"他看看我摘下的那只瓜，又看看我，见我故意皮笑肉不笑地看着他，小声嘟囔了一句："平时看着你挺老实的……"他搓搓手，朝左右矬摸了矬摸，挑了一只更大的西瓜，猫着腰摘下来，一只手托起来，一边"嘭嘭"地拍着，一边迈过地垄，把瓜递给我女友，说："妮子，拿上这个，这个熟得更好，还是个沙瓤儿！以后想吃好西瓜，言语一声儿！"占兵跟着山东"瓜把式"学会了挑瓜，他摘给我们的那个大西瓜，黑籽红瓤，真是又沙又甜！

再以后，我和他、他和我说话就多了起来，我更主动些。有时我和母亲在地里干完活儿，要下晌了，占兵顺着瓜垄走过来，站在地边冲着我喊："小子，来，拿上这个。"母亲推说不要，占兵嘻嘻哈哈、大大咧咧地说："看你，多少沾点儿亲戚，叫你拿你就拿着呗！不就是个瓜么！有他们偷的、毁的，还能没有咱们吃的？"

有一次，天实在是热，我们几个干活儿的就到"试验田"南头儿大柳树下的机井那儿去歇凉儿，占兵从西瓜地里抱了两只西瓜走过来，请人们吃瓜。有人跟他开起玩笑来："哈，请客呀？今儿个挺开眼啊！"占兵知道是在损他，装出不介意的样子，把瓜放在地下，再在机井的水池子沿儿上磕开，好像带着气儿地说："叫你吃你就吃吧，哪来那么多怪话废话！"柳树底下一下子热闹了起来。占兵不吃，光说话儿，他说："唉，种这么个玩意儿，生不完的气。我这肚子，成天气得跟个大西瓜似的。你不知道，西瓜这玩意儿，是个吃头儿，谁都觉着你种着西瓜哩，谁都想白吃俩，弄不对事儿就得罪人——这得罪人是太容易得罪啦！我也没怎么算过，自我种了这西瓜，一年至少得舍出两大车（马车）去。你说说，凭什么呀？守着你们莲花营近，半大孩子们没有哪天不来地边儿上趸摸的……不瞒你们，种这一季儿瓜，我身上瘦了七八斤哩！"人们举着吃剩下的瓜皮，看着他，好像是头一回这么认真地在听他说话。眼前的占兵，头发乱乎乎的，两眼因为缺觉而布满血丝，脸上有几道干了的汗道道儿，腮帮子上胡子拉碴，衣服的后背上有一片灰白色的汗碱，像是团脏兮兮的云彩，露在外边的胳膊腿又黑又瘦、青筋暴露……

我后来再也没有去过占兵的西瓜地，不管他在，还是不在。

七

占兵老了后，他的儿子接管了"试验田"，继续小麦制种儿、玉米制种儿、大豆制种儿的营生。有一年种了一大片白萝卜，收萝卜的时候叫来好多人帮忙干活儿，整弄了两天，干一天给一天的钱，下工就算账。我们村有好几个妇女跑去干活儿。第二年，他又种了一大片黄豆，机器种，机器收，打下来的黄豆就手儿就卖掉了。每年不落的是种西瓜，今年东边种，明年西边种，几块地来回轮换着。

种西瓜的讲究儿，其中最主要的就是轮作，也就是说，一块地今年种了西瓜，第二年就不能再种，要不一定会长不好，还容易发生一种枯萎病。我们这里的民谚也说过："西瓜不重茬,重茬不结瓜。"而且,种过西瓜的地,第二年必定杂草丛生,蓬勃得像是疯了一样,即使种了瓜,瓜秧也得让草们"吃掉"。至少要到三五年以后,同一块地才能再种西瓜。占兵和他儿子种西瓜就是这样,今年在这块地,明年就跑到了那一块,直到把"试验田"里适合种西瓜的地块儿挨着个儿地轮了一遍,又打头开始。我大学毕业参加了工作,村子里1993年又调整过一次土地,我们家的地由李家坟调到了闫家坟,以后就很少再见到占兵父子了。记得是在1994年秋天,正是种麦子的时候,我在莲花营村边上看到一张"试验田"可以换优良麦种儿的广告,就骑上车子跑去那里买了100斤麦种儿。那天,占兵父子都没有在,是占兵的儿媳妇张罗着装的布袋过的秤。

又过了两三年,听说占兵死了。有一次闲聊天儿,不知怎么就聊到占兵,妻子跟我说:"其实,占兵大伯不是我老姑的亲生儿子,是从外头要的。我老姑可厉害了,说话冲得很。别看占兵不是她亲小子,可对我老姑又听话、又孝顺。"

占兵去世已经二十多年了吧,我还清晰地记着他当年的模样和他说话时的声音与神情。

我们家的树

　　小的时候，我对村庄最深刻的印象之一，就是树多，好像整个村子就坐落在一个大树林子里。除了家家户户的房前屋后、院里院外有杂七杂八、高高低低的树木以外，村前村后、村左村右还有一片片的小树林儿或是果木园，生长着杨树、柳树、榆树、枣树、洋槐树、笨槐树以及杏树、桃树、梨树、苹果树。树多，鸟儿也就多，村子里寂静而又热闹，一派生机勃勃的景象。

　　我从小就喜欢树，甚至可以说对树存有一些天生的偏爱。我觉得，一棵树就是一片朴素而动人的风景。树荫满庭，树影临窗，这样的院子、房子住着才舒服，也有意思。

　　1972年的秋天，村里在村东给我们家新放了一块宅基地。一天傍晚，母亲领着我去那块空地方上看了看。那里是片荒地，生着几丛乱乱的灌木和一片片高高的野草。北头是条干了的小河沟，沟岸上长满了树，有的大，有的小，有的高，有的低，还有的是歪脖子。母亲转着圈儿看了看，没怎么说话，我跟在母亲的后边，这里瞅瞅，那里瞧瞧。想到将要在这里建起我们的新家、新院子，我的心里是好奇而又欢喜的。我首先想到的，是要在院子里多栽几棵树，然后就盘算着，这里可以栽一棵苹果，那里可以栽一棵石榴。第二天，我从村北的一片杂树林子里挑选了一棵一人多高的大叶杨，用铁锨挖下来，郑重其事地栽在了院子里的一处空地方，还满满地浇了一桶水。从那之后，一有空儿我就跑过来看我栽下的树，看到树坑里干了，就提上水桶过来浇水。天很快就冷

| 135 |

了，那棵小杨树的叶子也落光了，也不知道是因为天冷它才掉的叶子，还是树本就没有栽活才掉了叶子。初冬，父母找了攒忙儿的工匠来，在新宅基地上动了工，先是撒了石灰线，然后就开始开槽、打夯，再就是垒石头、砌砖、灌槽，打上了根脚。动工时，因为我栽的那棵小杨树挡手拨拉脚地碍事，头一天就让干活儿的大人们毫不犹豫地给拔下来扔在了一边。等我发现我的小杨树变成了一根干柴时，已经是三四天以后的事了，气得我一点儿办法也没有。虽然小孩子做事不一定妥当，但大人们是从来不知道也不理解小孩子们的心情的，又不讲理，实在让人感到失望与无奈。

新房子是在转年的春天到夏天建起来的。建好了房壳郎子，父亲和母亲开始拉土往起垫院子。院子垫好了，父母就开始张罗着栽树。我记得最早栽下的树有五棵，最南边是并排的两棵小叶儿杨，有茶杯口那么粗；北边有两棵，稍微大一些，一棵臭椿树和一棵笨槐树，都有小碗口那么粗了。这四棵树是从老宅院里移植过来的。院子西边还有一棵树，是四奶奶给的，名字有些怪怪的，叫"呛呛叶儿"。"呛呛叶儿"的模样很好看，枝条细密，树叶子不大，但绿得发黑，像是涂了一层蜡似的，阳光下闪闪发亮。再后来，二姨父又给送来一棵锨把儿粗的洋槐树，也栽到了院子里。第二年，母亲从姥娘家带回一棵小石榴树，栽在北屋门口，旁边还栽上了两棵柏树。父亲在院子的东边栽了一棵榆树，一棵泡桐树。我记得那棵泡桐树刚栽下时，只是一截带着长长的树根，像是一把粗笨的镰刀似的树橛子，没想到满院子树就数它长得最快，树芽子一冒出来就跟管不住了一样，粗枝大叶，"噌、噌"地往上蹿着长，到秋天时就蹿到了六七米高。那棵榆树长得也很好，三两年的工夫，树身子就超过了房檐。每年的暮春时节，榆钱儿一串串地绽开，母亲和我们站在房檐上撸榆钱儿，洗净了，上锅蒸饼子、蒸"苦累"，滑溜溜儿的，有一股清甜的味道。但更好吃的，我以为是榆钱儿飘落之后长出来的嫩榆叶儿，撸了榆叶儿蒸饼子、蒸"苦累"，味道更香甜。听大人们说，榆树皮也是能吃的，先把外层的皴裂刮干净，剩下里边白白的那层，剥下来，晒干了，磨碎了，掺到山药面里，可以轧又筋道又滑溜的饸饹面。可惜我从来没有吃过榆树皮。据说，只有遇着灾荒年，人们都没吃的，才去刮榆树皮吃。

后来，我们家的院子里又自己冒出过三棵树。有一棵是在厨房的墙角，不知怎么回事儿，突然冒出一棵臭椿来。另一棵是在院子东边冒出来的洋槐树。还有一棵，在院子的正南边，也是棵洋槐树。冒出来的树比栽的树有优势，树根深，不泛苗，而且都长得直溜儿，长势又快又好，两三年过去就蹿起来了。有了这些树，我们家的院子里就不显得空得慌了，岂止不空得慌，简直有些热闹。在四周邻居当中，就数我们家的树最多。

　　过了十多年，院子里的树们都长大了，树冠挤挤挨挨，罩得院子里黑沉沉的。有的树被旁边的大树罩住，像是受到欺负一样，歪着身子，而且越来越细弱。院子西边的那棵"呛呛叶儿"就是这样，长着长着，自己就死掉了。门口两侧的柏树本来就长得慢，又被旁边的大树"压"住，好几年过去了，老也长不高，后来就刨掉了。最气势的是最早栽下的那两棵小叶杨，长到了四五拃粗，老高老高。父母亲一商量，就把它们刨倒了，找来木匠锯开，又解成板子，最后打了几张床。臭椿树和笨槐树长到能做房檩，也刨下来卖给来村里收树的树贩子了。院子东北角的那棵榆树，有一年夏天老生虫子，看着让人害怕，老也治不住，没法儿，也刨掉了。几棵洋槐树和那棵泡桐树虽然都长得挺高，但跟架杆一样，太细，不成材料，刨下来后就在院墙角靠着，风吹雨淋的，两年多的工夫就朽掉了。

　　现在，我们家的院子里有两棵香椿树、两棵柿子树，还有一棵，原来是黑枣树，父亲给嫁接了柿子，一半儿长柿子、一半儿结黑枣儿。这些树，都是1992年我们家翻盖了房子后新栽上的。母亲当年栽的那棵石榴树，在2009年11月下大雪时冻死了。前五六年，三姨给了我家一棵核桃树，父亲给栽到了北墙根儿。核桃树的叶子特别好闻，香喷喷、甜滋滋的，让人恨不得吃下去。但是又不能吃，据说，吃了核桃树叶，会肿嘴唇儿。——嘴唇肿起来老高，向外翻着，让人看见有多难为情！这棵核桃树栽上三年，开始结核桃，只是因为南边有香椿树影着，很少晒着日头，每年也就结有限的几颗核桃。

　　我们家的院子里，依旧浓荫沉沉。在四周邻居当中，还是数我们家的树最多。写到这里时，我忽然想到，要是当年我栽下的那棵小杨树还活着，现在定然会长得又高又大了吧。

那年我八岁

　　我记事早，但懂事迟，七八岁了，还懵懵懂懂的啥也不晓得。记事和懂事是不一样的。

　　我生性腼腆，打小就很内向，笨嘴拙舌，害怕到人多的地方去，更不愿意走到人跟前，只喜欢一个人安静地待着，自己跟自己玩儿。父母上班的上班，下地的下地，成天狗赶猫慌地忙活于生计，除了管我们吃饱穿暖，不挨饿受冻，也顾不上我们别的。奶奶去世早，我们和叔叔分了家后，爷爷跟着叔叔，而叔叔跟我父母不对眼，吵过几架，连话也不说，过年过节也不"行走"，结果弄得我爷爷架势难拿，也不怎么亲我们、管我们了。就这样，我从四岁到七八岁这段期间，没有人领，没有人带，啥也没有学，也从没有人教我什么，成天光是瞎跑着玩耍，眼看着快上学了，脑子里还空白一片，除了吃喝拉撒睡，别的事情都不会，百嘛不知道。而且，那时的我还有个难以启齿的毛病，就是尿炕。兴许是白天跑得累了，夜里便睡得死，不知不觉就尿了炕，在褥子上画下一幅不知道是哪个国家的"地图"，第二天早起让母亲给挂出来"示众"。还有，我的鼻子底下也总不清利，老是明光光地流鼻涕，擦也擦不过来。为这事，也没少惹父亲生气。有一次，村里的明祥姥姥见我正为这事儿挨父亲的嚷骂，就上前解劝道："瞎嚷嚷什么呀？孩子家，不要再吓着了！你没听老话儿讲么，'小时候流脓带（鼻涕），长大了有成色。'"接着又说我父亲："六月儿，你也不要嫌我揭你的老底儿，你小的时候不也是成天捅着个脓带鼻子？你当我忘了？这会儿倒来嚷孩子！"父亲有些尴尬，冲着明祥姥姥嘿嘿着笑了两声。

村里人说："七岁八岁狗都嫌。"意思是讲，到了这个年纪的小孩子，有心眼儿、有主意了，成天捣蛋发废、惹是生非，招惹得连狗都嫌弃、讨厌。在村子里，和我差不多大的孩子有一大帮，他们不怎么和我在一起玩儿，因为我不好说，不会唱，不会"出景儿"逗乐儿，况且我还不会打架，即便打起架来，也下不去手，老挨欺负。他们一大帮子老纠结在一起，在村里村外四处瞎跑，或者上树、趴墙，或者去村西的官河里打扑腾耍水，或者去过勤家的那棵枣树上偷枣儿，或者学着电影里演的那样，一拨儿装好人，一拨儿演坏蛋，在巷子里或土堆上冲啊杀啊地玩儿打仗。我呢，大多时候加不到他们的堆儿里，只好自己和自己玩儿，要不就靠墙站着，远远地看着他们像刮风一样呼来哨儿去。大人们见了我，就说："这孩子，成天拧着个眉头儿，噘着个厚嘴唇，也不说个话儿。去，去找他们，跟他们一块儿跑着耍去呀！"我听了，有些难为情，却并不搭腔，也不跑开，而是磨磨蹭蹭地走开两步，站到另一处墙根儿去，把手背在身后。那时的我是孤独的，寂寞的，童年的时光里有许多灰暗的颜色。

记得有一次，父亲骑着车子，让我坐在车子的大梁上，带着我去西龙贵姥娘家。走到半道儿上时，父亲忽然问我道："峰峰我问问你，你今年几岁了？"我平时就很怕父亲，一路上一句话也不敢跟他说，这会儿见他问我，紧张得不行，脑子里一蒙，竟结结巴巴地回答说："二，二岁了。"——要知道，那年我已经八虚岁了，闪过年儿就该着上学了！可是，我当真是不知道自己到底几岁了。父亲没有吭声，但明显有些气粗，呼呼地喷到我的头顶上，我能感觉到。过了会儿，他又问我："你家是哪儿的呀？"我唯唯诺诺了半天，小声儿地说："莲花营。"多少年后，有一次父亲跟我们聊天儿，讲起当年的情景，说他当时那个气啊！一听我回答得简直驴唇不对马嘴，脑袋里"嗡"地响了一声，颓然地想道："这可怎么办，明明都八岁了，却迷迷瞪瞪地说自己二岁！这不是个傻子嘛！你说个'两岁'也比'二岁'强一些啊！"他说，他那会儿真想一把把我从车子上掀下来，狠狠地扇两巴掌。

父亲平时对我们是很少有耐心的，即便有时教育我们几句，也不是和风细雨地嘱咐和劝导，也从不启发式地循循善诱，说不了几句便烦躁了起来，吹胡子瞪眼的。在打雷一样的嚷骂声中，我总是心中发慌，手心儿出汗，把他刚教给我的那几句话，一下子就给吓没了，口中结结巴巴地不知如何应对。越是这样，挨嚷越多；越是挨嚷，越是晕头转向地记不住。

父亲通常是在带着我去串亲戚的路上，教我一些东西，一边走，一边教，他说一句，我学一句。比如，他先说："我今年八岁了，属马的。"我鹦鹉学舌一般跟着他说："我今年八岁了，属马的。""俺爹叫六月儿，俺娘叫龙。"我就跟着他学："俺爹叫六月儿，俺娘叫龙。"——"六月儿"是我父亲的小名儿；母亲叫刘龙珍，村里的人都叫她"龙"。然后，父亲又说："俺家是河北省获鹿县永壁公社莲花营大队第六生产队的。"这话太长，我老是记不全，气得父亲快要发火嚷骂时，才一个字一个字地往外蹦着："俺家是河北省、获鹿县、永壁公社、莲花营大队、第六生产队的。"父亲说，教会小孩子说这些是很有用处的，小孩子要是万一哪一天跑丢了，别人一问就说上来，一找就能找回来。

父亲教过了两三遍，过一会儿就开始检查。每当父亲对着我说："来，我问问你。"我便紧张得浑身发抖，有时明明早已背过了，赶到父亲问起时，一急，脑子里"短路"，又给卡住了，张口结舌地答不上来，这也常惹得父亲对我咆哮不已，甚至对着我恶声恶气地喊道："老笨球，看你长大了也是个扯牛尾巴的货！"

八岁那年的春天，我到莲花营村小学上了一年级。教我们的，是本村一位叫李辰姐的民办教师，功课只有两门：语文和算术。语文从"毛主席万岁"开始学起，数学则是先学"1＋1=2"。记得上学的第一天，放学以后我回到家，父亲正蹲在院子当中修他的自行车。他抬头看了我一眼，没停手儿，一边鼓捣着车轱辘，一边问我："下学啦？"我说："嗯。""今儿个学了个啥？""学的是'毛主席万岁'。""会写不？你给我在地上写写。"我小心翼翼地蹲在他旁边，用手指在地上一笔一画地边写边念："一撇，一横，再一横，中间竖弯钩儿，这是'毛'，'毛主席'的'毛'……"父亲停下来，歪着头儿看我一眼，又看看我写下的一行字，嘟囔了一句："行，看来还吃食儿！比我想象得不赖。谁是你们老师呀？""李老师，是个女的。""噢，你以后就好好地跟着李老师上学认字儿。"

说来也怪，别看我头上学之前啥也不懂、啥也不会，可一背上书包念了书，立马跟换了一个人似的。那年放寒假时，我高高兴兴地举着一张奖状，飞也似的跑回家里，得意洋洋地谝给大人们看……

自我上学以后，学习成绩一直不错，到后来居然考上了大学，还用李老师那些年教会我的汉字来写书。这个，恐怕父亲在当年是一点儿也没有想到的吧。时间一晃，四十多年过去了，当年的黑头少年，如今已是鬓发斑白的半大老头儿。但曾经的童年经历，那些灰暗的往事，又如何会轻易忘得掉呢？

记得那时年纪小

一

我在莲花营小学刚上学的时候，和堂哥秀刚一个班。我们两家紧挨着，每天早上吃过饭，我就背上书包，胳夹上小板凳儿，去叫上秀刚，然后一块儿做伴儿上学去。有时，秀刚吃饭早，也胳夹着一只小板凳儿，跑过来叫我。

秀刚的二姐叫秀英，比我们高一个年级。她小时候得过病，听大人们说，好像是小儿麻痹症，耽误了治疗，右腿落下残疾，走路使不上劲儿，在学校里连体育课也没法儿上。秀刚每天背着她上学，一直把她送到教室里，安顿她坐好。下了学，秀刚再找到教室里，把她背出来，一直背回家，一天就得背两个来回。我则负责一路上给他们拿着书包和小板凳儿。有时，看到秀刚累了，我也帮着背一段路。秀刚比我大一岁，比我有劲儿，秀英又是他二姐，他背的时候最多。秀刚挺听她二姐的话的。

但我并不愿意背秀英，一来她很沉，背着她很费力气，加上她的腿软绵绵的，背着不得劲儿，又因为不得劲儿，也就更费劲，走不了多远儿，就脚步歪歪斜斜地走不动了；二来秀英的嘴巴很厉害，你背着她吧，她还老在后边说你，一会儿嫌你走得慢，一会儿又嫌你颠她。你要是跟她顶嘴，她就在后边一下一下地狠着劲儿地捶打你的肩膀头儿，或是连揪带扭你的后脖子，要不就用尖指甲掐你的耳朵，让人疼得龇牙咧嘴。背过她几次，我就有些不愿意了。再说，她又不是我二姐，我干吗要费这个劲，还要挨她的说呢？

腿脚儿不大好的人，好像都有两样儿厉害：嘴和手。堂姐秀英就是这样子的。她的嘴特能说，嘴上不饶人，一句连着一句，连珠炮儿似的，我们谁也说不过她。我们要是不小心招惹了她，那可不得了，她会生气地坐在大门口儿的石门墩儿上，指点着你，吧啦吧啦地骂半天，而且见你一回就骂你一回，非得把你骂个溜透儿，即便你走开，也得骂出你二里地，直到骂得你不敢从她跟前走，她也解了气，这才算作罢。再就是她的手。她的手就是她进攻或者自卫的武器，下手飞快，而且稳、准、狠。有一回不知是因为什么事又得罪了她，这下子可算是捅了马蜂窝了，我见她一次，她就兜头骂我一顿。我气急了，就猛地跳到她的跟前，或者捅她一指头，或者推一下她的头。她起不来、走不了、够不着，就更变本加厉地骂我、损我，一连声儿地用怪腔怪调喊我的外号儿——"黑蛋"，"黑蛋"长、"黑蛋"短、"黑蛋"圆、"黑蛋"扁地骂。骂人既不疼，又不痒，而我的"偷袭"却总能成功，便觉得自己"得胜"了。多半天过去了，我也就把这事儿忘到一边去了。后半晌，我又去找秀刚玩儿，谁知堂姐还记着我的恨儿呢，趁我走过她跟前不注意的时候，突然伸出手，在我脸上狠狠地抓了一把，一边抓一边恶狠狠地说："我叫你气我！哼！这回看看你还敢了不？——活该！"我的脸上立时出现两三道长长的指甲印子，火烧火燎地疼。

我用手捂着脸，一边哭着一边回家去，找母亲告状。母亲扳着我的脸，心疼地看了看那几道指甲印子，说："没多大事儿，过会儿就下去了。下去了也就不疼了。"又问我，"是秀英挠得你呀？"我便把事情的原委磕磕绊绊地讲给母亲，结果，母亲反倒把我数落了一顿："我看你是活该！秀英也是你能惹的？你是背着萝卜找礤床儿——自找！"

二

村西的官河，是一个连着小河沟的水塘，水面有五六亩大，最深的地方有四五米深。因为是活水，水塘里有水草，有鱼，有泥鳅，有青蛙，还有一片水葫芦。偶尔，也有一两只白色的水鸟儿飞过来，长脖子细腿儿，傻乎乎地站在那儿，低着个头儿，像是在想什么心事，老半天也不动弹一下，除非有人来了，才呼啦啦地把翅膀一拍，飞将起来，再悠然地落到更远一点儿的地方去。村子里的人们管它们叫"水鸡儿"。

夏天的中午，这里最热闹了：东边的树荫下，每天都有六七个女人在那里"啪、啪"地抡着洗衣棒，一边洗着衣服，一边说说笑笑；西边则是男人们的天地，有大人，更多的是些半大孩子们。他们来这里，主要是来耍水的，在岸边的土堆上把身上的小褂儿一脱，光着屁股来到水边，身子往前一扑，就下到了水塘里，连抡胳膊带蹬腿地打起扑腾来，"扑通、扑通"，水花儿溅起来老高，脑袋也在水上一起一浮，一拱一拱地冲开水波，往水塘的中间游去。水塘里映着的天光云影，一时间被搅得碎乱了。站在岸上的人们呼儿喊叫起来，一边喊叫着，一边也赶紧脱得光光儿的，接二连三地跳进去，这边"咚"地一下子，那边又"哗啦"地一下子，争先恐后地扑腾着，奋力朝着前边的人追去。有的人还捏住鼻子，往下一沉，在水中扎起猛子来，过一会儿，才从远处另一个地方冒出头来，一边兴奋地大口喘气，一边抹掉脸上的水珠儿，然后就用手打起水花儿，朝旁边人的脸上、身上泼，或者钻到水塘底下，抓起一把稀溜溜儿的黑塘泥，你追我赶地往别人的背上、肚皮上乱抹。水塘里的喧闹吓得旁边的鸭子们"嘎、嘎"地乱叫着，赶紧躲得远远的，纷纷跳上岸逃走。

我虽然很眼热他们，但我不会耍水，只敢在水浅的地方打打扑腾儿。我母亲反复警告过我，不要去官河里耍水，不听话就小心脊梁背儿上"吃旋饼"（指挨巴掌）。母亲说，淹死的都是会水的，摔着的都是会上的。我还算听母亲的话，不让耍水，就去钓鱼。好多小孩儿自己做了钓鱼竿、钓鱼钩儿在水塘边钓鱼。鱼竿好说，找根长一点儿的竹竿儿就行。鱼钩儿也好办，把家里的缝衣针在煤油灯的灯头儿上烧红了，用钳子轻轻一窝就成了。再拴一根细绳儿，绳儿中间绑一圪节儿二指来长的细高粱格档儿，或是芦苇的秆儿作鱼漂，然后去河边潮湿的地方翻两锨土，挖点儿红蚯蚓，就可以蹲在水边，把穿了一小截儿蚯蚓的鱼钩儿沉进水里，去试一试自己的手气与技术了。水塘里的鱼，无非是些噘嘴儿鲢、鲤鱼、鲫鱼等野杂鱼，鱼倒是不老少，但大鱼不多，大都一拃来长，跟麦穗儿差不多。

鱼在水里，好比鸟儿在天上，精着呢！我们的鱼钩儿不沾，不如买的那种上面有倒刺儿的，鱼咬住钩儿了，刚往起一提，又让它甩着尾巴跑掉了，在水边蹲一晌午，脸都晒黑了，能钓上来四五条小鱼就算不错了。

连着钓了两三天，我晒着了（中暑的意思）。头痛、头晕、发烧，浑身没劲儿，光想躺着。回到家，母亲让我躺在炕上，先是用湿毛巾搭在我的额头，然后找来清凉油，抹在我的太阳穴，再扯过来一把扇子给我扇凉儿。等我睡着后，又去给我熬了绿豆汤，等我睡醒，正好也晾凉了，我坐起来，"咕咚、咕咚"地喝了一大碗……

多少年过去了，母亲也去世七八年了，但母亲当年精心照料我，一会儿拿这、一会儿拿那，心急火燎地进进出出的神态，还有望着我喝下绿豆汤时，她眼里流露出的焦急而关切的神情，我到现在仍记忆犹新。

三

上到初中二年级时，我们进入了青春叛逆期。

班里的女生开始知道臭美了，喜欢照镜子、梳辫子、撩头发、换衣裳，变得小心眼儿，彼此喜欢咬着耳朵说悄悄话，无非就是"我跟你好，不跟谁谁谁好""谁谁谁跟谁谁谁'好'"之类的，对男生则未说话先横眉立目起来，一点儿耐心也没有，所说的话也都是尖刻的；男生们的表现也明显有些不安分起来，喜欢一边打着响指，一边发表新奇、另类且自以为是的观点，上课时挑头儿捣蛋，说话怪腔怪调、猫声狗气，在学校不听老师的话，回到家顶撞母亲，成天跟个野马驹子似的，不服气这个，瞧不上那个，谁说就给谁瞪眼。当然，在遇见校长和父亲的时候是个例外。每当一遇见他们，原本正在狂妄、嚣张的我们，立马就会像霜打的茄子——蔫下来，又像瞅见了猫的老鼠，赶紧溜边儿绕开，悄没声儿地偷偷跑掉。

班主任李淑英老师快管不住我们了。坏小子们看她是女的，又年轻，以为好欺负，轮到上语文课，就在课堂上带头出洋相，不好好听讲，故意气着她。有时，气得李老师连课也讲不下去，把黑板擦当"惊堂木"，一个劲儿地在讲桌上"啪、啪、啪"地拍着，有时上到半截儿，一赌气，把辫子往后一撩，拿着课本和教案走开了。李老师一走，教室里更是乱得像雨后的蛤蟆坑。过一会儿，有时是王文现，有时是邓凤岐，忽然就出现在了教室门口儿。还是男老师厉害，只要他们一出现，教室里立马安静下来，就像是掐了电似的，一个个都老实了。他们一般也不说话，而是镇着个脸儿，背着手儿，在教室的过道儿里慢慢悠悠地转，走走停停，偶尔故意咳嗽一下，或是在谁的旁边稍稍站一下。只要老师一站下，挨得近的那个学生必定会像起了静电反应似的，悄悄地挺直了身子，两眼发愣，一时不知该望向哪里，神情呆若木鸡，连大气儿也不敢出了。等到他们终于走出了教室，一个个这才慢慢地吁出一口气，然后你看看我，我看看你，只是谁也不出声，彼此爽一爽脖子或是眨巴眨巴眼儿。

李老师是在我们升入初中后开始当我们班主任的，教我们语文课。我是语文课代表。在别的男同学起哄架秧子之下，连我也拧着脖子，不怎么听她的话了。

其实，我那是装的，因为我怕别的同学在班上孤立我。李老师对我有恩。我上小学一年级的时候，有一天傍晚放学后，我从院子里往教室里跑，王贵元从教室里往外边跑，我俩都光顾着低头儿瞎跑，正好在教室的门口儿来了个迎面相撞。贵元的头上碰出个大疙瘩，我的额上则被碰出个大口子，连疼带吓的，一下子傻在了那里。那会儿，李淑英老师正好路过，赶紧跑上去用手捂住我脑袋上的伤口，带着我去药铺儿找爱枝医生，一边走一边小声地安慰我，等着爱枝给我包扎好了，又把我送回了家，弄得手上、衣襟上都是血。她曾经教过我们三年级的音乐课，坐在那架老旧的风琴跟前，踩着踏板，弹着琴键，领着我们唱歌，童声伴着琴声和欢笑，嘹亮地飞出窗外，在窗前那棵木槿树的枝头萦绕……可是现在，连我也敢在课堂上跟她犟嘴了。有时，李老师让我给班里出黑板报，班里几个男生见李老师一走开，便笑话我"光会巴结老师"。还有说得更难听的，气得我一下子把粉笔扔在了一边。有一天下午，又有几个"蹲班生"（留级生）在课堂上捣乱，李老师冲着他们嚷了几句，还是弹压不住，干脆收拾起教案本，生气地说："教不了你们我也不教了！看谁来教你们！——等着拿开水浇吧！死猪不怕开水烫！到时候，咱看谁先后悔！"就在她一拧身儿走出教室的门口儿时，我无意间看到她的眼睛那里闪了一下亮儿。我一下子明白了：我看到的分明是她眼里的泪光。李老师的那双大眼睛里，一定是汪着委屈的泪水的。

我的内心忽然感到有些不安和担忧，僵坐在凳子上，久久地望着教室的门口儿。

从那以后，我好像从懵懂之中苏醒过来一样，再也没有跟李老师犟嘴、逞能儿，每天老老实实地安心学习，再也不去惹她生气。班上那几个平时不怎么安生的男生，也渐渐变得老实、安生下来。

李老师是在我们初二下半学期时结的婚。升入初三时，我们转到了邻近的南李家庄学校就读。后来，她就调走了。听说她婆家是县北的，调走后仍一直当老师。我估摸着，李老师现在也快该退休了吧。

四

直到十四岁的时候，我才第一次走进城市的饭店吃了一回饭。在此之前，我连乡下的小饭馆儿也没有进去过，连路边的小食摊儿也没有光顾过。

那时的乡下，即便是像永壁这样的公社所在地，也很少见到有像样儿的饭店、饭馆。当然，大多数乡下人平常情况下也舍不得花费那个钱。需要钱的紧要地方多着呢，花钱下馆子，会被人笑话是"不会过日子"。

我去饭店吃饭，是1980年秋天的事。忘记了是要办什么事情，我跟着母亲去了一趟父亲上班的石家庄市建华化工厂。那天下班后，父亲高高兴兴地推上车子，和我们一起走出工厂大门。父亲骑上车子带着我，母亲自己骑一辆车子，后椅架儿上夹着父亲上班用的那个旧提包，我们一块儿回村去。

父亲是1968年从部队转业到工厂工作的，因为家在乡下，每天骑着车子跑家，来回六十来里地。到了1980年，父亲已经调过两次工资，结束了长达十多年每月只挣34.7块钱的历史。我和两个妹妹也渐渐长大了，家里的条件明显比前几年有所好转。那天走在回村的路上，父亲和母亲都很高兴，一边骑着车子，一边说着话。走到半道儿上时，不知怎么，父亲忽然提议去下饭馆，而且，要去就去最有名的"中和轩"，吃最有名的牛肉丸子水饺。我坐在父亲的自行车后椅架儿上，一边好奇地看着城市马路上热闹的街景，一边有一句没一句地听着他们说话。猛然听到他们说要去饭店吃饭，还是早就听说过的"中和轩"，一下子就兴奋了起来——长到这么大，我连一次馆子也没下过呢！记得看电影《小兵张嘎》时，里头有个日本胖翻译官，曾对着以卖西瓜作掩护侦察敌情的老罗叔和嘎子吹嘘，讲自己到城里"下馆子"如何如何。没想到，父亲这回要请我们到"中和轩"去"下馆子"了！

当年的中和轩饭店，位于石家庄市最繁华热闹的中山路上，是一个还算宽敞的老门脸儿，门窗都是陈旧的绿颜色，进门就是大堂。我和母亲跟着父亲推门走进去，选定一张桌子。父亲让我们坐在那里等着，他去排队开票买饭。我挨着母亲，有些拘谨地坐在那里，朝这边看看，又扭头儿朝那边看看，心里充满了新奇和兴奋——这就是村里的大人们常常念叨的"中和轩"？原来是这个样子呀！

好闻的饭菜的香味儿，一阵阵儿地飘来，我傻乎乎地耸起鼻子，使劲地吸溜着。

父亲喜滋滋地一手端着一个大盘子走了过来，盘子里盛着饺子，一个个胖滚滚儿、圆鼓鼓儿的，袅袅地冒着热气儿。"来，快吃吧，这可是'中和轩'的饺子！"

我迫不及待地拿起箸子夹起一个来，歪着头儿看了又看。母亲望着我，说："吃呗！看你，还要给相相面呀？"我不好意思地笑了，箸子一松，饺子掉了下来，赶紧又夹起来，立马吞到了嘴里。嗬，一股从未体验过的香，像是爆炸一样，一下子在我的嘴里弥漫开来，又像是惊涛拍岸似的，猛烈地冲击着我的舌头和喉咙！说实在的，长到这么大，我还从没有吃过这么好吃的东西，比过年时母亲包的肉饺子要香得多！

读者朋友们，请原谅我的笨拙吧，我实在没有能耐抒写出当时那种美好而强烈的仿佛被什么击中了一样的滋味和感受。

　　当年的中和轩饭店，在石家庄及其周围乡村都极为有名，能去那里吃饭，是要么有本钱、要么有势力、要么有本事的象征。想不到，这样开眼、见世面的好事，今天竟也轮到我这个乡下少年的头上！

　　母亲吃了几个，由衷地感叹着说："人家这味儿，到底是不一样！个头儿也大，跟小包子儿似的。"父亲说："那当然不一样了，人家这是小笼蒸饺，不是煮的，跑不了味儿。"又转过头儿来问我，"好吃不？"我这会儿哪还顾得上答话？母亲又接着对我说："你好好地念书，别老跑着要，等书念好了，长大了就能常来这样的地方吃这样的饺子了。"我停下箸子，心有愧疚地看了母亲一眼。

　　过了会儿，母亲放下箸子，冲父亲说道："咱们可别都给吃完了，给俩闺女带点子回去。"父亲接口儿说："是，别光咱们在这儿吃。"说着，从旁边的提包里掏出平时上班带饭用的铝饭盒，把剩下的少半盘子饺子装了进去，仔细地扣好盖子，又轻轻地摁了摁。

　　这之后，过了好长一阵子，都快要过年了，两个妹妹还常跟人谝："俺吃过'中和轩'的饺子！"一边用小手儿比画一下："这么大个儿，一嘴咬不住，一个顶俩！一咬破，'嗞儿'地一下子，满嘴油！"

　　不怕你笑话，对于我和两个妹妹来说，这也是一种经历，一种见识，一种教育。

父亲的巧手

　　我父亲手巧，会制作好多有用或好玩儿的东西。我家上房的铁梯子就是父亲自己设计自己焊造的。他还焊过铁大门、铁椅子、铁板凳。我们家院墙上垒的花砖，也是父亲用自己做的砖模子扣出来的。家里什么东西坏了，他也会修，鼓捣几下子就又能使了。他有兴趣时，还会做些小玩意儿给小孩子当玩具。村里好多人都知道我父亲手巧。

　　父亲有一个工具箱，跟随着他差不多得有五十多年了吧。那是一只在打仗电影里常见到的好像子弹箱似的木头箱子，是父亲的"百宝箱"，里边五花八门，什么玩意儿都有：钣子钳子改锥，螺丝螺母螺栓，铜丝铅丝铁丝，还有用塑料袋包着的黄油，吹尘用的皮老鼠儿，可以抻直也可以折叠起来的木曲尺，以及万能表、玻璃刀、电烙铁、钢锯条儿、去污粉、猴皮筋儿、电线、烧杯、砂纸、松香、皮条儿等等。这些东西总是乱搅搅地放在一起，用得着哪样，父亲就在里边"哗啷、哗啷"地翻来翻去。母亲嫌他放置东西没个条理，见他探宝似的乱翻，就说他："跟翻肠子似的，找个螺丝钉儿也得翻个底朝天。"父亲讪讪地笑笑："嘿嘿，我心里有底儿，一会儿就能找得着。"

　　父亲喜欢铺排，干完活儿后又不好收拾，各样工具、用品随用随搁放，常常弄得屋子里从桌上到地下乱糟糟的。母亲走过来，冲着他絮叨："看你铺排的这个，过不来过不去的！你不会收拾得'可俐'点儿（利索点儿的意思）？"督着他把不用的工具收拾到箱子里，再把箱子搁在东梢间的大柜子底下，什么时候用什么时候再掭出来。说一次两次还顶用，下次不说，他又故态复萌。母亲去世以后，没人说他了，父亲常把工具箱大大方方地摆在屋子地上，桌子上东一片、西一片的，专心致志地鼓捣他的那些零件、用具，目光跟粘在了上面似的，直到有人找他说话时，他才一挣脖子，扭过头儿来。

父亲19岁时考上了石家庄电信学校。我爷爷起早贪黑地作务庄稼，闲下来时赶着小毛驴儿串村做小买卖儿，夏天卖杏儿、秋天卖黑枣儿、冬天换洋火儿，抠抠掐掐地挣那么点儿零角碎毛，一点一点攒下来，除了给我多病的奶奶抓药，再就是供着我父亲念书。可惜，因为家庭成分高，父亲命途多舛，际遇多变，从电信学校毕业后应征入伍，在山西当了几年兵后转业加转行，在工厂里当了一辈子工人，到最后，从哪儿起飞，又降落在哪儿，领到光荣退休证后，回到了村子里。时光过得那么快，父亲的人生经历过起伏，也转过几道弯，尝遍生活的酸甜苦辣，当初的梦想并未一一实现，人却已经老了。

遗憾归遗憾，有时跟村里的同龄人相比，父亲也颇感安慰：养老金按月发放，吃穿用项绰绰有余，自己的晚境终究也并不算坏。世上的事，原本就是你看人家好，人家看你好，若老瞪着眼跟站在高枝儿上的人攀比，日子就没法儿过了。况且，他有他自己的生活乐趣。他手巧，闲着没事儿的时候，喜欢掭出自己的工具箱，在桌子上铺排开一大片，鼓捣鼓捣这个，修理修理那个，沉溺其中，乐而忘忧，日子也就平平静静地打发掉了。

父亲对电话设备的使用与维修非常精通，堪称专家。在石家庄市建华化工厂和化纤织物厂上班的时候，无论哪个车间或是科室，一有电话出毛病的，就找他来修理。父亲对这事儿手拿把攥，他把电话机拆开，这里捅捅，那里拧拧，这边紧紧，那边松松，把断开的接上，把脏了的擦净，把乱了的线路捋摸顺了，然后喊里喀嚓地再装上，拿起电话侧着耳朵一听，嘿，没事儿了。

父亲的动手能力强，虽是半路出家，却差不多能顶个好钳工。在我们家，有好多用具是父亲自己动手做成的：两只小饭勺儿，是他用不锈钢打制的；停电时用的电石灯，是他自己做的，最妙的是电石灯的灯头儿，是一只医院里打针用过的废针头改制的，吐出的灯火苗儿恰到好处；他用一截儿硬纸筒儿、三块儿圆玻璃、五条水银玻璃和一点碎彩纸，给我们做了一只万花筒；他还自己做玻璃鱼缸，先用细三角铁焊个架子，然后按架子的尺寸切割玻璃，再把玻璃与架子之间的缝隙、玻璃与玻璃之间的对接缝，用白腻子做黏结材料，仔细地弥住，一只鱼缸就做成了。他曾做过一大一小两只鱼缸，给我舅舅还做过一个。他用薄钢板焊了一只打坯模子和一把铁杵子，下班以后，用它们打制灰坯子，盖北屋时垒山墙用的灰坯，都是他自己打的。等到垒院墙时，他又自己制作了个花砖模子，专门浇筑水泥花砖，晾干后垒在墙头上，谁见了谁稀罕，整条巷子里，就数我们家的墙头修得好看，好多人来家里找他借砖模子使。父亲最有成就感的，是自己焊了个小胶车儿的车棚子。

在乡下，往地里拉肥送粪，往回拉庄稼拉粮食，日常拉拉拽拽的，总也离不开小胶车儿。可是，那时我们家没有。队长派活儿时，有时让拉上小胶车儿，小胶车儿也给记三分工，没有的话你就不能出工。母亲很为这个事苦恼。可要打制一辆小胶车儿，也不是件容易的事，首先要有合适的木料，最好是洋槐木，既结实，又硬棒。其次还得花钱待木匠，这是一笔不小的消耗和花费。我们家那时没那个能力。二庆当队长的时候，老见我母亲为小胶车儿犯难，便好心地把他家一辆旧的借给我们。但那辆小胶车儿实在有些老，像个风烛残年、豁牙露齿的老人，车厢底儿上有个馒头大的窟窿，车厢板子有的断了半截儿，有的掉了，而且，车把一边高一边低，驾车时不很得劲儿，一走就"吱扭扭、吱扭扭"地响，仿佛抱屈似的。用了不到两年，父亲便决定自力更生，自己动手焊个小胶车儿。

父亲量好小胶车儿各个部分的长、短、宽、窄，计划好了车把用的铁管儿、车厢框架用的角铁等等，就开始一点点、一步步地准备起来。工余时间里，别人休息了，他自己就鼓捣他的造车零件，按照尺寸又是截，又是锯，又是焊，下班的时候，再用自行车驮回来。日复一日，半个多月过去了，所有的零部件准备齐了，他开始将它们一样儿一样儿地组装起来。车架子装好后，他又叫上当木匠的志平大伯，给小胶车儿装厢板。志平大伯负责将木板抛光、取直，我父亲负责用电钻打眼儿，将木板装上去，用铆钉铆紧。很快，一辆铁木结合的小胶车儿做成了。之后，父亲还把小胶车儿里里外外涂上暗红色的防锈漆，笆子上还用美术字体的拼音写上了他的名字。这辆小胶车儿是我们村绝无仅有的一辆，赚足了村里人的眼球儿，谁看见了谁稀罕。一个老汉围过来拍拍车厢帮儿，搋搋车厢底儿，再弯下腰来，里瞧瞧、外瞧瞧，然后撑着车把试了试，不无赞叹地说："六月儿，横是你厉害！人家木匠会打木头车棚儿，你更能，弄了个铁的！"

父亲会修电视、钟表、台灯、收音机、电灯开关，会修缝纫机、煤气灶、沼气灶，他还很有些艺术天赋，会写毛笔字，会画画，会剪纸。1982年我们家盖好大门洞儿后，父亲用彩色油漆在大门洞儿的北墙上画了一幅有一面墙那么大的《嫦娥奔月》，跟古代的壁画似的，谁走过我们家大门洞儿都要停下来，上上下下、左左右右、来来回回地看了又看。父亲还在院子里的西影壁墙上画过一幅《江山多娇》。他还用木匠干活时的下脚料——小木片子，自制成宽窄不一的扁画笔，再弄一堆小碟子，分别装上用红绿蓝黄等各种颜色配的颜料作画。我们围在桌前，看父亲画画，好奇地问："破木片儿也能写字画画呀？"父亲挽一挽袖子，得意地说："只要你手上有功夫，随手捡个扫帚枝儿照样能写会画！"他画过"回山虎"，画过"下山虎"，画过"喜鹊登梅""松鹤延年"，这些都是能作中堂画的，还画过一些山水画、仕女画。我舅舅屋里曾贴过父亲画的一张"松竹梅鹤"，舅舅喜欢得不行。

他还会写对联、剪窗花，剪红双喜字和龙凤呈祥。村子里有人家娶新媳妇，头一天就邀了他过去，帮忙搞写写画画的事。父亲手脚利落，一会儿写，一会儿画，最后又拿起剪子铰，放下这个，拿起那个，有时旁边还得专门有个给他打下手儿的。到了正式办喜事的那天大早起，你去看吧，父亲的手艺与匠心在那座农家小院儿里全都展览出来了：迎门这里最抢眼，贴着大红双喜字；院墙那里最亮堂，贴着篆体的"龙凤呈祥"；洞房的窗玻璃上一尘不染，贴上"百年好合"的窗花正合心意……整个院子里里外外一下子变得红彤彤、热闹闹、喜洋洋，连角落里都洋溢着喜气。主儿家上上下下都非常满意，开喜宴时，主人专意过来，酒杯举得高高地给父亲敬酒，两三句恭维的话车轱辘似的说个没完，临走时，还非送给父亲些喜烟、喜酒，父亲不接，两边来回推推搡搡，到最后，主儿家佯装生气地嚷嚷着："要是不拿，你就是嫌俺的东西儿赖！"父亲也只好提溜上。

　　父亲的手这么巧，偏偏我，手脚却笨得跟个木头棍儿似的，动手能力极差，收拾、摆治个什么玩意儿，便大都推给父亲。偶尔弄一次，也只有出糗的份儿。记得有一年暑假，我骑的自行车后车轱辘放了炮，正好有闲工夫，便决定自己动手，试着给车子补带。我装模作样地摆开架势，把修车工具摆列上，想象父亲补车带时的程序，比猫画虎，先是打磨，后是铰垫儿，再就是涂胶水。不成想，毛手毛脚地不小心，车里带上的破洞儿越磨越大，最后，也不知怎么搞的，竟一下子把原先的小口子拽成了个大口子。补是没法再补了，只好买一条新的换上。父亲回来听说了，大笑一顿，讽刺我："看你做的这叫什么买卖儿？哼，干一个钱儿的茧儿，要俩钱儿的工！"有一次，和母亲闲谈，她也说我："都是你爹手太巧，平日里小修小补什么的，都靠给他弄，你们袖手旁观惯了，也就不走那根筋，这才把你们给惯得一个赛一个笨手笨脚！"我承认，母亲说的对，确实是这样子的。

没了母亲的大年

　　过了这个春节，母亲离开我们已经有七个年头儿了。有时感觉她去世有很长、很长的时间了，有时又觉得她刚刚离去，仿佛是上一年才发生的事情。

　　一个家里如果没有母亲，会是个什么样子？——在我们还小的时候，这是个可怕到不可想象的问题。当我们长大，但还没有独立生活，问题的答案令人惊慌也自不必说。当我们离开父母，走向社会去寻找属于自己的诗和远方，建立起自己的世界，这个问题又会有怎样的答案？

　　有人曾经说，父母好比是为小鸟儿遮风挡雨的两棵大树，一旦倒塌下来，儿女们便失去了藏身之地，暴露在漫天风雨之中。像我这样，即便已经年过半百，只要一想起去世的母亲，心中仍深有哀伤。——母亲去世太早了些，现在活着也还不到八十岁。

　　母亲是在2010年的秋天去世的。母亲不在了，老家残缺了，就是从那一年起，我们老家与原先不一样了。

　　母亲去世以后，我最先感受到与过去不一样的，是过年。没了母亲的那一年，一到冬天父亲就离开了村子，住到了城市里。老家那座院子便空了下来，直到快要过年了，我们才回去了一次。记得当时我一走进院子，心里立马"咕咚"了一下子：院子里太安静、也太荒凉了！地上有一些风吹落的树叶子和碎树枝，踩在上边"嘎喳喳"地响……村里的风俗，家里"老"了人，头一年过年不兴贴春联儿。我们只是院里院外打扫了打扫，就又离开了。大年初一那天早晨，我们又匆匆忙忙赶回村子里，给家族里的大辈儿们磕头拜年，不到晌午，就又走了。这年过得，实在是太简陋、太潦草、太没滋味了。然而，有什么办法？家已经不再是原先的那个家，年也就不再是原先那样的年了。

在母亲去世之前，我的年都是在老家的村子里过的。记得小的时候，总是特别慌年。慌什么？无非是好吃的，好看的，好玩儿的，再就是穿新的，放响的。过年是一年当中最为高兴的巅峰时刻。但是，这些好的、新的、响的从哪里来？凭空是变不出来的，天上也不会白白往下掉。父亲那时虽然在外头上班，但每月只挣三十四块多，工资低得可怜，母亲一个人挣工分，年年到头儿给生产队贴钱，一贴就是二百来块，一下子挖去父亲半年的工资。这样的日子，不是驴不走，就是磨不转，窘迫自不待言。但无论怎样，年还是要过的。况且，过一个年，孩子们长大一岁，毕竟又会有一个新的展望。

过年主要是母亲和父亲忙着张罗，杀猪、磨面、磨豆腐、蒸年糕、蒸馒头。孩子们过年要穿新衣服新鞋袜，于是，母亲又忙着裁剪、缝纫、纳底子、绱鞋帮儿、钉扣眼儿。好在母亲心灵手巧，不等赶到年根儿，差不多一样一样地都能做好。我也不是吃闲饭的，到了十三四岁时，我已经成为母亲的帮手了，去井上打水，烧灶火，熬糨糊，贴对子，挂彩子，扫院子，端个这，搬个那，好些事都归我来做。两个妹妹也不闲着，收拾屋子，擦抹洗涮，跑跑颠颠，出出进进……忙忙碌碌中，灰土土的庄稼院穿红戴绿一般喜庆起来：迎风飘拂的彩子上，那曙红、那明黄、那翠绿；贴在大门两边的春联儿，红纸红彤彤，黑字亮闪闪；还有廊檐上高高挂起的红灯笼，鞭炮炸响后升腾起来的蓝灰色的烟雾……只有这样的年，才是欢乐富足、温暖祥和的年啊！

但自从母亲去世的那一年起，这一切都发生了改变。母亲在世时，一直是我们这个家的中心和枢纽，没了她，也就没有了灵魂。虽然房子、院子都还在，但没了母亲的身影与声音，就空出了老大的一块，拿什么也没法儿填充。这几年，每当在城市里过年，我的情绪总是相当复杂，待在城市的楼里，尽管住得也暖，穿得也新，吃得也好，但总感觉不像过年，更像是歇假，总觉得少了那份心动的感觉，很像是所谓的"精神空虚"，连看电视也没什么意思了。

没有了母亲，分明觉出了人生的寒凉。母亲去世以后，我们也曾家庭聚会过，说起母亲还在时的一些琐碎的事，包括她生了气时怎样吵我们、骂我们，就好像母亲依旧在里里外外地忙碌着，嘴里在不停地叨咕着这个、叨咕着那个。

又快要过年了。像往常一样，腊月根儿下，我和妻子开上车，回村子里去打扫院子、贴春联儿，四处归置归置，也好让从我家门口路过的人们看一看：这个家的人虽然到了外面，但还惦记着老家哩！当我们在院里院外做着这些的时候，小风儿飕飕的，特别冷。我心想，要是就这样子待在乡下过年，光这寒冷也是够受的。怎么那些年就没有这种感觉呢？街上，小孩子们跑跳着，追闹着，正在放鞭炮，不知谁家正在炒菜做饭，袅袅的香气，随风弥漫过来。这乡村特有的年味儿，仍跟我儿时的一个样。只是，在这一样的年味儿里，却再也没有了我的母亲……

写于2017年除夕

大 妹

我们家姊妹仨，我是老大，下边有两个妹妹。

大妹生来心灵手巧，嘴比我会说，手脚比我快，遇着事了也比我有眼色，我是甘拜下风的。小时候在一起，常常为吃东西什么的拌嘴吵架，有时会为一件不值半毛钱的小事，也要鸡争鹅斗，谁也不让谁。我虽比她大三岁，却也没什么风度，回回都斗不过她，有时黔驴技穷，急了眼就更丧失风度地喊她："毛儿栗子！"——她的名字中有一个"丽"字。大妹对"栗子"这个谐音倒不怎么反感，她讨厌的是前边加上个"毛儿"，见我喊她"毛儿栗子"，立马大举反攻，更加恶狠狠地回敬我的绰号："黑蛋！黑蛋！！黑蛋！！！"我只有望风而逃的份儿，一下子威风扫地。

大妹说话说得早，还不会走呢，小嘴儿就吧嗒吧嗒地能说，跟小梆子儿似的。跟人吵架时，跟爆豆儿一样，嘎嘣脆，一嘟噜儿一串儿。凤梅姑姑在街上一见了她，就爱逗着她叫："丑小妮儿！"叫了几次，大妹就不高兴了，朝她翻白眼儿。有一次，她坐在院门口儿的门墩上，晃悠着小腿儿，远远看见凤梅姑姑正走过来，老远就喊："凤梅姑姑，以后你不许叫俺'丑小妮儿'了，俺是俊小妮儿！"凤梅姑姑笑得弯下了腰："这个小闺女儿，小嘴儿这么会说！"

大妹的心眼儿多，眼尖。有两件小事，我印象很深。有一回吃晌午饭，锅里的干粮有饼子，也有馒头。按照父母平时对我们的训导，我们是应该讲"觉悟"、讲"风格"、讲"礼让"的，那就是先尽着饼子吃，把馒头省给别人。那天母亲馏的干粮中，饼子比馒头要少。大妹见状，就故意语气坚定地说："今儿个不吃干粮了。"可等我们把饼子拿完，又过了一会儿，她又"变"主意了："唉，要不，还是吃一块儿吧！"然后，理所当然地伸手抓起一块馒头，那神态，仿佛吃馒头倒好像是她的无奈之举似的。还有一次，是吃黑夜饭，炒菜锅里有几块小肉片儿，我和二妹的筷子犹犹豫豫、徘徊彷徨，都不好意思"直奔主题"地把炒肉片儿夹到自己的碗里来。大妹却自有办法。她先是暗暗地瞄准，然后故意把眼睛闭了，再照直伸过去筷子，结果自然是一夹一个准儿。她一边香香地吃着，一边得意地看着我们嫉妒的眼神儿，一边装出无辜的神情说："这没法儿！俺是闭着眼夹的啊！谁知道这筷子上长着眼哩！"她的伎俩每每要让我和二妹当场戳穿，逗得父亲在旁边直笑。不光这样，平日里我们之间为个好吃的、好耍的，甚至吃饭时谁用那只带花儿的婉有个争呀抢的，我们一般都争抢不过她。地里有活儿，她也总能找到个很合适的借口，巧妙地躲避开。父亲为此给她起了个"懒虫儿"的绰号，我们不服气时，也常这么讽刺她。曾经有一回，她在村外拔草，光顾着玩耍，该回家了，筐子里还空着，怕不好交差，便拔了几棵高高的草棵子，支架巴虎地装在筐子里，远远一看，好像筐子满满的，一进家，一溜儿小跑，径直奔向猪圈沿儿，不等父亲过来检查，就赶紧往下倒，还把筐子颠了好几下儿，好像老也倒不完似的……二妹说她这是"蒙混过关"。

大妹上学时喜欢过画画，她也有这方面的天分。在她的课本、作业本的边缘空白处，我们常常能翻看到她的"画作"，多是一些头饰繁复的古代仕女图。可惜，那时的乡下不注重这个，即使哪个小孩子有这方面的兴趣和天分，也没人注意，即使是注意了，也没条件去作专门的辅导和培养。家里的大人也少有这种意识与眼光，不骂你胡写乱画、浪费纸笔就算是好的了。大妹的这点儿天分、兴趣与爱好，慢慢也就荒废过去了。

从小学到高中，大妹的成绩一直不坏，就是有些坐不住，学习不怎么踏实。高中毕业后，她没有考上大学，也没去补习，父亲找他上班的工厂领导说了说，大妹就到厂子里上了班，当临时工。没多久，因为聪明伶俐，又调到厂化验室当上了化验员，穿着白大褂儿，成天摆弄那些长长短短、高高矮矮的玻璃烧杯搞"科学实验"，成天跟我们讲"软水"呀"硬水"呀什么的。

我们兄妹仨中，父亲最喜欢大妹。也因此，在父亲跟前大妹最有话语权，只有她敢跟父亲提一些小的要求，有时也敢跟父亲顶撞两句，即便惹了祸，大多时候也能蒙混过去。可是，同样的事，搁在我身上恐怕就不行。我不会赶着说讨好、求饶的话。一见父亲生了气，大妹能立马随机应变，知错就改，而且立行立改，从动作到眼神，浑身上下表现出乖巧、无辜的样子，或者就手儿拿起扫帚扫屋子地，或者帮着母亲收拾桌上的碗筷；要是娄子捅得大了，比如那回她把家里的镜子打破了，眼看着有可能要挨打，便脚底抹油，转身跑掉，直到跑得远远的了，才停下来，躲在厨房门口儿那棵洋槐树后边，往这边小心翼翼地观察动静。父亲哪能真生气呢，镜子打破了，再也不能重圆，见她一下子跑远，手够不着了，瞪瞪眼，嚷两嗓子吓唬吓唬拉倒。这事儿要是摊在我身上，恐怕就是另一副局面了。我又倔强又死巴，眼看着父亲生了气，嘴巴上不来，也不知道跑（有时是不敢跑），电线杆子似的杵在那儿，死拧一个坑儿，等父亲的巴掌落下来，也只有干挨着的份儿了。每回我挨了打，大妹总要悄悄地嘟囔我："谁叫你不跑？你一下子跑得远远的，捉不住你，不就没事儿了！"

父亲之所以偏爱大妹，可能也与她断奶早有关吧。我大妹长到一岁半多时，母亲又生下了二妹，二妹一来，就把嗷嗷待哺的大妹的"饭"抢过去了。想想也是啊，一个一岁半多点儿的小丫头儿没奶吃，该有多么可怜和无奈！我还记得大妹四五岁时的情景——每逢吃饭的时候，大妹坐在饭桌前，吃着吃着就坐在那里不动了，小身子左一歪右一歪的，两眼一眯一眯的，快要合上眼了。原来她是打瞌睡呢！打瞌睡便打瞌睡，她的小嘴儿却还含着没有咽下去的饭，嘴唇仍在一嗫一嗫地嚅动着，这正是小孩子吃奶的动作。原来，打瞌睡的大妹还保留着婴儿时期吃奶的习惯。父亲一定是心疼她老不早儿就没了娘奶吃，所以才更心疼她、偏爱她吧。其实，顽皮的大妹也没少挨过打，只是比起我和二妹来，她挨得少一些罢了。

吵着，闹着，嚷着，一年一年就过去了，我们也都慢慢长大了，一个一个都离开了老家。小时候的那些糗事，如今都成为我们之间的笑谈。大妹如今住在获鹿县城，小日子过得挺不赖。他们有一个闺女，继承了大妹爱画画的基因，也圆了大妹学美术的梦，西安美院油画系毕业。2013年她家装修新房子时，客厅里的电视墙就是她家闺女利用暑假自己设计自己描绘的，大朵的牡丹画满一面墙，花团锦簇，金光美彩，一派国色天香，一下子就把整个屋子照亮了，谁来了谁盯着看半天，无不叹为观止。这个闺女，是大妹生活中最大的骄傲。

二　　妹

二妹比我小四岁，比我大妹小一岁半多一点儿。

她长到三四岁能到外边跑着玩儿的时候，我正好七八岁。村里人讲：七岁八岁狗都嫌。嫌啥？不懂事，不听话，瞎顽皮，还耍小心眼儿。那时，二妹像小尾巴一样成天粘在我后边，跑又跟不上，甩又甩不脱，是个不折不扣的累赘。我和伙伴儿们挽起裤腿要下小河沟里捉鱼，她站在岸上大呼小叫，也要下去；我们要翻越墙头儿，她站在墙头儿底下急得跺脚哭，没办法，还得想方设法连拖带拽地把她从墙垛上弄过去；我们去爬树，她只会站在树底下仰着头儿眼巴巴地看，两眼泪汪汪的；我们惹了谁家的狗，被吓得像麻雀一样四散奔逃时，她在后边扯后腿儿，那会儿最怕的是狗从后面追上来扑她……而且，你一嚷嚷，她就委屈地哇哇大哭，脸蛋儿上挂两道泪痕，再让冷风一吹，就皱皱的了。她还常向大人一五一十地"举报"我们的"军事秘密"。我们白天所做的坏事，到了吃黑夜饭的时候，二妹不仅不知道包庇、遮掩，反倒口无遮拦，一样儿一样儿地全向母亲报告，知道什么说什么，一句瞎话儿也不编，一时说漏了，一会儿又想起来，马上作"补充说明"。这样一来，我便免不转会遭到母亲的一顿臭"卷"，甚至挨上两巴掌，连饭也吃不安生。这使得我分外恼火，再满地里疯跑时，故意把她远远地甩开，任凭她在后边像鬼要抓她似的一边迈着碎步儿紧跑，一边哭得一脸鼻涕一脸泪。不难想象，在二妹的童年印记里，我一定是个不管不顾，对她没有一点耐心的凶神恶煞吧。

后来上学了，慢慢地懂一些事，知道要保护妹妹不受坏孩子的欺负。记得有一次，二妹向我告状，说她们班里一个叫文国的男生，屡次三番地捣乱，老是欺负她，还给她起外号儿。我听了之后火冒三丈，恨恨地记下了这件事儿，准备回头给这家伙一点儿颜色瞧瞧，给二妹"报仇"。有一天下午放学后，我们都在戏台子那边玩儿，文国也混在其中。我上去截住了他，瞪着眼珠子吓唬着审问他。他当然一点儿也不肯承认，头还一歪一歪地烦话。我一气之下，朝着他一巴掌掴了过去。刹那间发生的事，连我也惊呆在那里，不知是下手重，还是角度、手形的缘故，我那一巴掌居然有那么强烈的"音效"——不是"啪！"而是"嘭！"好像是空气爆炸一样。这一巴掌和这个声音，一下子就把文国打蒙在了那里，我也吓得呆住了，一时不知该如何收场，只是瞪着眼站在那里，直直地盯着文国的脸色，心中慌慌不知所以。过了有半分多钟，文国啼哭着走了，我还站在那里发愣，心里有些害怕：我这一巴掌下去，会不会惹出乱子？会不会打出啥毛病？比方打成傻子、聋子？要是他家里来人兴师动众地找我算账该咋办？……一时间，我的心里并没有得到多少报复得胜的快感，反倒有点儿提心吊胆。我有些狼狈，灰溜溜地逃走了。结果，却是平安无事。而从那以后，文国一见了我就"嗖"地躲开，他也再没有欺负过我妹妹。多年以后，有一年我回村子里过年，在彦京家喝酒时，正好碰见文国也在场，我们俩相逢一笑，提起当年我扇他的那一巴掌，文国嘿嘿地笑了，大度地扬了扬手，说："咳，那是小时候嘛！都不懂个事……"我们满满地碰了三杯，过往的一切便都随杯酒释然，走的时候还亲切地握了握手。

二妹和我大妹一样，上学时也喜欢画画，作业本上，课本的边边角角空白处，常常画得到处都是。也许她是见姐姐在画，也跟着比猫画虎地学吧，只是她画的仕女头上里三层外三层的头饰总是热闹得很，是她凭想象胡乱给插上去的，闻所未闻、莫名其妙。我们也因此老是笑话她。二妹写作文不错，上了高中后又爱上了写诗，一边如痴如狂地读席慕蓉的诗集，一边悄悄地在日记本上写。那时我正上大学，经常给报社投稿，看了她的诗，很是惊讶，便把那个写满了长诗短诗的绿塑料皮儿日记本拿给晚报的一位副刊编辑，巴望着他能对我妹妹的诗青睐有加，从中选上一组，哪怕只是一两首，登在副刊版面上。但那位编辑却让我大失所望，他似乎客客气气却又不屑一顾，一个多月后我再去编辑部找他，他从桌头堆得又高又乱的报纸和稿件中翻腾半天，抽出来还给了我。我觉得，我妹妹写了那么一大厚本子，只从中挑那么一两首，一点儿也不为难的，登在报纸上也绝对对得起读者。好在二妹也没说什么，人家不给登就不给登吧。她接着写，还写了一些散文之类的习作。正像我读高中时所走过的弯路一样，看闲书和写作也耽搁了她的功课，考试成绩令她苦恼。高二快结束那年，有一天，她犹犹豫豫地跟我说，想转学到另一所乡村中学，但又没有办法，父母也顾不上管。她以为我上了大学了，可能会有办法帮她办到。可是，我又有什么关系和门路呢？况且，她想转学的那所乡村高中，说实在的，也就那么回事儿。二妹见没有指望，也便不再提了，后来马马虎虎上到高中毕业，大学自然是没有考上，出了校门，就到父亲工作的工厂里当了名临时工。之后，她又去"益民"学过一期裁剪，到财院学过一期财会，但都没弄成名堂。有一段日子，她还在一家民营书店打工，书店老板是个小心眼儿，嫌她老拿着书看，有一次竟然搜她的书包，嚷嚷着说她偷店里的书，把她气得直哭。不久之后赶上城市街道拆迁，那个书店拆掉了，她也就从那里出来，另找了新的工作。

有限的闲散时间里，二妹继续看书写文章，觉得写得不错，就拿给我看，我就鼓动她投稿。陆陆续续地，她在《燕赵都市报》《河北工人报》《燕赵晚报》《精品导报》《甘肃日报》上发表了不少文章，有的还获了奖。说真的，我二妹的文学悟性比我要高，她要是有时间多看书、写作，准比我闹的名堂要大。后来她结了婚，有了孩子，又换了几次工作，不是忙家里的事，就是跑单位的事，渐渐就少了那份闲心，慢慢也就写得少了，再后来，干脆就不怎么写了。

二妹从小听话，爱干活儿，不会要滑，不爱讨巧，也不好闹样儿。她是个实在、本分并且隐忍的人，什么事都是干在前、说在后，说就说直话。母亲得病那些年，特别是瘫痪后的那两三年，数她往家里、往医院跑的次数最多，洗洗涮涮、烧水做饭，不怕脏、不说累、不叫苦、不"攀业"（攀比的意思），受了委屈也算，从不埋怨。母亲去世头一年那个暑假，她带着儿子壮壮儿在家里连着待了一个多月，直到壮壮儿快要开学了，娘儿俩才走。单说这一点，就比我这个当儿子的要强。

过往的岁月里，我们兄妹仨每个人所走过的生活道路都不是平坦的，但二妹经历的挫折、走过的坎坷、吃过的苦似乎更多一些。二妹如今也很知足，壮壮儿已经上了高中，个子高高的，模样帅帅的，长成一个大小伙子了。这个儿子，是她心里最大的指望。

亲 戚 们

一

我们家的亲戚大多是母亲这边的，父亲这头儿不多。母亲的娘家是个大家庭，一共姊妹五个，她是老大，下边还有三个姨、一个舅舅。母亲平常下喊我姨们和舅舅都不叫名儿，喊三姨叫"三儿"，喊四姨叫"四儿"，喊我二姨叫"二妮子"，喊我舅舅则叫"脏子"（我舅舅小名儿叫"臭脏"），听来都是很亲切、随意的。姊妹多，亲戚自然就多，平常走动也勤，便很热络。父亲这边，我有两个老姑、一个老舅、两个老姨，跟我们都隔开了两辈儿。父亲没有姐姐和妹妹，只有一个弟弟，好多年关系处得不好，连过年过节也不行走。我们去老姑、老舅或老姨家走亲戚，有时会跟叔叔碰到一块儿，相互不说话儿，吃饭时坐在一个桌上，感觉别别扭扭的，去老姑、老舅和老姨家往来走动自然也就少了一些。

我三姨、四姨还没出嫁的时候，我们常串的亲戚只有两家，一个是西龙贵姥娘家，一个是南张庄二姨家。姥娘门儿是热亲戚，永远也去不烦、走不够。一说去姥娘家，我们兄妹仨就跟要吃蜜似的。去姥娘家要走六里地，中间必要经过南张庄，所以，每次也要顺路到二姨家去，再和表姐表哥表妹们一起，热热闹闹地往姥娘家走。每年的正月初二，我们跟着父母去西龙贵给姥爷姥娘和舅舅妗子拜年。这一天，姥娘家里最是热闹。我们一帮子穿着过年衣裳的小孩子装模作样地趴在地上，姥爷、姥娘、舅舅、大姨二姨地乱叫，这边磕一个头，又掉转屁股去再磕一个头，惹得姥娘、舅舅和姨们笑个不停，然后我们就理直气壮地接过长辈们发给的两毛压岁钱，吃着舅舅炒出来的花生和瓜子，兴高采烈地度过这一天。我长大结婚后，因为正月初二要去给岳父岳母拜年，后来表弟立峰也结了婚，他在那天也要去西郭庄给他的岳父岳母拜年，去西龙贵拜年的日子就前错后错改成了正月初三。

姥娘家有老姥爷、姥爷、姥娘、舅舅、妗子、三姨、四姨，后来又有了云峰、立峰、立敏、立红一堆表弟表妹，再加上我们姊妹仨和二姨家的仨，以及后来三姨、四姨家的孩子，逢到串亲戚的日子，姥娘家里一下子就热闹得跟开了幼儿园似的。小孩子们吃饭玩耍睡觉好凑堆儿。吃饭时，一堆小脑袋儿挤在一起，围着中间的低桌儿，小嘴儿吧唧吧唧一片响；睡觉时，又是一拉溜儿小脑袋儿在炕沿上排开，左扭扭右扭扭，按下这个起来那个，有时闹起来，连蹬带踹的，弄得被窝像狼窝一样。这场景，常逗得三姨站在旁边看着一会儿着急一会儿笑。

我开始记事的时候，老姥爷（我母亲的爷爷）已经瘫痪在了炕上，成天躺在北屋的东里间，炕头儿的八仙桌上总是摆满了罐头和槽子糕。那间屋子的南窗连着厨房，糊着毛头纸，即使到了晌午，光线仍是昏暗的，所以，一直到他老人家去世，我也模模糊糊记不大清他的模样，只记得他身量挺高，头脸也大，不瘦。老姥爷去世那年，我大概不到八岁。那时候，我姥爷也已经在病中。印象中，姥爷老是搬个小软床儿，在北屋门口儿的日头地儿里安安静静地坐着，看着我们小孩子们跑进跑出、跑来跑去，也不怎么说话。厨房门口儿的旁边有个压水井，我们几个常合伙抱住压水机的铁柄使劲往外压水，水流带着晶亮的水花儿，一蹿一蹿地灌进水桶里，看着真好玩儿。水桶满了，溢出来了，我们还接着压，姥爷就说我们："满啦满啦，嘿！满啦！使不清啦！好家伙子，快都歇会儿吧！"

1973年，父亲和母亲历经艰难困苦，腾了好多"窟窿"，在村里放给我家的一块宅基地上，盖起一座"四破五"的新房子。知道我们家的日子穷，病中的姥爷心里一直记挂着这桩事，盖房子短什么，什么不凑手儿，他就让我姥娘给预备什么，钱啦，粮食啦，上梁作檩的木头啦，准备好了，就让我舅舅、四姨给送过来。他说了好几次，等大闺女家盖好了新房子，一定要过来看看，要不然，闭了眼也不会放心。1974年头麦收的一天前晌，母亲专门用小胶车儿把姥爷接到了我们家。一到院门口儿，姥爷就让母亲停下，然后从小胶车儿上慢慢地下来。他走进院子里，静静地站在院当间儿，眉毛一耸一耸地皱着，上上下下、左左右右地看了会儿新房子，之后就进了屋子，从外间屋到里间屋，从这间屋到那间屋，从门框到窗框，从门槛到过门石，甚至连墙上的灰缝儿，都仔细地瞧了瞧、看了看、敲了敲、摸了摸。母亲一直跟在他的身后。当姥爷坐在炕头儿上时，他放心地笑了。他在我们家吃了一顿晌午饭，歇了会儿，就仍让我母亲拉着，送回西龙贵去了。过了不到一年，姥爷去世了。那时我刚八九岁，却至今记得病中的姥爷清癯、苍白的面容和安静、忧郁的神态，总觉得有一点儿像是晚年的周总理。

外甥子外甥女，加上孙子孙女一大堆，姥娘一个人都快亲不过来了。但我觉得姥娘最亲的是我。二姨家的表姐素芬虽说比我大三岁，是孙辈儿中的头一个，自是招姥娘的喜欢和待见，可遇到她淘气的时候，姥娘就会骂她："你个撇×妮子！"这话写出来是很难听的，但她用获鹿方言骂，粗俗的语气里含有一股另外的亲切。姥娘也的确不是生了气真的骂她。可姥娘每回见了我，连假骂也不骂，总是稍稍歪着头儿，眉开眼笑地看着我，一看就是老半天，然后一手摸着我的后脑勺儿，一边笑呵呵地说："看俺家峰峰，又长白了，比上回见的时候白！"——哈，一亲就看不着丑了。

每年的秋后，等地里种上了麦子，农活儿闲下来了，趁着天还不冷，母亲就拉着小胶车儿，上面再铺上褥子，从西龙贵把姥娘接到我们家来，住个一集两集的。有时我也跟着母亲一起去接姥娘，沿着洒满秋阳的乡间土路，一路慢慢地走来，一边走着，一边说说笑笑，心里高兴得很。那时，舅舅已经有了仁孩子，姥娘来的时候，有时是立峰，有时是立敏，也会一块儿跟着过来。姥娘住在我们家，也从不闲着，总要帮着母亲做些针线营生，有时也把她在家做了半片子的营生一同带了来。她和我四奶奶、五奶奶、六奶奶几个很说得着，常凑在一堆儿，一边做着小孩子们过冬的小棉袄、小棉裤，一边有一搭没一搭地说着话，一边照管着缠在身边的小孩子们。她老人家是在2001年3月12日的清晨去世的。给姥娘送葬那天，我抱着姥娘的骨灰盒，走在送葬队伍的前头，一直走到村西那块叫骆驼鞍的坟地。骨灰盒，一个小小的长方形木头匣子，里边有个黄缎子小口袋，装着姥娘的骨灰，装着她老人家勤劳的一生，抱着一点儿也不沉。

从那以后，我再去西龙贵，拐进姥娘家所在的小巷子，再也不会一眼就能看到她老人家站在大门口儿等着我的身影了——那样的等待，曾经是我所能拥有的最为隆重、真切和让我感动的迎接。

二

二姥爷和二姥娘在北京工作，他们是我们家唯一在城市里的亲戚，而且还是在首都北京，我们常常引以自豪。

听我母亲讲，她小的时候，我二姥爷特别亲她，领着她四处去玩儿，把她"二楼"着架在脖子上，哪儿热闹就去哪儿。她想去哪儿，就拍拍二姥爷的脑袋，然后用手一指："这儿！去这儿！"或者："那儿！去那儿！"她一哭闹，二姥爷就给她买糖、买盐炒豌豆，或者豌豆黄儿、五香花生豆儿，见什么买什么，常常因为吃糖，她的两只小手儿的手指让糖给粘在一块儿分不开，吃花生豆儿时则弄得二姥爷一脑袋一脖梗子花生的碎皮皮儿。后来，二姥爷就离开了村子，招工到了北京，在东郊酿酒总厂当了一名造酒工人。二姥娘也是从老家招工到北京的一家服装厂上班的，她娘家就在西龙贵北边三里地的南李家庄。他们一辈子没有孩子，上了岁数后，和我姥爷、姥娘商量了多少趟，最后把我舅舅家的大儿子云峰过继了过去。云峰被抱到北京去的时候才四岁大，刚刚懂点儿话。四岁的小孩子就离开母亲的怀抱，谁能想象得出我妗子和云峰当时对这种母子分离是一种怎样难以割舍的心情？好在二姥爷、二姥娘对云峰亲得不行——隔辈儿亲有时近于溺爱，家里的条件也要比乡下好得多，云峰吃的穿的看的玩儿的，在我们眼里，自然也都是高级的，令人羡慕的。

二姥爷他们每年都要回西龙贵来探亲，一回来，母亲、二姨就带着我们一堆小孩子去西龙贵看望他们，热闹上一天。连在郊区宫家庄的姥姑也带着我猫儿表舅（表舅的名叫猫儿）过来。记得有一回，我们还碰到从南李家庄过来的二姥娘的娘家兄弟，他在永壁供销社上班，长得胖墩墩的，上下班总骑着车子从我们村边路过，断不了能碰见。二姥爷一家每次回来时，都左一包右一包地带着好多北京特产。母亲和姨们喜欢的是各样花布和料子，我们小孩子喜欢的是包着玻璃纸的奶糖，还有北京稻香村的绿豆糕、马蹄酥、酥皮儿、江米条、"到口酥"。那些包着点心的白纸包上洇过来一小片儿一小片儿的油渍，隔老远就能闻到那种特别好闻的香味儿。二姥娘个头儿不高，长得白白净净的，不多说话，说话也是蚊声细气、轻言慢语的。她浅浅地笑着，把我们叫到跟前，问我们多大啦，上几年级啦，学习沾不沾啦，考了多少分啦，然后用白皙、柔软的手抓起一把奶糖和江米条，一一分给我们。我们又想吃，又不好意思伸手接，一个个紧张而又拘束，臊得脸都红了，拿住奶糖也只是憨笑而不吭声儿。二姥娘轻轻地拍拍我们的脑袋，面容慈祥地说："耍去吧，好好的，别'隔气'（起纠纷、闹矛盾）。"我们兴奋地胡乱答应着，猛地抓过东西，一下子跑得远远地，这才又回过头来傻笑一气。

　　孩子们热闹着，二姥爷就和我姥爷、姥娘、姥姑坐在一起，有时在老楼里，有时在院子里，高声地讲说着各自的见识，亲亲热热、其乐融融。一年年过去，云峰长成美少年，说着一口好听的北京话儿，每次都把他订阅的《儿童文学》带回来分给我们看。我曾在其中的一本上读过一篇小说叫《牛圈里的娃》，到现在还记着书里的插图和一些情节。还有一小箱子的小人书，表弟表妹们总要争着抢着看，有时为谁先谁后发生撕扯，最后闹到云峰那儿，由云峰来作谁先谁后的裁判和定夺。小人书是他带回来的嘛！

　　住上一阵子，二姥爷他们又要回北京了。舅舅专门骑上车子跑石家庄买了火车票，家里也给他们张罗着要捎带的东西，可他们不带别的，专门带些红萝卜、山药、蔓菁和小米，装在左一个右一个的口袋里。二姥爷说，水土的过（原因、缘故的意思），北京的红萝卜长得不正经样儿，又粗又短，中间的黄芯儿也大，还是老家沙土地出产的萝卜好，细长细长的，颜色也正，又好看又好吃。老家的红皮山药、红皮蔓菁也好，模样圆润，个头儿周正，冬天熬棒子面儿粥最好，一煮就软，口味儿细甜，北京的哪能比得上？新秋打下的小米，颗粒饱满，色泽金黄，熬粥的时候好乱锅，熬好后晾上不多一会儿，上面就会结出一层黏黏的亮亮的米油儿，用筷子一夹就能夹起来。

1981年夏天，病中的二姥娘和二姥爷带着云峰回老家来养病，住在西栅栏那座老楼底楼的大敞间里。舅舅和妗子事先把房子从上到下好好地粉刷、修整了一番。那间屋子的地上铺的是大块蓝方砖，都很旧了，散发出久远的味道。楼门口儿的东边，有一棵长到二楼窗口那么高的老石榴树，据说是我母亲十几岁时栽的，年年树上结满了又红又大、又好吃又好看的石榴，把树枝都压得弯了下来。那一回，二姥娘他们一直住到天快冷了才回北京。

有时家里有事，姥娘就让我父亲代笔，给二姥爷、二姥娘他们写信商量。记得有一次，父亲写完了信，也让我给表弟云峰写了一封，夹在他写好的信纸里一同寄走，写的什么早都忘了。我上高中时还给二姥爷和云峰写过几封信，到现在还记着当时的寄信地址：北京市东郊酿酒总厂家属宿舍9排6号。

姥娘，我母亲，我父亲，我舅舅，我妗子，还有我二姨、三姨、四姨，都去我二姥爷在北京的家里住过，我也去过一两次。四姨没结婚前，住的时间最长，一来那时云峰还小，她去帮着照管云峰，再就是二姥娘得病以后她去伺候我二姥娘。我第一次去二姥爷家，是在1984年的夏天。那时二姥娘已经去世，二姥爷和云峰回来探亲，在西龙贵住了一阵子，回北京时带上我和二姨家的表哥，一块儿坐的火车。那趟火车是个慢车，大小站都停，小站时间短，大站时间长。这还是我记事以来头一遭坐火车，新奇而又兴奋，一路上一直趴着窗户往外看。等到我们坐在二姥爷家的床上休息的时候，恍恍惚惚地感觉床也在缓缓地向前移动，仍像是坐在火车上一样。二姥爷待我们很亲，每天早起，他端着个大搪瓷盆儿，去宿舍区外的小摊儿上给我们买炸油饼儿和有红糖馅儿的油炸糕吃。这些好吃的东西，我在村子里是从来没有吃过的。

二姥爷从东郊酒厂退休后也没闲着，一直当门卫，先是在北京大望路中学，后来在一家服装厂，晚上经常值班，就住在门卫室里。这两个地方，云峰都带着我去过。那时候，二姥娘已经去世好几年，二姥爷上了岁数，孤苦伶仃的，在别人的介绍下，二姥爷又找了个后老伴儿。那个后老伴儿，娘家是天津那边的，她有自己的院子和房子，我二姥爷就跟着搬过去住。有一年夏天，我去北京，专门去那里探望他们。那座老院子在市中心的一个叫东总部的胡同里，记得我下了公交车往那里走时，还曾路过中国作家协会的大门口儿。我在那个普普通通却又充满神秘色彩的大院门口儿停下来站了会儿，心想：中国作家协会原来在这么个地方呀！我还伸着脖子往里望了望，也没见着个人，就又走开了，拐了两个弯儿就看见二姥爷正站在街边上等我。他们住的那座院子是个细长条的旧院子，三间北屋是瓦房，也很陈旧了，屋里的白墙发着灰，是经年的烟火水汽熏的吧。老太太闲着没事儿好捡废品，这里晾着，那里晒着，铺排得屋子不像屋子、院子不像院子，乱得慌，二姥爷一回家，一边帮着收拾，一边嘟囔她乱摆列，她也不怎么听。这老太太会扎针，那次去，我正好有点儿感冒，老太太听说了，就让我坐在炕头儿上，从一个小铁皮盒子里取出几枚半拃多长的银针，在我脑门子上一点儿一点儿地捻着扎针。我有些晕针，刚扎了三针就出了一脑门子汗，心有些慌，便赶紧喊停。老太太嘟嘟囔囔着，把针收好放好，然后开始给我们做炸酱面，还切了细细的黄瓜丝当菜码儿。我就去过那里一次，也只见过这位后姥娘一面。她后来曾跟着二姥爷回过一次西龙贵，我母亲和姨们都去看她，母亲失望地对我们说，她不如我原来的二姥娘文雅，满嘴的天津话，说话也冲。过了十四五年吧，二姥爷和他这位后老伴儿先后去世了。我二姥爷去世后，舅舅和妗子去北京料理了后事，把他的骨灰背回了西龙贵，然后和一直存放在楼屋里的二姥娘的骨灰一起下葬，入土为安。又过几年，我那位后二姥娘去世时，是云峰两口子帮着料理的，骨灰没有带回老家来。

不知不觉，忽忽已过三十来年，二姥爷、二姥娘，还有二姥爷那位后老伴儿的模样、神态和说话的声音，我都还能一一回想得起来。

<h1 style="text-align:center">三</h1>

我听姥娘、母亲、舅舅和姨们说闲话儿时讲过好多次，说我姥爷的母亲去世得早，我老姥爷一个人支撑着家，又当爹又当娘地"耐活"着四个孩子。最大的是我姥姑，下边是我姥爷他们弟兄仨，我姥爷在弟兄仨里头排老大，前文中提到的二姥爷年岁最小，在他前头还有一个二哥——所以说，现在的二姥爷其实应该是我们的三姥爷。他当时还不怎么会走，老姥爷赶着牛去耕地耙地时，就把他塞在掩腰裤里揣着，再用裤腰带从外边绑上，说不定什么时候就把裤裆尿湿了，我老姥爷也不急也不恼，收拾收拾，把尿湿了的裤片子挂在地头儿的树枝上晾着。我那个二姥爷长大后赶上抗战爆发，去当了兵，谁知一去就像断了线的风筝飘逝在天际，再也没有回来。

据我姥娘回忆，那年我那个二姥爷头当兵走之前，曾对着我姥爷讲："大哥，你这人老实，不愿跑外场儿，你就留在家里看家吧！我去给咱当这个兵。我走了后，你和俺嫂在家好好种咱的地，管好咱爹。咱爹当娘儿们、变汉们、拉扯咱们这么多年不容易，往后越来越上岁数了，不要叫他使着（累坏）了！还有老三，管住他不要让他瞎跑，不要和别人家隔气、打架……放心吧，我去了好好当兵，当好了，熬个一官半职的也说不定。跟日本兵打仗什么的，我也不怕的。反正，上了战场，光怕也不顶用。你们甭结记我，挣不回一头牛、一架水车，我就不回这西龙贵。"

二姥爷当的是国民党兵。他人机灵，长得也排场，又能说会道，不到一年就当了军官，还从山东的一个地方往老家邮过包裹，毛毯呀衣服料子呀什么的。前些年时，家里还存着二姥爷往家邮东西时的一张白洋布的包袱皮儿，上面还写着二姥爷的名字"刘福成"和他所在部队的番号，后来不知道弄丢到哪儿了，怎么也找不着了。邮过这一回东西后，二姥爷就再也没有消息了。又过去了多少年，直到老姥爷去世，家里也一直等不到信儿，再加上时代的政治的原因，打听也无从打听，当时家里甚至还怀疑过二姥爷是不是跟着国民党军队去了台湾。可这么些年过去了，报纸上常报道有台湾老兵回老家探亲的消息，怎么还是没有信儿呢？姥娘和姥姑还在世时一有空儿就提说这件事。按照当时邮东西时所留的地址和时间来推算，估计我二姥爷所在的部队可能参加了当年抗击日军的台儿庄大战，极有可能是牺牲在山东的战场上了，要不这么些年怎么也得给家里联系呀！二姥爷就这样一去不复返，音信皆无，连个照片也不曾留下。

我12岁那年的春天，三姨结婚了，嫁到了南降壁。我家又多了一门新亲戚。过了两年，四姨也结婚了，婆家就是西龙贵自村的。我初三毕业时，三姨父给过我一个红塑料皮的日记本，封面上印着毛主席的题词："工业学大庆"，里边还插有十来张杭州风景照片，彩色的，有"苏堤春晓""平湖秋月""花港观鱼""柳浪闻莺""三潭印月"什么的。那是我得到的第一个高级日记本，高兴得不得了。我考上大学时，三姨父还给了我五块钱，并且帮着买了一块"红莲牌"手表。四姨的婆家在西龙贵的西头。四姨父一开始在山西长治当工人，我高中毕业那年，他们单位在北戴河有个建筑工程项目，我没有考上大学，成天在家里闷着，四姨就让我和二姨家的表哥趁着姨父在北戴河有住的地方，去那里玩儿了一遭。四姨父人很好，非常实在，他专门请了假领着我们去海边玩儿，吃煮螃蟹——那是我平生第一次吃螃蟹，不知道从哪儿下手。四姨父也从没有吃过，我们就悄悄瞅着旁边的人，看人家怎么吃，我们也就怎么吃，扔的倒比吃的多，觉得很不划算。平时，我们就跟着四姨父吃工地食堂的大馒头、粗咸菜条儿和油炸花生米，晚上挤在他们简陋的工棚里睡觉。等我们要离开时，四姨父一人给我们十块钱。在那个时候，一张"大团结"可就算得上是大钱了，当时不大懂事，四姨父给我们，我们没羞没臊地就接住了。过了几年，四姨父从山西调回了县里的水泵厂，五十五岁时托人办了提前退休，回到了村子里。

我跟母亲这边的亲戚走动得很勤，逢年过节、过庙会，还有老人过生日，小孩过满月，娶媳妇、聘闺女，都要聚在一起。记得我还小的时候，母亲每年还领着我去给她干娘拜年。母亲的干娘，我叫干姥娘，就是西龙贵自村的，离我姥娘家不远。我给干姥娘跪下磕头，干姥娘笑得脸上成了一朵花，连忙把我拉起来，给我拍蹭在裤子上的土，一个劲儿往我兜儿里塞炒花生，还死拉活拽非要留下我们在她家吃饭。母亲有个干兄弟，当兵转业到了江苏徐州，一到过年时就带着媳妇和孩子们回来，住过了年儿才走。再后来，干姥娘去世了，这门亲戚慢慢也就淡了。

舅舅比我母亲小7岁，却对我们家结记得最多。就连每年的小猪秧儿，也是舅舅去赶集给买了送来。1973年春天我们家盖房子时，舅舅帮着拉砖、拉沙子、搬石头、扛木头、淋大灰，干在前头，吃在后头，有时晚上也不回家，在院子里用玉米秸搭个窝棚住下看房子，夜里受潮加着凉，落下腰腿疼的毛病，过了好些年才慢慢没事儿了。舅舅是村里的拖拉机手儿，会开"小红牛儿"，会开"55"，会开链轨车，1984年分地到户后，每年秋后种麦子，都是舅舅开着"55"过来，帮着我家把那块村里的拖拉机手都不愿意给耕种的楔子地给耕好耙平。我母亲一辈子那么厉害的急脾气，但跟舅舅从没吵过嘴，连脸也没有红过。1993年初冬时，我母亲突然得了脑血栓，舅舅知道后立马骑着车子跑了来，着急得坐立不安，第二天就从石家庄坐上火车去了北京，让云峰开着车，专门跑了一趟门头沟，去找一位山区的民间老中医买一种特效药，因为当年我二姥娘得病时曾经吃过那种药，据说很有效果。母亲在世时，成天对我们念叨她这个兄弟的这个好、那个好。

俗话说："姑表亲，辈辈儿亲，打断骨头连着筋；姨表亲，当辈儿亲，没了姨就崩了根。"还说："一代亲，二代表，三代不见了。"还说："再好的亲戚一两辈儿。"这话是有些悲观的。但世俗的经验和教训，是经历了多少年才总结出来的，自有其道理与依据。虽说并不全都是这样吧，可因为各种各样的因素，亲戚们之间确有走着走着就走远、走淡、走"散"了的。而且，亲戚之间一旦要是生分起来或者闹拧了、弄掰了，甚至不如陌路之人。再过多少年，当舅舅和姨他们这辈儿人一个一个没了之后，我们这些表姐表哥表弟表妹及其后代们，是不是仍会像小时候那样相互惦念、亲密往来、彼此照应呢？……

四

前边已经讲到过,我父亲这边的亲戚比较少。我奶奶去世得早,那时我才三岁多。爷爷去世的时候,我也只有十二岁。我奶奶的娘家是南边五里以外岗上村的,姓梁,她有一个弟弟、两个妹妹,一个妹妹嫁到了西龙贵,另一个小妹妹是同父异母的,嫁到了南李家庄。奶奶这一头儿的亲戚就只有这三个。

奶奶的大妹妹,我叫老姨,名字叫梁捧儿,家在我姥娘他们村,跟我姥娘家还是当家子,房子院子也紧挨着。我们去姥娘家的时候,顺便也去老姨家。据我父亲讲,我老姨跟我奶奶长得特别像,从脸模儿到身架儿,从个头儿到走手儿,包括说话的声音、干活儿的动作,还有看人的眼神儿,都非常像。老姨还曾是撮合我父亲母亲成亲的媒人。每回老姨一见我来姥娘家,一定会隔着墙头儿喊我,眼神儿里满是暖意、口气里满是慈爱地让我过去,给我从柜子里拿出她藏了好些时候的好吃头儿,一块槽子糕,或是一把江米条儿,也有时是一根油条、一支麻花,有一次,实在没别的,她还给过我一根嫩黄瓜。老姨父胖胖的,大高个儿,圆脸,大光头,不好说话,老是笑模滋儿的。他好像是我上高二的那年去世的,记不太清了。老姨和老姨父只生了一个闺女,我叫梅姑姑的,长大后嫁到了寺家庄镇。梅姑姑、梅姑父带着凤霞、庆丰、庆伟三个孩子,也是每年的正月初二来西龙贵拜年。这仨孩子长得都好看,凤霞和我大妹妹一般大,庆丰比我二妹妹小一岁,庆伟又和我舅舅家的表弟立峰一般大。那一天,我们也总要碰在一起玩耍,或斗嘴。我老姨父去世之后,老姨一个人过了好几年,再上些岁数,我梅姑姑就把她接到了寺家庄。我曾带着孩子,去寺家庄看过我老姨一两次。一直到得病去世,老姨一直住在梅姑姑家,出殡时才被送回西龙贵来,和我老姨父安葬在一起。好些年过去了,老姨家再没住过人,院子荒芜了,门垛子歪了,墙头儿拆了,院子中间的三棵老榆树也已经刨掉,改成了菜地,当家子有人在这儿种着几畦黄瓜茄子豆角西红柿。有一年我还看见有一畦开满了白花儿的草莓。靠北墙根儿栽了一棵桃树，不几年树顶子就高过了院墙；西屋和南屋还是过去的老样子，只是更加陈旧、破败。斜靠在西屋上的木梯已不见踪影，门窗也用红砖垒起堵上了。西屋门外的那扇老风门还在，经历了风吹雨打，变得又旧又破，在门框上歪斜着、耷拉着。有一次，我从那扇老风门上抠下来一块巴掌大的木头透雕，拿回家摆在了我的书橱里，现在还在那里摆着。

奶奶的二妹妹，叫梁花儿，比奶奶小好多岁，比我父亲还小几岁。花儿老姨家在南李家庄，有两个孩子，大的是男孩儿，叫俊杰，比我小两岁，长得黑巴巴儿的，很帅气；小的是女孩儿，叫俊玲，比我大妹妹小一岁，大眼儿大眼儿的，长得特别漂亮。他们都来过我们家，我却一次也没有去过他们家，我也一次没见过老姨父，听父亲说他老早就去世了。

奶奶的弟弟，我们叫老舅的，一直住在岗上。我小的时候，父亲带我去岗上串亲戚，也只是在每年的正月初三，跟着父亲去拜年，在那里待上一天，一年到头差不多就去这么一次。父亲去的次数要多些。据我父亲讲，我这个老舅是过继来的，并不是我奶奶的亲弟弟。我奶奶个子很高，而这个老舅是个小矬个儿，模样、架势也都不像。但这个老舅对我们是很亲热的，条件虽说有限，我老妗子又是个瞎子，但我们去拜年时也是尽力招待，用把把儿锅狠狠地炒上一锅肉，蹾在桌子上，跟我们一起坐在外间屋喝酒，别看我那时还小，也跟着一起上桌。我们喝酒吃饭的时候，老妗子坐在里间屋的炕上，喊着跟我们说话、答话。关于这些场景的回忆，我在第一本书《村上的事》中曾经写到过。亲戚靠走动，越走动就越亲，一年就去一次，难免会有些生分，到我上了初三特别是上了高中以后，我就不愿意再跟着父亲去岗上给老舅拜年了，父亲跟他舅舅是很亲的，为我不去拜年这事儿还曾打过我。后来，老妗子和老舅相继去世，连父亲也很少去岗上了。父亲最后一次去岗上，是他的表弟得病去世的时候。他的表弟是个老实巴交的木匠，死的时候也就五十来岁。我对这个表叔也是有印象的，他叫梁凤义，有一个闺女和一个儿子，闺女大，儿子小。儿子叫梁斌，很顽皮，老爱玩儿小胶车儿车轱辘，双手抓住车轱辘轴的横梁，身子再爬在上面，在院子的二门外，东骨碌来西骨碌去，车轱辘不时撞在墙上或是树上，也不急也不恼，嘿嘿地直乐。我老舅喊他时，就斌子斌子地叫，他听见了有时也不言声，头儿也不抬，自顾自地玩儿自己的把戏。我推推他的胳膊，说："斌子，你爷爷喊你哩，喊你好几声儿了，你咋不言应？你听不见呀？"斌子面无表情地白瞪我一眼："管着了？"这小屁孩儿，真有老主意！我就故意气他，说："不言应不言应，屁股沟儿里夹蔓菁。"斌子就上来跟我闹："夹住了给你吃！夹住了给你吃！哈哈哈！"然后就跑开了……斌子现在也得有四十多了吧，我不去岗上这么多年，再也没有见到过他。

父亲还有一个表妹，叫梁凤梅，是个乡村教师，我见过一两次，退休后住在获鹿城里，跟我妹妹家在同一个小区，父亲每次去获鹿，都要去表妹家串串门儿，在她家里坐一坐，说会儿话。

我爷爷那一辈儿一共弟兄六个，还有两个妹妹，我们叫大老姑、二老姑，都嫁到了石家庄的郊区。我小的时候，我老爷爷还在世，两个老姑常来莲花营，过"五月单五"给送粽子，过八月十五给送月饼，正月里带着一大堆孩子来拜年。父亲跟两个姑姑是很亲近的，断不了去走动，但她们孙男嫡女的一大堆，少说也得有十大几个，想是两个老姑也亲不过来吧。我小的时候跟着父亲去过两个老姑家，也就有限的几次。老爷爷去世后，两个老姑就来得少了，只是侄子侄女们结婚或遇到白事时才过来一回。那个时候我已经上学，好长时间不见，跟她们便有些生疏。她们亲亲热热地拉住我说话，问这问那时，我很拘谨地绞着手，说话也不敢大声，问一句就说一句，不问就不说。大老姑和二老姑就笑着说我："看这孩子，小子家家的，倒扭捏得跟个大闺女似的……"本来我就腼腆，脸又生得黑，叫她们这么一说一笑，脸上就变成酱色的啦！

深深的夜晚

孟子有"夜气"一说，指晚上静思所产生的良知善念。他认为，一个人在入夜时分最容易入道、通神。

我是喜欢夜晚的，因为安静，特别是夜深了的时候。常常家人早都睡下了，我却依然没有困倦的感觉，沉浸在一个人的小天地儿里，看看书，翻翻报，发发呆，任时间悄悄地过去。可是，美国当代著名短篇小说家雷蒙德·卡佛又说："夜里不睡的人白天多多少少总有什么想逃避掩饰的吧。白昼解不开的结，黑夜慢慢耗。"这甚至让我对自己也有些狐疑起来。我夜夜晚睡，时候一长，神情上自然会跟别人不大一样，在别人的眼里，是不是有点儿神经兮兮的古怪呢？

我老早就是这样子了。十五六岁在乡下读初中、高中的时候，不住校，每天跑家，晚上有时很晚还不睡觉，有时父亲走过来看看，一边笑我是个"熬干电"，一边催着我早点儿睡。那些年，因为睡得迟，我确实费了家里不少电。遇着村子里停电的时候，就点上用旧墨水瓶改制的小煤油灯儿看书做题，继续熬夜，也费了家里不少煤油。

记得那时，当夜渐渐深了，看书也累了，我就从我住的那个西梢间儿里走出来，站在院子里的那棵臭椿树下，仰天长望头顶上的夜空。天上有时有又圆又大的月亮，有时只有满天的星星，有时会刮着风，有时能看到夜空中依然洁白的云朵，还有时会阴着天，什么也看不见。要是正下着雨，我就在屋檐下站一会儿，听听落在院子里或树叶子上那些或急或缓、或轻或重的雨声；要是正下着雪，我就走到雪地里多站一会儿，仰着脸看看，低下头看看，让雪花落在脸上、头顶上、双肩上。我喜欢冬天，更喜欢下雪，这个时候的村子里，会更安静些。

村子里总是那么安静。夜渐渐深了，万籁俱寂，白天的各种声音仿佛一下子退回到世间的一个角落里，村庄寂静得如同冬夜里的一抹月光。我从小屋里走出来，站在院子里，望着头顶上的夜空，有时脑子里乱糟糟的，想自己的数学、英语功课，想班上的男同学或某位女同学，想自己白天干过的蠢事、说过的傻话，想自己的追求和理想，想自己并不明朗、确定的未来，想自己什么时候才能像个大人那样，从容淡定地独立于世，有一份令人羡慕的职业，说自己想说的话，对着喜欢的人大大方方地微笑，对不喜欢的人就离开得远一点儿，被惹急了，就面对面地干上一仗，哪怕因此而背个处分……想着想着，有时会很愉快，有时会很惭愧，有时会很懊恼，有时会很忧伤，一会儿意气风发，一会儿垂头丧气，一会儿又满怀惆怅。也有时，脑子里一片空白，啥也不想，只是站着，望着深邃幽渺的夜空发呆，看到横斜在头顶上的那道发白的天河，缓缓地在那里移转，在清凉的夜风中，醒一醒因为发热而有些混沌的头脑。

有几次，我正在院子里站着，忽然有一种感觉，好像黑暗里有一个人在盯着我瞧。事实上，也真有一个人在暗暗地观察着我，那就是父亲。这个时候，我的心里会猛地慌乱、恍惚一下子，觉得浑身不自在。当父亲发现我也看见了他，他就从那边走了过来，却并不走到跟前，隔开一段距离，淡淡地、好似心不在焉地问我一句："没事儿吧？不早了，该睡了！"看得出，父亲对我似乎越来越忧心忡忡了。父亲总有些不放心我。但他并不真正了解我的内心。我们交流得很少。一直以来，我都是有些怕他的。一个乡下寂寞少年的心里，必定会有成长的欣喜和烦恼，也必定会有遭遇挫折的慌张与无措，有许多还不明白的事，需要独自去面对，独立去思索，独自去寻求自己满意或不满意的答案，而父母并不一定真正晓得孩子的心。窘迫的我，有很多时候，连个不满意的答案也找不到。直到多少年以后，经历了生活的种种，渐渐长大，现实才慢慢地一点一点地告诉我那些问题真实而朴素的答案。

有时，站在院子里，我会听见从东边的平原深处传来火车"咣当、咣当"行进着的声音，还听见火车的汽笛声："呜——"那悠长而又苍凉的鸣叫，穿透厚厚的黑夜，来到我们这个村庄时，已经有些飘渺，变得不那么真切和实在了。火车的声音总是引发我过多的联想，关于城市，关于远方，关于长大，关于未来，关于人生的路……在这样漆黑、幽深的夜里，谁能安抚沉默少年一颗不成熟而又不肯安稳的心？

夜渐渐深了，小村沉入了寂寥。远远近近的，只有我房间里的灯，像一颗孤单的星，亮到很晚。是的，总是很晚。

多少年后，当我读作家汪曾祺的书，在一篇《午门忆旧》里看到这样一段文字："到了晚上，天安门、端门、左右掖门都关死了，我就到屋里看书……四外无声，异常安静。我有时走出房门，站在午门前的石头坪场上，仰看满天星斗，觉得全世界都是凉的，就我这里一点是热的。"读着这几行平缓、散淡、苍凉而又略带苦涩的文字，心里一下子受到触动，不由得鼻子发酸，两眼发胀。回想起当年我在乡下，夜深人静时，一个人孤独地站在院子里，头顶一片星光，心事重重，不也是这样的一种感怀么？

多少年过去了，那样的情景，我依然记得，如在眼前；那样的心情，我记忆犹新，清晰如昨。

遥 远 往 事

一

初中的第三年，我是在离我们村四里之外的南李家庄学校上的。

从小学一年级一直到初二，我都是在自村的学校读书。1980年，全乡搞村校合并调整，把我们村学校的初中部撤掉，合并到南李家庄学校。暑假过去，新学期开始了，我们升入初三，同时也集体转到了南李家庄学校，直到1981年过麦收之前毕业，差不多一年的时间。

9月2日那天早上，我们背着书包，在莲花营学校的操场上站好队，女生在前，男生在后，然后就向着南李家庄出发了。和我们一同出发的，还有教我们初二课程的几位老师，有语文老师樊录民，数学老师邓凤岐，物理老师校凤祥。他们跟在学生队伍的后边，推着自行车，和我们一样地下走着（"地下走"，方言，步行的意思），一边维持着我们行走的速度与秩序。

南李家庄在我们村的南边，南李家庄学校又在南李家庄村的最南边。半块多钟头以后，我们的队列走进了南李家庄学校的大门，站在了校园里的那条红砖墁成的南北甬道上，一边擦着脑门子和后脖子上的汗，一边傻乎乎地四处张望，一边交头接耳地小声议论着。东边第一排教室的玻璃窗上很快就趴满了高高低低的脑袋，有男的，也有女的，都在瞅着我们乐，有的冲着我们指指点点，还有几个对着我们挤眉弄眼，或者用手扯着鼻孔和嘴巴做鬼脸儿，逗得我们也跟着笑了起来。他们将是我们在这个学校的新同学。

过了会儿，来了一位我们不认识的男老师给我们喊队、讲话，然后按照男生左、女生右，把我们一分为二，站成两列，再像分羊圈似的，引导着我们一递一个、一男一女地分别进入两个教室。我被分到了东头那间教室，也就是初三（2）班。我们一个跟着一个，依次走进教室里去，在一屋子陌生、好奇的眼睛的注视下，在分配好的课桌旁坐下来。我个子大，分在了倒数第二排。坐下来时我看了一下我的同桌，是个挺瘦的女生，她也正在稍稍歪着头儿，悄悄观察我，脸上带着微笑。我冲着她不自然地笑了笑。放学的时候，我又特意扫了一眼她作业本的封皮，知道了她的名字。我在南李家庄学校的学习生活，就这样开始了。

学校是座四方四正的大院子，坐北朝南，东西两边各有三排教室。一看这学校就知道是新建成的，所有的建筑，包括教室、围墙、校门口、影壁墙和水塔，都是一色的红砖垒起来的。教室门前，各教室之间以及校园内的甬道，也都是红砖墁的。整座校园在晴朗的日子里，在阳光的照耀下，红彤彤的一片。教室外、甬道旁、墙根儿下，是一排排头一年新栽的杨树，一片片小孩巴掌似的叶子，在校园的映衬下，显得特别绿，绿得都发黑了。

学校的大门朝南开。说是大门，其实是个豁拉口儿，只有东西两个红砖垛子，没有安门扇，也没有挂牌子。一出校门就是庄稼地，我们去时，正长着又高又密的玉米。冲着大门的玉米地，在一片土台子上，比校门口儿的土路要高出一膝盖。玉米收割过后，再登到这个土台子上，视野就很开阔了。往西边看去，能看到远处的太行山蓝悠悠的山影，它们高高低低地列成长阵，最高峻的一处，要数西南方向的封龙山（村里的人们都叫"南山"），山尖上还立着两三个银白色的铁橛橛儿。听村里的大人们说，那是河北电视台的信号发射塔，是老高老高的铁架子，别看从远处望着挺矬的，等实际到了跟前，呵，那家伙，高着哩！

操场在学校围墙的西边，用黄土垫平，一南一北竖着两个篮球桩子，铁架子的。偶尔的，我们会在那里上一堂体育课，绕着操场跑跑步，围着篮球桩子抢抢球，多数时候是"自由活动"。一说"自由活动"，好多学生特别是女生，就都回教室看书学习去了。我一般不回教室，我好去旁边的大土坑里玩儿。操场的西北角，是一个老大的深坑，深坑的西沿儿不远处，有一座废弃了的老砖窑，是个上头尖、下头圆的大土疙瘩，周围长满深深的乱草和一些高高低低的灌木丛。听说这个大深坑是当年挖土烧窑挖出来的。建学校、垫操场的时候，也去坑里挖过一些土。坑的底部有条曲折蜿蜒的小土路儿，上坡儿下坡儿、左一拐右一拐的，我们上学或放学，有时也从这里抄近道儿走。

学校的北墙后边，就是村里人家的房子、院子、树木和柴火垛了。

因为紧挨着村外，刮东南风的时候，我们的教室里也时常灌满青草和庄稼的气息，能听到从地里传来干活儿的牲口和拖拉机的响动。有时，会有淡淡的农药味从敞开的窗户飘进来，那一定是村民们正在给地里的麦子或玉米、棉花喷洒农药哩！

二

不到一个礼拜，我们就熟悉南李家庄学校了。

这所学校是纯初中，从初一到初三，每个年级两个班，学生主要来自我们这个乡最南部的南李家庄、莲花营、耿家庄和南张庄四个村子。我们刚转过来的那年，还有两个从西龙贵村来的女生，一个插在初三（1）班，一个插在我们初三（2）班。不知道她们俩是从哪个学校转来的，我没跟她们说过话。每天上下学，她们一定是结伴来、结伴走的。还听说，在（1）班的那个矮个儿女生姓阴——哎，居然还有姓阴的？这个姓好稀罕，我还是头一次听到。在我们班的这个女生姓什么我忘记了，模模糊糊记得好像是姓杨。印象中，她稍有点儿黑，个子长得细长瘦削，不过模样儿还算好看，细眉弯眼儿的，还梳着一对长辫子，衣服总是很干净，人也很安静。她好像是有些冷傲的，除了我们班上一个长得很白的姓李的男生以外，对其他男生们，她都不怎么给好眉眼儿，懒得搭理，反正上了一年学，我跟她连一句话也没说过。

学校里没有食堂，也不管住宿。我们每天走读，中午回家吃晌午饭，然后就赶紧往学校返，一个来回就是八里地，一天跑两趟，来来回回就是十六七里地。冬天天短，天刚亮就得走；后晌下了学，紧着往回走天就黑了；赶上下雨下雪刮风也没法儿，我们能待的地方只有教室，到了晌午和傍晚，该回家就得回家。下雪刮风还好说，最怕的是下雨，弄不好就淋湿衣裳和书包，只好顶着一块塑料布在雨地里跑。我们上学大都是地下颠儿，三三两两地做伴儿一块儿走，只有少数几个家里条件好的，像计群、玉增，还有几个好"闹样儿"（注重打扮，有爱慕虚荣的意思）的女生，每天能骑着自行车上学。他们骑着车子擦着我们的身旁或是从我们中间"嗖"地驰过，是多么让人羡慕和嫉妒啊！每当这时，我们常常在后边吼喊着起哄，或者趁机搞个恶作剧，悄悄跑两步儿撵上去，用手拽住车子的后尾架儿，让他们从车子上手忙脚乱地蹦下来，出一出洋相。那时我和计群很要好，他碰见了我就喊我上来，用自行车驮我一段儿。我也就是在那一年用计群的自行车学会骑车子的。记得有一回我骑车时摔倒了，把一只脚蹬子给碰歪了，计群捡来一块半截砖头，"哐、哐"地狠砸了几下子，又很老练似的转着脚蹬子检查了检查，说："差不离了，上去试试。不行的话，再砸它几家伙！"——多亏是辆旧车子，要不，如何这么舍得拿破砖头来"伺候"？

南李家庄学校虽比我们村的学校要大一些，但教课的也大多是民办老师。樊录民和邓凤岐转到南李家庄学校后继续教初二，校凤祥则接着教我们初三物理。校凤祥是一名国办教师，数他离家最远。学校里没有教师宿舍，只有一间厨房，里边盘着个煤火炉子，主要功能是烧开水，上面老蹲着个铁壶，吱儿吱儿地响着。天道儿好的时候，校老师也是每天跑家、跑饭，遇上刮大风或下雨、下雪，中午饭就和几个也回不了家的老师在那间厨房里凑合着吃一顿。校老师和他妻子都是我父亲当年在乡里念初中时的同学。因为有这层关系，校老师平时很关注我的在校表现和学习成绩，断不了叫住我嘱咐上几句，有一次他说："前几天我在道儿上碰着你爹了，你爹叫我好好管着你。你要想成点儿事，可不能学他们那样儿！"我知道，"他们"指的就是班里那些不好好学习的男生们。

每天上下学我们都要穿过整个南李家庄。我常走村西边的那条南北大街，街上的一户户人家的门楼、院墙甚至是猪圈沿儿、门口儿的大树、麦秸垛，还有谁家的大人、孩子，差不多都熟悉了，到现在我还能清清楚楚地描绘出当年那条街的样子。

学校里还有一样儿给我印象很深，那就是校园西南角上的那座水塔。那座水塔也是用红砖垒的，有二层楼那么高。除了水塔底下有一排五六个水龙头外，各个教室门前也都有一个水龙头。水塔东边的空地，有四五分那么大吧，开成了菜园子，分成长条的菜畦里种着白菜、萝卜、蔓菁、根大、韭菜、柿子椒，还有一个芸豆架。浇菜时就打开两个水龙头，水顺着很窄的垄沟流进菜畦里去，我们坐在教室里有时也能听得见水龙头"哗——哗——"地往外滋水的声音。我们口渴了，就拧开水龙头，先洗洗手，再用俩手捧着水喝。天冷了也是，只要不冻住，都是这样喝水。奇怪的是，咕咚、咕咚地灌了一通凉水，我们却很少闹肚子疼。在村子里，我们一直都是摇着辘轳用水桶从井里打水，使用水塔和水龙头，觉得特别省事，很别致，很新鲜。

三

我们在南李家庄学校读书期间，发生过许多事，特别是到后半学期的时候。

那时，我们正当十五六岁的青涩年龄，青春逐步觉醒、蓬勃，思想开始激荡、逆反，每个人都自以为已经长大，都极力地凸显和张扬自己的所谓"个性"，张狂得仿佛不知道自己能吃几碗干饭。

班上的学生也明显分化出两个阵营来。一个是学习好的，遵守纪律、认真学习、积极向上，约束着自己，安安生生的。再一个就是那些学习不好的。他们有着多种多样的表现：有的并非不愿意好好学习，课上课下也都不调皮捣蛋惹乱子，偏偏成绩跟不上群儿，慢慢地，他们觉得自己考高中无望，干脆就泄了气，放弃了努力，混起日子来，混一天，少两晌，成天"皮不疼儿"的，无所事事；有的原本挺聪明，却跟个兔子似的，一会儿也卧不住，一瞅着老师不在，就上蹿下跳地搞怪、捣乱，忽而兴奋、忽而沮丧、忽而尴尬，一句话说不对就跟人怼上了，直眉瞪眼地翻脸，有时还故意要笑那些爱学习或学习好的同学；有的在课堂上倒是老老实实的，放了学之后可就欢了，成群搭伙地瞎跑着玩儿，把学习和作业扔到"爪哇国"去了；还有个别男生，更是与众不同得有些出格儿，用老师的话说，就是"羊圈里跑出来个驴"。他们背转老师和家长偷着抽烟、喝酒，并且开始留大鬓角、长头发和小胡子儿，穿着紧箍着大腿和屁股的"紧腿儿裤"（就是"筒裤"），一出校门就掏出"蛤蟆镜"戴上，眼神怪异、流里流气地冲着女生打呼哨儿，或者是唧唧歪歪地唱些"靡靡之音"："送你送到小村外，有句话儿要交代：虽然已经是百花开，路边的野花儿，你不要采！"或者唱："我要美酒加咖啡，一杯接一杯！"或者唱："你说你过两天来看我，一走就是一年多！"（那时，歌星邓丽君的歌曲刚从外面传进来并在小青年儿当中悄悄流行）他们有的还在自行车的前把上特意装上一只"大转铃"，在街上一路风驰电掣，一路"哗啷啷啷——"直惊得鸡飞狗跳，吓得路人也赶紧往两边躲闪，一边躲闪一边嚷骂："什么玩意儿！幺不幺、六不六的！"……更有甚者，有的男生发展到打群架的地步。这个村的某某看不惯那个村的谁谁；那个村的谁谁又看这个村的某某不顺眼。看来看去，双方剑拔弩张，就快打架了。——正在这个年纪上，情感、情绪有时需要找个切口释放一下，找不到正确的、合理的，干脆就打架。当然，这种架更多的时候并不能打得起来。就有一回，是真打起来了，而且惊心动魄——南李家庄的一个男生用一把小刀子把南张庄的一个男生给捅伤了！这次事件轰动了全校，轰动了两个村子，甚至惊动到了公社。尽管马上就要毕业了，学校还是对此事进行了严肃处理，开除了那个捅刀子的男生。

女生里头也冒出来一两个不省油的灯儿。有的女生变得越来越喜欢穿戴打扮，有的居然"疯"得说起粗话、脏话，跟男生一样骂人："你个舅子儿的！"即便有男生跟在她屁股后边发出怪声嘘她，她的脸上也不青不红、不羞不臊的。

遇到这一帮子烧不熟、煮不烂、馏不软的"奇形怪状"的学生，谁教也得着急得脑门儿上长疙瘩。学校里差不多每天都会有"怪现状"出现，老师们苦口婆心，今天这么讲、明天那么嚷，被气急了时，"啪、啪"摔着黑板擦儿发脾气，警告我们已经到了"危险的边缘"，并且惊呼，再这么下去，就"快要没救儿了"！老师在上边吹胡子瞪眼，底下竟有个别人翻着白眼儿、捂着嘴角儿吃吃吃地笑。个别男生就是管不住自己，今儿个摁住了葫芦，明天又滚了瓢。老师训他吧，说了皮儿说不了瓤儿；家长打他呢，梗着个脖子，扬着下巴颏儿，一转脸儿，反而做出洋洋得意的神情。有一次，在课堂上，教我们数学的李老师背转身在黑板上画几何图形，一个男生把手窝成手枪的样子，挤着一只眼，朝着黑板比画着开枪，嘴巴里还小声地配着音："biu、biu、biu！"这时，正好李老师扭过头儿来，便黑着脸冲那男生训道："你身上哪股筋又痒痒了？"那个男生一缩脖子，身子也跟着往课桌下面缩，躲着李老师箭一样射过来的目光。李老师声调不高却十分威严地嚷道："吃的不赖，穿的不赖，装着一肚子青泥菜！"——青泥菜是种野菜，常见于田埂、地头、沟旁，可以凉血止血、消炎消肿，也可以凉拌热炒食用，通常只是用来喂猪，因为叶子边缘长着细细的尖刺儿，有些扎手，被人讨厌，视为贱草。还有一回，李老师教训一个"毛眼不理顺"，走起路来老是摇摇晃晃的大个子男生："上学不识字儿，干活儿没有劲儿，光和家里生闲气儿，你说你算个什么玩意儿？！"直把那男生臊得红头涨脸儿的。可过后没几天，那个大个子男生依旧还是那么一副"毛眼不理顺"的样子。

四

初三这一年对于我来说，也并非那么平静无波。

我在学习上还是挺用功的，但也有一段时间，我起过一些坏毛病：偏激过，执拗过，消沉过，莫名其妙地虚荣过，也曾患得患失、焦躁不安，做过错事、鲁莽事，也曾胆怯、愚蠢和惊慌失措，有过一些轻举妄动的小小荒唐。但我胆子小，性格内向，又当着班干部，老师一嚷就脸红出汗，不敢过于瞎胡闹，倒是没干过出格儿的事，从不跟人打架，也不跟老师犟嘴，顶多就是在班上出些洋相、闹点儿笑话而已。

有一件事，我记得很清楚。那是在第二学期举行期中考试的时候，我中间跑了趟厕所。厕所在校门外，挺远。回来时，教我们语文课、又当着班主任的梁老师在教室门口儿忽然把我叫住，从我裤兜儿里拽出一个本子来！——我承认，我原先是有趁着上厕所翻一翻这个本子的企图的。但当我一走出教室时，就又改变了主意，理智最终战胜了私心杂念，我真的管住了自己，没往外掏这个本子。我发誓我真的没有偷看它！但是，梁老师不信！我畏缩地站在梁老师的面前，脸红着，解释着，越解释越脸红，越脸红越显得心里虚，说出来的话也支支拧拧的，没有说服力，简直是越描越黑！梁老师很生气，劈头盖脸地"敲棒儿"起我来。最后，他很是失望地说道："没想到哇，连你也这么不老实！"听到梁老师这么一说，我简直要哭出来了！——我到这里念书以来，梁老师一直都是很器重我的。我的作文写得不错，有过好几回，他在课堂上讲评作文，点名让我站起来念作文。我捧着作文本子，满脸通红、结结巴巴地念着，梁老师站在讲台上，微笑地看着我……这么多年过去了，我还回想得起当年的梁老师看着我时，那失望而又严厉的眼神。

在南李家庄学校的一年间，我的学习成绩有过忽高忽低的时候，但到底没有掉了队，更没有走到歪道儿上去。快要麦收了，一天上午，我们排着队，来到学校南边麦地的一条水渠旁，和校长以及我们的任课老师们，一起照了毕业合影。之后不久，我们举行了毕业考试，很快就从学校离开了。似乎还没准备好，我们的少年时代忽然就宣告了结束。我是带着一股莫名其妙的伤感和淡淡的惆怅离开南李家庄学校的。

进入暑假时间不长，我接到了高中录取通知书。我考上了一所普通的乡村高中。和我们一起转到南李家庄学校的樊录民老师有一天晌午告诉我说，我的成绩要是再多上三分，就够得着上县中了！可惜了……

打那以后，我就再也没有去过南李家庄学校。和几个教过我们的老师，包括梁老师，也再没有见过面。后来，我的两个妹妹和几个堂弟也是在那里上的初中。有一回，一个堂弟跟我讲，南李家庄学校有两个老师曾在课堂上好几次提念到我，还在课下向他打问我的"进步情况"。在他们眼中，我是一名让老师待见的好学生。这令我感到害羞和惭愧。我连县中都没考上，只考了个二等高中，也能算是好学生？

1990年暑假，乡里又搞学校调整，全乡各村的初中学生全部集中到新建的乡中就读，南李家庄学校的初中也撤销了，教我们数学的李福合老师，还有英语老师李桂贞、化学老师李桂兰、物理老师校凤祥也都调到了乡中。南李家庄学校的校园空置了好几年，之后就拆掉，改成了村里的宅基地，就连校园西边的大土坑和老砖窑，陆陆续续也都填平的填平、拱掉的拱掉，盖上了一排排的新房子。再后来，南李家庄又在村北新建了小学，招收本村和南张庄的小学生。有时，我骑着车子从小学西边的公路上路过，远远地能望见校园里升得高高的国旗，一片鲜红飘扬在绿树梢儿上，很显眼的。

还有一件事。在南李家庄上学期间，我遇到了一位喜欢上我的女孩子。她和我同班，还作过一段不长时间的同桌。她的学习很好。有一回，记得是在下午的最后一堂自习课上，我正低着头儿学习，她悄悄地推过来一本打开着的辞典，然后用笔尖轻轻地指点着给我看上面的一条成语——"一见钟情"。那时我不过十五六岁，傻乎乎儿的，对她表示好感的暗示反应迟钝，象一只呆鸟儿似的懵懵懂懂。我扭头儿看了她一眼，看到的是她目视前方、若无其事的神情和红扑扑的有些局促、羞涩的脸。我马上就醒过味儿来了，知晓了她的意思。可是，因为头次遇上这档子事，又觉得有些踌躇不安、心烦意乱，一时间红头涨脸、手足无措，便赶紧假装镇静，低下头去看书，书上的字和句子，却再也看不进去。这之后，她经常在上自习课时找我"对作业""讨论问题"，我们说话的时候便也多了起来。不久，开始有别的同学交头接耳、挤眉弄眼儿地传闲话，弄得我既生气又害臊，常常进退维谷、无所适从，有时就故意远离和冷淡她。我们从初中毕业以后，我上了高中，她考上了邻县的一所师范学校，就分开了。她曾给我写信，信的内容主要是谈学习、谈学校发生的趣事、谈最近读过的书，有时也给我抄一些范文，每封信的写作日期后边，总要加上"写于校图书馆阅览室"。我也给她写信或回信，但觉得那不像是在写"情书"，因为每句话都直直白白的，没有明显的亲切、亲近，甚至故意绕开那些话题，避而不谈。学校放假的时候，她来过我家两次，有一次带给我一本书，是她从书店专门给我买的，说是我爱好文学，特别适合我阅读。我一看，竟是一本关于写作理论的大中专学校教材。后来，我也去过一次她家。那是个夏天的后晌，她写信邀我去的。那天，她的父母和姐姐都在，还有我们班的一个跟她要好的女同学。我坐在屋子里，吃了她母亲给我煮的满满的一碗"挂面卧荷包儿蛋"，撒了葱丝，调了酱油醋，上面还飘着一汪亮晶晶的香油，非常好吃……我母亲对这位女孩子的印象是很好的，好多年过去了，有时还会提念到她。母亲给我讲，有一次，她和几个婶子走在村东的公路上，正好碰见那女孩子骑车子经过，车子骑过去了又赶紧跳下来，推着车子返回来，跟她打招呼，问长问短的，说了好一阵子话，还告诉我母亲，说她已经参加工作，当了名小学老师。母亲说，那闺女说话大大方方的，心眼儿不赖，为人实诚，是个好姑娘……不过，时移世易，风流云散，我们到底还是错了。现在想起来，我是辜负了人家的心意的。自始至终，我们没有单独在一块儿待过，相互连手儿也没有碰过、拉过。我想，在那个时候，她一定对我非常失望，甚至怨恨过吧。

到我写这篇文章时，时光已经过去了三十五六年。之所以我到现在还能记得起那一年在南李家庄学校时的一些事情，除了少年时期的记忆新鲜、强烈、印象深刻之外，主要就是因为那座高高的红砖水塔和那个爱穿方格儿褂子、梳着两支齐肩短辫子的女孩子吧。

写于2016年夏天

初涉人生

——我的一段艰难经历与遇见

引　子

有一首古老的英文歌曲："生活是一列直达快车，驶过无数公里……"我想，我们都是这趟快车上的旅客，掠过窗外的风景，也掠过无边的时光，有时欣喜着什么，有时忧伤着什么，有的深刻地记在了心里，也有的过不多久便随风而逝。

从1983年夏到1985年夏，我在生活的列车上度过了两年艰难而难忘的日子。如果人生的道路是一条发光的线段，那么，这两年的线段肯定明显地发了一下暗。在这两年间，我的生活遭遇到较大挫折，继而又发生重大转折；在这两年里，我亲身体味到了人生的不易，切实感触到了世态的炎凉，亲口品尝到了生活酿造出来的酸甜苦辣，也深刻地理解了挫折、勇气、自信、坚持、奋斗、超越在一个人成长历程中的意义。

生在农村，打从记事起，我就渐渐认识到乡间的愁苦，见识到一个个底层农民在生活中必然面临的酸涩、挣扎与无奈。是的，陷在那样的生活里，肯定不是每个人都甘心而自在的，特别是那些有目标、有梦想的年轻人。他们憋足了劲儿，寻找着机会，四处冲撞着，想要跳出来，去过另外的一种人生。可是，在那个年代，乡下的年轻人要想改变自身和家庭的命运，差不多只有三条途径可走：招工、当兵和上大学（从1970年开始到1977年恢复高考，我国曾持续七年招收工农兵大学生，实行推荐上大学）。而这三条途径却又都不是那么轻松好走的，除了自身具备一定的条件以外，还需要机缘，需要运气。而机缘与运气的具备，有时又需要背景、门路等等有利的客观外部条件……在那样的年头儿，如此幸运的人，真是少之又少。

我渐渐地长大，成为一个小农民。不上学的时候，就跟着母亲下地干活儿，母亲所吃过的苦、受过的累，我也都跟着尝到了。慢慢地，我像村里的其他年轻人一样，也有了想要冲出去的渴望。可是，年龄不到，招工一时轮不着，轮着了估计也没戏，因为僧多粥少，总有那么多人盯着；我们家只我哥儿一个，一般情况下，村子里也不会动员我去当兵，父母肯定也舍不得；留给我的，只有上学这条道儿，通过读书来改变命运。

乡下的孩子，上学读书就是为将来的生活找出路，能考上大学就行，随便是个大学就行。然而，谈何容易？考大学好比是千军万马挤独木桥，何其难哉！

我考大学的经历可谓一波三折。那时的高考实行预选制度。高中生毕业之后，并不能直接参加高考选拔，而要先过一道筛子，进行一次模拟高考的预选考试，只有预选成绩过了线，才能走进高考的考场。学校正是通过预选这道关，把那些考大学没戏的，像淘米时"沙碜"一样先"沙"出来。不幸的是，我就是被"沙"出来的那一批倒霉蛋之一，连靠近高考考场门边的资格也没有。这样的刺激，对于当时年少的我来说，无异于撞上了南墙一般的绝望！前途渺渺，后顾茫茫，下一步往哪里走？我的生活就这样被早早地"定型"了么？不行，我得再试试！征得父母同意，我厚着脸皮走进补习班的课堂，经过两年载沉载浮的补习，到1985年夏天，终于考上了河北师大中文系，我的人生道路也就此发生重大的改变。

时光过去了三十多年，当时的一情一景至今记忆犹新。让我们沿着记忆的小道，一起走回那一段青涩、难忘的岁月——

第一次预选被刷

我是1981年秋天上的高中。那是一所普通的乡村高中。学校离家五里地，三分之二是土路。我每天骑着车子来回跑，中午不回来，从家里带饭。1983年初夏我从这所高中毕业的时候，还不满17周岁，个子却已经蹿到了一米八一。

可我是怎样的一个高中毕业生呀！说起来丢人现眼。毕业是毕业了，可我竟不能参加高考。因为，我被高考预选刷下来了，这就意味着，我没有获得高考资格。那些通过了预选的同学，满怀信心地继续留在学校，在老师的带领下，铆足了劲儿复习功课，备战7月举行的高考，准备接受"祖国的挑选"。像我这样的，没别的地方可去，只有回家。

我一下子尴尬得不知所措：我的高中时代难道就这样匆匆宣告结束，并以这样的仪式、结局收场？回到家里怎么跟父母交代？我一时反应不过来，脑子里木木的，一会儿塞得满满的，胀得头痛；一会儿又像被什么抽得空空的，一片苍白岑寂；一会儿"嗖、嗖"地飞转，各样的念头儿乱闪；一会儿又跟绳子绞缠在一起似的，乱成了一团麻，怎么也理不出个头绪来……

其实，落到今天这一地步，我事先并非没有一点预料，但我没想到竟会是这样惨淡。

想当年，我读小学、初中的时候，成绩一直都还不错，而且连续多年被评为"三好学生"，家里的墙上每年都贴着用毛笔字写了我名字的亮闪闪的奖状。就连我平生头一次使用的"英雄"钢笔，也是上初二那年因为成绩优秀，吴连成校长在全校师生大会上亲自发给我的奖品。可是，自从上了高中后，情况就变了，既数不着我，也轮不上我了。那时，学校里有句口头禅："学好数理化，走遍天下都不怕。"偏是我，没有那根筋，一说数理化就头大。我打小喜欢语文，不喜欢数学，原先数学还能凑合着跟上趟儿，到了高中，特别是高二，偏科得愈发厉害。教我们高二数学的是一位中年男老师，一上课就是做难题、讲难题，一堂课上下来，晕头涨脑，迷迷瞪瞪；考试时也是出难题，全班大都得分很低，只有一两个在那儿暗暗得意、沾沾自喜。我不适应、不喜欢他这套讲课方法，越不喜欢就越钻不进去，见了他就发怵。我的英语也差。我们是在初三下半学期才开始接触英语的，隔二蹦三地学了三四个月，就仓促地参加了中考，根本就没找到感觉，也就是个能念"来是come去是go，谢谢你是thank you"，将"去上学"的"Go to school"念作"狗兔撕裤儿"的水平，基础之薄弱，不难想见。再加上没有下硬功夫及时进行补救，学习不仅没有赶上来，反而陷入恶性循环，我的成绩烂得收拾不起来。

那时，高中学制是两年，高一下半学期就分文理科。考虑到我的数学、化学成绩不行，尽管男生报文科班会被很多人瞧不起，高考录取率也远比理科要低，最后我还是选择了上文科。我们村在这所乡村高中读书的，连我一共八个，比我们早的建立、春玲、志新上的是理科，和我一块儿来的庆楷、玉增、庆利上的也是理科，瑞华一开始和我做伴儿选了文科，但在我们班上坐了不到一个月，他又后悔了，找到老师求情，转回了理科班。前前后后，上文科班的只我一个。

我是因为偏科才上的文科班。偏科的学生，尽管某一门或两门功课学得好，但在高考的时候通常都没有好下场，因为高考要的是总分数，不管是语文的、数学的还是英语的、历史的，分数都一样值重。我的语文考得再好，其他课程不行，考试成绩照样会被狠狠地拉低。

高中的头一年，在稀里马虎中度过去了。最让我头疼的是数学和英语，几乎看不到指望，不仅没什么起色，反而每况愈下，学习兴趣也随之越来越低。因为严重偏科，我在同学中间也显得越来越偏激、古怪和固执起来，时间久了，连老师们也不怎么待见我了。我自己其实是知道着急的，但把握不住自己，在偏科的泥坑里越陷越深，越滑越远。时间一天天地过去，我在失望和焦虑的漩涡里挣扎着，度日如年。

20世纪80年代，正是文学热潮在全国各地风起云涌的时候。因为喜欢语文，我喜欢上了看闲书，然后又照猫画虎学着写作，给报刊投稿，成为一名沉溺于文学，以文学为荣的"文学青年"。到高中毕业前，我已在《安徽青年报》《获鹿文艺》上发表了两三篇小文章，成了县文化馆有意培养的重点业余作者，时不时地参加文化馆召开的有关创作会议，文化馆的韩庆志老师经常给我寄来一些杂志、稿纸和辅导材料。有一次，他还在文化馆的食堂管了我一顿午饭，并郑重其事地让我填写了一张石家庄地区文联的"重点作者登记表"……我的心思一下子扑在这一头儿上了，开始做起了文学梦，幻想着能在某一天，通过勤奋写作为自己敲开另一扇幸运之门，像《人生》中的高加林一样，用手中的笔作锄头，耕耘、开启一段与别人不大一样的人生。但是，我却为此付出了代价。我在报纸上发表的那点儿小东西算是什么呢？到了考大学的时候，它们什么也不是！什么也不算！什么用也不顶！看到别人这个考上了这个大学，那个考上了那个大专，我的希望变成了失望，幻想变成了幻影，所有的努力最终变成了自以为是却不堪一击的瞎折腾，我从美梦中痛苦地醒了来……

带着深深的沮丧，像一只斗败了的公鸡，耷拉着羽翅，窝着个脑袋，我晕头转向、蔫不出溜地回到了村子里。

第一次补习

预选的失败，除了因为我偏科以外，其实还有另外一个原因，那就是早恋。说"早恋"是有些言过其实的，因为压根儿就没到那个份儿上，更确切一点说，应该是"暗恋"，是剃头的挑子——一头儿热。事情的经过是这样的：

进入高二时期，我鬼使神差地喜欢上了班里的一个女生。那个女生是邻村的，身材高挑儿，衣着朴素，跟人说话时，一双眼睛，秋波浅浅，清清亮亮，很讨人喜欢。性情也好，很安静，脸上的笑总是纯净而又淡淡的，带着乡村女孩子的朴实和羞怯。她像是春天里的一缕清风，又像夏夜里的一抹月光，吸引住了我的注意力。每当她出现在班里，我立马觉得，我们整个教室都变得明亮起来了！就像发着高烧似的，不可抑制地，我暗恋上了她。作家沈从文曾经在一本书里描写过他爱上一个人的感受："想到所爱的一个人的时候，血就流走得快了许多，全身就发热作寒，听到旁人提到这人的名字，就似乎又十分害怕，又十分快乐。"这和我的感受是一模一样啊！一见到那位女生的身影，哪怕离得还很远，我就像刚喝了酒似的，浑身的血液噌噌地往头上涌。我的内心里充满了动荡和迷茫，一会儿迷迷瞪瞪得忘乎所以，一会儿又晕晕乎乎得失魂落魄，就快跟一个半傻子差不多了。盲目的热情与自不量力，使得我心猿意马、神情恍惚，也愈加自惭形秽。一个人待着的时候，脑海里总是浮现着她可爱的影子。有时我也强制着自己，竭力不去想，竟是难以做到。唉，喜欢一个人喜欢到不知道该怎么办才好，也真的是件麻烦事。这是不是就是人们所说的"相思病"呢？我曾经听别的同学私下里带着鄙夷的口气说过：不管男的还是女的，得了这种病，是件很不光彩、很丢人的事情。一联想到这个，我的心情就蒙上了一层阴影。我的情绪得不到安顿，又不好意思开口向人诉说，心中的感情一点点地累积着，却得不到疏解。我的世界里充满了孤独、烦恼、苦闷、慌乱和失落——这要不是"相思病"，又会是什么病？

　　想来，这件事从一开始就是不合时宜而又荒唐可笑的：学习不踏实，成绩上不去，心境一团糟，却偷偷喜欢人家肯用功、成绩好、模样儿俊的女生。更要命的是，这头儿热烈地巴望着，人家却压根儿并不晓得——在班里，我不记得这个女生跟我说过一句哪怕是平常的、平淡的话，也不记得她曾经冲着我笑过，或者认真地看我一眼。直到即将毕业，马上就要进行预选的时候，我才厚着脸皮，像个坏小子一样（其实，内心里是很胆怯的），在她放学必经的路上，仿佛随意其实是故意地"遇上"她，满脸通红、结结巴巴地跟她说了两回话，说的什么，因为当时的紧张，现在早不记得了……不久，我们就毕业了，因为预选失败，我灰溜溜地回了老家。

　　预选落榜之后的那段日子里，真是灰暗而又沉闷。我平时就笨嘴拙舌，不好说话，高考预选这头一道关就没过去，以这副样子回到村子里，更觉得羞于见人。那几天，我最怕的就是碰见村里的人。要是人家问起我考大学的事，我拿什么来回答呢？那样一种眼光的逼迫与嘲讽，那样一种关心的围困和沦陷，想想就让人受不了。我不敢出门，闷头儿躲在家里，整日地胡思乱想，想到理想幻灭，想到前程渺茫，又忽地想到那个无望的"暗恋"，不知道该干点儿什么，干什么也没情绪，一会儿感到黏稠、灼热的苦汁浸泡着心，一会儿又感到周身冷风飕飕。

　　家里的人除了同情以外，更多的是跟着我灰心丧气。作为农村的孩子，要想不再像祖一辈、父一辈那样在地里扯着牛尾巴"修理地球"，其惟读书乎？一直以来，父母无疑是对我抱以巨大希望的。现在，我被预选打回了原形，我的不争气严重粉碎了他们心中的梦。但是，在那几天里，他们对着我啥也没多说。我知道，他们不当着面儿埋怨我，是怕我一时想不开去做什么傻事。附近的村子里，有的孩子因为考不上大学而闹出疯事、做出傻事的，并非没有。这样的事是出不起的，代价太大，他们害怕的就是这个。

过了几天，我的情绪慢慢有所平复，开始跟着母亲去地里干活儿，锄草，间苗，拉粪，浇地，除此以外的其他时间，我就一个人闷在家里，大门不出，二门不迈，有时赖在我那间小屋里的床上翻翻闲书，有时对着空空如也的墙壁一个劲儿地发呆，至于想了些什么，一会儿就全忘了。

不久之后，我忽然得到一个消息：我喜欢着的那个女生考上了省城的大学！这当然在我的预料之中，但听到这个消息，我仍是发了一会儿愣，心想：完了，天鹅腾空而起，飞上天去了！曾被这段暗恋烧灼着的我，面对如此这般一个天上、一个地下的境地，感情的火花"忽"地一闪之后，理所当然地归于寂灭——想也别想了，曾经的那些幻想都成了妄想。永别了，我圣洁的初恋！我独自沉浸在失落和彷徨的泥坑里，所有的心思在燃烧过后，化成了一小堆儿灰烬，随着乱风吹散，不知所踪。

下一步，我咋办？冷静下来，我一直在问自己。说不清为什么，也不知道是不是我有些自视甚高，在我的内心深处，始终有股不服气的拧劲儿，总是朦朦胧胧地萦绕着一个念头儿：我不该就是这么个样子！也不会老是这么个样子！总会有那么一天，我要证明我自己，给我的"暗恋"好好看看，也让别人好好看看，你们对我的怀疑、鄙夷和漠视，终归会是一个错误！

终于，我打定了主意：想法回学校补习一年，明年接着再考一次。

转眼间，秋天到来，学校开学了。征得父母的同意，我鼓足勇气，厚着脸皮找到学校，提出复读的申请。那时，管美贤老师既是我们的校长，也是我们的地理老师（他后来调到了石家庄市，先后在十九中和二中担任校长）。在他家那间因为拥挤而显得狭窄的客厅里，他望着满脸羞愧、笨嘴拙舌的我，没有多说别的，同意我插到应届班，再补习一年。

我就这样回到了原来就读的那所乡村高中，成了文科班34班的一名插班补习生。

再次被刷下

开始补习后，我暗暗下定决心：从哪儿跌倒从哪儿爬起，从头收拾旧山河，努力冲刺一把！

话是这么一说，下决心也简单，可改不了偏科的毛病，想要"冲刺"，实非易事！

除了语文和地理还算不错以外，我需要补习的地方太多，特别是数学和英语，这两门课就像深深的泥沼一样，把我所有硬着头皮的努力全都沦陷了进去，总也没有起色。两三个月过去了，时光很快进入到了1984年。我的成绩依然原地踏步，那种挫败感深深地纠缠着我，巨大而深重的阴影重重地笼罩在头上，挥之不去，内心充满了压抑与焦虑，无法分解。有时，我会忽然想起我喜欢的那个已经去上大学的女生。唉，此时此刻，你正在做什么呢？是在明亮的教学楼里安安静静地读书，还是舒舒服服地坐在电影院里看电影，还是快快乐乐地正在参加大学生联欢会？"月上柳梢头"的时候，会有谁和你"人约黄昏后"吗？还有，你会不会在某一天的某个时候偶然间想到我，哪怕只是短短的一闪念？……唉，你像鸟儿一样飞远了，我再也没有机会见到过你……我无望地囚困在内心的纠结里，想啊想啊，不由得一声叹息，心里酸酸凉凉的，愁眉苦脸地揪着自己的头发发呆，时常半夜半夜地睡不着觉。这情景，可真像是苏东坡的词里所说的那样："笑渐不闻声渐悄，多情却被无情恼。"

老师们对我的表现似乎也没有信心了。江兴婉老师教我们历史，也是我们的班主任，有一天下午她在班里给我们开会，说："你们学文科，千万不能偏科，谁偏科谁准吃亏。学文科，语文是强项不算什么，考大学也不只看你这一门。高考要的是你的总分，总分上不了线，你语文考个满分也不顶事儿。"我觉得，江老师的这番话，好像是单冲着我说似的。我的情形，正是她所担心的那种。我也马上想到：唉，补习的这一年，恐怕又要以失败而告终了！果不其然，随着半年的时光很快过去，万恶的高考预选如约而至，因为数学和英语又拉了后腿儿，我的总体成绩依然难以有大的攀升，最终又没能通过预选。

高考预选的再一次失败，对我的打击更大，我真是感到没脸见人了，连预选成绩是多少也不好意思去找老师打问一下。我觉得我成了个没用的人，被无情地解散了，再也站不到那个队列里去。那个令人艳羡、充满着希望的队列里，不会再有我的位置。就像对待一块又破又脏的旧抹布儿，我被厌恶地扔在了一边，没有谁对我说上一句哪怕是平平淡淡的安慰话语，没有。

那天傍晚放学之后，有的同学急急忙忙回家去了，有的还在操场上你争我抢、嘻嘻哈哈地打着篮球。在渐渐消逝的晚霞中，我一个人站在操场西边的大槐树下，用指甲抠着树干上的老皴皮，想着晚上回到家，我该怎么去向母亲说。更担心的是，脾气暴烈的父亲要是问起来，又该怎样对答。我恨不得扇上自己几个耳光子：你怎么就这么不成器呢？我想啊想啊，想了半天，依然是一点儿头绪也没有，连上吊、碰车、跳河的心思都有了。

暮色四起，校园空寂，我像影子一样穿过校园，悄悄溜到存车棚那里，把自行车推出来，迈着沉重的步子离开了学校。走了一截儿，我回过头去，对着薄暮中已经有些模糊的校门，小声地嘟囔了一句：别了，司徒雷登！别了，我的高中！

等我回到了村子里，推开我家院门的时候，天已经黑得看不清对面来人了。夜色暂时遮住了我脸上热辣辣的羞臊。

我刚走进我住的西梢间，就听见院子里“哐啷、哐啷”的支自行车的响动，知道这是父亲下班回来了。过了一会儿，大概父亲已经从两个妹妹那里知道了我又没预选上的消息，“噔、噔、噔”地向着我的屋门口儿走来，我的心也立马跟着“噔、噔、噔”地急跳起来。父亲站在了门口，瞪着眼、喘着气，憋了小半天，才对我说了这样一句：“稀泥糊不上墙！生就一个扯牛尾巴的货！”

父亲一直都在指望着我能学出个一二三四，将来好出人头地、光宗耀祖。我眼前的这副德行，多么使他失望、丧气和无奈！是我掐灭了他心中的美好念想，一瓢冷水浇熄了他心头的那一簇希望的火苗！面对着父亲的恶声恶气，我深深地低下了头，一句话也说不出来。我还能说啥呢？说啥也不顶用，说啥也是个错。我已经没有了辩解的机会，也的确没有一条我能够解释得通的理由或者借口。更何况，我的嘴巴又总是那么笨拙。

那天晚上，家里谁也没人再搭理我，我连饭也没吃，衣服也没脱，就歪在了那张用旧门板支起来的小床上。睡也睡不着，只好干躺着，跟烙饼似的，一会儿脸朝这边，一会儿脸朝那边，一会儿又嫌枕头不得劲儿，恨不得捶它一顿。也不知是在什么时候，才昏昏沉沉地迷糊着了一会儿，又被一个梦一下子惊醒了。揉揉眼，抬头望望窗外，影影擦擦地看到些乱七八糟的树枝。天快要亮了。

以后的日子怎么办？我的人生出路会在哪里？我该向何处去？我的生命价值的航线在哪个方向？到哪儿是个头儿？我的心里真是有些茫然了。有时我只往坏处去想，越想越灰心，便赶紧掐住那些乱麻麻的念头儿，又反过头儿来自己劝说自己：面对现实吧，实在不行就回村种地呗！当农民咋的了？天下农民一大茬儿人呢！村子里虽然还很贫穷，但也不乏温暖与美好。我只是担心，念了这些年书，事到如今，城里没赶上，乡里也耽误了，成天在土里刨食儿，再没有别的指望和奔头儿；除了这些，还有一些村里人的粗俗、鄙陋，个别干部的牛气、奸诈，也是我受不了的……我的人生旅程才刚刚开启，往后的日子还长着呢！如果深陷于这样的生活，我怎么甘心？我该怎样应对一天又一天漫长难熬的日子？

思来想去，要改变自己的处境，没有别的办法，唯一的希望和途径还是得去读书。我攥起两只拳头，对着自己的心，凶狠地说：不能就这样儿拉倒！我要再来一次，而且是最后的一次！

可是，还有没有这样的机会？家里的大人，学校的老师，他们肯不肯给你这个哪怕是最后一次的机会——谁能老有那份耐心？再说，凭什么呢？

走　投　无　路

果然，再拿出一年的时间来补习，不是那么容易的事了。

母亲首先不同意。两次失败，刚强的母亲对我也失去了信心。有一次，她在菜园子里正收拾菜畦，当家子中跟我们有过节儿的一个长辈，借着和母亲旁边的一个人聊天儿，故意有些阴阳怪气地说："我看呀，咱们这坨儿能考上大学的，远的不说，就秀坤还有一点儿样儿，像是那块料儿。别的呀，都是瞎子点灯——白费蜡！"说完，还从鼻子里嗤出一股冷气。他这话，其实是指桑骂槐，说给我母亲听的。母亲蹲在菜地里，每个字儿都听进了耳朵，头儿也没抬，心里憋着一股窝囊气。等那长辈走得远了，才恨恨地斜了一眼他的背影。回到家里，又气呼呼地冲着我吼喊了一通。

那个时候，生产队刚解散不久，各家各户重新分了地，人们解除了生产上的束缚，变得空前活跃起来，泼了疯似的"干茧儿"（方言，干活儿的意思）、挣钱。村里和我一般大或者比我小个一两岁的，从初中或高中毕业后，大都开始"干茧儿"了，或者作务庄稼，或者学瓦匠、学木匠，或者开拖拉机跑运输，或者到建筑工地当小工儿，每月多多少少都往家里拿钱，即使不挣钱，也不白吃闲饭了。而我呢，十八九了，在村里人的眼里不算是"小货"了，不光不挣钱，还要吃要喝花家里的钱，一个进，一个出，里外里一算账，那可就差出来了。母亲为我是去补习还是干活儿挣钱，唠叨了好几回。我也拧，娘儿俩说着说着就吵了起来。我四姨是支持我上学的，也帮着我说话，急了还跟我母亲吵，批评她光看手心儿里的那一点点儿，光看鼻子跟前那一拃远。四姨还私下里去西龙贵村找了位算卦的给我算了算，回来跟我母亲绘声绘色地讲："那算卦的'先生'掐指一算，说这孩子有上学的'命'，你就叫他上吧，肯定能学出个样儿来。"母亲有些半信半疑，但到底不再吵着拦我了。

母亲是同意了，可我去哪儿上呢？一来，我哪好意思再去找管美贤校长张这个嘴？常言说，有再一再二，没有再三再四。再说，学校收补习生，也是有规定的。起码你的高考成绩得差不离，加把劲儿补习补习，就有希望考得上。像我这样连着两年没有通过预选，基本上已经证明你就不是那块料儿，学校当然是不肯收留的。

秋天到了，新学期又开始了。那一年，从小和我一块儿上学、一块儿长大的庆楷考上了河北工学院，去了天津；庆利考上了河北大学，去了保定；玉增考上了解放军第三军医大学，去了山城重庆。应届生、补习生也都开学走了。"众鸟高飞尽，孤云独去闲。"——昔日的同伴一个个渐行渐远，可是，我去哪儿呀？我的人生仿佛停顿了下来，困守在村子里，连个肯收留我补习的学校还没有找到，成天在家里钻着。我越来越感觉到有些绝望，不想吃饭，不想说话，睡不好觉。无望的苦痛，纠结着羡慕与嫉妒，在我的心里煎熬着、撕咬着。也许，痛哭一场会好些的，但我怕臊，怕人听见，哭不出。我的天空一片昏暗和沉默。

和我同样焦躁不安的，还有南龙贵村一个叫段创杰的同学，他这一年也没有预选上。他有个姨是我们村的，有一次回家时，在路上碰见他，就一块儿做伴儿走，从那以后我们特别要好，在学校时成天待在一块儿。现在，同是天涯沦落人，我们相约一同去找补习学校。骑着车子东走西转地找啊找，可连着跑了好多天，全县就那么四五所高中，人家一听说我们没有通过预选，一点儿也不客气，马上拒之门外。如此境地，丧家之犬也莫过于如此吧。

有一天，我们听说南边的元氏县有个中学，收补习生不看高考分数，报名就要。第二天，我俩骑着车子往南跑了三十多里地找了过去。那个学校也是个坐落在乡村的普通高中，校园大而破，校门只是象征性地用蓝砖垒了两座门垛子，连个围墙也没有。接待我们的一位中年老师跟我们说了小半个钟头，其中提到，要我们把户口搬到元氏来。另外，学校也没有食堂和宿舍，真要过来补习的话，还得自己租房子，自己做饭。一听说这，我们一下子又蔫了：搬户口哪是那么容易的，万一考不上，自己会不会就变成元氏人了？还有，租房子住，自己做饭……唉，还是算了吧。

快晌午了，我们垂头丧气地走出了那座学校。来到大街上，看到街边有打烧饼、炸油条、卖炒饼的小摊儿，立马感到肚子饿了。可是我们俩谁身上也没带着钱，只好强忍着，咽下唾沫，赶紧走得远远儿的。出了村，我们沿着来时走的公路往北返。创杰对这一带比我熟一些，有时为了抄近路，我们就拐下公路，走庄稼地中间的机耕道。机耕道的两旁，是齐刷刷的长到一人多深的玉米地，玉米已经吐出红的粉的淡黄的缨儿。我们又累又饿又渴，便打上这些正在灌浆的嫩玉米的主意。我们停下车子，往前往后都看了看。除了道边的杨树上拼命嘶叫的知了，大晌午的乡村道上，连一个人也没有，安静得很。我俩你看看我、我看看你，彼此壮了壮胆子，然后把车子往树上一靠，"嗖"地就钻进了地里，挑着拣着掰了两三个嫩玉米，一个一个地剥开就啃。玉米棒儿还很嫩，上面净是些水豆儿，一咬就破，倒是又香又甜的挺好吃，连玉米轴儿也嫩得跟水果似的。我们像小兽一样大嚼了一通，心里垫住些底了。创杰擦了擦嘴巴，伸着脖子往四下里瞅了瞅，又警惕地歪着头儿听了听，对着我小声地说："是非之地，不可久留。要是来个人把咱们捉住，可就麻烦了。咱赶紧走吧！"我们从地里探头探脑地钻出来，看看四周依然没有人影儿，便推上车子，"嗖"地跨上去，像逃跑一样一溜儿狂奔，丁零当啷地，一路颠簸着跑到了寺家庄村南一个大道口儿上才停下来。在那里，我和创杰挥手作别，他往西，我继续往北。等我浑身疲惫地回到了家，已是半后晌的时辰了。家里没有人，母亲到村东的菜园子里去了。

天擦黑儿时，母亲才回来，洗了洗手，开始张罗着做晚饭。她打整着锅头，我在旁边掐柴火烧灶火。母亲问起我们去元氏的情况，我一五一十地跟母亲说了一遍。母亲听着，手上忙着，只"嗯、嗯"了几声，看了我两眼。她的眼神有些阴郁。她也一定是失望的，但又没有别的办法。

过了两天，不知为什么，原先我和创杰曾经找过、被当场拒绝的城关镇中又给我们捎来了信儿，说我们可以去那里补习。我和创杰二话没说，第二天就去了城关镇中。我们找到一位叫聂云霞的女老师，报名后交了二十块钱，很快就办好了插班补习的手续。城关镇中位于县城，既有初中，也有高中，虽说师资力量、生源质量和升学率都没法跟县中相比，但别的学校不肯收留我们，也只好在这里将就着了。等心里安定下来，一边庆幸又有学上了，一边又为今后怎么上学而发起愁来——虽说不用像去元氏那样需要搬户口，但学校既没学生食堂，也没学生宿舍，吃和住咋办？一时间也没别的办法，我们只好先跑家。早上天刚蒙蒙亮，我就背上书包，骑着车子从村里出发。车的后尾架上绑着个铝饭盒，里边装着馒头和母亲炒的菜。中午放学后，等学生、老师们都走了，我们提上饭盒，溜进平时给老师们烧开水的小房去吃午饭。小房里靠西墙盘着个烧煤泥的高火炉子，放学以后没人再用火，老校工怕炉子烧得旺，火着得"过"了，就用湿煤泥把炉口"垛"住（封住、糊住、闷住的意思），只在中间用火镩捅个枣儿大的"火眼儿"。我们把饭盒放在"火眼儿"的边上支着，简单地热一热，热也热不透，只好半凉半热地吃。干吃有点儿噎，想喝点儿水又没有水杯，就倒点儿水壶里的热水，用饭盒盖儿盛着，凑合着吃掉这顿饭。下午放了学，再骑上车子，驮着空饭盒往家跑。从村里到县城，单程是三十五里地，这样一早一晚、一来一回，加起来就是七十里地。

城关镇中的补习班上，还有好几个像我们这样的补习生。记得有一个姓董的男同学，中等偏上的个头儿，胖乎乎儿的，模样很帅，更有意思的是，他说话的声音浑厚而洪亮，跟收音机里的播音员一样好听。下了课后，他经常给我们表演模仿播音员播报新闻，非常有趣，逗得我们一愣一愣的。但是，他的学习兴趣和方法好像有点儿问题，比如，他老爱背诵《共产党宣言》："一个幽灵，共产主义的幽灵，在欧洲大陆徘徊。为了对这个幽灵进行神圣的围剿，旧欧洲的一切势力，教皇和沙皇、梅特涅和基佐、法国的激进派和德国的警察，都联合起来了……"当时我们对他佩服得不行，可转念又觉得这有些不大靠谱儿——考大学又不考这个，你把《共产党宣言》倒背如流，能考上大学么？

随后不久，我突然得了个机会，离开城关镇中，转到县中补习去了。再后来，我听说这位姓董的同学那年仍然没有考上，回老家去了。唉，挺帅的一个小伙子，又有一副好嗓子，真是怪可惜的。多少年过去了，我再也没有见到过他。——这当然是后话了。

峰 回 路 转

在城关镇中上补习班，每天跑家，道儿又那么远，老这样总不是个办法。这会儿是秋天，天气还行，等再过一阵子，天冷了，白天也短了，还这么来回跑，就紧张了。如果再赶上刮风下雪闹天气，可就要受罪了。一想起这事儿来，我和创杰就有些犯愁，回家的路上一边骑车，一边商量，一时也商量不出什么好的办法。

没想到，七八天后，事情忽然出现了转机。

那天是个星期六。已经是九月下旬的天气，天黑得早了，傍晚的风也凉了。我放了学骑着车子往回跑，回到家里时，天早黑透了。邻居二秀老姑正和母亲站在巷子口儿说话，听说我在城关镇中补习，每天带饭跑家，随口就说："这么远的道儿，来回跑不累呀？时间长了肯定吃不住劲。"说着说着，就说到她丈夫的姑父曾经当过好多年校长，现在在县政协工作，兴许认识县中的领导，明天正好是礼拜天，他肯定在家歇着，不妨去打问打问，看能不能给帮着找找，到县中去补习。听二秀老姑这么一说，这些天在我心里积下来的委屈立时化为心头的一热。

　　二秀老姑是个直率、热心的人，点炮儿就响。第二天早起吃过饭，她就骑上车子跑了九里地，去了一趟东营。快晌午的时候，她回来了，从裤兜儿里掏出一张小纸条儿，递给我。我展开看看，见上面只写着一个人名儿：贡翠竹。二秀老姑说："打问清了！到了东营，我把你好好地给夸了一番！姑父说，孩子想上个学嘛，好事儿，他晚上就回城，去找人说一说——就是纸条儿上的这个人。他还打保票说，这事儿差不多，八九不离十。你拿上这个纸条儿，礼拜一上午就去县中找这个人，一提说是杜志珍让来找她的，保准吃食儿（吃食儿，方言，妥当、没问题的意思）。"

　　我心里"咕容"了一下，旋即又感到有些失望，半信半疑地想：我们骑着车子跑了那么多路、找了那么多地方，连门儿也没有、连影儿也看不着的事，难道就凭这么个二指宽的小纸条儿上的一个人名儿就能办成？长到这么大，我还是头一遭儿遇到这样的事。

　　二秀老姑靠着车子，擦了擦额上的汗，笑嘻嘻地看着我。我只好把纸条儿收好，装进上衣兜儿里，答应第二天上午就去县中跑一趟。

　　第二天早晨，老早儿就吃过了饭，我骑着车子赶到获鹿县城，先到城关镇中上了两堂课，大课间时，我骑上车子去了县中。

　　两所学校相距也就二里多地，拐两三个弯儿就到了。等我赶到县中时，学生们刚刚散了课间操，正哩哩啦啦地从操场上往教室里走。我碰见了原先在乡下中学时的同学段瑞亮（他正在这里的文科班补习），他停下来问我："你干吗来了？"我害臊地低着头，小声地说："我来这儿找个人。""谁呀？""一个叫贡翠竹的老师。""噢，她是教导主任。"瑞亮说完，随着别的同学走开了。

我推着车子，低着头穿过人群，进了学校大门。到了教导处一打听，一位老师告诉我，贡老师家里有事，先回去了。她家就在学校后边，出了大门，绕过西围墙，北边就是家属院，好找得很，见人一问就知道了。我按那位老师说的，果然很快就找到了县中的家属院。

家属院里静悄悄的。这里有三四排旧的平房，平房前用竹竿或碎木条圈着一小片连着一小片的菜地，看上去有些凌乱。过了这几排平房，是两栋半新不旧的五层红砖楼。没费什么劲儿，我就打问到了贡翠竹老师的家，正好她在家里，仿佛正等着我似的。

这是位梳着剪发头儿，中等个子、皮肤白皙、气质文静的中年女老师。她接过我递过去的纸条儿看了看，淡淡地笑了笑，说："噢，说的就是你呀？"然后又问我，"你今年高考考了多少分？"一听这话，我的脸"欻"地就红了，一下子狼狈不堪、手足无措，嗫嚅着说道："我，我没有预选上，我没高考分儿。""什么？你连预选也没预选上呀？"贡老师深深地看了我一眼，轻轻地叹了口气，捻着手指头，不说话，在屋里踱起步来。屋里的安静和贡老师的沉默，让我感觉浑身紧张、手心出汗，心想：完了！这事儿弄不好要砸。我低着头站在那里，两眼不知道该看哪儿。过了会儿，我偷偷地看了她一眼，见她也正歪着头看我，从她的眼神儿里，我看出她好像有些为难。我窘迫极了，欲言又止，浑身僵硬，简直快要透不过气来了，羞愧得恨不能地上赶紧裂出个缝儿来，好让我立马钻进去，或者，干脆一下子从这里跑开。

又过了会儿，贡老师收拾了一下桌子上铺开的书和本子，对着我说："那咱走吧。我带你去找一下班主任。"我长长地吐出了一口气，悄悄地跟在贡老师的旁边，从家属院里走出来，沿着学校西墙外的小甬路，又转到学校的南墙，然后就进了校园。一路上我的心里都惴惴的，一直在敲着小鼓儿，一句话也说不出来。

校园里很安静，学生们都在上课，能听见课堂上的老师正在抑扬顿挫地讲课的声音。贡老师领着我，绕过刚投入使用的新教学楼，走到楼北边第一排平房最西头一间屋的门前，刚在门上敲了两三下，一位跟贡老师年岁差不多的女老师应声开了门。贡老师没有进屋，站在门口儿冲着那位女老师说："王老师，这就是老杜给我说的那个孩子，我给你带来了，你给安排一下吧。我还有事，就先走了。"我傻傻地站在门口旁边，看着贡老师离开，竟然想不起来要跟贡老师说一句感激的话，甚至，连个"再见"也没说。

王老师扭身儿带上门，扶了扶戴着的白框眼镜，说："咱走吧！"我怯怯地跟在王老师后边，上到教学楼五楼最东头阳面那间教室。正上着自习课，教室里安安静静的，听到响动，好多男生女生都扭过头来看我。王老师让我坐在最后一排的一个空位子上，说："你就先坐在这儿吧。这是康玉川的地方，他这两天病了，没来。回头儿我再给你找张桌子，下了课你先去找总务处换点儿饭票儿，你就能去伙房打饭了。你带钱了吗？"我小声地说："带着哩！""那就好。"说完，王老师就走了。我一抬头，见段瑞亮正扭着头儿看我，朝我眨了眨眼，无声地笑了一下。

我在课堂上坐了没多会儿，就放学了。我骑上车子返回到城关镇中，老师和学生们大都回家了。我找到创杰，和他一起吃了午饭。创杰听说我要转到县中去补习，眼神儿里满是羡慕，也很有些不舍，急切地一个劲儿问我能不能帮帮忙，把他也给"说"进去。我颇有些为难，只好实话实说这事儿太偶然，连我也没想到，纯粹是瞎猫碰上死耗子。我们又说了会儿别的，然后我就收拾了书包和饭盒，准备回县中去。分手时，我让创杰下午抽空儿把我的情况跟镇中的聂云霞老师报告一下。

走到路口儿，快要拐弯儿时，我无意间扭过头儿看了一眼，看见创杰一个人孤零零地还站在那里，朝我这边望着。他见我回过头儿来，冲着我扬了一下胳膊。

最 后 一 搏

连做梦我也不会想到，一件压在我头上的天大的难事，竟会这么简单就出现了反转。我以一名连预选也落选的落榜生身份，插到了县中文科班。我们的班主任就是那天把我带进教室的那位女老师，她叫王秀英，也是我们的语文老师。

坐进教室里，我的这颗心算是最终踏实下来了。1984年9月26日，我正式开始了在县中的补习生活。第二天，我到王老师那里交了60元补习费，王老师给我写了张纸条，让我拿上，去学校的一间仓库里，搬了一张旧课桌，摆在教室的西南角。当时，男生宿舍紧张，挤不出我一张铺位，二秀老姑的丈夫——凤印老姑父，就又帮着我在他上班的县手电筒厂里给我找了间办公室，晚上下了自习课，我就回到厂子里去睡觉。偌大的院子里，除了厂门卫室里有位值班的大妈外，就只有我一个人，安静得让人有些心慌。

樊二秀，杜志珍（1932年生，2017年农历正月十八仙逝），贡翠竹，王秀英，还有凤印老姑父，他们都是那种传说中有着"金手指"的仙人吧。在我处于彷徨无助、心神黯淡之际，倘若没有他们拉我一把、扶我一下，在我处在人生路途的岔道口儿不知何去何从之时，不讲任何条件地带我走上一条明道儿，我的命运一定会是另外一种走向，我的人生也一定会是另一番样子。也许会成就另一片风景，但肯定比现在的我要经历更多的曲曲折折、风风雨雨与坎坎坷坷。他们都是在我人生困厄中护佑我的贵人、恩人！他们的恩惠在我的心上也是永不泯灭的！

新的学校生活就这样开始了。

县中是全县的最高学府，学生都是从全县范围内选拔上来的学习尖子。1981年夏天，我从南李家庄学校初中毕业，以3分之差，没有考上这所重点高中。现在，我竟然以这种方式来到这里，当了一名补习生。我清楚地知道，这次补习，将是我高中学习生涯的最后一站，也是我考大学的最后一次机会、最后一锤子买卖。我已别无选择，只有背水一战，置之死地而后生了！

到了这一步，我也是拼了。那时，我们班上一些学习好的学生，作息有规律，劳逸相结合，看上去总是那么轻松、自在而又自信。他们中午放了学，去食堂吃过午饭后就回到宿舍休息，躺在床铺上好好睡上一觉。我却不敢那么奢侈，主要是舍不得用睡觉耗费掉那点儿时间。时间对于我来说是宝贵的，只能最大限度地用在学习上。通常情况下，我在食堂吃完了饭，然后用饭盆打上一盆开水，端着回到教室里，一边喝水，一边看书、做题，实在困得不行了，就在桌子上拨拉开点儿地方，枕着胳膊眯一会儿，什么时候醒了就坐直了接着看书。下午放学后也是一样，好多学生都到操场上去打篮球、踢足球，还有的到西边的莲花山下去跑步、爬山，或者散步闲逛。这个时候，我仍旧坐在教室里看书学习，别人叫我我也不去。我就像疯魔了一样，一有空儿就捧着书本。一个星期很快就过去了，星期六的下午放学后，我就骑上自行车，和家在县南的冯英录、康玉川、张凤朝、刘广生等几个同学做着伴儿，回家过星期天。我们在大宋楼村南的金河桥头分手，然后我往东，他们几个有的往南，有的往西……

　　我刚到县中补习的时候，就是这样过来的。单纯而又紧张的日子过得很快，不久，我插班补习后的第一个期中考试到了。

　　让人没想到的是，不显山、不露水的我，期中考试竟然在全班54名同学中排到了第15名！连我自己都诧异得不敢相信：以这样的成绩，怎么连续两次都没有预选上？到县中补习也只有这一个来月的时间呀，怎么就突飞猛进地赶得这么快？照那几年县中的高考升学率，以我这样的排名，起码考上大专是没有问题的。兴奋、惊奇与诧异之余，我长长地舒了口气，由衷地感到欣慰，同时也大大地恢复了我的自信。我想，只要在班里能保持住这样的位次，我就有希望在来年的高考中打个"翻身仗"。等到寒假之前的期末考试时，我居然又前进到了全班第9名！这期间，王秀英老师还选派我代表高三（2）班参加学校举行的语文知识竞赛，结果又来了个没想到：全校第一名！王老师代我把奖品领了回来，是一本厚厚的崭新的《语文知识词典》。那天上自习课时，她还把我拉到讲台上，让我给全班同学讲一讲自己是怎样学语文特别是写作文的。我手足无措地站在讲桌旁，见同学们都看着我笑，一时间满脸通红，说话也结结巴巴起来……没想到，一个连续两次预选失败，一度自卑得抬不起头来的补习生，竟然大模大样地在县中介绍起"学习经验"来了！我的自信的血液在心中热烈地流淌，心中仿佛扬起了一片高高的风帆！这以后，随着高考的日子进入倒计时，模拟考试频率明显加密，十天一摸底儿，半月一测验，我的成绩继续稳中有升，最好时居然排到了班里的前四五名，进入了"第一梯队"。

功夫不负有心人，也是憋着一口气，我的努力没有白费。不必讳言，县中的学习气氛是很好的，更重要的是县中的老师，综合素养、教学水平、教育方法和事业心、使命感、责任感，比起我过去就读的那所乡村中学的确更胜一筹。从插班开始，到高考结束，我在县中补习的时间一共9个来月，但我的学习成绩却一路向上、日新月异，这与县中的老师是分不开的。遇上优秀的他们是我的又一个幸运。

首先感到变化的，是我的英语。英语老师名叫韩国杰，三十多岁，热情而又自信。我到班上时，正好赶上开始英语总复习，我抓住机会，紧跟着韩老师，从初中第一册开始，亦步亦趋地一点一点地修复着我的漏洞，补足着我的欠缺。我自己订了个厚本子，每天记"课堂随笔"，上课认真听讲，上自习时就一条条地整理韩老师讲的知识要点。这本"课堂随笔"给了我莫大的帮助，我几乎每天不离手，有空儿就翻翻。我的英语成绩提升是飞速的。我能学好英语的自信心，也一天天高涨了起来。

其次就是数学。我们数学老师叫郑巧珍。学生们都特别喜欢她，因为那时有部电影叫《人生》，里边的女主角儿叫刘巧珍。不由得，我们就对郑巧珍老师也多了几分亲切和好感。何况，郑老师也确是一位和蔼可亲的好老师。郑老师个子不高，圆圆的脸，白白的皮肤，脸上总是笑模滋滋儿的。在我所遇到的老师中，从未见过这么"柔软"的数学老师。印象中，数学老师往往是严肃而刻板的。郑老师教数学很有一套，她的秘籍是学好教科书，就这么一条。她的理论是，不要迷信那些故作高深的辅导材料，也不要沉溺于题海战术，唯一要"迷信"的，就是人民教育出版社的教科书。她说，教科书经过了千锤百炼，上面的例题、习题都经过了千挑万选，只要这些题目都会做，100分的卷子保证能考80分以上。我还从来没有听到过这样平淡、浅显却那么鼓舞人心的话！我原先的数学老师成天给我们刻篇子、发篇子，一上课就让我们做难题、做怪题，常常急得抓耳挠腮，有时一堂课也做不出来一道。得益于郑老师的指引和教诲，曾被数学折腾得气急败坏的我，数学成绩很快就有了明显的改善和提高。

在县中补习的日子里，我最怕的两门课都赶上来了。等到1985年7月参加完高考，我的总成绩是466.5分，超过了重点大学分数线，数学和英语都给我提了不少分。

柳 暗 花 明

在县中补习期间，学习是紧张的，生活是清苦的，但一切按部就班、井然有序，同学之间团结友爱，心情一直都非常愉快。

那时，我很穷，除了交伙食费和学习资料费以外，身上常常没有钱，也不好意思张口跟母亲要。我们在学生食堂吃饭，每月的伙食费是固定的9块钱。每月月初，母亲交给我9块钱，到学校总务处换成饭票和菜金，就一点儿也没了。有一次，是个星期六的傍晚，我骑着车子回莲花营，走到大宋楼村边时，车轱辘没气了，下来看了看，原来是扎了后车轱辘带，找到村边的一个修车摊儿，师傅说补一个窟窿要两毛钱，可我浑身上下连一分钱也没有。没好意思说别的，我就推着瘪了胎的车子，走了七里多地回到家，恼悻悻地跟母亲吵了一架。自那以后，每次离家时，母亲都给我三两块钱让我带上。这点儿钱我不敢乱花，除非万不得已，一直省着，攒着，头高考前，我身上最多时有过十三四块钱，足以应付我在学校的开销。临近高考了，考试复习进入冲刺阶段，每天都非常紧张。一紧张，我就爱上火，一上火，就闹牙疼，一闹牙疼，左边的腮帮子就肿起来了，而且一碰就疼得慌，睡觉时也只能偏着个脸。本来我就长得难看，一边脸再这么变形，就更丑，弄得我都不敢走到人跟前去。后来听班上的同学说，用开水泼橘子粉，又好喝又败火，我就去学校的小卖部买了一袋橘子粉，一勺一勺地冲着喝，等把那袋子橘子粉喝完，火就下去了，肿胀也消退了。这样的事，我记得至少发生过两次。

成绩赶上来后，学习和考试就成为一件轻松而又快乐的事情。我的心里不像刚来时那般慌张无措、无所适从了，放了学之后，我也开始跟着别的同学一起，到学校西边的山脚下去遛弯儿或者跑步锻炼了。我一般是和冯英录、康玉川、张凤朝、王建魁在一块儿，下午一放学，就互相叫上，沿着缓缓起伏的小路，往莲花山那边跑步，跑到山脚下，有时到半山坡上的果木园里转会儿（冬天的果木园没人看管），有时到山野里转会儿，等学校食堂快开饭了才回到学校。中午我也舍得睡会儿午觉了。中午休息得好，下午上课精神头儿就足，学习时专心致志，效率也提高了。等到高考的时候，我状态良好，自信心很高，高考成绩一揭晓，我竟名列全班第二，地理单科成绩名列全县文科第一。全班考第一的是冯英录，总分496，比我多30分，被中央财政金融学院（现在的中央财经大学）录取。我则收到了河北师范大学中文系的录取通知书。

在县中补习期间，在天津上大学的庆楷经常给我写信，鼓励我、指导我搞好考前总复习。一位早两年考上师范学校的初中女同学，也经常写信来，每次信封里都装得鼓鼓囊囊的，里边是一沓子折叠得整整齐齐的稿纸，上面是她从学校阅览室订阅的《中国青年报》《博览群书》等报刊上专门摘抄的范文或写议论文的观点、论据，说是给我丰富和补充写作文的素材。他们给予我的热情帮助与真诚鼓励，我是永远也不会忘记的。

上了两年高中，又补习了两年，屡战屡败，屡败屡战。曾经，失望的灰暗一度像黑夜一样笼罩着我。我就是在那样的境遇当中，从困顿的低谷出发，踏过了一条泥泞的道路，一步步地向前跋涉着，一阶阶地向上攀爬着，也一点点地调整着、弥补着，人生前方的路慢慢变得明亮了起来。失败时的懊丧，挫折时的无望，艰难时的垂首，幸运时的欣喜，成功时的沉湎，我都经历过、体会到了，我的人生经历也就此留下了深深的刻痕。

三十多年后的今天，再去回望那一段在艰辛中奋进的岁月，期间的酸涩与苦味早已释然。作家刘庆邦讲过，一个人，有一些经历，有一些坎坷，有一些磨难，被人误解过，被人轻视过，经过锻炼再锻炼、加码再加码，生命才会有分量。我在初涉人生的路途上经历的那些长长的痛苦与犹疑，无疑也帮助我经过熬炼而获得了一些生命的分量。我想，人的一生中，难免会在这个时候或那个时候，遭遇这个样子或那个样子的挫折，这其实没有什么可恼的，因为生活不会随随便便给予某个人青睐。但是，它在这儿给予了你磨难，也会在别的地方、别的时候给予你另外的机会与收获。每个人都有自己的人生舞台，不管在什么时候，也不管遇到了什么，不要灰心丧气，更不能从此一蹶不振，要相信天无绝人之路，即便身处黑暗，也要在黑暗中努力地搜索光亮。

1985年9月12日，一个美好的秋日。父亲和我在家里吃过午饭，骑上自行车，驮上简单的行李，从村子里出发，去河北师大报到。已近仲秋，下午的阳光依旧热烈而明亮。一路上，父亲心情很高兴，神情也是亲切的。我们边走边聊，有一搭无一搭地说了许多父子之间平时不怎么说的话。从小到大这么多年，那是我和父亲少有的相处融洽的场景之一。

我们在河北师大北院办完入学手续，接着又来到位于中院的学生宿舍安排住宿。学校的地方真是不小，除了北院、中院，还有南院，宽阔平坦的操场，高大整齐的白杨树，宽敞明亮的教学楼，洁净幽雅的图书馆。我们这里走走，那里看看，欣喜、新鲜、神秘，也有些由小小的自豪和激动所带来的慌张。日头快要落山了，父亲紧着要回去，我把父亲送到校门口，看着他动作略显笨拙地跨上车子，穿过路口的红绿灯，渐行渐远，然后衣角一闪，消失在熙熙攘攘的人群中。那一年，父亲已经过了45岁，人到中年，头发花白，头顶上也开始显秃了。

从这一天起，过去岁月里的苟且被搁置在了脑后；从这一天起，我要微笑着去寻找属于自己的诗和远方。我知道，虽然我已尝过失败、挫折的滋味，但这只是初涉人生时的一点遭遇，将它们放在整个人生里来考量，其实也算不得什么。未来的路正长，相伴还会有风雨与坎坷，我还需要磨砺，需要机缘，需要等待，才能慢慢地找寻到自己的路。不管怎么，我的生活、我的人生毕竟掀开了崭新的一页，我要由衷地说一声——

嘿，生活，你好！

乡 间 小 路

　　小的时候，我们村，包括左近的三里五乡，阡陌纵横，往来交通，走的差不多都是土路。高级点儿的，也不过是往土路上铺些石子儿、撒些砂子什么的，下过了雨，沥水快，走起路来没有黄泥粘脚。至于宽阔、平坦、光洁的柏油马路，只有城市里才有。

　　在乡间跑跶着，我们长大了。想想那些年所走过的路，最有意思的，最愿意走的，还是去姥娘家时走的那条六里长的乡间小路。

　　小孩子最愿意串亲戚。一来，离开自己的小村子到另一个地方，新鲜；二来，亲戚都是关系亲密的亲人，不见面，很想念，见了面，更喜欢！还有一条，那就是借串亲戚之机吃点儿好吃的。小孩子家，哪一个不是"吃嘴货"（方言，意思是贪嘴、好吃的人）？我们家亲戚不多，常走动的，就是西龙贵的姥娘家和南张庄的二姨家。一说去姥娘家或去二姨家，我和两个妹妹就乐得脸红心跳。在我上初中以前，一年当中，不知要跑到姥娘家去多少趟。即便跑去多少趟，也没有厌烦的时候，总还想着：下回还要去！外甥到了姥娘门儿上，也是很"气势"的（"气势"在这里有点儿"理直气壮"的意思吧）。再说，姥爷和姥娘都亲得不行，舅舅妗子见了也喜欢，去了就不想走，有时还要赖着住上几天。那时的情景，现在想起来心里还热乎乎儿的。

　　西龙贵村在我们村南边，有六里地远。出了我们村往南走，先过耿家庄，再走二里地的样子，就是南张庄。过了南张庄，抬头一看，越过广阔的田野，远处一片黑压压的，是树和树里掩映着的屋檐、院墙，那就是西龙贵村了。再走上三里地，就到了姥娘家的大门口儿。

那会儿还不会骑自行车，上姥娘家，全靠地下跑着去，走的是村与村之间的小土路，这里拐一下，那里弯一下，一会儿走地头儿，一会儿走河边，一会儿过小桥。走这样的乡间小道，其实是挺有意思的。南张庄的村南，半道儿上有一座老砖窑，好像一个大土堆，四周长满了高高低低的洋槐树和老榆树。每次去姥娘家，我们都要打老砖窑的旁边经过，老砖窑就在小路西侧不远。可能当年烧窑时挖了不少土，老砖窑周围的地势明显比别处低洼。老砖窑东边那条土路，是一道长长的土坡，上到坡顶上，往南有一小段下坡。坡顶上有一座水渠涵洞和一座十字形的小水闸，是用水泥和石头垒成的。每次走到这里，我们是一定要停下来玩一会儿水的。渠水顺着笔直的水渠从西边哗哗地流过来，然后打着漩涡钻入西边的涵洞口儿，再从东边的涵洞口儿，像大泉眼一样"咕嘟嘟"着冒出来，旋即往南拐下一道用石头砌成的像是滑梯一样的斜坡，生成一道斜躺着的瀑布，时不时地溅起白亮白亮的水花儿，水沫子且激且泛，在那里不安分地涌动着，热闹而又寂静。两眼老盯着水看，不一会儿就得头晕眼花。我们瞧瞧涵洞这边，丢下去一圪节儿木棍儿，再跑到涵洞那边等着，直到瞧见那根木棍忽然从水里重新冒出头来。这渠水是从西边山脚下的引岗渠里放下来的，里边有鱼。浇地时，有时会有搁浅的鱼歪棱着身子、甩着尾巴，慌慌张张地乱窜乱扑腾。浇地的人们看见了，赶紧踩着泥水跑过去将鱼捉起来，扔进旁边的水桶里。用渠水浇地的人们，来地里的时候都记着提溜上一只水桶，就是预备着一边浇地一边捉鱼呢。可我在水渠边上玩儿的时候，一回也没见到过鱼。

十岁之前，去西龙贵串亲戚，都是母亲带着我和两个妹妹，母亲在前头，我们在后边跟着，小腿儿小胯，地下颠儿着，有时紧，有时慢，有时还得小跑儿着，差不多得两个钟头才能走到。那个时候，觉得六里地好远好远啊！过了十岁，母亲对我放心了，有时就由我带着两个妹妹去。有一回，记得是在初夏，母亲让我们去给姥娘家送几只刚长到半大的小草鸡，因为姥娘春天时养的一窝儿小鸡，有一回被狗撞翻了筛子，小鸡们跑了出来，让老鼠给咬死了好几只。母亲便把她自己养到半大的鸡，挑拣着长得好的，给姥娘送过去。母亲先是把小草鸡们的两只腿用布条儿缠好、捆住，再用布条儿把一对翅膀也捆一下，这样就能防止它们或跑或飞地逃走了。而且，这样的鸡也好拿。我一个人抱着俩，两个妹妹一人抱一只，就出发了。走过耿家庄时，有几个正在干活儿的人看见了，瞅着稀罕，就笑着说："哎，看这仨小孩儿！每人都抱着个小草鸡！——你们这是干吗去呀？"大妹妹嘴巧，便一五一十地说给人家，把我们的秘密全给泄露了出去。那个问话的人听着大妹妹嘎巴利落脆地说话，笑得差点儿没拄稳手中的铁锹。

我们兄妹仨抱着鸡，沿着乡间的小路走。鸡身子热乎乎地贴在身上，有一种怪怪的舒服。我们就这样一边走，一边玩儿，走累了，就把鸡放下来，在路边歇会儿。四只小鸡因为被捆得结实，不能动，放在哪儿就在哪儿安安生生地待着，歪着脑袋瞅我们。两个钟头后，我们终于走到了西龙贵，把小鸡交给了姥娘。姥娘把捆小鸡的布条儿解开，把鸡撒到院子里，又抓了把小米喂它们。小鸡们倒也不怎么认生，挤在一起，低着头啄起来。

上到初三以后，我学会骑车子了。会骑车子了，腿脚就变懒了，也就不愿意再步行。那时，去西龙贵有了柏油公路，但我嫌绕远儿，即便有些颠簸，也依旧走过去走惯了的土路。土路上走的人明显少多了，有时走半天，连一个人也碰不见。土路慢慢地荒芜，长满了齐膝高的荒草。特别是2003年修了青银高速以后，把原来的土路给切断了，要不过跨路天桥，要不就得钻桥洞子，曲里拐弯的，荒草渐渐淹没了路面。

舅舅妗子如今都是七十多岁的老人了。只要他们还在，这条曲里拐弯的长满了荒草的小土路，我就要继续走下去。

二 门 儿 外

过去，村子里好多人家的庄户比较宽敞，除了临街有道大门儿外，大都还有道二门儿。而且，大门里头、二门儿外头一般都有个院落，村里的人叫"二门儿外"。

"二门儿外"属于穿门入户的过渡带。穿过"二门儿外"的院子，走上两三级台阶，进了二门儿，才能走进内院儿里去。内院儿是主人居住的地方，安静，严实，安全。有的人家进了二门儿，迎面有一堵青砖影壁，绕过影壁墙，才正式进到院子里。有二门儿的宅院，院子套着院子，房屋错落有致，构造规矩齐全，一下子就显得庭院深深，变得有意思了。

有的人家的"二门儿外"，是个空阔的大院子，比内院儿要宽敞许多。也有的人家"二门儿外"地方很小，进了大门儿，往左一转脸儿、一拐弯儿，就算进了二门儿，二门儿在一定程度上是象征性的，所谓的"二门儿外"，也就是个小天井。

大一些的"二门儿外"，院子里一般不住人，通常只有两间低矮的房子或是敞棚，用来放些农具和日常用具，铁锨、锄头、三齿、镢子、镰刀以及杈把扫帚、筐子、筛子之类，屋子里满满当当。这些东西，下地干活儿时用得着，屋里院里有时也使得上，哪样不凑手也不方便，所以，自家能预备的就尽量预备得齐全些，省得急用时四处找人去借。

"二门儿外"虽不像内院儿那么讲究儿，但怎么安置也不是随意的。猪圈和茅圊大都安置在院子的西南角儿，旁边挨着的是鸡窝。如果家里养狗，还得给狗盘个窝。过去有养牛、马或驴、骡等大牲口的，那就得有间牲口棚和停放马车、驴车的车棚。有的人家在"二门儿外"盖有碾棚，里头支着碾盘和磨子，碾棚大都简陋，挨着墙边，三面敞口儿，有的干脆在露天里安置着。除了这些，院子里一般都有一两座柴火垛——或是麦秸垛，或是秫秸垛，或是棉花秸垛；长着几棵树——老榆树、洋槐树、笨槐树、杏树、枣树、柿子树什么的；有的也栽一些花——馒头花儿、送闺女花儿、掐不死、美人蕉等等，还有种竹子的。春天和夏天时，小孩子从地里园里挖回这样那样的草花儿，或是小桃树、小杏树，也往院子里胡乱安插。有的人家，不种花，种菜，碧绿的几畦，菠菜、韭菜、小葱、大蒜、茄子、黄瓜、小白菜，靠北墙根儿用树枝搭了架，种上几棵吊瓜、丝瓜、眉豆儿、木耳菜什么的。更阔气的人家，"二门儿外"还打着井，井台儿上搭着棚子、架着辘轳。整个院落这么着布置下来，散漫、错落而又井然有序，有阳光，有绿荫，有清风，有明月，春夏秋冬，各有所宜。

我小时候住在一个老院子里，老院子有道二门儿，只不过"二门儿外"很是狭小，巴掌一块儿大的地方，穿过大门洞儿，一扭身儿，往左拐，就进了二门儿。二门儿的西边，在二爷爷家房子的东后墙与正月叔叔家的西后墙之间，有个五六十公分宽的小夹道儿，北头儿宽，南头儿窄，像个楔子一样夹在那里。三辰叔曾经在里边喂过小猪儿，等小猪儿稍长大一些，只能在那个夹道儿里直来直去，或是往前走，或是往后退，转不开身儿。后来，四奶奶又在那里喂过几只母鸡，当时乱纷纷的景象我至今都还记得。

村子里有这样二门儿的还有好多家，如二爷爷家，闰月叔家，录民家，胡叫儿家，英良家。"二门儿外"地方稍大一些的，有东辉家，世魁家、秀桥家，振良家。世魁、秀桥和振良家的"二门儿外"，结构布局都差不多：西南角儿上是猪圈、茅圊，院子里长着三四棵大树。还有一样儿是一样的："二门儿"都只是个券门，没有门扇儿。东辉家在路南，二门儿外是个小院儿，二门儿旁边是一眼水井，搭着个敞棚。小院儿的北边有两间北屋，东边有两间东屋。北屋和大门洞儿连着，门常常锁着，里面黑洞洞的，啥也看不清。两间东屋是个大敞间儿，有两个细木格子的窗户，糊着发黄的毛头纸，只在底下有一溜儿玻璃。这两间东屋曾作过生产队的队部，队长樊白元差不多每天都要在那里给社员们开会、讲话。东北角儿上，北屋、东屋中间夹着的，是东辉家的猪圈、猪棚和茅圊。

"二门儿外"是个大院子的，有庆丰家，庆立家，明祥家。庆丰家的"二门儿外"长着好多洋槐树，夏天一院子树荫，凉快得很。明祥家的"二门儿外"，跟座小树林子似的，有大杨树、臭椿树、洋槐树、榆树和枣树，走到绿荫掩映的深处，才是那道虚掩着的二门儿，二门儿的旁边也有一眼水井。单看井台儿上铺的石头、井边湿漉漉的发黑的井砖和磨得溜光儿的辘轳把儿，就知道这眼水井的年纪儿肯定不算小了。

小的时候，我常去西龙贵姥娘家。姥娘家的院子很大，也有道二门儿。姥娘家的"二门儿外"虽然不大规则，但最有意思：紧挨着二门儿的西边，是家里的猪圈和猪棚，姥娘端着刷锅水，迈出二门儿一扭身儿，就能倒进猪槽子里。二门儿的旁边长着一棵木槿树，细溜溜儿的树干，树梢儿高过了房顶，从夏天到秋后，老是开满一树粉红色的花朵，地上也总落着好些开败了的。姥娘家的二门儿外旁边，还套着个闲院子，叫东栅栏，里边很随意地长着几棵大大小小的树，正当中是一棵枣树，靠东边有两棵大榆树，还有一棵很粗的泡桐树，几棵洋槐树。东南角盖着一间高高的敞棚，里边堆着一垛子又粗又长的大木头，快要顶住棚顶了。靠西边修了一座沼气池，曾经有一阵子，姥娘和妗子就用这里头产生的沼气做饭、炒菜，连厨房里吊着的灯，用的也是沼气，真让人稀罕。这座沼气池用了几年后开始漏水，修了两三次也没有修好，后来就废弃了。我一到姥娘家，总好到这座闲院子里玩儿。院子里的树上有两三个鸟窝，春天时有刚孵出来的小鸟儿，一见大鸟儿飞回来就猴急地叫着闹着争嘴吃，叽叽喳喳的，很有意思。

我特别喜欢二门儿外的院子。后来读鲁迅的《从百草园到三味书屋》，觉得"二门儿外"这样的地方，跟鲁迅写的"百草园"差不多。"二门儿外"也的确是适宜小孩子们玩耍的地方，捉迷藏啦，翻四角儿啦，打"皮牛儿"啦，弹玻璃球儿啦，跳方儿、跳绳啦。有时，大人们嫌小孩子在跟前吵闹得心烦，就会把他支出去："出去吧，上二门儿外耍会儿去！"

这些年，村子里大搞新农村建设，拆旧房、盖新房，有二门儿的院子拆得越来越少；重新规划后的村子，家家户户地方一样大，房子模样也都差不多，都是整齐、气派的宽房大屋，甚至二层楼、三层楼，还修建了高大、轩敞的门楼子。但进了大门儿就是院子，院子也不大，一望就能尽收眼底，有的连棵树也没有，少了幽深，少了曲致，少了寂静，终归有些单调、直接，不免兴味索然。

怀念是从消失的时候开始的。我很怀念原先那些有大门儿二门儿的老院子。

外 号 儿

村子里不少人有外号儿。一个人之所以有外号儿，不是随便起的，多数也是事出有因。

外号儿不同于人的小名儿。五花八门、各式各样的外号儿，个个有背景、有故事，大都是根据这个人的相貌特点，或者脾气、秉性，或者人品、境界，或者日常言行习惯，或者办过的某件趣事、糗事、丑事，经过综合、概括、归纳，然后提炼出来，有的反映现象，有的反映本质，有的抓住主体的主要方面，有的抓住最突出、鲜明的一点，攻其一点，不及其余，从而达到以点带面、以偏概全的效果。这些外号儿，无不生动、形象，通俗易懂、特色鲜亮。有的纯粹是调侃，开玩笑，大都含有亲昵、亲密、亲切、幽默的成分，甚至有些像是"昵称"，所以叫的开心，被叫的也不恼，甚至还有些乐意，因为一定程度上，这也表明自己的人缘好；有的外号儿虽说带点小刺儿，有点儿怪味儿，但更多的是善意的批评、轻微的嘲讽，倒也有的放矢、对症下药；也有的外号儿用语刻薄，有点儿不尊重人，甚至带有贬损之意，虽如此，但不能不承认这个外号儿加在某个人身上，仿佛是量身定制似的，非常有针对性、指向性，完全恰如其分、名副其实，让你既笑不得，又恼不得，不得不领受下来。有的人听到别人叫自己的外号儿，尽管心里服气、服劲，表面上却一点儿也不愿承认，认为叫他的外号儿就是揭他的短、起他的哄、出他的洋相，甚至觉得那是在骂他哩。脾气好一点儿的还好说，顶多红着脸饿饿上几句；要是遇着脾气不好的，谁喊他外号儿他跟谁急眼，打闹起来就有可能作颜作色地吵起架来，最后弄得彼此都有些下不来台。

我在村子里有个外号儿，叫"黑蛋"，小时候常被人喊来叫去，很有打击我的力量，弄得我在人们面前很是狼狈，又羞耻又苦闷，令人着恼。所为何来？只因为生来皮色儿就重，捂也捂不白，咋洗也不顶事儿，到地里干活儿，日头一晒，更黑一层，真是让人无可奈何。天生的黑，娘胎里带来的，有什么法儿？叫"黑蛋"也不屈，唉，认了吧。

我们队上有个老汉，大高个子，性格开朗，为人直爽，成天笑嘻嘻的，见谁也爱开玩笑，俏皮话儿挂在嘴边，张嘴儿就来，走哪儿哪儿热闹。他当过多年生产队长，处事公道，爱说直理，社员们大都信赖他、服气他。他有个外号儿，叫"老美"。为什么叫个"老美"呢？并不是因为他长得像美国人，也不是说他相貌有多排场，这大概与他名字里有个"俊"有关吧。我们队上的大人们都这么叫他，有时，连小孩子们也没深没浅地跟着喊他"老美"。遇着小孩子喊他外号儿，他就把眼一瞪，嘴一咧，脖子再那么一歪，假装生气地吼道："毁你个小兔崽子的呀！'老美'也是你叫的？——没大没小的！滚一边子去！"毁，就是揍的意思。

白元也当过好几年生产队长，对工作非常负责，队上的事抓得有板有眼。就有一样儿，看人太紧，脾气也不大好，一着急上火就好训人，不管是谁，也不管当着谁，噼里啪啦、呼雷带闪就是一顿。而且，训起人来，"突突突"地连续扫射，不留情面，社员就给他起了个很形象的外号儿——"机关枪"，背地里常这么喊他，当着面儿却谁也不敢说。白元过了好长时间才知道他的这个外号儿，嘿嘿嘿地自个儿笑了好一会儿。大概他也觉得这个外号儿很好玩儿，也很恰当吧。不过，他以后该咋着还是咋着，"机关枪"依旧时不时地冲着这个"突突突"，冲着那个"突突突"。

有个老奶奶，年轻的时候有个外号儿叫"小漂车儿"。小漂车儿就是城里的小轿车、小汽车。这位老奶奶个儿不高，却非常精明能干，做事干脆利落，成天忙得脚不沾地儿，地里的家里的，放下这个拿起那个，走路从不慢慢腾腾、拿拿捏捏地迈四方步儿，而是一溜儿碎步，又轻巧又快捷，总像跑着一样，人们就给她起个"小漂车儿"的外号儿。她丈夫死得早，自己一个人拉扯一窝儿孩子，日子过得很不容易，不像小漂车儿一样快快地跑动着奔忙，一家人怕是连吃饭也会犯愁。

有个中年人，人是好人，心眼儿不赖，但心热嘴冷，遇事儿好认死理，脾气也很厉害，目光冷峻，说话难听，平常儿的话从他嘴里说出来，就变得没有好声气，好像谁得罪了他似的。有人暗地里就给他起个"白尾巴尖儿"的外号儿。这个外号儿不大友好，因为"白尾巴尖儿"是指一种狗。我曾在村子里见过这样的狗，通身像炭块儿一样，一团墨黑，有时连眼睛也看不见，只在尾巴尖儿上忽然有一撮白毛儿，非常显眼。这种狗一般都性情刁钻、乖戾，一生气就低声吼着，龇出又尖又细的小白牙儿，眼神里也满是凶狠的冷光。这个外号儿，人们只在背地里悄悄地叫，当着面儿从来不说。

有个男人，外号儿偏偏叫"娘们儿"。叫这个外号儿倒不是嘲弄他外在相貌、言谈举止女里女气，而是因为，他一个大老爷们儿家，偏偏在"女红"上很有一手儿，喜好动刀动剪、捏针拈线做营生，衣兜里常揣着一枚顶针儿，裁衣裳、铰鞋样儿、蹬缝纫机、织袜子、打毛衣，样儿样儿会干，比他媳妇儿还手巧。做营生对他来说，是一种享受，乐此不疲。村里人都有些纳闷儿：他是投错了胎吧。

有个女人，外号儿叫"鬼怕"。是说她模样儿长得丑，连鬼见了也要害怕。这当然是有些夸张的，丑到让鬼都害怕，那还能走到人的跟前呀？再者说，原本一开始看着丑的人，等时间长了，看惯了，慢慢地也就看顺眼了，不怎么觉得丑了，起码不像原来那么丑了。这个外号儿叫"鬼怕"的女人虽说丑，却性格开朗，快人快语，是个把家做活儿的好干手儿，而且会生儿子，过了门儿第二年，就添了个大胖小子。头大刚会走，"扑通"，又生了老二，还是个小子。等到这俩小子能在一起打架摞跟头了，她又"扑通"地生下了老三。村里人都笑着说："瞧人家这套本事！"

还有一个中年妇女，精力旺盛，有多变的热情，有急躁的热诚，遇事儿总跑在别人前头，干什么都大大咧咧的，连走路都仿佛叮叮当当一路带着响儿，只是有时办出来的事不大妥帖或不大靠谱儿，断不了闹出令人啼笑皆非的动静，人们就老说她："你看你，跟个大转铃似的！"说得多了，"大转铃"就成了她的外号儿。

村里有个"讲究儿"人，平时总是穿戴齐整，走路四平八稳，拿捏着架势，说话时也是咬文嚼字、摘词择句地说些"字话儿"，像是大领导在视察工作时讲话做指示似的，人们就给他起个外号儿，叫"大干部儿"。有时，大老远看见他往这边走过来，人们就嬉笑着说："哎，快瞧，'大干部儿'来了！"

在文化生活单调而又枯燥的乡间，给人起外号儿，也算是劳作之余的一种娱乐吧。你给我起外号儿，我也给你起一个，只要不是故意揭人短处，不是有意伤人隐私，不是特意冒犯人格尊严就行。大家在一块儿说笑，看谁起的外号儿更生动、更有趣，只为轻松愉快、哈哈一乐。有的外号儿生动、俏皮、传神，又特别符合某人特点，简直非其莫属，一下子就会传开，叫着叫着，就叫顺嘴儿了，叫熟了，叫响了，成了他（她）的另一个代号，有时比大号儿的知名度还要高。

村子里就是这样，当你说到一个人，他（她）的大号儿也许没多少人晓得，但你一说起他（她）的外号儿来，就连小孩子都知道你是在说谁哩。

怪 事 儿

1

　　一家人正围着桌子吃晚饭。

　　一只或两只小飞蛾儿出现了。它们在灯影儿里飞来飞去地追逐，或灵活地来回转圈飞舞，或笨拙地东碰西撞，或漫无目的地忽上忽下，有时又像讨好似的，飞到人的眼前打晃。讨厌！可是等你放下筷子撂下碗，想要专心致志地把它们拍住，它们却一下子又飞到了远处或是暗处，好像躲起来了。等了一会儿，还是不见。等你恼怒而又无奈地重新拿起筷子端起碗来，哎，小蛾子又开始忽闪忽闪地在你的眼前上下飞动了，简直就是故意撩逗着跟人作对！

　　夏夜里打蚊子，情形跟这个差不太多。那些令人厌烦的蚊子像是经过了专业训练似的，深谙"敌进我退、敌驻我扰、敌疲我打、敌退我追"的游击战十六字方针，一个个贼头贼脑的，非常难对付。你躺下不一会儿，它就飞了来，在你的耳朵边哼哼哼、嗡嗡嗡，一会儿这儿，一会儿那儿，骚扰个不停，逮住机会就叮你一嘴；可是，你想要捉住它，却不容易，等到你气恼得睡不着，翻身下床，挑灯夜战，也真是怪，任凭你上看下看、左看右看、里看外看、愣是看不到它到底藏在什么犄角旮旯里了。——真是让人讨厌啊！

　　如是三番的折腾，你这一晚上也就甭想着安生了！

2

不用剪子时，剪子老是在眼前晃，不是在笸箩里，就是在炕头儿；不用针锥时，针锥就在手边，不是在桌子上，就是插在哪只正纳着的鞋底上。可等到要急着用时，咦，找不着了！不管是在笸箩里，还是在炕头儿，还是在桌子上，偏偏就愣是找不见那把仿佛刚才还见到过的剪子或针锥。——这是母亲经常遇到的怪事儿。

剪子和针锥是我和两个妹妹最有用也最喜欢的玩具，不是铰这个，就是剪那个，不是穿本子，就是扎东西。但小孩子家大都没"后手"，哪儿使了哪儿扔，等到母亲做针线营生要用到的时候，常常不凑手儿，急得她转圈儿。于是，母亲的急脾气便发作起来，冲着我们气急败坏地嚷嚷道："真是怪奇得慌！——使什么，没什么；找什么，什么找不着！"母亲常把"奇怪"说成是"怪奇"，让我们感到很奇怪。

我和妹妹们你看看我、我看看你，大眼儿瞪小眼儿，不知道该问谁，也不知道该怪谁，反正不该问自己、怪自己。也是，那把剪子或针锥到底放在哪儿了呢？它的确好像刚刚还在手边来着，怎么一转眼儿就又不见了呢？

母亲生过了气，平静下来了，也会利用这个机会教育我们，干什么事都要"有后手儿"，比方剪子和针锥吧，从笸箩里拿的，使完了就还放回笸箩里去，下次再使的话，一伸手儿就能找到，又方便又省劲，还不耽误事儿。

3

20世纪80年代初期，我父亲在石家庄市化纤织物厂上班，每天来回跑家，路远，一去一回，六十来里地。

父亲所在的工厂主要生产化纤毛毯、化纤仿毛皮制品，生产过程中剪下来的短绒，作为下脚料儿，堆在厂区的一角。下脚料儿相当于垃圾，过一阵子就得清理一次。有一回，父亲经过那里，心想，这东西能不能用来替代麻刀，跟石灰拌在一起抹墙呢？他就手儿抓了一大把，带回家来做试验，结果效果挺好，比普通的碎麻还好使，抹出来的墙面不仅不崩不裂，而且很细腻。以后，父亲经常在下班后，用一只袋子装上一些驮回来。除了自家用以外，也送一些给亲戚和当家子。村里有的人听说了，也过来找我父亲，递上一根儿烟，让我父亲帮忙给驮一些。父亲想，自己平时给乡亲们也帮不上别的忙，这点儿事，捎带脚儿就能办。好在这东西不要钱，也不太重，驮就驮吧。从那以后，父亲骑着那辆老式的"飞鸽"加重，后边常常驮着一只鼓鼓囊囊的编织袋子。

后来，父亲工厂里一些家在农村的工友也发现了这种短绒可以替代麻刀，便也纷纷来驮。驮的人多了，工厂里就有了些反映，说父亲他们是"损公肥私"，占公家的便宜。厂领导们一研究，决定收费：装一次两块钱。

父亲为了多装一些，总是把袋子撑得鼓鼓的。反正不管装多少，一次就是两块钱。可是，为了这两块钱，却引起了村里一些人的误解：过去不要钱，现在怎么要开钱了？有的甚至怀疑是父亲要占这笔钱。为这个，父亲费了不少口舌。

再后来，工厂把下脚料儿承包给一家企业收购，个人不能再驮。当又有人让父亲给驮短绒时，父亲就跟人家说，不行了，厂子里不让驮了。可是，有的人就是不信，非说是父亲嫌麻烦，不愿意给帮忙。父亲又费了不少口舌。

父亲帮村子里不少人驮过这种短绒，到最后却落了个费力不讨好。——这是不是也算怪事一桩？

4

中国是个讲人情、重面子的社会。讲人情、重面子当然有好的一面，大家一团和气，彼此顺顺溜溜，都跟兄弟亲人似的。但弊端也很多，那就是有时候办事离不开托门子、找关系、打招呼——哪怕曲里拐弯多走二里地呢，也要想方设法"挂"上个关系，有熟人就好说话、好办事，有优惠、有照顾；倘若没有关系没熟人，那就得一是一、二是二地"公事公办"了。一是一、二是二、公事公办不正好儿么？偏偏在某些地方、单位、部门或个别人的眼里，"公事公办"就意味着"不大好办"或"不好好办"。结果，办事儿的人往往既"绕远儿"，事儿又办不顺。

我在外边工作已经三十多年，断不了有人找来或给我打电话，让我帮忙办事儿。他们讲：你们在外头上班的人，大大小小是个官儿，好好歹歹能帮个忙儿，不用犯什么难。他们找我，是觉得我在机关上班，跟下边和外边多多少少有些关系，认识的人多，能说上话儿。我理解他们的心情。那些力所能及的，又不违反原则、纪律的事，我还是愿意帮忙的。事儿能办成，我心里也很高兴。

可是，有时候我也很苦恼。有一些事，并不是想办就能办得了的。先不说我不是什么高级别和有实权的领导，单说他们提到的好些事，并不是我所在单位的职责范围内能解决的，需要沟通，需要协调，需要联系，需要打点，而现在有些事，就数"沟通""协调"让人头大。这样一来，有的事就办不了或办不成。

麻烦的是，有的人对此并不完全理解。有的事，找了不少人，费了不少劲儿，结果却没有办成或办好；还有的，比方触碰纪律和原则的事，原本就不该帮，也不能帮。麻烦最大的就是这些。——即便不能帮，也不能拿话儿愣顶，得好商好量儿地把事儿说开、说透、解释清，否则就会落埋怨。说起这些个来，好多在外边工作的人都有同样的苦恼：管闲事儿，落麻烦。更有甚者，十件事中有九件事办好了，没啥，那是应该；有一件没办顺溜儿，或者办砸了，那就得罪了人。

有的人对"有本事"的理解是，别人办不了的事你能办，说说话儿，写个条儿，打个电话，不花钱或少花钱就能把事办成。有的人说："办这么点儿事，你不就打个电话么？用得着费什么劲儿呢？"他们不知道的是，为了能轻轻松松地坐下来，心平气和地拨出这个电话号码，那是靠多少年的冷桌子热板凳才熬出来的一点点自信，是靠多少年的人情修炼才攒出来的一点点底气。——天下哪有那么又容易又简单又便宜的好事儿给你现成预备着?

　　说句实话，为我自己的事，我很少求人，而为办别人委托的事，我一次次硬着头皮、皱着眉头，不怕被嫌弃地给人家打电话、说好的，办成办不成放在一边，总得要费一番劲的。

　　办得成，办得好，应该；办不成或不能办，落埋怨、得罪人。——这是不是也很奇怪?

民 间 偏 方

村子里的人常讲这样一句俗话："偏方治大病。"

村里的民间偏方有很多。这里所记录的偏方，大多是单味使用，没有"合剂"或者"复方"那么复杂，简便易行。需要声明的是，这几个偏方虽有治病实例，但有的未经本人验证，也没有具体的剂量上的说明，所列谨仅参考，还望慎重取用，不要盲目尝试。

有的偏方是私人诊所的医生祖传下来的，不外传，也就没有写在这里。

一

南张庄有个六十多岁的老爷子，有一年春天，这位老爷子的脖后梗老是起疖子，红肿化脓，碰不得、摸不得，到村卫生室找医生看，吃过药，也抹过药，甚至还打过针、输过液，却总是好了这一个，过一阵儿又起那一个，左边的刚愈合、平复，右边又悄悄拱出来一个，随时刺痛，随时溃烂，此起彼伏，缠绵不断，令他日夜不宁、坐卧不安、痛苦不堪。村里的老人说，这是一种"脑后发"，治起来很是缠手。

南张庄村委会秘书、治保主任全进朝知道一个民间偏方，他让那老爷子去永壁集上买了5块钱的麻山药，洗净，去皮，再放在捣蒜钵里捣烂，直到捣成黏胶状，然后再将捣好的麻山药敷在疖子上，用纱布包好、固定，一天一换。不用打针、吃药，没多久，老爷子的"脑后发"竟然治好了。

5块钱买的麻山药没有用完，老爷子乐呵呵地把剩下的麻山药蒸熟吃掉了。

（据南张庄全进朝口述整理）

二

有一年夏天，我十二三岁的样子吧，晌午跟着伙伴们到村西的官河里耍水，耳朵里进了水，急得我又是掏又是抠，后来就发了炎，长了"耳朵底子"——可能就是书上说的"中耳炎"吧。

我不知道"耳朵底子"是什么玩意儿，只是觉得耳朵眼儿里又疼又痒很难受，有时还流黄水儿。而且，听大人们说，长了这个玩意儿，如果不治好，以后就会变成聋子了。母亲很着急，有一天中午，他带着我找到我们队上一个名叫"蛇儿"的老汉（这个老汉我在《村上的事》和《在村子里》多次写到过他）。据说他有治疗"耳朵底子"的偏方，是他自己按祖传秘方配的药。母亲找到他，讲了我的情况，"蛇儿"就从屋里取来一个小纸包儿。他让我靠在院子里的那棵枣树上，拿一支织布机上用的竹孔孔儿，从一个小纸包里撮了一点点白面面儿，对着我的耳朵眼儿往里轻轻一吹，一丝凉意透过耳膜，一下子舒服得很。过了两天，我又去吹了一次，不知不觉就好了，耳朵里再也不疼不痒了。

当时，我不知道这种药的配方，只好像听母亲说，药面面儿里有一种叫"冰片"的中药。2016年初夏的一天，我在街上碰见蛇儿的女婿秋山，同他聊起这个偏方。他说，配方主要有两样儿，一样儿是干蚕蛹，在砂锅里焙了——一定得用砂锅，千万不能用铁锅，然后磨成面面儿，再配上研成面面儿的冰片，就成了。至于这两样儿的比例，他也说不清楚。他说，我们这一带不养蚕，当年配药用的蚕蛹，都是从南方寄过来的。这玩意儿治"耳朵底子"灵得很，十拿九稳。

"蛇儿"去世得有十大几年了吧。

三

小的时候，吃东西有时不讲卫生，摸着生瓜绿枣，在衣裳上随便擦巴擦巴，下嘴就咬。因此，村里的小孩子闹肚子是常有的事。

我母亲治小孩子闹肚子有个偏方：油煎鸡蛋。油大点儿，不搁盐，等煎得周边焦脆、中间酥软就起锅儿，然后趁着热乎劲儿吃下。吃一个就能管住事儿。

母亲先是在"把把儿"锅里耗一勺儿棉油，等油热得起了烟，再把鸡蛋打进去，等到煎得恰到好处，就把筷子递给我，让我夹着吃。我记得我一共吃过两次这样的煎鸡蛋。虽说没有放盐，少了点儿滋味，但总比吃药要好受得多。

母亲在娘家时曾当过好几年"赤脚医生"，这是她总结的一个偏方儿。

四

治口疮的偏方，是辰国有一次和我闲聊天儿时讲给我的：

辰国小的时候，可能是胃弱的原因，老是上火，一上火就长口疮，舌头上、口腔里，有时疼得难受，连饭也吃不了。家里的大人曾带着他去医院，跑药铺，找了好多地方，看了好多医生，也没有看好。这种情形一直持续到辰国从石家庄市财贸学校毕业，到栾城县人民银行去实习的时候。

有一次，他的嘴里又长口疮了，县人行计划股一位姓王的股长说给了他个偏方，叫他试试，就是把鸡内金洗净后，放在瓦片儿上，搁火炉子上焙得焦黄了，再用擀面杖擀成碎末儿，加上白糖冲水喝，连着喝了两个来月，打那以后，辰国就再也没有生过口疮。

（据鹿泉区环保局张辰国口述整理）

五

眼皮红肿，泪流不止，一眨眼就会有刺痛感，用医生的话说，是病毒性疱疹引起的眼部角结膜症状，村子里的人管这叫"发眼"。

遇到这种情况，通常是用氯霉素眼药水点一点，或敷点儿软膏，用不了几次就能治好。民间有个小偏方，是用秋天的梨树叶子，泡在清水里，一夜过后，用来擦眼睛，凉丁丁儿的，很是舒服，特别败火。擦过几回，就把"发眼"治好了。

（据鹿泉区环保局张辰国口述整理）

腌 猪 肉

农家腊月里头一桩热闹事，便是杀猪、煮肉、腌肉。腌肉是我们这一带乡下农家特有的猪肉储存方法。

一年到头杀一头肥猪，除了过年、待戚之外，猪肉和猪油能吃上对头儿一年，一年的日子就会过得有滋有味。只有妥善保存，猪肉才不至于变味儿、坏掉。怎么办？——用腌肉瓮把猪肉仔细地腌制起来。

腌肉的第一道程序是煮肉。先把猪肉里好剔的骨头剔出来，之后把肉拉成小半拃宽的长条，然后再切割成方块儿。在下锅煮肉之前，先要炒点儿糖色。炒糖色一般用的都是白糖，最好不用红糖，因为红糖有杂质。把白糖炒成黏稠的像是蜜一样的糖汁，倒进煮肉的大锅，再加水、加肉料儿，大火烧开。煮肉锅里放了这种炒好了的糖色，既去腥气，又能给肉着色，煮出来的肉块，颜色黄亮亮儿的，好看。煮肉不能煮得时间过长，煮到八成熟就行，否则就把肉块儿上的肥肉煮化了，猪膘儿变薄，肉块儿也就变小了。也有的是把肉块儿煮好之后，再蘸上糖色过油，肉皮红中发黄，很是诱人。我母亲给肉过油，所采用的即是这种方法。

这边大锅里煮着肉块儿，那边的小铁锅里"憋"油。"憋"油就是把猪肚子里大块板油和附着在猪肠子上的转肠油弄下来，切成核桃般大小，在铁锅里翻炒、熬炼，慢慢地把油"憋"出来。"憋"出来的油，一会儿可以用来"过"肉，剩下的油渣，我们这里叫"猪油三儿"，将来蒸血糕时可以用作佐料，也可以用来包菜包子，香得很。

大人们围着锅灶煮肉的时候，小孩子们常常跑过来看，他们更多的用意是趁机吃肉解馋。锅里开始沸腾了，疼爱孩子的大人就用铁钩子从锅里捞起一块儿来，或是专拣瘦肉多的肉骨头，用手撕一撕，在旁边预备着的酱油醋碗儿里蘸一下，再喂到小孩子早就伸过来的嘴里。小孩子满脸欣喜地站在那里，小嘴"吧唧、吧唧"地一通大嚼，占着嘴，没空儿说出那个"香"，但那副眉开眼笑的样子，早把大人的心都香得醉了。有的小孩子因为好吃肉，贪吃没够儿，大人也娇惯，便吃了一块儿又吃一块儿，直到吃个"肉饱儿"，等会儿到街上一跑，肚子里灌进了凉风儿，就会反胃、干哕，乡下人就说："这是吃肉吃'顶'了！"有的小孩子"顶"得严重，还会呕吐，而且不能再看到肉，也不能闻到肉味儿。他们会在今后相当长的时间里不想吃肉，一说到吃肉，肚子里就会有恶心的反应。这种情况要过上好长一阵子才会慢慢转轻，也有的，从此再也不能吃肉，或者只能吃点儿瘦肉，肥肉是千万见不得的。我小的时候曾经吃"顶"过一次，对那种"过犹不及"、物极必反的难受滋味，是有亲身体验的。

　　除了煮肉块儿，猪头、猪下水、肥肠、猪尾巴等零碎儿也都一并要煮出来。猪头很耐煮，费火——"火到猪头烂"么！猪头煮好了，放在案板上，把猪脸揭下来，然后把从骨头上撕下来的碎肉一股脑儿包裹进去，再用一块白布包起来，摆弄平整了，上边放块大石头压住，一直压到第二天，猪头肉就做好了。猪头肉肥而不腻，可以凉拌，是很好的下酒菜。有的人家把猪耳朵单另开，也有的人家把猪耳朵一并压进猪头肉里。用这种方法做成的猪头肉，瓷实、筋道，远比超市里卖的那种没有压实过的要好吃得多，味道好，口感也好。

　　煮好的猪肉要晾一晾水气，然后就开始过油了。随着一声接着一声的"欶啦——"，更加浓郁的香气弥漫在院子里，香气越积越多，浓得黏稠、发腻，仿佛能从空气中舀下一勺子来。过了油的肉块儿黄晶晶的，阳光下闪动着鲜亮的光泽。

　　把肉块儿过完了油，顺便再炸些豆腐片儿、豆腐泡儿、肉丸子、素丸子，有的人家还要炸一些油条、粉条。用猪腥油炸出来的油条和粉条又酥又脆的，特别好吃。

把过好油的肉块儿、豆腐片儿在院子里晾一晾，就可以放进专门的腌肉瓮里了。码一层肉块儿、豆腐片儿，撒上一层盐，再码一层肉块儿、豆腐片儿，再撒上一层盐，直到把腌肉瓮填满。下一个程序，就是把刚"过"完肉的油灌进瓮里，直到把肉块儿和豆腐片儿都淹得没了顶。油有很强的密封性，能隔绝空气，防止肉和豆腐腐败变质、变味，盐能保持肉块的香味和鲜气。这样封存好的肉和豆腐，俭省着吃，细水长流，吃上对头一年也不会变坏。因为腌肉时搁的盐多，肉味太咸，用来炒菜或是作菜码儿时，需要注意少放些盐，要不就齁得没法吃了。

家里有只装得满满当当、压得瓷瓷实实的腌肉瓮，虽说不是多么高档，但平常自己吃，来了亲戚待客，不会巧妇难为无米之炊，日子也就沉得住气了。腌肉瓮，盛满农家一年的殷实和丰足，盛满农家一年的底气和自信，盛满农家一年的安稳和吉祥，也盛满农家日子的实实在在和有滋有味。

喝　　酒

我这人酒量不大，也不怎么喜欢喝酒。我自己在家是从来不喝酒的。虽然不喜欢喝酒，却有时又不得不喝，时不时地被朋友拉上酒桌，一伙子人团团围坐，觥筹交错一番。自己笨嘴拙舌，枯坐在能说会道的几个人中间，寻不到有趣的话题来应答，只能被动地傻喝，也真是费劲。这场面，比让我上考场而答不出题目来，一点儿也好受不到哪里去。在酒桌上被朋友们怄闹着，一顿喝个四两半斤的，只要不超过六两，难受归难受，倒还能对付下来。一旦超过六两，就自己作不了自己的主儿了，弄不好就得喝吐了。唉，人在世面儿上行走，啥事也得经历，有时，这也是没法儿的事。

我最早开始喝酒是在村子里的时候。那时，村子里有谁家过红白喜事，乡亲们都要去上个名儿，也就是"随份子"，大多是五毛钱。到了当天下午，主家就会挨家挨户地来请去坐席。我父亲在外头上班，白天不在家，母亲则很少去，于是，就派我作为代表。我那时已经十二三岁了吧。坐席，当然不同于一般的吃饭，有酒有菜，有碟子有碗儿，也有一种隆重的仪式感。我人生的第一杯酒，大概就是在这样的酒席上喝到的。看着大人们酒盅一端，左让让、右让让，然后往嘴唇儿那儿一碰，一饮而尽，很是尽兴，觉得有趣。大人们不喜欢我们小孩子和他们掺和在一起，见了就撵鸡似的："去去去，你们小孩子上那边儿桌上去！才拱出蛋壳子来，也来喝酒？"我们一堆小孩子便挤在一桌，也不讲礼让，也不顾吃相，抢也似的夹菜，胡乱地喝酒，倒也热闹。当时只是觉得，这玩意儿辣嗓子，又呛得咳嗽流眼泪的，有什么好喝的？

我长到十四五岁的时候，母亲开始支使着我去给村里盖房子的人家攒忙儿。攒忙儿不给工钱，但主家儿管三顿饭，晚上那顿一般还管酒，干活儿的人坐在一块儿，热热闹闹地吃喝一顿再散去。那时，我在村子里喝过一种叫"格瓦斯"的酒，用饭碗喝，黄澄澄的水儿，有气泡儿，没什么酒劲儿，更像是汽水，觉得新鲜，一顿能喝个两三碗。后来又兴起喝散啤酒，用碗或是大茶碗儿。这样的乡间酒场儿，每年总要经历那么三四回吧。

我喝酒开始多起来，是在上了大学以后。那时，同宿舍的同学好在一起聚餐。有人过生日，或者有谁在校报上发了篇文章，我们就张罗着在一起喝顿酒，庆祝庆祝。都是学生，大家都没什么钱。我们那时常喝的是沧州白和石家庄大曲，后来就改喝啤酒，专门买了白塑料桶，拿去街头的小卖铺灌散装啤酒，回到宿舍，就着从食堂打来的炒菜，也能喝得豪情万丈既而东倒西歪。

人说，喝酒交朋友，酒风看作风。如果一班子人在一块儿喝酒，当中的谁从来没有喝醉过、喝吐过，那这人是不可交的，极有可能心机太重，城府太深，为人不实在，甚至阴险。我听说了这，就赶紧反省自己，该喝也得喝。记得我第一次喝醉，是在上大学后的一年暑假，邻村的高中同学梁建立在县里参加了工作，有一天来我们村找瑞华，瑞华就把我叫过来，陪着梁建立一起喝酒，就我们仨人。喝着喝着，我就喝高了。我的醉酒标准就是喝吐了才叫醉。那次我就喝得吐了，扶着瑞华家院子里的一棵洋槐树，"哇、哇"地一顿好吐，回家大睡一场，醒了来，还是头晕脑涨地难受，又过了一天、睡了一大觉才算缓过劲儿来。这才知道，喝酒没什么好玩儿的，醉了酒的滋味更是不美。

关于醉酒，村里流传许多笑话。有的人喝多了爱笑；有的人喝多了就哭；有的人喝多了没羞没臊当众尿尿；有的人喝多了一个人钻个地方就睡觉；有的人喝多了，张着手来来回回地比比画画、抢抢打打，摇摇晃晃着跟打醉拳似的；有的人喝多了话稠，拉住身边的人，拽住人家的胳膊不撒手，"兄弟呀""兄弟呀"，掏心窝子地叫个没完；还有的人喝醉了酒，胆子变大，敢冲着媳妇儿嚷嚷，也能说出平时说不出来的混账话。更荒唐的是有个比我大四五岁的人，一喝多了酒，迷迷瞪瞪地，老往猪窝里钻，弄得一身脏臭，常常要三四个人下到猪圈里，七手八脚地把他从猪窝里连搬带抬弄出来。不知这到底是咋回事儿，是否冥冥之中他觉得自己上辈子是"天蓬元帅"，这辈子到世间投胎做人？

上高中和大学期间，每年正月初二晚上，庆楷和庆森哥儿俩总要把我和瑞华叫过去，我们四个人在一起喝酒。这一天，是庆楷和庆森的三个姐姐来拜年的日子，我们就坐在炕上，围着他家吃饭的小低桌儿，就着剩下的酒菜，一边喝酒，一边聊天儿，等喝完酒出来，已是三星正南的半夜。这样的酒我们一直喝了六七年吧。有一年，我喝得多了，车轱辘话来回地说，说了许多当时心里觉得清楚、事后一想又十分糊涂的傻话。好在他们仨都知道我的脾气秉性，谁也不会当着面儿笑话我就是。

参加工作以后，喝酒的机会与场合可就多得多了。上过的酒场儿有多少，喝过的这酒那酒有多少，数不清也记不清了，酒量倒是练得比原来大了些。但终究还是不大喜欢，打多长时间不喝也不会想。我自己在家，看着酒也想不起来喝。要喝，也是和媳妇儿喝点儿干红葡萄酒。其实，我也不怎么喜欢红酒，只是据说喝点儿红酒能帮助软化血管，对上了点儿年纪的人身体有好处。

我所喜欢的

我有许多喜欢的物事，不妨在这里列举一些。

早春二月河边的柳树。每一年都是这些柳树最早告诉我们：春天来了。那在风中轻轻摇晃着的柳枝儿，仿佛是在向着远处的春天招手儿，浸了浅浅的嫩绿，明媚了人们的眼，蓬勃了人们的心。

三月里努嘴儿的杏花儿。杏花是每年春天最早绽放出的花朵。枝头上，那一颗颗花苞，一天比一天变得饱满，渐渐撑开，露出深藏着的粉红色的秘密，一抹欲语还羞的鲜红，多么像是女孩子们嘴唇上抿着的浅笑。要是再下上一场小雨就更好了。微风细雨杏花，是最恰当的美好搭配，那份情致，是入得了画的。

四月的麦田。一望无际的麦苗儿，在阳光下绿油油地发亮，在风中浅浅地翻滚起波浪。快要到谷雨的时候，麦梢儿上的肚子就鼓起来了，这是怀上麦穗儿了。等到立夏时节，就都齐刷刷地秀出来了。

四月里树们初生的嫩芽。杨树的，槐树的，榆树的，泡桐树的，香椿树的，山楂树的，苹果树的……它们有的闪闪发亮，有的毛毛茸茸，有的肉扭扭儿，有的厚墩墩，有的软绵绵，有的树芽儿居然是金红色的。它们一律都那么鲜嫩可爱，像是婴儿清澈的眼神，让我都不知道在这里写些什么好了。

五月里从田野上吹过来的风。风自东南来，像是村里那些有好脾气的人，舒缓有致，从不暴躁，带着潮湿的温暖，温柔地抚过麦田，抚过树木，抚过村庄，也抚过小孩子们额前散开的刘海儿。

燕子出来进去忙着在房梁上衔泥筑巢。它们一只、两只，斜着身子飞去飞来，忙忙碌碌。累了，就三三两两地停在院外的电线上歇会儿，先是摇摇摆摆掌握好身体的平衡，然后，歪扭着身子，一会儿梳理自己黑亮的羽毛，一会儿与旁边的燕子轻声地唧唧喳喳。

夏夜的星空。星满苍穹的夜晚，多么令人着迷！星星们眨着眼，从深邃的夜空透出幽深而神秘的微光，分外惹人遐思。姥娘跟我讲，天上一颗星，地上一个人；老师在课堂上讲，我们看到的每一颗星星，其实都是一颗太阳，只是，它们离我们太远太远了，因为远，它们便小得好像一颗颗迸起来的小火星儿一样了。那样的一种遥远，该是多么的无从想象与不可思议！

夏日里雷雨过后的空气。那么清亮、清凉，虽然有时会有土腥气弥漫起来，但你不觉得它很别致、亲切么？瞧，蜻蜓们飞起来了，一群群、一团团、乱麻麻的。村里的人，把蜻蜓叫蚂螂。小孩子们见了蚂螂，立马两眼一亮，仰着头儿，跟着蚂螂跑起来，边跑边盯着喊："蚂螂蚂螂过桥嘞！"过个什么桥呀？纯粹是瞎喊哩！没有一只蚂螂听从他们的喊叫，依旧忽高忽低、忽走忽停地飞，它们玻璃纸一样透明的翅膀，在阳光里闪闪发亮，扇动起轻微的"嗡嗡"声。孩子们脸上的惊喜，慢慢地转为了无奈。

雨后布满云彩的天空。雨意初歇，乱云飞渡。那些云彩疲惫了，懒懒散散地赶路，而云朵之间露出的天空，洁净得仿佛被擦洗过似的。更有意思的是，不经意间，会忽然发现天边的一道彩虹。那是世界上最高大、最宏伟、最瑰丽的桥吧。

九月的天空。空旷辽远，写满秋意。一大朵一大朵的白云，安静得如同一幅素描，这种景象在别的季节里是不多见的。它们随意舒卷，去留无意，到了傍晚，变成漫天瑰丽的晚霞，像是被落日点燃了似的。等到日头下了山，它就一点点地消逝在暮色之中。

秋收之后刚刚翻耕过的田野。平展展的，黑油油的，暄腾腾的，真想去上边打个滚儿！有风吹过，清凉的土腥味儿飘过鼻尖，让人忍不住会打个喷嚏。新的一轮播种又要开始，新的希望又要萌芽，谁见了心里不高兴?

农历十三四晚上的月亮。将满未满，却已足够皎洁，点亮乡村的夜晚，陪伴着孩子们的游戏。月光笼罩下的村庄，朦胧，安宁，恬静。而月光如水，悄悄地流淌着，流淌着……

通向远方的路。不见车马喧器，不见人来人往，静默着，只有风悄悄地吹过。路边的那些摇摇摆摆、晃头晃脑的小草呀，野花儿呀，兀自在微笑。还有两旁或深或浅的庄稼地，平淡、质朴、整齐，多么让人心旷神怡。它让我想起许巍曾经唱过的那首歌:生活不止眼前的苟且，还有诗和远方的田野。

小河里清澈的流水和池塘上细碎的波纹。河水可以不大，最好四季长流，水中有小鱼小虾和好看的水草，水边有丛生的芦苇、菖蒲和跳跃的青蛙，岸上有老柳、老槐，风中有此起彼伏、忽高忽低的蛙声和从远处传来的起起落落、时断时续的捣衣声。

下大雪的日子。下在村庄的雪，盖住了房顶，盖住了墙头，盖住了柴火垛，盖住了通往田野的土路，盖住了麦田，盖住了小河……那么白，那么静，那么美。大地仿佛一下子又深远了许多，辽阔了许多，它隐藏在厚厚的雪被下面，悄悄地酝酿着一个新的春天。

傍晚时吹过村庄的风。那风里，有炊烟的味道;有谁家炒菜时，葱花儿在热油里爆煎时发出的那一声"欻——"，紧接着是忽地飘过来的一大团异香;有归巢的鸟儿们在一起叽叽喳喳的吵闹;有奶奶或者是母亲站在巷子口，拉着长声喊小孩子回家吃饭，喊叫声里，有一种恶狠狠的亲切。

傍晚时山顶上红红的夕阳。它已经不再有晌午时炎热的威力，也不再光芒万丈地刺眼。它的脾气好像一下子变得好起来似的，安安静静的，望着笼罩在夕晖里的村庄，一边缓慢地沉下去。挨着山尖儿的时候，那山尖儿就像嘴一样咬住了它，然后就一点点地吞吃了下去。夜色跟着渐渐降临下来。再过会儿，天就变黑了。抬头一看，天上的星星，这里跳出一颗，那里跳出一颗，亮晶晶的，像是钉了满天的银钉儿。

从村西的小学校里传来孩子们朗朗的读书声和放学时悠然的钟声。读书声里，有孩子们明亮的理想，有我们小村子成长的欣喜和未来的希望；那回荡在村庄上空的钟声，传递着村庄的宁静与安详。

　　一个老农脸上露出的淳朴的笑容。他经历了自然的风雨，走过了人世的沧桑，他所有的关于人生的见识，都写在他那一脸淳朴的笑容里了，坦然，淡然，知足，自得。

我所不喜欢的

我在村子里时，好多大人对我的印象是"绵"。

"绵"的意思是老实、安生、善良，性情平和，安分守己，也指没什么脾气，不厉害，没棱角儿。其实，我是个个性很强的人，"绵"只是表面现象——别看平时不好说话，显得有些木讷、呆板，但是谁对我好、谁对我坏、谁人怎么样，我心里什么都有，什么都清楚，什么都知道；我也很有脾气，只是轻易不发而已，惹急了、惹毛了，我照样也会出手。而且，我爱憎分明，喜欢就是喜欢，不喜欢就是不喜欢。我对喜欢的人，就真的喜欢，喜欢待在一块儿，话也多得说不完；对不喜欢的人——当然，人家也是不喜欢我的，就离得远远儿的，话也不愿意多说，眼也不愿意多看，耳朵也不愿意多听，更很少打交道。有时为了不至于闹僵，就不卑不亢、不凉不热、若即若离。在做事上也一样，喜欢的，做起来很投入，受苦受累也愿意；不喜欢的，就会觉得很讨厌，都不愿意正眼看，叫都叫不到跟前。王尔德说过，对坏东西的唯一态度就是不用搭理。我对不喜欢的人和事，就是这么个态度。从小到大，我"维"过不少人，也曾得罪过不少人，理解的就理解了，不理解的，解释再多也没多大的用，有时反倒越描越黑，只好漠然处之。本性如此，改不了、移不动、换不掉，能有什么办法呢？

我简单梳理了一下，以我多年来的所见所闻，不喜欢的人和事自是不少——自然，我所不喜欢的，并非什么"罪大恶极"，只是传统农民中的那些缺点或缺陷而已。主要有以下这些：

好占小便宜。村里人说这叫"见小"或"见浅"。比方说，有卖水果的、换西瓜的小贩来村子里时，好占便宜的人总要趋乎到跟前，明里尝、暗里偷，完了再褒贬人家一番，甜呀酸呀涩呀面呀，然后就决定：不买了！小贩每每见了这户儿人，常常暗暗叫苦，却又无可奈何，还要笑脸相迎。还有的，上顿吃饱了，又来要下顿，凭着脸皮上，老也打发不清，占起小便宜来没个够儿。

趋炎附势，看人下菜碟儿。这种人眼窝子浅，不看长远，只瞅眼前的手心儿，谁这会儿有用就巴结谁，谁当下有权势就向谁靠拢，不惜丢掉自己的尊严与脸面。反之，则换另一副嘴脸，不惜背信弃义，把脸皮撕下来扔到水沟里。村里人形容这种人的做派，是"苍蝇趴在驴蛋上——巴结大疙瘩儿"。

恨人有，笑人无。人家要是过得"有"了，表面上笑着恭维，背地里却恨不能把下嘴唇的皮都咬破了。人家要是过得穷了，就轻看、笑话、起哄。

有偏有向拉偏架。人有远近之分，有向灯的，就有向火的，有向你的，就有向我的。这是人之常情，原本无可厚非。有的人偏要歪着舌头撇着嘴说话，挑拨离间，有偏有向。

"狗脸"。狗的性子是没准儿，一旦招惹不对了，翻脸不认人，龇出尖牙来，有时连主人的账也不买。有的人也是这副德行，高兴的时候自不必说，但只要触犯着了他的利益，为个值当不值当的小事，就红了脖子翻了脸。

暗地里做"法"。这样的人心理阴暗，张精作怪，不三不四，对人不怀好意。比如，自家盖房子时，悄悄比邻居多垒一层砖，让房檐高过人家，意在"压"你一头；弄个石雕的小狮子，放在房顶或是檐角，墙头上或是窑钵里，让狮子的嘴冲住跟自己"不对眼"的人家，明里暗里地"咬"，意在让这家日子倒霉、多出"横事"。村里人管这叫"摆咕咚"，属于损人不利己；管办出这种事的人叫"脏心眼子"，得不到好报。

说话拣大的，做事挑小的。这种人一般都有张巧嘴，一遇有事，最能显着他（她），这个那个、七七八八，巧着样儿地说，说的比唱的还好听，一副人五人六儿的样子，可一旦需要实打实地干事，咦，一下子不知道到哪儿去了！作家列夫·托尔斯泰形容这种人，是"语言上的巨人，行动上的矮子"。

吃饭时有，干活儿时没。或者饿了才来，饱了就走。有的人，一说要干活儿，就紧着上厕所，要不找个别的什么借口走开，或者瞅瞅没人注意，悄没声儿地溜掉——"水不凉，下去喽！"可轮到吃饭时，却见他（她）笑嘻嘻地拿着碗来盛饭了，每每都能及时地出现，哪一顿也落不下他（她）。而且，这种人往往比谁吃得都多。

软地好起土，欺负老实人。软的欺负硬的怕，老太太吃柿子——专拣软的下手捏。你和平谦虚，他看作是老实可欺。对着那些比他弱小的，你看他（她）那张扬的气派！一旦碰上的是硬茬子，就立马变作另一副嘴脸：眼神猥琐了，舌头打拧儿了，不敢哈气了。其实，不要小看那些老实人，惹翻了他们也是可怕的。钱锺书在《围城》里说过："忠厚老实人的恶毒，像饭里的沙子或者出骨鱼片里未净的刺，会给人一种不期待的痛。"欺负老实人太过分，要小心。

当面一套，背后一套。我们上小学时，老师就教导我们不要做"两面派"，因为这种人人性不好，表里不一，当面做人，背后捣鬼；当面说得好听，扭过脸儿就不认账。书上说这种人，用的词是"口蜜腹剑"。这种人终究是吃不开的。一个村里住着，抬头不见低头见，今儿不见明儿见，你是什么样的人，不用长工夫，也许只经历一两件事，人们就都知道了，怎么可能藏得住呢？人不能靠戴着假面具过日子，戴也戴不住。

阴阳怪气说话，刁钻刻薄处事。你有事正经正道去请教他，他偏撇着个嘴，目无定珠，神色诡异，拿腔捏调，不给好听话。有正经话也不好好说，着二不搭三的。等到别人出了岔子、捅了娄子、闹了笑话，这可就显着他了，大模大样地转出来，摇头晃脑，头头是道地分析，井井有条地解说，没有他事先猜不到的，"看看，从我的话儿上来了不？"——其实，全是"事后诸葛亮"的风凉话儿。

自以为是。假模假样，虚张声势，好像手里真的有什么家伙儿似的，什么时候都是自己对、自己好，常有理，自我感觉良好，对别人全然一副"尿不着"的样子。太拿自己当根葱的人，往往特别善于装蒜。装蒜惯了，就不好认错，老鸹落在猪身上，光笑话猪黑，不晓得自己的黑模样儿。

　　打娘儿们，骂孩子。这是那些色厉内荏的人常常涌上来的德行。村里的人讽刺这样的人，就说："走出门来：'唉，谁怕我呀？'关起门来：'哼，我怕谁？'"在外边没本事，在家里充好汉，又能算是多大点儿出息呢？

城市里的景致

我们村离城市并不算远，说起来也就二十来里地。倘若天气晴好，在地里干活时，伸个懒腰或者是一抬头，就能模模糊糊地望得见城市的影子，一片错落排列的高楼丛林，在徐徐上升着的地气里微微地摇晃着，仿佛是另一个邻村一样。近便是近，可城乡之间景象之迥异，完全是不同的两个世界。村里的人讲起城市来，讲得最多的，是他们眼中有些另类的景致和热闹。我在这里简要地记下四则。

街上流行"破裤子"

潮女如云，是城市街头一道流动不息的风景。可是，当你走近了潮女再看，咦，好些个俊巴巴儿的闺女，咋都穿着一条张大嘴、裂口子、露破洞的裤子呢？有的就连上衣也是破的。

这些破裤子大多是牛仔裤，也有的是紧身裤、瘦腿裤，上面布满了大口子、小洞洞儿，就跟刚挨了炸或是挨了狗咬似的，有的破在裤管儿，有的破在膝盖，有的破在大腿，有的破在屁股。上衣，则是破在肩部、背部或者肘部。这些破，有的是磨损抽丝，有的是欲断还连，有的干脆就是破开一个大窟窿，连肉儿都露出来了，穿在身上只能用"漏洞百出""衣不蔽体"来形容。

搞不懂，咋穿着破裤子上街？——图的是凉快么？

别以为街头潮女们穿“破裤子”是为生活所迫而不得已为之。不是！这些“破裤子”其实都是故意弄旧、弄破的。也就是说，这些所谓的“破裤子”，在新的时候就被做旧、做破了——那些破口子、破洞洞儿，有撕的，有剪的，有石磨的，有水洗的，都是愣折腾出来的，广告上说这种裤子叫“破洞牛仔裤、乞丐裤”什么的。你再留心看看那些美女们的神情，个个挺胸抬头、安之若素、谈笑自若，孤傲而又奔放，哪个脸上露得出一点穿破裤子的尴尬相？

　　据说，“破裤子”是有一套独特的“美学理论”的——裤子破开，光滑细嫩白皙的青春皮肤却能透过破洞若隐若现、忽露忽遮，反而有助于提升年轻人特别是女性妩媚的气质与性感，从而成为所谓“辣眼睛”的吸睛利器。这就是新潮，这就是时尚，这就是流行，这就是标新立异。正因为“破”得有理有据，反而赢得了少男少女们的广泛青睐。

　　街上流行“破裤子”，看多了，看惯了，也就不觉得奇怪了，也并不觉得有什么难堪和不好看的。因为，穿在年轻人身上的“破裤子”，毕竟跟过去年代里的人们穿不起新裤子、好裤子而不得不穿旧裤子、破裤子、补丁裤子，完全不是一码事儿，心情、感觉和体验也更是不一样了。

　　不过，我悄悄地说句老实话：好看的其实是美丽、活泼的青春，是由年轻迸发出的那种特有的生动与活力，而并非什么“破裤子”。人要是长得好看、有气质，不用刻意，咋都行，即便穿条“破裤子”也兼具美感及性感，好看、耐看，有气质、有风度。

　　题外再说句话。

　　我偶尔在街上看到，有的女孩子穿的裤子倒是一点儿也不破，但那裤腰却低得不能再低，直让人担心什么时候一不小心会秃噜下来，特别是弯下腰、蹲下来或是骑着车子时，会露出来更多不该露出来的部位。挺漂亮的姑娘，偏偏穿这样的裤子，真有些让人匪夷所思。女孩子这样吧，有的男孩子也这样。图的是凉快？肯定不是。难道做裤子、卖裤子的就差那么一条条儿布吗？好像也不是。——这可真算是城市街头一道颇有怪味的景致儿！

拄拐棍儿的树和输液的树

这些年，城市特别重视绿化，公园里、广场上、路两旁，一股劲儿地在搞绿化，到处栽花种草、移植树木。那些新栽的树，只要是大一些的树，还都用三根棍子、四根棍子围着、挡着、支架着，好像是拄着拐棍儿一样。这些"拐棍儿"，有的是松木的，有的是竹木的，也有的用的是铁管子。

新栽下的树，呆呆地秃立着。它们的根基还浅，头重脚轻，一点儿也不牢靠，一时不能融入城市的风景。最怕的是遇上刮风下雨，搞不好，一场风就会将它们吹歪、吹倒、跌跟头。等到它们新的树根生出来、扎下去，挺然屹立，蓬勃生长，至少也得三年五年之后才会行吧。

到了冬天，为给绿化带上的树木保暖，心细的园林工人还用草绳、塑料布上下包裹，有的甚至安装了铁架子，镶上保温材料，给新树们盖"房子"住。

更叫人有些稀罕的是，还有给大树输液的呢！

需要输液的树，主要是新栽的树、衰弱的树、长势不大好的树、非季节种植的树以及缺少营养的树、光照不足的树，也有给古树输液的。给树输的液，有的叫"大树移栽吊针液"，有的叫"国光施它活"，有的叫"舒活"，有的叫"绿色先锋"，都是树木专用营养液，号称采用美国工艺、出口级原料研制而成。其实，给大树输液，跟给人输液的原理差不多。一根细长的输液管，一头连着装满药液的塑料袋，另一头有个针头插进树干上钻好的小孔儿里。据说，给出现病症的树木、花卉等植物输液，能促进植物伤口及时修复，促进新芽生成，改善不良的营养系统，促进弱树变壮，优化植物营养吸收机理，加速植物的生长，降低树木出现病症后的死亡率。

如今的世事，真是越来越讲究儿，就连栽棵树，也这么越发地精细了。

错位的宠物狗

美国《独立宣言》中说："人人生而平等。"这个说出来容易，在现实中做到却是不那么容易的。动物们大概也是如此的吧。比如，同样是小狗儿小猫儿，混迹在人世间，有的在乡村看家护院，捉老鼠护粮食，有的则在城市人家里当萌宠，养尊处优，日子一样一天天地过，然而其间的差别程度，又岂止于云泥霄壤？

爱护动物，原本就是应该的，因为凡有生命者，皆有尊严。有的城里人是非常爱动物的，他们闲工夫儿大，不愁钱，又有一颗盎然四溢的爱心，领养猫狗以作宠物，那种宠溺的方式与程度，有时简直无以言表。有的人下楼散步要带上，开车兜风要带上，串亲访友要带上，逛超市时也要带上，出门时抱着，竟像是抱着自家甜蜜的小婴儿一般。还有的给小狗儿梳上小辫儿、戴上发卡、扎上蝴蝶结，再穿上花裙子或花裤子，背上小书包，训练小狗儿在街上像人一样直立着行走，从背影看，"人模狗样儿"，成为街头一奇景儿。

狗比猫忠诚、听话，有的人家，干脆把小狗儿当成家里的一员，甚至直接把小狗儿称作儿子、姑娘，还给小狗儿预备了秋冬衣衫、小皮鞋儿，出门时就打扮上，连吃饭时也跟人一同上餐桌。平时，吃的喝的玩的，啥也不缺：吃的，有专门的狗粮；喝的，有牛奶、饮料；玩的，有专业的玩具。有的晚上临睡时，还得哄着吃块糖。有的三天两头给小狗儿用洗发香波洗洗澡、吹吹风。偶尔有个伤风感冒咳嗽什么的，就去街上专门的宠物医院寻医问诊。这差不多就算是"锦衣玉食"了吧。这样的狗，可真是有福气啊！

有一天，我在等公交车时，看到站牌上贴着一张附有彩色照片的《寻狗》广告："家有爱犬纯白色萨摩耶一只，于2017年3月26日在海德园西门走失，狗主人焦急万分，身心俱疲。望各位爱狗人士养狗同胞鼎力相助。如能找回必有重金酬谢！"我特别相信广告中所说的狗主人"焦急万分""身心俱疲"的心理感受。因为那些小狗儿也确是可爱，不枉主人对它的一片心意。在主人的训练下，有的会给人叼拖鞋、取报纸、开门。有的也乐于在人前"表现本事"：直立着对客人打躬、作揖、握手，甚至当场表演倒立行走。它们陪着主人度过几许寂寞时光，带给主人强烈的欢乐，成为主人感情的寄托。

有一次，我在小区的楼下散步，听见一位大妈在数叨她家的小狗儿："看看，渴了吧？出来时叫你喝水，你就是不喝，看看渴了吧！走走，咱们上超市买矿泉水儿去！走走，这边儿，往这边儿！你这家伙！"还有一次，也是在楼下，几位遛狗的大妈聚在一起，津津乐道自家的小狗儿喜欢吃什么、不喜欢喝什么，在家里怎么发坏和捣蛋，又是怎样可爱和好玩，仿佛在念叨自己的孙子孙女一样。这些小狗儿大都有自己的名字，什么豆豆、毛毛、庆庆、蹦蹦、悠悠、璐璐，还有的叫小Q、小丸子、安妮、查理、道格、鲁道夫，跟外国人似的。

再想想村子里的那些"中华田园犬"每天所过的日子，吃的什么，喝的什么，住的又是什么地方？要是它们也懂得攀比和抱怨，一定会有满腹的委屈与怨言吧。

别致的店名

城市里好多商店、饭店的店名起得五花八门。有的朴实得过于直白，如"手机电脑维修""驴肉火烧""保健品""麻将机"；有的没什么特色，讲起来一般般，如"一分利""一口香""独一处""好滋味""好再来"；也有一些店名富有个性和创意，或者简练含蓄，或者新颖别致，或者时尚好玩儿，读之令人耳目一新，成为街头一道独特风景，过去了许久，仍然印象深刻，偶然想起来，还能够说得出。我没有搞过专门调查，仅举我所见到的一些例子吧：

"碗比盆儿大"主题餐厅
一家经营家乡菜的饭店，在石家庄市青园街。搞笑中透着一种豪放。

李小菜便利店
一家门脸儿很小的超市，在石家庄市青园街上。超市的老板叫"李小菜"么？

举个栗子

卖炒栗子的，在石家庄市维明街与工农路口。小学老师讲课时，常说"举个例子"。这样的谐音创意，也是满有意思的。

林溪晚亭

是一家不大的饭店，在石家庄市育才街上。诗意的名字，坐在里边吃饭，一定心旷神怡吧。

剪吧

一家小理发店，在石家庄市东岗路上。这名字透着一种随意的时尚。

天津二姑包子

卖小笼蒸包儿的，在石家庄市城角街上。正在热情地卖着包子的，肯定不是你的天津二姑。

邻家院子

一家经营铁锅炖鱼的特色店，在石家庄市青园街。呼朋引伴，在"邻家院子"聚餐，这种民间风味，该是多么朴素和亲切！

大年初一

这是一家饭店的店名。这家饭店在石家庄市前进街上。广告牌上除了"大年初一"四个大字外，上面还标着一行小字："直行20米喜庆劲儿欢聚地儿幸福味儿"。

大队部

一家饭店，在石家庄市南小街上。一看到这块招牌，立马就想起遥远年代的乡下来了。不过，在那个年代，"大队部"是吃饭的地方么？

捉腰记

一家烤腰馆，在石家庄市东平路上。想必这家店主一定看过电影《捉妖记》。

午后时光

一家小咖啡馆，在石家庄槐安路上。名字里有一种散淡、慵懒、安静而闲适的诗意味道。

时间抽屉

一家咖啡店，在石家庄市华清南街。名字里透露出一种时尚的、一般人一时看不大懂却又觉得有那么一点好玩儿的洋气儿。呵呵。

隐蔽的树

一家户外主题生活馆的名字，在石家庄市长青路上。淡而有味。用不动声色的另类，彰显自己的品位。有时候，人们还真就认这个。呵呵。

你型我塑

一家理发馆，在石家庄市长青路上。这名字显然是从成语"我行我素"化过来的，倒也别开生面。

挑肥拣瘦

一家服装店，在石家庄市建胜路上。这个名字用在服装店上，真是再恰当也没有了。

瞧见

一家内衣坊，在石家庄市裕华西路。内衣坊吧，偏要叫个"瞧见"，是不是故意显得"别有用心"呢？

简

一家女式时装品牌店，在石家庄市中山路上。招牌上只有这么一个大大的"简"字，真是名副其实啊！

青山绿水鲜果园

一家水果店，在石家庄市工农路上。看到这个漂亮的招牌，不禁让人想到长满果树的山坡，想到山脚下缓缓流淌的小溪，想到山间吹过的清风，想到天上的太阳、岭上的白云、树上闪闪发光的绿叶，想到正在劳动的姑娘们像苹果一样可爱的笑脸，和一串串飞扬的笑语欢歌……

村 庄 月 历

前　记

　　写在这个题目下的这组文字，是我在2016年陆陆续续完成的，组成一个小的系列，叫"村庄月历"。所记录的，都是流水一样的乡村时光，以及嵌入时光里的朴素、平淡而又寻常、琐碎的乡村场景。

　　我从出生到长大，一直在乡村生活了十九年。这十九年里，有成长的欣喜与疼痛，有初涉世事的兴奋与怅惘，有生活的欢乐与烦恼，有青春期的痛楚与哀伤，也有对未来的向往与迷茫。这十九年里，我经历了大大小小的各种际遇，遭遇了形形色色的各样面对，所走过的道路并不总是宽阔、平坦且洒满阳光的，也有崎岖，有坎坷，有风风雨雨，有艰难险阻……它们在我的生命里刻下了深深的痕迹，好也罢，坏也罢，不好不坏也罢，都是自己的见识与阅历；深也罢，浅也罢，不深不浅也罢，都是一辈子也擦不掉抹不平的。感谢十九年的乡村生活，它所给予我的，实在是太丰富、太深刻、太有滋味了！

　　日月经天，往来升降；四季轮回，周而复始。时光像流水，总是劈斩而至、汹涌而去，无可挽留又不可阻挡。打小开始，我就对大自然里的物事充满由衷的好奇、崇拜与敬畏。上学后，老师也曾教导我们要向大自然学习。在我经历长大的过程中，大自然是我的另一个丰富多彩的课堂。正如作家毕飞宇所说："如果你的启蒙老师是大自然，你的一生都将幸运。"回头来看，我觉得自己得到了这方面的幸运，并将受益终生。在我看来，地球上的春夏秋冬，抑或丽日和风，抑或乌云密布，抑或雨雪雷电，无不是大自然的应当应分与理所当然。虽然大自然始终沉默不语，但它的格局与气象，它的广大与细微，它的丰沛与幽渺，无不带给我们生动、质朴而又深刻的启示。它既是人生、岁月、历史的旁观者，同时也是不可分离的伴随者、参与者、制造者。

一天赶着一天，一年追着一年，光阴流转，疾如穿梭，"嗖——、嗖——"地就过去了。小孩长大了，大人变老了，老人去世了。生命由一代传递给下一代，日子也一层层积淀下来，成为过去，成为岁月，定格为历史。时光在永恒的流逝之中，给我们留下了些什么？生命的感觉和人生的意义在哪里、是什么？——这些，有时也是需要我们想一想的吧。

有一位作家说过："对季节的感受，是许多诗歌、散文、绘画、音乐的触发开关。"这句话，触发了我要写一写一年四季的念头儿。我试图从自己的角度出发，以一年为度，以老家为蓝本写就一部记录时光脚步、刻录岁月印痕的编年史。带着这样一种执念，寻找着对季节、对时光的细微感受，探究着密藏在自然当中的生命密码，思索着岁月深处的人生感怀，我开始了不紧不慢的书写。我一个月接着一个月地写，从大地一片萧索时开始写起，写到万物苏醒、蓬勃成长，写到金风吹拂、五谷丰登，一直写到窗外又是冬季的一派岑寂与落寞，仿佛是画了个大的圆圈儿。写着写着，不觉间，一年的时光匆匆过去，又一年的时光重新开启。

"村庄月历"这组文字的写成，让我再一次深切地感受到了时光和岁月既是前行又是流逝的意味。也许观察还有些粗疏，呈现欠缺技巧，我的叙述平白也好，感触浅显也罢，所谓其来有自，绝不至于荒腔走板，故而，私下里觉得，倒也不妨一看。

一　月

进入一月，新的一年又开始了。

孩子们是新奇而又兴奋的：哈，又长大了一岁！好像连个子也在一夜之间又长高了些似的。大人们则似乎有些无动于衷，日出而作、日入而息，照例还在忙活着这、忙活着那，从早上到天黑，一会儿出去，一会儿回来，老也闲不住。人出来进去的，外间屋的风门便一会儿开了，一会儿关上。门打开时，安在风门上的绷簧"咯吱吱——"地被抻展，冷风也趁机钻进屋里去；等人走过去了，绷簧就又使劲地收缩，带动着风门自动关上，最后响一声："嘭！"将后面还想着钻进来的冷风关在了外面。

一月是寒冷的。民谚说："腊七腊八，出门冻煞。"这腊七腊八就在一月份里；民谚还说："三九四九，冻破碌碡。"最要劲儿的数九寒天，也是在一月份里。不过，冷归冷，冻归冻，年月却最新。翻弄着刚挂在墙上的新月份牌，连饱经沧桑的老农也不免会发出感叹：日子多快啊！——可不，一天又一天，一年又一年，时光的流转，年华的逝去，仿佛也就眨巴个眼、转扭个身儿的工夫。

"一元复始，万象更新。"城里的人们这样说着，喜滋滋地互相祝贺新年，还要放假。村里的人们顾不上这些，也不歇着，他们把新年、元旦叫"阳历年"。"阳历年"么，在村子里能有什么特别的意义呢？一天接着一天过，日子都差不多，和前一天、后一天没啥两样，前一天既显不出旧来，后一天也看不出怎样个新，又不是节气，跟大年初一的隆重、热烈的仪式感自然是没法儿比的，也不如正月十五、二月二有气氛，不如五月单五、八月十五有滋味。我小的时候，从不大理会"阳历年"的说法儿和讲究儿，这个日子来就来了，过了也就过了。对"阴历年"却是渴盼已久，因而印象里也极为深刻：过年就是过"大年"，也叫"阴历年"。村里人一般都讲虚岁，小孩子说的又长大了一岁，总要等到过了农历大年初一，才实打实的算数儿哩。

渐渐地长大，也渐渐地明白这个日子毕竟是个不同寻常的"节点"：过了阳历年，就是另一个新的公元纪年，离农历大年也更近了一步。阳历年好像是一道坎儿，站在这个坎儿上，巴着头儿，仿佛能望见大年的影子正在往这边赶过来，该着张罗着准备过年了。——大部分的农历新年是在阳历一月里过的。

说到过年，头一条子事，就是杀猪。这相当于过年这出大戏的开场锣鼓。不杀猪咋叫过年呢？主人蹾到猪圈沿儿那里，猫着腰、歪着头儿往猪窝里看看，估算估算猪的毛重，合计合计大概能杀多少肉。要是猪的膘儿不太好的话，得嘱咐家里的女人，赶在头杀猪之前，舍得给猪喂点儿好料，在拌好的猪食里掺些棒子面、高粱面什么的，给猪催膘儿。要不，猪长得浑身瘦马筋柴的，杀不出肉来不说，到时候村子里那么多人都围着看，面子上不大好看，过年也没劲气。

村子里有"杀猪班儿"，杀猪的事归他们管。他们有六七个人，大多是中年男人，有一两个稍上点儿岁数的。"杀猪班儿"内部分工明确，各司其职，有管切猪的，有管褪毛儿的，有管开膛的，有管收拾猪头的，有单管翻猪肠子的。他们不怕脏，不怕累，有力气，也会用巧劲儿。他们也都性格开朗，手上一边忙活着，嘴上还耽误不了拿猪身上的某些敏感器官和边上围着看的人们开一些粗俗的玩笑，有时也用手上沾的油啊血啊逗弄围得太近的小孩子们，吓得娃娃们吱哇乱叫着向后躲着退着跑开。我小的时候，老一辈儿杀猪的有兵子、二江、风云、金三、群福他们。这里头最有意思的是群福，他有时负责第一道工序——切猪，将猪送上断头台；有时负责最后一道工序——开膛。开膛的时候，先是把褪尽了毛儿又切掉猪头的猪，头朝下地倒挂在高高的横木杆子上，再用一瓢干净的温水从上到下进行冲洗。再看那猪，浑身白光儿，徐徐地冒着热气儿。群福一手掂着刀子，一手啪、啪地拍着猪身子，慢慢地绕到猪后边，瞅准了，然后从猪屁股那儿用刀子旋下来鸡蛋大的一块儿肥肉，在众人目瞪口呆之中，把那肥肉往嘴里一塞，嚼巴嚼巴就吃下去了。据说，杀猪那几天，群福基本上不在家吃饭，饿了就从猪屁股上掏块儿肥肉吃。后来，这班儿人年纪大了，又一茬儿年轻人接了他们的班儿，有换堂、树群、路合、路亭、建锁、义海、彦京他们。再后来，我离开了村子，我们家也不再杀猪，我也就不知道"杀猪班儿"里都有谁了。过去杀猪是不收钱的，只把杀猪的猪鬃、猪毛、猪苦胆留下，有时候把猪小肠也留下，把这些东西卖了钱，就是他们的报酬。这样忙活上个七八天，就能把全村的猪杀完，所得也算不菲。现在杀猪，听说不仅要猪鬃、猪毛、猪苦胆、猪小肠、猪尿泡，还另要收主家儿一百块钱。只是，这些年村里养猪的人家越来越少了，杀个三两天就完事儿，忙活一通，大概也挣不下多少。

过年的准备，杀猪是头一条，后边还有好多事，淘麦子磨白面蒸馒头啦，淘黄米碾黏面蒸年糕啦，嗑黄豆泡豆豉磨豆腐啦，还有洗呀、涮呀、扫呀、晒呀、煮呀、上锅蒸呀，用汤炖呀，使油炸呀，也得一样儿一样儿地做，连大人带孩子，都得动员起来。一个日子挨着一个日子，一样儿事连着一样儿事，都排着哩，短了哪一样儿似乎都不行。大年么，该有的时候而没有，也不是不能过，可短了哪一样儿，就会觉得缺少哪一样儿的滋味，到底就短了些精气神儿，至少会让孩子们感到有些失落和沮丧。过年不就是过这种滋味和精气神儿吗？大人们因为忙碌于这些劳作，手和挽起来的半截胳膊都冻得通红通红的。孩子们倒好，跑出跑进地闹腾，常常一脑门子汗，脸蛋子红扑扑儿的。

这当中间儿，还有好多人家早就瞧好了日子，赶在腊月里娶媳妇儿、聘闺女。过去，娶媳妇儿的人家闹得事儿大，一大家族的人，男女老少都动员了起来，人人分派了职责与任务，前前后后要连着忙活、热闹三天。聘闺女则比娶媳妇儿动静小点儿，也省事儿得多，一般是在过事儿的头一两天的晚上，由主家儿召集，当家子中一家来一个主事的人，喝着酒商量商量分工派活儿，到了正日子那天，当家子再都过来，按着商定好了的方案，各自忙着张罗，就把喜事儿稳稳当当地办妥了。现在不一样了，条件儿好了，也不管是聘闺女还是娶媳妇儿，讲的都是一样的排场和气氛。

忙忙碌碌之中，不觉一天天过去，春节紧跟着就到了眼前。天是冷的，心是热的，日子是红红火火、有滋有味的。老百姓过日子嘛，心里总得有个向上的念想儿，有份比着赶着往前奔的心气儿，那就是一年更比一年强。人有念想儿，就有心气儿，就有干劲儿，也才会有目标、有奔头儿、有精气神儿。

到了年根儿下，附近的铜冶镇上还有两个年集，一个是腊月二十四，一个是腊月二十九，有着一年当中少有的丰富和热闹。人们忙好了家里的，再跑两趟铜冶赶赶年集，挑拣着补办些必要的年货，包括一应的吃喝穿戴，还有摆的、挂的、听的、看的，差不多也就齐当了。大人带着孩子们，再把屋里院里拾掇齐整，就单等着吃大年初一早上那顿香得让人哈气的肉饺子了。

天气寒冷，而日子却热气腾腾，这就是我对一月的印象吧。

二　月

年，很快就过去了。这时节，大多已经在二月里了。

春，来犹未来；冬，将尽未尽，这正是所谓的早春二月吧。风里似乎还镶着冬天的牙齿，水也是冰冷得咬手，有时，清晨还能在水塘里看见薄冰，但日头出来不久，冰就化得看不见了。土地开始变得松软了，有的地方渐渐显出潮湿，地气微微上升，在风中飘散，泥土的气息让人感觉一派清新。这该是春天的味道。

二月是一年当中最短的月份，大多时候是28天，偶尔也有29天的时候。2016年的2月就是29天。据说，这样的情形，4年才有一回。

二月里，值得记述的事主要有以下这些：

立春。乡间也叫"打春"。打开家门，迎接春风。到了这天，母亲要给小孩子的左胳膊袖上缝缀一只用碎布头儿缝成的小鸟儿，有绿的，有黄的，有红的。有缝得好的，小巧精致、活灵活现；也有缝得简单的，像个彩色的小菱角儿，或者是小粽子，只是有个小鸟儿的样子。关于这个小鸟儿的来历，据说是戴上了它，可以防止小孩子被春"打"着了。被春"打"着了是个什么感觉，却是说不清。记得小的时候，母亲也曾给我和两个妹妹缝过，有时我们还会为谁的小鸟儿更好看争上几句。等到我再大了些时，母亲还要给我缝小鸟儿，我就不怎么愿意了，觉得害羞，也觉得这是哄小孩子的把戏。有一次我曾背转母亲，悄悄地把那只小鸟儿揪了下来。那时我大概已经七八岁了吧。

过年。过年不是在一月底，就是在二月初，也有时都打了春了才过年。关于过年，就不用多说了吧，我在书里已经写过许多遍了。拜年倒是可以在这里说说——过了年，从正月初二就开始串亲戚拜年。人们带上礼物，到邻村的亲戚家去，外甥要给姥娘、姥爷、舅舅、妗子拜年，女婿要给岳父、岳母拜年。有的人家讲究儿，拜年就得跪在地上，规规矩矩地磕头；也有的讲究新人新事新办法新风尚，用文明方式给大辈儿拜年，鞠个躬就算。拜了年，便开始坐席，大家一团喜气地围坐在一起，吃着喝着，互相敬酒，不一会儿，就有脸红的了，有说话声高的了。有的喝多了，红着脸望着你，也不说话，只是嘻嘻嘻地一个劲儿地笑。我小的时候，每年正月初二去西龙贵村，给姥爷姥娘和舅舅妗子拜年，二姨三姨四姨也都去，一块儿拜。长大结婚后，特别是表弟表妹们陆续结了婚，拜年的日子改到了正月初三。舅舅照例每年都要陪着我们四五个外甥和两个女婿喝酒、唠嗑儿，只是，舅舅已是七十往上的人了，牙掉了好几个，吃东西只能挑软和的，他的酒量也不复往年那么大啦。酒席上，舅舅坐在中间，乐乐呵呵地跟我们讲，他年轻的时候，平平常常的一顿就能喝一斤往上，我们这一桌子人，轮着来，都不是个儿，加起来也不行，谁也喝不过他。

　　正月十五。一晃儿，年就过去了半拉来月。门框上贴的对子，依旧是那么鲜红，只是个别粘得不牢靠的地方，被风撕裂了几处，有的甚至被风扯走了半拉子。年味儿还在，但已渐近尾声。正月十五就是要在"过年"这件事上，最后再努力一下，然后就该画上句号了。"正月十五闹元宵"。我小的时候，村子里的正月十五并没多少动静，有的人家吃煮元宵、炸元宵，更多的人家还是吃饺子。灯会啦，花会啦，花脸社火啦，据说早年间曾经有过，如今，既没人会耍，也缺乏热心的组织者，这些热闹儿也就闹不起来了。这几年，村子里有十多位热心的媳妇儿、婆婆们，成立了个"莲花歌舞队"，村干部也支持她们，给买来了专门的服装、音响、道具，到了大年初一和正月十五，她们就组织起来，换了花红柳绿的彩衣，在村民活动中心的小广场和戏台子上给大家表演她们利用农闲时节排练的节目，有鼓乐演奏，有健身舞蹈，有大头娃娃，有民间小调，还有滑稽小品，倒也能热闹起来，吸引村里的男女老少过来瞧景儿。毕竟是过十五哩，村里人还是喜欢放一放鞭炮。但近些年老闹雾霾，为防污染，放鞭炮也受到了限制。头十五之前，镇里就召集各村村委会主任开会，再由村里委托村民代表，每人包二三十户，挨家挨户发通知：为了空气清洁，十五晚上放鞭炮，不能超过十点钟，到时候有镇派出所的人来村子里暗访，发现谁违反，就立马拘留谁。除了小孩子们，村里人都随和，不让放就不放吧。但元宵却是不可缺少的。现在条件好，家家户户正月十五都吃元宵。一般都是买现成的，村子的小超市里就有正规包装袋的元宵，放在大冰柜里，山楂馅儿的，巧克力馅儿的，黑芝麻馅儿的，蓝莓馅儿的，好多种。一样儿来一点儿，煮一煮或蒸一蒸，或者蒸熟了再用油炸一下，一家老小围坐在一起吃元宵，这个十五就过得香香甜甜的了。

正月十六。过了十五是十六。民谚说："大十五，小十六儿，老驴老马歇个够儿。"十五、十六这两天，人们待在家里，吃好的，不干活儿。十六的这天傍晚，一般还要在家门外堆点儿柴火，预备着天黑了烤柏鳞火。柏鳞就是柏树枝，集上专门有卖的，早先五毛买一小把儿，后来是一块钱——不知道现在还有卖的不。等柴火点着的时候，再把柏鳞丢上去。柏鳞虽然是新从柏树上砍下的，但枝叶里有油，特别好着，着火的时候"噼噼啪啪"地响，像是放着小鞭炮一样，烟气里马上会弥漫出柏树枝特有的清香。小孩子们这时就欢势起来了，他们吼吼儿地喊叫着，从火堆上蹦过来、跳过去，带起来的风吹得火苗儿忽闪忽闪的，蹿起来老高。有的翘着脚儿伸向火堆，晃动着烤一烤脚底子，说是烤一烤柏鳞火，一年不冻脚。有的扭过屁股对着火，说是烤过了柏鳞火，一年不会屁股疼。旁边的人都跟着嘻嘻哈哈地乱开玩笑。这是过年的最后一个节目了，过了正月十六，日子又开始了周而复始的操劳与漫长的平淡。

雨水。这个词真是好听，忍不住老要念叨。这是一年当中的第二个节气，它预示着，飘雪的季节已经过去，再闹天气，就开始变成下雨了。但若遇上了"倒春寒"，依然会雪花飘飘。不过，毕竟"七九"将尽，日子到了，河岸上的柳树趟子已悄悄泛绿，河上的冰凌，只剩下南岸河坡的阴影里还有一些，也被河水冲刷着，一点一点地融化。风，柔柔的，软软的，吹动着河水，泛起细碎的波纹，起伏着，抖动着，像是小孩子脸上露出的欢快的笑。快了吧，再过些时日，水边的土里会冒出很多紫红色或灰绿色的像是锥子似的芦芽儿，既而生长起一片浓郁的翠绿。有时，会有三四个少年跑来河边打水漂儿。他们猫着腰，四下里捡来小石头儿、破瓦片儿，然后拿住架势，斜拧着身子，右手猛地向前甩出去，噌噌噌噌，小石头儿在水波上蹦跳着，飞也似的斜着蹿上河的对岸，钻进岸上的草丛里不见了。少年们盯着彼此打出的水漂儿，争论着，比赛着，吵吵嚷嚷着。水漂儿飞过时荡开的水波纹，扩大了再扩大，互相激荡着，一时间波光粼粼。河水映得少年们的眼睛也是亮晶晶的。

白居易对春天观察很细，他在《南池早春有怀》里写道："泥暖草芽生，沙虚泉脉散。晴芳冒苔岛，宿润侵蒲岸。"张栻在《立春偶成》里写道："律回岁晚冰霜少，春到人间草木知。便觉眼前生意满，东风吹水绿参差。"他的心情也一定是十分欣喜的。城里人在高楼的暖屋子里憋了一冬天，到了这会儿，都要赶着双休日的时候，欢天喜地地到乡下的春天里来踏青，有的骑车，有的开车，有的还带着老人和小孩子。他们三三两两地走在一起，一手提个兜儿，一手拿把小铲儿，在路边、地头儿，或河旁的土岸上，四处找寻着剜荠菜、蒲公英，小半天儿过去，开始彼此炫耀自己手里的收获。

二月里的清寒与乍暖无疑都是美好的。二月里的风也美好，别有一番清新。路边的毛白杨就是在这样的天气里，一点一点地萌发和积聚着生长的激动与活力，枝头上的芽苞慢慢地鼓胀了起来，毛茸茸的——这是杨树的花骨朵儿。它们一天大似一天，但要等到它们吐出长长的像是毛毛虫似的穗子来，一时半会儿还不行。柳树、榆树的梢头上，那些星星点点的芽苞，看似不动声色、不急不躁、慢条斯理，其实，它们也在悄悄而又急切地酝酿着，等待着在某一天的某一晌，新绿绽放时那最为明媚的一刻。

三　月

春光流布，万物欣欣以向荣，说的一定就是三月吧。二月还是清寒的，到了三月，春雨既足，风和日暖，草木陆续发芽，花朵渐渐繁盛，空气要温和许多。乡下的春天，酽酽的，绵绵的，令人慵懒到发困。

《淮南子》里讲："春气发而百草生。"过了惊蛰，气温回升加快，东南风把温暖的潮气吹送了来。小草最先变绿，有的还顶着一串小花苞儿，风一吹就绽开了，嫣然可爱。田间地头上的荠菜就是这样子。站在村边上打眼一望，远处的柳树趟子也已柳烟成阵，春色撩人。而树上的花儿们渐次开放，则要等到三月过半以后，先从杏树、李树开始，然后才是桃树、梨树什么的。这时节，倘若凑近了花朵去嗅，要当心打搅了小蜜蜂，蜜蜂正着急采蜜，性子急躁，小时候曾经吃过这亏，被蜜蜂蜇过一次脑门儿，唷，疼死我了。

三月里，气候是多变的，冷暖交替，乍暖还寒，仿佛拉锯扯锯一样，气温波动很大。有时，刮过一场风，天就冷了，到了第二天的早上，气温有可能还会忽然降到零度以下，放在院子的水桶，水面上会结一层薄薄的冰凌茬儿。村边的水塘里，靠近水边的地方，也会结上一圈儿薄冰，像是铺着一层磨砂玻璃。同样是刮一场风，有时却越刮越暖和，从早到晚，一天里的日头都是笑眯眯的样子。冷一阵儿，暖一阵儿，再冷一阵儿，再暖一阵儿。来来回回也就是三两天的工夫，不过，天气到底渐渐暖和起来了，有时气温还会猛地蹿升，比如，2016年3月2日，本地最高气温达到了22.6℃，突破了有气象记录以来历史同期的极值，3月3日更是达到了24.3℃。但随着冷空气的到来，从4日开始，气温又“大幅跳水”，接下来的四五天回降到了10℃以下。身上的棉衣是不能随便脱的了，老人讲了：“春捂秋冻，到老不生病。”这是村里讲了几辈子的老话儿了。老话儿自有老话儿的道理，老祖宗自然是不骗人的，所以，每年的“春捂”，老人们总要当着小孩子们的面儿唠叨上好几遍。

在这样的天气里，土地和草木都有些急不可耐。其实，大地上的生长早已经开始，一切都是静悄悄的，却又是紧锣密鼓的。树梢儿上的芽苞、花蕾一天天地膨胀着，眼看着就要撑破最后那一层僵硬的外壳。这是一场庄严、浩大而又充满细节的生发与成长！

偶然的一天，无意间抬头一看，呵，打几天不见，白杨树枝头吐出的毛毛穗儿已经滴溜儿吊挂儿地悬垂下来，在早晨尚有几分寒意的小风中摇摇摆摆。这些毛毛穗儿，从颜色到模样再到形态，都像极了一种毛毛虫，有头有尾，活灵活现，猛然一看到，无不令人惊呼诧异。不时地，会有一两支毛毛穗儿飘飘荡荡地随风掉落下来，被调皮的男孩子们抢着捡了去，当作彼此恶作剧的玩具。还有的坏小子，专门把一两支毛毛穗儿偷偷放进女生的铅笔盒里。当她们掀开铅笔盒，呈现在她们眼前的景象，会立即把她们吓得惊呼不止。做了坏事的几个家伙，你给我挤眼儿，我向你吐舌头儿，偷偷地乐。他们会为沉闷的日子里发生这样一件事，由衷地感到一种酸酸的、怪怪的开心与满足，即便被班主任老师拧了耳朵，或在教室后边罚站，他们也是在所不惜的，一旦背转老师，仍是那样一副赖赖的死猪不怕开水烫的样子。

再过去两三天，杨树上的毛毛穗儿们像雨一样在风中纷纷扬扬地飘落，在地上打着滚儿，滚落到低洼的地方。而树梢上的新芽似乎一下子就涌现了出来，它们见风就长，四五天过后，枝上便缀满了嫩绿的一簇簇。

三月的微风刮过来、刮过去地荡漾着，大地渐渐换上另一番风景。天气晴朗的时候，明晃晃的日头晒得人身上暖洋洋的。到了晌午，连空气也热烘烘的了，烘得人老是犯困。印在地上的树的影子，斑驳而又清晰，像是一幅朴素而又生动的黑白版画。

村外的麦田里，麦苗儿已经返青，一垄垄清新的浅绿。等浇过了返青水，浅绿色就变成翠绿色，明显地清晰起来——麦苗开始"起身儿"了。这时节麦苗的样子，对有些"五谷不分"的城里人来说，很容易混淆成用来包饺子、炒鸡蛋的韭菜。

"东风无一事，妆出万重花"。三月里，那些能开花的树，都要迫不及待地开出满枝满头的花。前边已经讲到，先是杏树、李树，随后是桃树、樱桃树、梨树、苹果树……一个跟着一个。村外比不得村内背风又暖和，花儿们会开得稍晚一些。树海家菜园子地头上的那棵老杏树的杏花，就比村里的杏树们要晚开个三四天。

三月下旬有个节气：春分。到了这一日，昼夜等分，春天也已经过半。接下来的日子里，白天就会一天天长过夜晚。缓缓长日里，有风日晴柔，也有细雨霏霏，正到了春天里最美好、最华彩的时段。有时，白白的云彩停在村庄的上空，懒懒的，一动不动，叫日头照着，发出金属一样的光泽。而最有情调的，是飘洒在三月里的小雨。俗语说："春雨贵如油。"意思是讲，草木返青，最宜春雨滋润的时候，偏偏正是多风扬沙的季节，天干少雨，偶然的落雨便因为稀少而愈加显得珍贵。

"微雨众卉新，一雷惊蛰始。田家几日闲，耕种从此起。丁壮俱在野，场圃亦就理。"唐代诗人韦应物在《观田家》里是这样写的。在我们这儿，三月里即使下雨也是很少打雷的。先是天阴着，风也有些凉。阴着阴着，云层低下来，雨也就下来了。雨不会大，所以总是安安静静的，拉成一道道明亮的丝，悄然洒落。到了夜里，如果雨还在下，我们才会听到窗前的一阵阵沙沙的雨声。

三月的雨一般都下不长。刮过一阵风，雨就停了。雨一停，小孩子们就跑了出来。街上小水洼儿里的反光，被他们一脚就踏碎了。大人们也走出来家门，站在巷子口儿向远处看。春雨初歇，天地万物为之一新，树梢上的鹅黄，田野上的翠绿，似乎又都浓重了一层新的色彩。这时节，下再小的一场雨，也比刮一场风强。转天，出太阳了。在柔软的春光中，在葱翠的田野上，这里，那里，南边，北边，三三两两的，有运肥的，有锄草的，有整地的，忙活着劳作的人们明显地多起来了，一幅生动的《桃源春耕图》的真实景象。

嫁出去的闺女，会赶在三月末的一天回到村子里来，给去世了的父母上坟烧清明纸。我一般也是在这个时候，趁着双休日去给母亲烧纸。2012年清明节我在母亲坟前栽下的那棵榆树，已经长得很高，分开了两棵树干，北边那棵差不多有小碗口那么粗了。2016年的春天，喜鹊们开始在榆树上搭窝，树杈上架着一大团乱乱的柴火枝子，而掉在地上的柴火则更多。那天半前晌的时候，我在坟前给母亲烧纸、磕头，有一只黑白花喜鹊就在不远处落着，一声不吭，不时地歪着头儿，好奇而又警惕地瞅一瞅我。等我离开了以后，它忽地飞起来，绕着榆树飞了两圈儿，然后就收住翅膀，落在树梢儿，长长的尾巴一撅一撅地晃荡了好几下，才安静下来。

四 月

进入四月，繁花开过继而落尽，绿意渐渐深浓。卉木萋萋之中，空气不仅清新，还有不绝如缕的芬芳，鸟儿们也啭着各自的喉咙欢唱，大地上的景致崭新而又明媚。

才女林徽因曾说："最美人间四月天。"并以此为题，写下她最为著名的诗篇。我也是喜欢四月的。四月和十月，当得一年当中最美好的两个月份，一个是生机勃发地生长，一个是硕果累累地收获，特别是四月，一切新的都刚起步，有着美好的希望，有时让人喜欢到简直想不起该用什么好的形容词。

四月的阳光照下来，已经有了点儿力量，晒在人的肩上背上，不多会儿就能感到连成一片的尖尖的细热。这个时节的树木大都刚发出新芽，一簇簇地挤满枝头。小叶杨的树芽儿并不全是绿的，而是油亮亮的金红、紫红与嫩红，仿佛在早春清洌的风中冻红了的小孩子的脸蛋儿那么好看。地上的树荫浅浅的，给显出几分燥热的晌午带来些微清凉，也是令人舒坦的。

柳树、杨树会在某一天的晌午忽然飞起白毛毛儿，让人心烦意乱。它们纷纷扬扬，像是飘雪一样，又不像雪花那样悄悄落下，而是轻飘飘地随风横着飞，到了背风的地方，才像玩耍累了的小孩子一样，懒洋洋地不情愿地落下来，在地上的低洼处汇聚在一起，滚作毛茸茸的一团，软软的，绵绵的，人从旁边走过，行脚带起来的风就能把它们搅得团团转，有时还像黏人的小狗一样跟着你跑。调皮的小孩子有时会用火柴点燃，火苗子"轰"地蹿起来，跑着蔓延，吓人一跳。然而，只是一小会儿的事，马上就烧完了，熄灭掉后，只留下一点儿薄薄的灰烬。

四月里首先遇到的节气是清明。这一天，人们要给去世的先人上坟扫墓，准备一些祭品，烧几刀纸，再给坟上添几锨土。在我们这儿，清明烧纸一般都提前几天，特别是嫁出去的闺女。到了清明节的正日子，去上坟烧纸的，大都是在外边上班的，趁着清明放假回来，还带着孩子。他们去坟上回来的时候，顺便在路边和地里寻找着挖些野菜，那样子更像是春游。田埂上的荠菜都老了，开出了白花，结了一串串儿小小的三角荚。蒲公英却正当茁壮的时候，叶片肥厚，黄花灼灼，在风中摇曳。有的城里人专门跑到乡下来挖蒲公英，回去晒干了装在袋子里，一年当中就用它泡茶，据说能清热解毒，还降血压、降血脂，效果很是不错。

这时节的榆钱儿也正是最饱满的时候，一串串地缀满枝头。"道旁榆叶青似钱，摘来沽酒君肯否？"榆钱儿不是真钱，拿来买酒，也只能是小孩子们"过家家儿"时的游戏。捋下来的榆钱儿洗净之后蒸"苦累"、贴饼子，倒是一件又实惠又有情调的事。不过，也就四五天的工夫吧，榆钱儿就老了，发白了，一阵风儿吹来，榆钱儿"哗"地落下，漫天飞舞。榆钱儿飘落的时候，整棵榆树看上去就好像变得陈旧和憔悴了似的。

四月间，地里的绿意很快就浓厚起来，农活儿倒不是太忙，要忙就是忙菜园子里的事。春分前后栽下的土豆已经拱破地皮儿，把覆在上边的地膜顶得支棱起来，鼓起一个个圆圆的包儿，不少人在地里紧着把鼓起来的地膜抠破，粗壮的土豆芽子见了风，很快就长成了碗口大的一蓬。有的人家还在菜园子里种了花生和油葵，地垄上也都覆盖着薄膜，既可以提高地温，也有利于保墒，催促种子发芽。西红柿、茄子、辣椒也已经栽上了，为了防倒春寒和刮风，又在地里拱起一个个塑料棚，半前晌时掀起来通风透光，傍晚时落下来保温保湿，这些新栽下的秧苗都好像坐在轿子里似的享福。

早晨在菜园子里，我看见地头儿和前不久新翻过的空地上，有蚯蚓在夜里推出来的粪便，一疙瘩连着一疙瘩的，在清晨的风里，还是湿着的，看上去分明是一团团的泥巴，怎么会是蚯蚓们拉出来的呢？想来也是怪有趣的。

到了四月中旬，杏树上的青杏已经有鸽子蛋那么大，桃花也落了，落在地上的桃花瓣儿，依然是鲜红、好看的。这景象，正像苏东坡在一首词里所描写的那样："花褪残红青杏小。燕子飞时，绿水人家绕……"

村外的麦田绿得有些刺眼。长到脚蹬子高的麦苗，在微风中轻轻地摇摆着，水一样波动着，阳光下泛起绸缎一般的华丽。它们正逐渐进入拔节阶段，有箍了围巾、披了棉衣的农人正站在麦田中间，给它们浇拔节水。我看见，长在垄沟沿儿和地头儿的麦子，明显要比畦里的麦子又高又壮。这是不奇怪的，因为垄沟沿儿上的麦子能得水之先，而地头儿上曾堆过粪肥，堆过肥的地方，地有劲儿。

有时麦田中间会镶嵌着一小片油菜，这时节，油菜花开得闹嚷嚷的，浓稠、明艳的金黄让人眼前一亮，不待走近，油菜花儿的花香就飘进鼻孔，惹人陶醉。这些年，村里的人们种油菜的少了，是因为不喜欢菜籽油的味道。其实，还是应该种一些油菜的，开花时好看是一个方面，另外我看到一则资料说，菜籽油与橄榄油的营养价值是不相上下的。

"谷雨前后，种瓜点豆"。快到谷雨，父亲一个人忙里忙外。他在家里自己鼓捣着育秧儿，把那些废弃不用的花盆瓦盆集中起来，在北墙根儿向阳背风的台阶上摆成一溜儿，撒上这样那样的菜籽儿、瓜籽儿，弄块塑料布蒙上，早晨洒水，晌午通风，夜里再盖上，成天来回摆弄。周六或周日我有时回来，父亲就掀开苫着的塑料布，让我看那些冒出来的菜秧儿、瓜秧儿，指点着说，这个是黄瓜，这个是北瓜，那边是丝瓜，底下这个是西红柿，上边那盆是茄子，破洗脸盆里的是尖辣椒。那些秧苗儿支棱着细嫩的芽儿、叶儿，像是一群张着小胳膊儿小腿儿的婴儿一样，可爱极了。父亲说，大门外、院墙边前几年栽下的花椒树越来越大，没有种瓜的地方了。他准备今年在菜园子里搭个瓜架，到时候把瓜秧移栽过去。

"雨前椿芽嫩如丝，雨后椿芽生木质。"这里所说的雨，是谷雨。香椿芽在过了清明节以后，渐渐长到了它一年当中最好的时候。香椿可以凉拌，可以炒食，可以腌制，但最好是在谷雨之前，吃嫩、吃鲜，一过谷雨，无论口感、味道还是营养价值，都会差很多。香椿长到最宜采摘的时候，我就回村扳香椿。我们家有四棵香椿树，院子里两棵，大门外两棵。大门外的两棵香椿树，还是母亲生病之前栽下的，已经长到二层楼高、三四拃粗。背风又向阳的地方的香椿芽，已经长到小碗口那么大。我举着绑了铁丝钩子的长竹竿，拧住香椿芽子的根部，轻轻地一扭，一簇香椿就在风中旋转着，像降落伞一样飘飘悠悠落在地上。

四月里，斑鸠在叫。一对对的燕子也忙碌起来，为新成的家筑巢。燕巢的选址，大多是在北屋外间的横梁下，或是在屋门口上边的房檐下，也有的选在大门洞里的。燕子们口里衔了新泥，在院子里忽上忽下、来来回回。一趟儿飞进来，将口里的泥块儿砌得妥当了，歇也不歇，就又飞了出去。燕子很聪明，有时也衔些细枝、草棍儿加进去，仿佛往混凝土里放进了"钢筋"一样，而且，总是等砌上去的泥块儿稍干一些，有了一定强度后再往上砌新泥。一座新的燕巢造好，一对燕子夫妇总要经过十三四天同心协力的辛勤努力。等到留好了"门口儿"，密封了周遭的空隙，这项为它们一家遮风挡雨的建筑工程才算最后竣工。那个像是手托儿一样的燕巢，也慢慢地由下往上由湿变干，看上去朴素、紧致而又牢固。有了这个家，燕子夫妇下步的工作，就该是生儿育女了。

洋槐花也是开在四月里的，那时已是下旬。洋槐花盛开的时候，满树满枝，密密匝匝，一嘟噜一串地挤在一起，像是花的瀑布，飘逸出来的香气，浓到可以弥漫整个树林子甚至整个村庄，以致村里人的身上都会附着一重轻轻的甜味。十多天后，洋槐花儿渐渐地老了去，风中，细细碎碎的花瓣儿纷纷扬扬地飘落，就像下着雪一样。白居易曾经写过槐花飘落："薄暮宅门前，槐花深一寸。"门可罗雀的院门外，槐花自开自落，到傍晚时竟在地上铺了一寸深，那份幽闲、冷清和寂寥，一下子呼之欲出。白居易写的可能是笨槐树的槐花，因为诗题叫《秋凉闲卧》，但用在暮春时节飘落的洋槐花身上，依我看，也无不可。洋槐花儿飘落之后，村庄被愈来愈浓郁的绿色笼盖住、淹没掉，春天也渐渐远去。近些年来，村里的洋槐树似乎越来越少，主要是这种树似乎越来越没有用处了——洋槐木会"走"，一走，就裂纹，不能用于打家具，但因为木质硬度高，主要用来作盖房子的梁檩，或者用来打制小胶车儿。不过，现在盖房子都是钢筋水泥浇筑，很少有人家再上梁架檩，也很少再有人使用小胶车儿拉东西，村里的洋槐树也就一棵一棵地消失掉了。

春天总是晚晚地来，又快快地走，不免令人生出几分怅惘。忽然想起来，四月里还有一件事值得记下：如果有一天下雨，说不定会伴随着响起一阵阵呼隆隆的春雷。这会是一年里人们听到的最早的雷声吧。雷声的到来，也是在告诉着人们：夏天已经不远了。

五　　月

时光进入五月，春走了，夏将至，万物生长，欣欣向荣，乡间一派生机蓬勃的情景。

我特别喜欢选择在五月的日子里，清早出发，骑着车子回村子里去。早晨的风还有些凉，可太阳一出来，不多会儿就暖和起来，舒坦得很。我迎着清晨的风，一路慢慢悠悠地骑着，一个小时后就拐进我家所在的那条小巷子里了。

　　五月里，春夏交接，天气不大稳定，气温波动较大，有时有降雨、降温，有时有大风、沙尘，自然，气温仍会在风和日丽的时候持续攀升，晌午时分走在日头底下，会晒得人头皮发麻。但热归热，一走到树凉儿里，小风儿徐徐，浑身舒爽；走进屋里去，一扇风门把外边的热隔了开来，空气凉渗渗儿的，裸露的皮肤遇到这样的凉，会猛地发一下紧，胳膊上立时冒起一片鸡皮疙瘩儿来，浑身上下也跟着微微地一抖，像是小孩子撒尿时"打尿颤儿"一样。

　　五月是生长着的。大地上到处都有茁壮生长的迹象，除开那些在风雨中凋谢了的花朵，看不到枯黄，看不到憔悴，树们使劲地绿着，仿佛就只有一个念头儿、只有一件事：长，使劲地长！枝条往上蹿，根子往下扎，树梢儿和枝尖儿，都是嫩闪闪的绿，新鲜的，洁净的，纯粹的，不含有杂质，把人的眼神儿都映得清澈明亮起来。树的叶子无不舒展，它们层层叠叠，密密匝匝，将日渐暴烈的阳光遮挡在外面，洒下一地怡人的浓荫。枣树发芽最晚，这会儿的叶子还好像是新的，亮闪闪地嫩着，在叶柄间，小朵儿的枣花儿紧密地挤在一起绽放，看上去不怎么起眼儿，却释放出浓郁的清甜的气息，特别好闻，不等走近就能闻得到。

　　田里的麦子到谷雨时就秀齐了穗儿，扬过花儿之后，就到了立夏，麦子们开始灌浆。人们忙着给麦子浇灌浆水，机井昼夜不停，垄沟里的水在夜里仍汩汩地流淌着，麦田里不时有手电筒的光柱晃来晃去，那是浇水的人们正在忙碌着。这个时节，油虫也像疯了似的爬满麦穗儿和麦秆儿，人们又趁着天好，背上喷壶给麦子打药防治油虫，给麦子们助上一臂之力。菜园子里也是一片喜人的景象：芸豆开始串蔓儿，像伸着小手儿要抓住什么似的，蔓子上已经开出了一粒粒的小紫花儿；西红柿也搭好了架，一颗颗青蛋蛋，像是乡间顽皮的小子，在棵子上探头探脑；茄子已开始蹿棵子了，过不了几天就会开花。正月叔和桃枝婶在菜园子里种的花生铺着地膜，花生棵子明显要比旁边没有铺地膜的长得高、大、壮。春天时繁茂的菠菜，已经打了籽儿，像是累了似的东倒西歪。东倒西歪的还有结了籽的蔓菁棵子。父亲每年都要在菜园子里留下好多种菜棵子，叫它们打籽儿。其实，我们家就那么大点儿的菜园子，根本就用不了那么多菜籽。何况，这些自己繁育的菜籽，多少会有些品种退化，育出菜秧来，品质、产量和质量多多少少会受些影响。但说了父亲也不听，年年都是如此。

五月里也有成熟。农谚说："小满见三黄。"三黄是指麦梢儿黄、杏儿黄、蚕茧黄。我们这里并不养蚕，见不到蚕茧变黄。可是，过了小满节气，油菜地里的油菜荚，杏树上的杏儿，还有村外的麦地，都陆陆续续地由青转黄，也能凑成"三黄"。最让人喜欢的是那些杏儿，村里人叫它们"麦黄杏儿"，到五月中旬的时候，性子急的杏儿就变黄、变软了，有的杏嘴儿上还带着一抹柔和的鲜红儿，它们一串串地压弯了树枝，在绿叶间再也别想藏得住，摘下一颗，用手一捏，杏核儿就挤得露了出来，轻轻地一咬，呵，又酸又甜。树海家菜园子的地头儿有棵大杏树，枝头上的杏儿像蒜瓣子一样，黄得也最早，麻雀们落进去，专拣熟透了的啄，啄着啄着，那杏儿就"啪哒"一声，从树上落到了地下。这时节，村子里也开始有老农推着车子走街串巷地卖杏儿，一边慢腾腾地走，一边仰着脖子吆喝："甜杏儿哎！——"

五月是温柔的。我喜欢看微风温柔地拂动五月的树梢儿，看它们在风中轻轻地来回摇晃着，无忧无虑、顺其自然的样子，真的能令人心里有一种别样的熨帖；我喜欢看微风翻动树上的那些叶子，像是一阵风吹过池塘，水面上泛起的涟漪，忽聚忽散，忽明忽灭，经常惹动我心中的惆怅；我还喜欢香椿树上开出的那一束束好看得像是流苏一样的花穗穗儿。臭椿树也是在这个时候开花，小小的像是枣花儿一样的花骨朵儿，散发出浓郁得有些别扭的香味，让人无处躲藏；我也喜欢下雨时，听雨滴淋在树叶子上溅起来的沙沙沙的声响，像是有千万条春蚕正在贪婪地吞吃着桑叶，像是谁在轻轻地翻动着书页……

五月也是热烈的。"立夏"这天，我们村南边三里地外的南李家庄要过庙会，还唱戏。正是麦收之前相对清闲的时候，好多老乡都去赶庙，有的是去串亲戚，有的是去买东西，有的是去瞧热闹，还有的专为去看戏，庙会上热闹得像是过节一样。过了立夏，差不多就是进了夏天的门槛儿，说不定哪一天，说个热，呼啦一下子就会热起来，特别是到了正晌午时分，阳光直射，无处不在，有时气温竟能蹿到33℃、34℃、35℃，俨然已到盛夏。但这样的天气也是一阵儿一阵儿的，热上三两天，说不定就会招来一场风雨。风雨之中，气温又如过山车一般滑落下来。而且，虽然过了立夏，毕竟真正的夏天未到，一早一晚的天儿，还是分外凉爽的，甚至有一些冷意。那些夜间去地里给麦子浇灌浆水的人们，肩上扛着铁锨，左肘弯里必得挟着一件旧的棉大衣，到夜半的时候冷得受不住，这件棉大衣就会及时地被派上用场，既遮风，又挡寒，还隔潮。他们把棉大衣披在身上，就能坚持着度过天亮之前那一段最为寒冷的时刻。

五月是美好缤纷的。草木葱茏，阳光明亮，温暖的东南风吹过田野，广阔的麦田像海面一样起伏摇荡。地头儿上，田埂上，一大片一大片的打碗花开了，有红的，有白的，有淡粉的，有浓粉的，她们都静悄悄的，在风中轻轻地摇曳，像是落上去了好多只飞累了的蝴蝶似的。

仿佛只是一晃儿的工夫，五月很快就过去了。忽地想到，五月一过，小半年儿的时光也就悄然消逝了。从隆冬而入春，再到入夏，天地之间的光景飞旋变幻，时间的逝去恰如白驹过隙，让人不由得要感叹一番日子的飞快。

六　月

六月里，早上天亮得早，傍晚黑得也迟，日子仿佛被拉长了一样。

"绿树浓阴夏日长，楼台倒影入池塘。"这两句诗是描写六月的。村子里现在的房子好多都是当代中国农村常见的同质化的二层三层小楼，一排排、一座座，很漂亮，但模样儿都差不太多，这家和那家，有时让人分不太清。那种被绿树掩映着，在水塘中留下倒影的美好景象，在早些年里还是有过的，在我读高中的时候尚能随处可见，可惜现在不行了，一点儿也看不到了——村子里的小河和三四个水塘，早在三十多年前就已干涸掉，又被填平、垫高，全变成宅基地盖上房子了。

六月里，树的叶子大都变得厚实而又深绿，密密匝匝的，地上的树荫也跟着深重起来。枣树上已经结满了一串串的青枣儿，有花生豆儿那么大，硬硬的，绿而发白，但是还有枣花儿在开放。天气时晴时雨，而晴热的时候似乎更多。所以，六月的乡下留给我的印象，大多是骄阳似火，阳光"哗——"地泼洒下来，没有一点杂质，晃得人眼睛酸疼，晒得脑门子也有些微微地发晕。下雨则多是雷阵雨，不定时不定响的，说不准什么时候就来上一阵子。大块的乌云里，银色的闪电明明灭灭，狂风中夹杂着雷声，像是大人在发脾气，很有一番气势。

记忆中，麦收、炎热、雷阵雨，是六月的三个主调。

头一档子事就是麦收。一场一场的南风中，麦子熟了，到了晌午，连麦芒儿都炸开了，挤满了田垄，风一吹，发出一阵阵干燥的沙沙声。早先，一场麦收下来，特别是割麦、打场的那七八天，村里的男女壮劳力全部动员起来，起早贪黑、弯腰撅腚地割麦子、捆麦子、拉麦子、打麦子，一个个累得筋酸骨痛，连走路都要打瞌睡。不分什么时候，往炕上一倒，脑袋挨着枕头不到两分钟，就"哈喽——哈喽——"地拉起了鼾声。

除了头顶烈日、抢场上垛过麦收，还要抽出空儿来往麦地垄儿里种棒子。抢收连着抢种，是谓"双抢"，劳动量非常巨大。别的庄稼也不能撂下不管。把麦子收好，棒子种下，就该着抽空儿锄棉花、耪谷子、翻山药、拾掇菜园子，一样活儿撵着一样活儿，一嘟噜连着一嘟噜，追得人屁股不沾地儿，人人都跟上紧了发条似的来回抓挠着忙，忙得六神无主头发晕，忙得脚打后脑勺儿。炼狱一般的炎热与体罚一样的劳作，将翻滚着金色麦浪的美景与颗粒归仓的丰收所带来的喜悦，一点一点地消解掉了许多。

如今过麦收，就简单得多了，农业实现了机械化，村子里有两三台联合收割机，玉星开一台，新玉父子俩开一台，来群也开着一台，村东村西村南同时作业，三两天的工夫，就能将全村的麦子收割完毕。那联合收割机真是厉害，轰隆隆地开到地里，来回转两三圈，到地头儿上把麦籽一倒，装进口袋往家一拉，齐活儿！特别是晌午时分割的麦子，连晒也不用晒，收下来直接装瓮就行。现在又不用交公粮了，麦子一装瓮，麦收就过完。这麦收过得又省工夫又省劲儿，树凉儿底下，街头巷口儿，居然有三三两两闲逛、闲坐的人，你一句我一句地议论着年成儿的好赖、麦子的饱秕。

不过，用收割机割麦子，也是够贵的，割一亩地得六七十块。但人们已经轻省、悠闲惯了，谁也不肯再到大日头底下去干那些又苦又脏又累的重活儿了，掏点儿钱就掏点儿钱吧。再看看开收割机的玉星、新玉他们，挣这个钱也不是容易的，开着机子割一天麦子，辛苦不说，从驾驶楼里下来，就跟从哪个烟囱里钻出来似的，连头发茬儿里都是麦糠和灰土，浑身上下，就看着"呼嗒儿、呼嗒儿"眨着俩眼儿的眼白和张开嘴露出的上下牙是白的，脸上、脖子上能抠下泥儿来。有时，他们为了赶时间，为了少去解手而不耽误工夫，大热天儿里，连个凉开水也不敢多喝……这么一想，人们也就愿意往外掏这个钱。更何况，省下的工夫出去干几天别的活儿，不一样能挣回来钱么。背着扛着一般沉，横竖是这么一回子事，能大把地挣，就不必抠掐着花，人们的心眼儿里还是能算得清楚这个小账儿的。

华北平原上，大田作物是两年三熟，收过了麦子，土地一刻也不得闲，马上就得在麦茬地里种棒子。如今，种棒子也与原先不一样了。早先的时候，麦子一黄了梢儿，就开始到麦地里去点棒子。点棒子时，每个人腰里煞着一只围腰，围腰里装着棒子种儿，右手拿把铁锨，顺着麦地里的空当，先是用脚蹬住铁锨，剜个浅坑儿，然后往坑儿里丢两三粒棒子籽儿，跟上来的脚将坑儿再踩平、踏实。隔开不到一尺，再剜一个坑儿，再丢两三粒籽儿，如是反复。这样点棒子的好处，是等麦子收割以后，棒子苗儿正好长到麦茬那么高，两不耽误，棒子的生长期较长，到时候不耽搁收秋种麦。用上收割机割麦子以后，有时收割机的大胶皮轱辘会将棒子苗轧得乱七八糟，甚至短苗、断垄。再补种，苗儿的长势也不一样，高的高、低的低，后来就改成割了麦子再种棒子。种棒子有专门的播种机，种子和化肥同时播，一个坑儿两粒籽儿，等长出苗儿来，间苗儿也省事，打上除草剂，基本上也不用锄草，天旱，就墩墩苗儿，雨水好的话，只等待着秋天收割就是了。棒子的品种也不再是过去"大白牙"那种"笨棒子"

了，而是生长期不到100天的新品种，到时候收了棒子，正好赶上腾茬儿种麦子。

六月的炎热是暴烈的，直来直去，好在天气通透，热归热，并不发闷，也就不是多么难受。印象最深的是到了晌午，从地里干活儿回来，日头晒着头顶，晒得人发蒙，一旦走到了树凉儿里，小风儿一吹，立马爽利，舒服得很。进了村街，房屋的阴影把街巷切成了两半，南房凉儿里，清凉如水，而日头暴晒着的另一半，则白花花地晃眼。忽然的一天，知了叫声四起，一下子塞满、覆盖了整个村庄，"嘶——嘶——"的节拍，此起彼伏，仿佛是在一个劲儿地喊叫着"热啊！热啊！"最初发出这种叫声的，是一种叫"热儿"的小东西，跟知了的样子差不多，只是个头儿稍小一号儿，灰不溜秋的，声音短促，也有些单薄，但是机灵得很，小孩子们想要捉住它，可不是一件容易的事。再过一阵子，真正的知了爬上了高高的树梢，将炎热渲染得更浓重了几分。

六月天的雷阵雨是说来就来的。有时，上午还是展晴的天，吃过晌午饭，忽然刮起一阵狂风，霎时，西北部的天空乌云密布，翻卷着，豆大的雨点子噼里啪啦地砸下来，雨丝粗犷，像一根根箭秆子似的。雨越下越急、越下越大，村庄被腾起来的雨雾和"哗啦啦"的雨声笼罩住。落在房顶上的雨迅速汇集起来，从房檐上的瓦口里蹿下来，一蹿多老远，院子里的雨水汇集在一起，朝院门外流去，汇入街上的水流，载着泡沫、树叶子、杂草，一漾一漾地朝着村外汹涌而去。不到一顿饭的工夫，村里村外，已是沟满壕平。好在雷阵雨来得急，下得猛，去得也快，不一会儿，便雨过天晴，日头又露出脸儿来，照得淋过大雨的树叶子亮晶晶的。空气中弥漫着凉爽的气息，忽地刮过一阵儿风，吹动树梢，噼里啪啦地洒下一阵雨点子来。风中，传来河坑里此起彼伏的蛙鸣，一直到夜里，都是热闹着的。

村边的菜园子里，金针花开得黄艳艳的，一丛丛、一朵朵长长的喇叭筒，仿佛正热烈地发出呼唤；村外的田野里，油葵的花盘在阳光下，好像一张张笑脸；割过麦子的地里，棒子苗儿嫩闪闪的，渐渐地长高起来，像大海涨潮一样，慢慢地淹住了麦茬，一片连着一片的碧绿，在风中柔软地翻滚着，荡漾着。

犹记得，一进入六月，"馒头花儿"就该着开了。它的学名叫"蜀葵"，有的地方也叫"麦熟花"，不知道为什么我们这里的人们都把这种花儿叫作"馒头花儿"，是说这花骨朵儿像馒头一样能吃么？不知道，也没听说谁吃过。"馒头花儿"很快就能长到一人多高，它的花期也很长，能一直开到七月里。它们站在院门外、墙后边，那么自顾自地往上开着，像芝麻开花一样，如果先开的是左边的一朵，那么，下一朵一定是开在右边，像是两个小孩子在围着柱子"藏咪咪"玩儿似的。"馒头花儿"有粉的，有白的，有紫的，有大红的，它们高低错落、热热闹闹地挤在一起，冲着太阳欢笑着，一点儿也觉不出寂寞来。

七　月

七月，大热。

先是小暑，后是大暑，干热转为闷热。闷热不分早晚，无处躲、无处藏，天地之间好像捂了个大盖子，不透气，有时气温并没多高，偏偏觉得呛不住劲，一动就浑身出汗，跟洗桑拿一样，躲到树凉儿里也凉快不了多少。"小暑大暑，上蒸下煮。"一点儿也没有说错。

天气热，雨水也多，树、庄稼、草们疯了一般地生长，用村里人的话说，就是"长得雾烟扑腾的"。笨槐花进入了盛花期。笨槐花是米黄色的，不同于四月底时的洋槐花的嫩白，也不像洋槐花有那么浓郁的香气。它们一团团、一簇簇地缀满了枝头，从茂密的绿叶间浮起来、跳出来。笨槐花一边热热闹闹地开，一边安安静静地落，一边又有新的一层层地开。太阳光是明亮的，风是轻轻地吹拂着的，在树梢的摇动中，细碎的槐花瓣儿簌簌地飘落，慢慢地在树底下铺开一片。这情形看上去，既有些美好，又有些寂寥。

枣树上的枣儿像星星一样稠密了，一串串地结满了枝头，绿中发白，鲜鲜亮亮，虽然依旧是木木的，有一点涩，但在乡村孩子们的嘴里，却也聊以解馋。七月里放暑假，他们有更多的闲工夫捣蛋、发废，每回走到树下，见四下里无人，总要走上前去，晃一晃树枝，或捡起一块破砖头，朝着树顶子砸去，"咚"的一声，砖头碰着了树枝，树身子疼痛似的颤抖一下，枣子们便"哗——"地一下子，雨点子一般落下来。

依旧时晴时雨。雨水往往是接二连三地来，有时是狂风夹着瓢泼大雨，有时却是不声不响，一片乌云罩上来，哗哗就是一阵子，就跟江南的梅雨季节似的，一会儿停，一会儿下，一会儿小，一会儿大。一年中，会有一半以上的雨水集中下在了七月。下得大、下得猛时，村北的金河里，浑黄的河水也会齐了岸，打着浪头，滚滚东流。更多的雨还是雷阵雨，先打闪，再响雷，轰隆隆的，仿佛就在不远处的树顶子上炸响，叫人胆裂，也令田野震荡。一场暴雨下来，很快就扑灭了连日不散的闷热。大雨过后，乌云散去，天空一片晴朗，那些树呀，庄稼呀，草呀，被雨水洗刷得一片翠绿。

七月的乡村夜晚是美好的。夕阳敛起余晖，村庄静穆如画。等到天色暗了下来，星星就出满了天。吃过晚饭的人们，三三两两，有的夹着蒲扇，有的提溜着小板凳或是蒲墩，上岁数的有的还拿着半导体，哇啦哇啦地响着，哩哩啦啦地聚在村口儿或是巷子口儿。这是一天当中人们最轻松的时刻，小孩子们来回跑跳着，叽叽喳喳地打闹，大人们则姿态懒散地待着，有的说个这，有的学个那，大都是乡间那些没见识的闲话，却是逗乐的，说到乐处，起哄一般嘻嘻哈哈乱笑一气。也有的只是沉浸在半导体播放的河北梆子或河南梆子里，或跟着轻轻地哼唱，或只是默默地抽烟，一言不发。小凉风儿一阵阵地吹着，带来远处庄稼地的气息，令人惬意。这期间，总也少不了蚊子的偷袭和捣乱。这些家伙们真是讨厌至极，而且都是些"死鸡头"，总是绕着人的小腿和胳膊飞来飞去，轰都轰不走，间或还要飞到人的耳边来嗡嗡。"蚊子，有蚊子！"有人小声嘟囔，手中的蒲扇跟着噼里啪啦地乱拍一阵。"奶奶，痒痒，腿上挨咬了，起了个疙瘩……"也有小孩子撒娇。"来，趴我腿上，我给你挠挠。"当奶奶的就把小孙子横在腿上，轻轻地挠起来。小孩子被奶奶挠到了身上的"痒痒肉儿"，"咯咯咯"地笑起来，肉滚滚儿的小身子胡乱地扭动着，打着挺儿……夜渐渐地深了，头顶漫天星光，大地一片静谧，人们大的拉着小的，此起彼伏地打着呵欠，踢踏踢踏地朝着巷子深处的家里走去。

长日悠悠，村庄里一片安静，只有蝉的叫声嘹亮而悠长，而且多是集体大合唱。它们仿佛彼此鼓励着，一个赛一个地忘情地嘶喊。每天都这个样子，也够聒噪、烦人的，特别是在晌午的时候。不过，你别故意去听，慢慢地也就熟视无睹——熟听不闻了。我生造出"熟听不闻"这么一个词，只是意在劝慰人们，对类似蝉鸣这样的声音不必太在意，该干什么就去干什么，注意力也就跟着转移到别处了。夏日的晌午那么漫长，不睡会儿午觉，后晌哪来的精神头儿？你看那些乡间的老农，不着急不着慌的，即便蝉鸣洪亮如雷、急切如潮，他们依旧倒头就睡，悠然地沉浸梦乡，不大一会儿，鼾声顿起，窗外那此起彼伏的蝉声大合唱，仿佛一点儿也不能把他怎么着。

小时候的夏天，有一件趣事不得不记，那就是捉肉牛。肉牛就是知了猴儿，也叫老牛，是蝉的幼虫。每当黄昏降临，一只只肉牛就由地下钻了上来，慢慢腾腾地爬到附近的树上去，搂紧一截树枝或一片树叶的背面儿，然后静静地等待奇迹的发生。它们趁着夜里的露水脱去外层的盔甲，面貌也与原先大有不同，还生出一对修长的透明的翅膀，然后爬到更高的树枝上去放声高歌，炫耀自己的高门亮嗓。这些家伙看上去蠢蠢笨笨的，其实，鬼精得很。它们擅长的是"地道战"：起初，它们早早地在地洞里埋伏着，只留一个小气眼儿作为窗口，观察外边的动静，一旦傍晚来临，便伺机而动。那个气眼儿也就麦粒儿那么大，不蹲下来留心观察，根本就发现不了，而一旦被发现，你用小指一抠开，它立马爽了下去，让你够不着它。这个时候，千万急不得，你只要找根细草棍儿，悄悄地伸进去，这个家伙就极易上当，瞎眯闭眼地抱住，轻轻往起一提溜——出来吧你！反之，如果你越急切地想要捉住它，它反而藏得越快、藏得越深，任凭你用小棍儿掏，用水灌，它再也不肯露头儿，除非你找铁锨来，来它个掘地三尺，才能将它擒拿到手，不过，用这种大动干戈的笨法捉肉牛，是要让别人笑话的。

我小的时候曾把抓住的肉牛扣在盆子底下，让它们"变"——在第二天的早上变成能唱歌的知了。然而，当我第二天的早上兴冲冲地跑去掀开扣着的盆子时，却发现，那两三只肉牛并没有蜕下壳儿来，而是懒洋洋地趴在那儿，一动不动，背上裂开大纹儿，鼓起一个大包儿，颜色发黑，在痛苦中已经奄奄一息了。母亲告诉我，肉牛蜕壳儿，得就着夜里的风和露水才行。她教我将捉住的肉牛放在窗户的纱窗上，第二天清晨，我果然就得到了一只嫩黄色的新知了，再过小半天，让风一吹、日一晒，那只嫩蝉便变得浑身黑亮儿黑亮儿的了。

当然，有更多的肉牛被我们用盐腌过再用油炸，满嘴油光地吃掉了。但凡能吃的物件儿，凡是落到了小孩子的手里，终究逃不掉这一宿命。油炸肉牛是很好吃的，像吃大虾一样滋味甚好。

傍晚的时候去树林子里抠肉牛，第二天的晌午，也必定会有一帮子小孩子扛着长长的竹竿去捅肉牛壳儿。单薄、空洞的肉牛壳儿，会带给人一点儿荒凉感。但据说，肉牛壳儿是一味中药材，有止痒、消肿、平喘、抗过敏等作用，将它们洗净了，在锅里焙干，研为细末，加粳米熬粥服用，可用于治疗过敏性鼻炎。我们把捅下来的肉牛壳儿装在席篓里攒着，攒多了就可以卖给乡里的药材站，多多少少能换来几张碎角零票。肉牛壳儿特别脆，稍微一碰，就碎成了渣儿。所以，小孩子们在捅肉牛壳儿时，总是小心翼翼地用两手指拈着，轻拿轻放。"碎成面面儿就不值钱了！"他们说。

一个夏天过去，我们这些乡下孩子们的脸、脖子、胳膊、脊背，也一定会因为到地里干活儿、到村西水塘里耍水或晌午跑出去捅肉牛壳儿，而让毒日头给晒得浑身油黑儿起亮，一个个像是泥鳅一样。开了学，带着这样一副尊容见到班上的那些女同学时，必定会有些不好意思。在课堂上，总是有意无意地埋下头或偏过头躲着；课下时碰见了，也是不去说话的，而脸上通常早已涨得黑红黑红的了。

八　月

进入八月，头伏天已经过去，二伏天变本加厉，差不多是一年之中最热的时候。

潮湿盘踞在空气里，被日头一晒，云不像云，雾不像雾，却化为一团闷热，即使待在屋子里和树凉儿下，也凉快不下来。到了中午时分，人们都很困倦，和着窗外树上此起彼伏的蝉鸣睡上一会儿午觉，醒来时，必定会一头一脸的热汗。随手抓起扇子"忽嗒、忽嗒"猛扇一气，连风也是热乎乎的，真是让人心头烦乱。可是，有什么办法呢，只能挨着。偶尔会下上一场雷阵雨，能凉快一些，但这些凉快是暂时的，等雨一停，等太阳一出来，就又会热起来，再加上潮，会更令人难受。喜欢的是晴朗的晚上，天地通透，起了小南风儿，将热气吹散，吹动树上的叶子轻轻地摇晃。毕竟是八月了，风里有了一丝丝的凉意，吹在身上，很是舒服。

不久就迎来了"立秋"的节气，不禁让人眼前一亮：这天儿，终究是快要热到头儿了。到了下午五六点钟的时候，太阳光依旧又热又亮，直到太阳落进西边的山里。这时，村外会有些小凉风儿，树上的"伏凉儿"也开始跟着欢叫："伏凉儿——伏凉儿——！"听着这远远近近、此起彼伏的叫声，心中不由得会掠过一阵儿凉意，周身也仿佛清凉了许多。

但天气真正凉快下来，却并不是一时半会儿、三天两头儿的事。虽是"立秋"了，但"立秋"并不等于入秋。在气象学上，划分气候季节要根据"平均温度"，如果连续有5天的平均温度在22℃以下，才算是进入了秋天。所以，进入实际意义上的秋天，还要等上一个来月。"立秋"和"立春""立夏""立冬"都一样，只是个节气标志，相当于季节变换的报幕，给你个盼头儿，也许你能远远地看得到，而真要走到你的跟前来，让你切实地感受到它的气息，且得等些日子哩。天空日月星辰，地面春夏秋冬，大自然的运行与季节的转变，周而复始，是缓慢的，深沉的，巨大的，逐步的，渐进的，细致的，绝不会是那种悬崖式的陡变，不会像我们读书时翻篇儿一样，翻过了一页就是另一页，它是极有耐心的。在这个演进过程中，总有一段不慌不忙的日子作为过渡地带。就说这"立秋"，"立秋"之后还有一伏，这一伏就是它的过渡地带，而这一伏不是别的，正是"三伏"。"冷在三九，热在三伏。"这是老一辈子留下来的古话，"秋老虎"的厉害，我们差不多哪一年都会有切身的领略。

"立秋"一过，一下子给人的感觉，是时光过得好快，一年已经过去大半，岁月的紧迫感油然而生。记得那些年在村子里时，每逢暑假，三天两头儿跟着母亲去地里给棉花整枝打杈，到了"立秋"再去地里时，母亲就说："立了秋，大小一齐揪。"那意思就是，过了"立秋"，棉花棵上所有的嫩尖儿都要掐顶，因为，受生长期所限，新生的"棉花捻儿"（也就是棉花的花蕾），来不及结成棉桃了，即使勉强结成，也是不中用的，这样的棉桃只能是又小又硬的"铁桃儿"，"喷"不出云朵一般的长绒棉絮，只能抠出一点点儿留之无用、弃之可惜的"红棉花"来。我见过姥娘抠那样的"红棉花"，剥开后像是一粒粒硬硬的蒜瓣儿一样，像是挨过雨淋似的，色泽发暗。因为这种棉花纤维很短，且没有韧性，公社棉站是不收的，只能攒起来卖给那些偶尔偷偷过来的串街小贩儿，因为不值个钱，跟他们叨叨半天，也卖不出个什么来。

二伏天里，人们要在菜园里忙活上一阵子——该着种白菜了。"头伏的萝卜二伏的菜。"这是民谚总结的"经验之谈"，一定很有道理。谁要是不服气，不按这个来，迟早会得到直接的教训，等不了多久，你就会看到，这家伙种的白菜，不是莫名其妙地死棵子，就是"外强中干"烂菜心，要不就是扑踏踏的不裹心儿，长得跟沙蓬菜似的。种白菜是个细致活儿，要先上粪，然后深翻、细耥，把菜畦子整得跟面笸箩似的，才好下籽儿。撒菜籽的时候，最好是在捯好的土沟儿里洒些水，这样的话，白菜籽发芽又快又好。四五天过后，小白菜就冒出来了，打远一看，朦朦胧胧的一溜溜绿线。这个时候最要紧的，是要管住促织。促织就是蟋蟀。这些家伙们长着个吃东西的大嘴，咬起东西来，"咔哧、咔哧"地像个大剪刀一样，一晚上就能将整畦的小白菜吃个精光。所以，种了白菜后，估计快要出苗的时候，得往菜畦里喷一遍农药，最好是菊酯类的，因为有强烈的气味，能把促织们熏得远远地躲开。头伏里种的萝卜也得这样。有一年，我父亲种萝卜，小萝卜苗儿本来出得齐刷刷的很整齐，头一天看着还挺好，第二天再去，让促织吃成了个光秃秃，只好又赶紧划开地皮，重新种了一遍才罢。

除了菜园子里的这点儿活计外，别的就没什么太要紧的了。这段日子，差不多也算是"农闲时节"。棒子们长得高过了人头，棵顶上正在抽出天穗儿，从棒子棵的半截腰上，已斜斜地挺出一两支棒子，吐出红的、黄的、白的须子。不几天，天穗儿就会给这些须子授粉，棒子就开始灌浆了。地里不旱，就让它们这么长着，不用再管，到九月底等着掰棒子就行了。

八月里，笨槐树顶子上的槐花渐渐落去，虽然有的还在接着开，但不再像六七月里那么热闹和有气势。也有的槐花能一直开到9月甚至10月里。槐花落了之后，代之而起的，是一骨爪儿一骨爪儿的"槐树墩儿"。"槐树墩儿"是槐树的种子，它不像洋槐树的种子那样，是一种扁扁的长豆荚，而是一粒粒碧绿晶莹的水豆豆儿，外面被一层水儿包裹着，连着珠儿，串成串儿，肉扭扭儿的，一挤一泡水儿。"槐树墩儿"的水豆儿由七月底八月初的绿豆大、黄豆大，一直能长到九月十月的花生豆儿那么大。到那时，结满"槐树墩儿"的笨槐树，又有另一番热闹可看。可惜，"槐树墩儿"不是葡萄，不能摘来了吃。但我们小孩子也有办法，那就是将"槐树墩儿"挤破，然后将豆子上附着的那层厚扭扭儿的白皮儿剥下来。那白皮儿能吃，这是大点儿的孩子告诉我们的，虽然没有什么味道，但肉筋筋儿的，吃起来也怪有意思。只是剥皮儿的时候，手脚要利落，因为"槐树墩儿"里除了那一点儿白皮儿，其他的都又苦又涩，不能吃。特别是挤破了的"槐树墩儿"的水，不仅苦，还发黏，粘到手上，会黏得三四根手指不好分开。要将它们洗下来，把手上弄得干净，需要大大地费一番功夫。

八月里，丝瓜进入盛产期。院墙外，丝瓜藤长得茂盛，爬满墙头儿，缠绕成一团，腾云驾雾似的；也有的突围出来，爬上旁边的香椿树，瓜藤像蛇一样向外探着蔓尖儿，明明是一直在往前爬、往上爬，却蜷曲着回过头来，做出要往回返的样子。傍晚的时候，丝瓜藤上开出一层黄花，衬着巴掌大的绿叶子，看上去金灿灿的，鲜艳而又明亮。这些乱开一气的花朵，在一两天之后就会变成一个个小"瓜仓儿"，从藤上悬垂下来，然后再一天一天长大，把丝瓜藤都坠得弯下来。丝瓜渐渐多到吃不过来，有的长在高处，让人够不着；有的藏在密叶深处，让人发现不了。过不了几天，它们就老得僵了皮儿，再往下，也就只能留作种子了。银雪家院门外东边那棵香椿树上，高高地悬垂着三个大丝瓜，模样挺顺溜儿，跟大棒槌似的，又像是飞机炸弹，一进巷子口儿就能看见。只是瓜皮老得泛黄，看这架势，只待秋后剥了皮做成丝瓜络，用来擦锅洗碗，抠出里边的丝瓜籽，也正好用做明年的种子。

八月快过完的时候，还有一个节气，就是处暑。只有到了处暑，才算真的有了秋天的气象。此时已经出了三伏，暑气渐消，秋凉乍起，天气变得清爽起来，一早一晚已有明显的凉意。炎热的夏天说来漫长，可终究还是快要结束了。

九　月

九月了。

——哦，都九月了，这么快！

每年一到这个月份，小凉风儿渐次吹起，炎热不再那么固执。夏天正慢慢地远去，成为人们的回忆。

虽说近些年时有雾霾侵袭，但九月里更多的依旧是晴朗的好天——天高高的，云淡淡的，阳光清澈得好似没有杂质，整个村庄的上空有时候连个云彩芽儿也没有，一大片蓝汪汪的，直到蓝得发紫。站在村口儿上，倘若没有棒子地的遮挡，能一下子看出去老远，就连西边的山也比往日看得更清楚，仿佛猛地近了好多似的。大地依然一派葱翠繁茂，只是多了些苍郁，多了些沉稳。曾经的蝉声满树，渐渐地被秋风吹散，一日日地稀落了下来，只在晌午最热的那阵子，蝉们才会猛劲儿叫上一阵子，也变得断断续续、长长短短、起起落落，鸣声里显出了几分嘶哑，等到日头西斜下去，便越发地显得出几分有气无力的疲惫和懒散。过不了多少天，这些蝉们就完成了自己短暂的一生的使命，忽然的一天晌午，你会发现，有的蝉已经趴在高高的树枝上静悄悄地死去，再也不会听到它们高踞枝头的鸣唱。它们在秋风中慢慢地风干，不定什么时候，再被一阵大风吹落在地，仿佛吹落一小截儿朽透了的旧木头一样。接替蝉们的，是草丛里的蟋蟀们。夜风缭绕，虫声如织，一阵急，一阵缓，音质清泠泠的，更衬托出夜的清凉与寂静。——这些都是九月给人的最大的直觉。

枣树上的枣子七月八月还是青蛋蛋的时候，小孩子们就开始偷枣子吃了。这些野马似的小兽儿，能爬高上树，能蹬高上墙，趁着大人们不注意的时候，瞅住机会就给枣树下一场"冷子"。枣树是一种家常果木，大都不长在果木园里，而是在农家的房前屋后、墙里院外，要想防住这些调皮捣蛋的小孩子也是难。再说，"生瓜绿枣，见面吃饱"，谁要是为这个事生气，倒要叫村里的人笑话。一棵枣树，从夏初开花，到七月十五红圈儿、崩纹儿，经历了风，经历了雨，待到秋风吹过庭院，给人们奉献上一树满枝的珍珠玛瑙般的大红枣儿，可以蒸过年时的"枣儿山"、花馍、年糕，甜美我们的日子，也真是功德无量。

秋天是丰收的季节。大秋庄稼们渐渐成熟，是农人们一年当中最为欢畅的时候。大片的棒子地最为壮观，棒子们密密麻麻地排列着，像是布阵的士兵。它们的叶子不再像八月时那么青翠、舒展，渐渐显出了憔悴，而每棵棒子掖在腰间的又粗又长的大棒子，到了这会儿再也藏不住啦！棉花已经摘过了头喷（第一批绽开的棉桃），更多的成串的棉桃沉甸甸地压弯了棉枝，表皮呈现出一坨坨的铁锈红，过不了多久，它们就会陆陆续续地咧开嘴儿，喷薄绽放出雪白的棉朵来（怪不得摘棉花叫摘"头喷""二喷"呢）。大豆棵子上挂满了饱满的豆荚，把豆棵子都拽得歪歪斜斜的了。村子里的那些果树，苹果，石榴，梨，葡萄，红的红彤彤，黄的黄澄澄，紫的紫丢丢儿，微风吹过，空气里荡漾着果子熟透之后散发出来的好闻的味道。——真想把这样的秋天一直揽在自己的怀里！

这时节，菜园子里的景色也最丰富、最好看。一畦畦，一垄垄，一架架，有的青翠碧绿，有的深紫嫩红。韭菜开花儿开得闹嚷嚷的，很快就该着采下来做韭菜花酱。白菜圆棵儿了，一行行覆盖住了地垄。辣椒一嘟噜一嘟噜地悬挂下来，有的开始变红。芥菜的花花叶儿支棱着，地下的块根儿还是铅笔粗的毛毛根儿呢，不要紧，等到深秋，准能长到拳头那么大，挖下来腌咸菜，一点儿也不耽误。晚黄瓜、晚豆角都刚刚爬上架，开出一层层的花儿。这几年，开始有人在菜园子里种秋葵，有红秆儿的，有绿秆儿的，像是长疯了的芝麻，高高大大的，一节节地往上开花，花儿是黄色的，像喇叭筒儿，有茶盅儿那么大，花儿落了就结荚，荚也像是芝麻荚一样，只是更胖、更长一些。盛产期的时候，每天的秋葵荚都摘不过来，种上两三棵就吃不清了。秋葵是很有营养的一种蔬菜，尤其是里面的籽和胶液更具有独特的保健功效。也有人说，秋葵的果荚像大个儿的尖辣椒。其实不像，辣椒的身上是光溜儿的，秋葵的身上我数过，有八道棱儿。

九月将尽，农事大忙。刨花生、割豆子、掰棒子、摘棉花，一样儿连着一样儿。丰收带来了喜悦，却也带来了辛苦。收完了庄稼，紧接着的是土地深耕，准备种麦子了。这当中，最要紧的是收棒子、种麦子，两样农活儿连着茬儿，收不了棒子就腾不开地，腾不开地就种不了麦子。好在现在都是机械化，工作效率高，只要机器进了地，也就是多半天的工夫，就全搞定了。过去，庄稼收下来都拉到场里，摊开，晾晒，然后打场，最后收进粮仓。现在，打谷场没有了，割下的豆棵子要不摊在村边的马路上，要不就得弄到房顶上去；棒子掰下来，剥了皮，一堆堆地堆在院门口儿，要一点点地拽到房顶上去晒干。站在房顶上四下里望去，家家户户的房顶上都是摊开来的黄灿灿的新棒子。好多人家刨了花生，在院门前，在房顶上，在马路边，在村中间村民活动中心的水泥地上，一片片地铺开着晾晒，风过处，空气里散发出从新鲜的潮湿的花生上蒸腾起来的清甜好闻的气息。

每年的中秋节也大都在这个月份里度过。村里人把中秋节就叫"八月十五"。这是个大节气，地里的活儿再忙，家家户户也要抽出空儿来打上两三炉月饼。打月饼用的面、油、糖、鸡蛋和花生仁、核桃仁、青红丝等，各家预备齐了，就交给村里的月饼加工点，掏点儿加工费就成。在外边工作的年轻人，也都赶在节日的时候回到村子里来，提着包装精美的月饼、水果看望家里的老人们。打开了月饼盒，却免不了被人们笑话——月饼盒子挺大，包装也甚是华美，看着也非常精致，只是里边就装着六只或八只月饼，个儿还都不大。不过，孩子们的一番心意，毕竟还是让老人感到了更多的欣慰与妥帖。出嫁了的闺女在这时候也要带着孩子、提着月饼回娘家来看望爹娘，这个是不必说的。

"露从今夜白，月是故乡明。""白露"这个节气，总让人想起杜甫的这一千古名句。这个时节，秋水生凉，寒气渐沉，再光着膀子，在风中、在树荫下就会感到有些冷了。炕上的凉席儿该撤下来了，换上布单子。电扇用不着了，也要擦洗一番，收拾起来，归置好。早上去地里，草的叶子上，白菜、丝瓜、眉豆的叶子上，都湿漉漉的，叶尖儿上挂着亮闪闪的露珠。从地垄上走过去，脚面就会被打湿，连裤腿儿上也会湿了一小截儿。天气不稳定的时候也多了起来，一天和一天不一样，特别是遇上刮风下雨，在降降升升、升升降降之中，气温到底还是走了下坡路，再也升不上去。"一场秋风一场凉，一场秋雨一场寒"嘛！

紧接着的节气就是秋分了。秋分遥对着春分，到了这一天，白天和黑夜也是一样长短。再以后，白天越来越短，黑夜越来越长，给人的感觉就是：早上，天亮得晚了；傍晚，天黑得早了。一晃儿就是一天。

这时节的草木，大都停止了生长，开始专心培育自己的种子，结荚儿的，抽穗儿的，带壳儿的，用果肉儿包藏起来的，还有熟透后带着绒毛儿乘风飘飞的，真是各式各样。

九月，差不多就是这个样子吧。

十　月

一钩新月，一声新雁，一庭秋露，一树秋风，它们应该是对深秋时光最为诗意的点缀吧。

进入十月，夏天的气息已经完全消失不见，秋意越来越浓，天气也越来越凉了。即便晌午时分，阳光的温热也是短暂的，日头一西斜，气温就走下坡路。那些赶早的人们，或是晚归的人们，有的已经把羽绒服穿在了身上。背风向阳的地方，也已经开始有三三两两坐在那里晒日头儿的老头儿老婆儿了。

秋天，总是美好的，又何况是乡下的秋天呢！小的时候特别喜欢秋天，因为秋天有许多水果和野果。瓜果梨枣都下来了，这个不必说。在野外，也能捞到许多能吃的东西，野茄子啦、"洋姑娘儿"啦、梢瓜儿啦、甜甜秸儿啦，有甜的，有酸的，有酸酸甜甜的。有时发馋，像小兽儿似的到地里抠块儿山药，或是拔个萝卜、蔓菁，或是找个背人儿的地方，架起柴火儿烧几棵黄豆或是花生，这种情况也是有的，但最好别让大人们"捂"住，抓个"现行"。

乡村的秋天很美。天空湛蓝，又高又远，看得眼睛酸胀了也看不透。有时候有云彩，一大朵一大朵的，像是房顶上晒着的棉花，只是要大得多、多得多。"秋天来得早，云彩质量好；赶紧摘几朵，回家做棉袄。"中央电视台天气预报的节目主持人宋英杰这时就会在电视里喜气洋洋地开一开玩笑。小风儿带着秋的凉意，吹过人的头脸儿，感觉分外清爽。远处的树林子，在风中轻轻地摇摆着树梢儿，伏下去伏下去，又慢慢地支起来。麻野雀们飞进树里，"喳——喳——"地叫着，一会儿又飞出来。杨树、槐树的树顶子上有它们搭得高高的窝。这几年，麻野雀们越来越多了。杨树的叶子上有一层蜡质，日头一照，亮闪闪的。向晚时节，秋风紧的时候，树叶子被风吹起，"哗啦啦"地响着。树的叶子们在这个时节里大多还是苍翠着的。总要等到临近霜降、十月将尽的时候，才会慢慢地泛黄，然后被风吹落，打着旋儿飘飞。

村外一片敞亮。棒子收割后，紧接着就整地，三四天儿，麦子就种上了，麦地里结着棋盘般方方正正的畦子。农谚说："谷六麦十三，必定见绿尖。"一个礼拜过后，麦子发了芽，针一样的绿尖尖儿就冒出来了，渐渐地，一行行、一垄垄，绣出浅浅的嫩绿，给大地披上一层毛茸茸的绿毡。再过一阵子，等差不多出齐了苗，要赶着浇一遍透水。天冷上冻的时候，还要再浇一遍上冻水，就不用再管了。一年一年地，在这片土地上，勤劳的农人们收了麦子种棒子，收了棒子种麦子，年年丰收，从不歇茬儿，真像老辈儿的人们说的那样："地是刮金板，人勤地不懒，刮了一板又一板。"只要肯用功、下力，地里的收成便总也刮不完。

种上了麦子，也过了寒露，地里的农活儿轻闲了下来。但小来小去的事儿，也不算少。东一块儿、西一片儿的小地块儿，还零星地长着别的庄稼和作物，也都到了收的时候，三天两头儿地，还得往地里跑。有种了棉花的，过个四五天去摘一摘棉花，摘回来就背到房顶上，薄薄地铺开来，在日头儿下晒着；有种了芝麻的，前一阵子已经拔了棵子，搭在房顶上，早就晒干晒透了，后晌儿的时候，在房顶上铺个包袱皮儿，把芝麻棵子倒提起来，磕打磕打，"哗——，哗——"芝麻粒儿像下雨一样落下；有种了豆子的，这会儿也该割回来了。割回来的豆棵子，要赶趁着好天，找块空场地儿翻晒，正晌午时分，能听见豆荚爆裂的声响，一会儿"啪"地一下儿，一会儿又"啪、啪"地连着两下……天上白云朵朵，地上秋风缭绕，村庄里外，一派安详的寂静。

菜园子里的大白菜发足了棵子，把菜畦撑得满满当当，下不去脚儿。有的白菜开始裹心儿了，再过上一阵子，等刨了地里的山药，就可以抽些山药蔓儿来绑白菜了。绑过的白菜，菜心儿会裹得更瓷实。包饺子剁馅儿，全指望着这个圆丢丢、瓷顶顶的白菜心儿哩！这当中，也有长坏了的白菜，或是菜叶子干了边儿，或是干脆就烂了根儿，那是因为这家的白菜种得早了些，违反了"头伏萝卜二伏菜"的节令。冬瓜的蔓子开始显出憔悴了，水桶一样的大冬瓜东一个、西一个地横躺竖卧在那里，披着一身白霜，一副憨厚的样子。要是你的手皮儿嫩，可不要随便去摸它，瓜皮上的那一身汗毛儿，不是好惹的，像小刺儿一样扎手，有时还会沾在手上，不那么好弄下来。白萝卜长在垄沟沿儿或是畦埂上，隔不远儿一棵，隔不远儿一棵，大都歪拧着粗壮的身子，露出地皮儿的那一截子已经晒得发青，再过一阵子，它们就能长到胳膊那么粗了，捉住萝卜缨子轻轻一摇就能拔下来。红萝卜、蔓菁、芥菜疙瘩的缨子密密匝匝的，翠绿得闪光。农谚说："地冻车辙儿响，萝卜蔓菁使劲长。"它们要在地里一直长到上冻时节呢！菜花儿也已经长到了盘子那么大，不知是怕把它们晒黑了，还是怕它们白生生的样子太惹眼，人们拿菜叶儿盖在了菜花儿上。有的人家在拔了花生的地里又赶着种上了一茬儿芫荽或是菠菜。秋凉儿才撒的种子，地有些凉了，芽苗儿发得慢，这会儿刚长到半拃来高儿，又细又嫩。有着急的，就赶在晌午日头好的时候，一边给菜畦里浇水，一边追施一种叫"硝基硼钙钾"的化肥。这种肥号称"6小时吸收，12小时见效"，上边还用拼音标注着："专家品质"。可是，给菜上化肥，长得快、长得粗壮、长得好看又咋的？——我估摸着，这些菜吃起来，肯定不如那些施用有机肥而且自然生长的菜味道更纯正。

寂静的夜里，潮气夹着寒气泛上来，秋虫们的鸣叫声不再高亢激昂，渐渐稀落和短促下来。《诗经》里有首《豳风·七月》（"豳"念bīn，古地名，在今天的陕西省旬邑县西南），曰："七月在野，八月在宇，九月在户，十月蟋蟀入我床下。"杜甫在《促织》中也写道："促织甚微细，哀音何动人。草根吟不稳，床下夜相亲。"这是蟋蟀的生活规律吧。到了十月，屋里比外边暖和，原本在野外草丛中蹦跶，在墙缝儿里钻进钻出的蟋蟀，有的就钻进屋子里来，悄悄地藏在床下或是人们看不到的角落。夜深人静时分，它们零零星星的叫声清越而又有些凄切。有时，蟋蟀还会蹦到炕上，愣头愣脑地跑到被子上来。《诗经》里还说："蟋蟀在堂，岁聿其莫。"人们在睡梦中听到蟋蟀的鸣唱，晓得天气冷了，一年快到岁暮，不由得会生出些关于光阴的感叹。

转眼霜降就到。"寒露不算冷，霜降变了天。"霜降是天气的一个分水岭，直到霜降的时候，摇摆起伏的天气才最终变凉。倘若这时节赶上一场绵绵的秋雨，气温会下降得更快，感觉一下子就像过到了冬天似的，猛地就冷了。特别是在早上，似乎让人有些措手不及，便开箱倒柜，找出来厚衣服穿上。即便是年轻人，不套上秋衣秋裤也是扛不住的，有的老头子老太太，棉袄棉裤都穿上了。诗人这会儿也许会苦恼地吟叹：秋风秋雨愁煞人。但在农人们的心里一定是不大理解的：这可有什么愁的呢？麦子刚出苗不久，一场秋雨落下，正好补一补地里的墒情，弥一弥土坷垃之间的缝隙，这样会更有利于保护麦根儿，有利于苗全苗壮。

风中雨中，树上的叶子一天天变黄，一片片、一阵阵地飘落下来。有的树，本来看着树叶长得好好的，可只要一阵风儿，或者稍微一碰树身子，叶子就噼里啪啦往下落。杏树、桃树、梨树和石榴树们，可能是结过果实的缘故，它们消耗了太多的力气，累了，该着歇着了，也就像乡间那些因为多子而受拖累的母亲一样，在秋风中更早地显出了憔悴的样子，老早地掉光了叶子。树海家那棵长在村东菜园子地头儿上的杏树，就是这样子，过了寒露没多久，枝梢儿上就变得稀落落、光秃秃的了。

十 一 月

　　华北平原上的秋天总是很短，短到几场秋风秋雨，甚至有时只需一场风雨，就把秋天给送走了。

　　由十月转入十一月，是一年当中气候变化最为明显、剧烈的时节，一场接一场的西北大风驱动着寒流不断滚滚南下，带来一场场降温，催动季节转换的脚步不断加快。省气象台常常会在刚进入十一月的时候发布入秋以来的首个寒潮蓝色预警信号：全省大部分地区最低温度将下降6℃—8℃，届时，中南部地区今秋以来最低气温将首次降至零度以下，请相关部门和公众及时做好防御准备……而到了十一月的中旬或下旬，摸不准会在哪一天就会启动寒潮应急响应，发布大风、降温、降雪的消息，新的最强冷空气由北向南推进，雪线也不断南压，速冻模式开启，气温创下新低，人们仿佛一下子就进入了冬天。村边水塘里的水会在寒潮降临的第二天早上结起一层薄冰，猛地看上去，像是水面上漂浮着一层磨砂玻璃。这是入冬以来头一次结冰，小孩子们觉得稀罕，顺手从地上寻找土坷垃或石头、砖头儿，狠力地抛向冰面，听着"嚓"的一声，冰凌碎裂开，或是砸开一个洞，仿佛得了什么乐趣，脸上随即露出一个开怀的坏笑来。

　　天气时晴时阴，早起的时候还常常起大雾。但这一天的雾和那一天的雾也是不一样的，有时雾晴，有时却雾阴。谚语讲：久阴雾晴，久晴雾阴。雾晴的雾，是一大团一大团的，从地面上、从半空中、从树梢儿那里，呼呼地流动着，像刮过去的无声的风；雾阴的雾，则是均匀地弥漫着，四周严严实实的，不动声色，到了后晌仍不肯散去。如果雾晴了的话，气温会在阳光照耀下缓慢回升；如果雾阴了，那就有可能会在冷飕飕的西北风中，降下入冬以来的头一场雨夹雪。下在十一月里的头一场雪往往并不纯粹，多是以雨夹雪来亮相。一场雨夹雪降下来，天气也会随之变得湿冷湿冷的，四处都是阴沉沉、湿漉漉的景象，通往菜园子的土路上也会因为人们着急拔白菜、剜萝卜，人踩车轧而变得泥泞不堪。除了菜园子里的这些动静以外，这样的天气里，大白天很少见到人，人们大都钻在家里，有的无所事事，有的则凑在一堆儿打麻将。好多人家的屋子里这会儿还没有生火，屋子里也暖和不了多少，再加上潮湿，就更冷渗渗地，令人难以忍受。村子里每年入冬时节的景象，大抵都是如此的吧。

倘若是晴朗的好天，又不刮风，除了早晚有些清冷之外，到了晌午时分，空气便暖洋洋地荡漾着了。遇到这样的天气，北风旮旯里、北墙根儿下，常有四五个、六七个老头子聚集在一起，一边舒舒坦坦地晒日头儿，一边你一言我一语地聊天儿排闲话儿。有时说着说着不知怎么就抬起杠来，双方倔巴着，你来一句我去一句，一个个红头涨脸儿的。这时，就会有人赶紧出来给打哈哈，这边拽拽，那边拉拉，来回和稀泥，各打五十大板了事——这些老头子们真有意思，成一帮老小孩儿了。晒着日头抬抬杠，挺好玩儿的。但这样的天气不会维持多久。随着立冬节气的来临，冬天拉开序幕，到了小雪，寒流接连来袭，大地在寒风中沉寂下来。

我在2016年11月上旬的一个星期六的上午回到了村子里。那天是个很不错的小阳春天气，我在村子里随意走，记录下以下这些景象——

我是沿着村北的一条土路往村子里走的。路北边，紧挨着石家庄南编组站的地，看着像是一块苗圃，细看又觉得不大像，有核桃、苹果，也有槐树、黑枣儿树，交汇、混杂在一起。特别是那些黑枣儿树，一看就是用黑枣儿核种出来的，就像种麦子那样。四五年过去了，黑枣儿树长到了一人多高，一棵棵瘦得跟筷子一样，密密麻麻地挤在一起，别说野兔子钻不过去，怕是连风也透不过去的。村子里的人说，这些地说不定什么时候就让"上边儿"给征占走了，先栽上些树，到时候就能跟他们好好地谈"补偿"。我看着那些挤成疙瘩的黑枣儿树，心想：这些黑枣儿树要是也按棵来计算补偿的话，哈，够呛能数得清！

环绕着村子的，是大片的麦田，从村西到村北到村东再到村南，连成一片，远远地看，像是一张巨大的绿毯一样。嫩绿的麦苗长到了三四指高，渐渐淹没了畦埂。半前晌了，麦苗的芽尖儿上，还挑着一粒粒露珠，日头一照，亮晶晶的。

一拐进我家所在的巷子，就能看见三辰叔家院墙外的那棵银杏树。这棵银杏树的树干已经长到茶杯一般粗了，树叶子已经变黄，地上也散落着一些，像一柄柄精致的小扇子一样。美丽的银杏树站在巷子口儿，把整条小巷都给点亮了。站在三辰叔的家门口儿，隔着墙头儿，还能望见院子里那棵柿子树的树梢儿。树上的红柿子已经摘光了，只挑着一片片被秋风染红了的树叶子。我问过父亲，三辰叔家的柿子咋年年都长得那么好？父亲说："你三叔一年给柿子树打两三回药哩，管得'到实'（土话，细致、周到的意思），柿子上就不生虫儿！"

三辰叔家的西边，是建震家。建震家是座新盖的二层小楼，装修得崭新、漂亮。他家的红油漆铁门关着，一点儿动静也没有。再往西，是建高家的地方，用一道薄薄的蓝漆铁皮围挡着。蓝漆铁皮还很新鲜，上边拧着的铁丝闪闪发光，一点儿锈也没有。建高老早就不在村子里住了，住在郊区振头他媳妇的娘家。他离开村子后，就不管家里的老房子了，老房子一年一年破败下去，不知是在哪一年，房顶终于塌落在了地上。建高是2016年的初秋得癌症死掉的，死的时候才53岁。

从东往西数，银雪家是第四户。银雪家的院墙外种得很热闹，有丝瓜，有吊瓜，有西红柿，还有一架葫芦。攀爬在樗树上的丝瓜藤已经扯掉了，挂在高处树枝上的老丝瓜光秃秃地露了出来，吊在那里，在风中轻轻摇晃，样子有些滑稽，像是一个个大棒槌似的。

在路南边，新海家、丙申家、申良家的南房凉儿里，有的地方起了一层青苔，绿乎乎儿、毛茸茸儿的。这大概是前一阵儿连着下了两三天雨后冒出来的吧。青苔喜欢长在背阴、潮湿又有些偏僻、荒凉的角落里。

双雪家的房顶上还摊晒着一大片黄灿灿的棒子。高高地立着的一支竹竿上，有一面五星红旗，迎风飘扬，猎猎作响。三五只鸽子在棒子周围慢慢地踱着步，"咕噜噜、咕噜噜"地叫着，尾巴左一扭、右一扭的，忽然身子往下一蹲，扑棱着翅膀，从房顶上飞了起来，忽闪忽闪的，向着南边飞去，一会儿就看不见了。

向东家的大门口儿西边有一棵枣树，枣子早就打过了，树叶子有些破落，有些憔悴，然而，树顶子上却还挂着四五颗红枣儿，那几颗枣儿是那样鲜红，阳光下亮晶晶的，像是红宝石一样闪闪放光儿。这些枣子大概是留给村子里的鸟儿们的吧？

吃过了晌午饭，桃枝婶子去村东的菜园子里拔白菜。她把拔下来的白菜剥干净，只剩下一个光蛋蛋菜心儿，然后装进旁边的编织袋里。我站在地边上跟她聊天儿。婶子一边忙活着一边跟我说，今年的白菜长得不好，都这个时候了，棵儿才这么大，而且还老烂叶子，有的长着长着就死了。前几天她把每棵白菜根部的烂叶子都清理了清理，背了出去，防止这些烂菜叶子丢在地上，时间一长，把好菜叶儿也给熏坏了。婶子说："看来是年头儿的过——今年不收白菜。"她和正月叔作务着这块菜地，舍得下力气，地里上的粪都是羊粪、鸡粪什么的，不怎么使化肥，打药更是严格控制。老两口儿一有空儿就到地里来，这里锄锄，那里耪耪，这边绑根绳儿，那边搭个架。我看到地里还种着茴香、根大、香菜什么的，各样菜们都长得很好。秀坤和立坤哥儿俩差不多每个星期六都要从市里开车回来，走的时候就从菜园子里摘些菜带回去。远处地边上搭着的苦瓜架歪拧着，快要塌了。婶子说，天冷了，早就不长瓜了，过两天就把这个架子拆了。

我们家北屋门口儿有棵柿子树，因为柿子上老生一种白斑，父亲老早就把树上的柿子摘光了。这棵柿子树上还留有一大枝黑枣儿，上边密密麻麻地结了好多，都已经黄透了。常有一群群的麻雀挤在树上叽叽喳喳，然后轰的一声全部飞走。我顺着梯子上到房顶，站在屋檐上，伸手扳住这股树枝，够了一颗黑枣儿。黑枣儿已经软了，我放进嘴里吃，枣肉儿并不多，吐出来五颗月牙儿形的黑枣核儿。黑枣儿是甜的，但过了不一会儿，仍有一股涩黏附在舌头上。黑枣儿要等晒黑了、晒干了才会好吃。

山云家是我家后邻居。他家的院墙外种着两棵香椿树，香椿树已经很高大，有好几股树枝伸过来，搭住了我家的北房檐。香椿树西边的墙根儿下，还种着两棵吊瓜。瓜藤像朽掉的旧草绳一样胡乱地搭在墙头儿上，瓜叶子大多已干枯，但三颗披着白霜的花皮儿瓜仍高一个、低一个地挂在瓜藤上。这些瓜大概要等到快上冻的时候才会摘下来吧。

我在房顶上的一列矮墙上坐下来，脸朝东，目光越过房顶和树梢儿，可以看到村东绿色的田野和从远处公路上跑过的汽车。午后的日头稍稍西斜了些，不一会儿便晒得背上和头顶都暖烘烘的了。抬眼看看四周，斜阳笼罩之下的村庄多么好啊，这么安静。

十 二 月

　　风霜雨雪中，村庄的时光像流水一样逝去，转眼间已是十二月。寒风凛冽里，一年将尽，墙上的月份牌只剩下了薄薄的一沓儿。等到最后一张也撕了下来的时候，旧的一年过去，新的一年就又开始了。

　　北方平原上的冬天，大多时候是南下的寒潮在一夜之间送到眼前来的。寒潮来自更北的北方，一波接着一波，带着滚滚冷风，以一种有力的、粗野的、没商量的方式，呼啸而来，横冲直撞地扫过大平原，而后扬长而去。有时也挟带着一场雨夹雪，或者就是一场纷纷扬扬的大雪。在这一波寒潮过去与下一波寒潮到来中间，有时也会有一段间歇，或长或短，仿佛是寒潮跑得累了，要喘口气、歇一歇似的。这样的日子短则五六天，长得话十天半月，风雪远去，天气晴和，气温也会有短暂的回升，直到下次寒潮再度来袭才会打破，气温也会报复似的猛地创下新低。这种态势持续、交错进行，直到冬至过后进入数九寒天，冬天在乡下要尽了它所有的威风。

　　头一次寒潮通常发生在十一月底之前，冬天开始显示它的威力。寒潮过后，村庄就换上一副冬天的样子了。房屋、院落、街道在寒冷中静默着。在早上，可以看到池塘、河沟里的水面结的冰，先是薄薄的一层冰碴儿，一点儿也不结实，水波一荡漾，冰碴儿就破碎了，不等到晌午就化完。这时候的树们，叶子差不多掉光了，有些百无聊赖，有些神情落寞。只要没有风，它们就仿佛屏住了呼吸似的，沉默着站在那里，枝条或往下垂着，或往上举着，一律都不动声色。大杨树或者老槐树上，间或有一只或两只鸟巢，从树下往上看，那只是一大团乱蓬蓬地交织在一起的柴火棍子，但是因为有了它们，树的风景一下子就生动起来了。

　　过了冬至，数了九，就进入一年当中最冷的时候。乡间谚语说："一九、二九不出手（有的地方也说'一九、二九冰上走'），三九、四九冻破碌碡……"连碌碡这样的石头疙瘩都要冻破，想一想身上都会冷得打抖吧。

我喜欢十二月里晴朗的天气。哪怕是数九寒天，大地封冻的时候。晴朗的白天，没风没火儿，到处有一股懒洋洋的劲儿，村庄的上空除了日头，只是一大片纯净的蓝，有时望到天边，连个云彩影儿也看不见。赶上这样的天气，有时连最冷的早上也温洞洞儿的，出门不再搓手哈气，有时连小孩子也敢舒出小胳膊小手儿来玩儿。早晨的水塘和河沟里，也只是在离岸边最近的地方才有些薄薄的冰凌，中间则仍是一片映着天光的波纹，和着树的倒影在微微地荡漾。到了半前晌的时候，日头升到了半空中，白白的日光照耀着村头，照耀着村道和村道旁同样静默着的树，在墙头上、地面上留下线条清晰的影子。街上开始断断续续有人走动，有的是去村东的菜园子里，去掀大棚上捂得严严实实的草苫子；有的提溜着塑料桶，去村民广场那儿打纯净水；有的在家门口儿、街口儿上站一会儿，东张西望一阵儿，无所事事，又走回家里去了；有的提着垃圾桶往设在街角儿的公用垃圾桶倒垃圾，一只手提着垃圾桶，一只手揣在裤腰里。有的老头子踱到一个向阳背风的旮旯儿，慢吞吞地坐下来，半仰着头儿，塌眯着眼儿晒日头儿。

日头照着街边的树，将树干和枝梢的影子一半印在地上，一半印在北墙上，像是在那里绘了一幅线条清晰的黑白版画，院墙就是一幅带框儿的画布，看上去别有景致。大叶杨和槐树的树梢上还稀稀拉拉地残留着些树叶子，风一吹，哗啦啦地响。前一阵儿它们还都绿着，上一次寒潮来袭的时候，它们一夜之间经历了霜冻，然后就干枯掉了，树叶子的颜色变得有些灰白。

不时有一两辆三马子或是汽车从街巷里开出来，哼哼着向村边的公路上驶去。街巷里有"捧音"，特别是在盖着二层楼的地方，会把车子的马达声放大好些。不过，等车辆行驶过去，很快就又寂静下来。在村子里，还是寂静的时候更多一些。

有的人家趁着天儿好洗衣裳，洗完了，抽净了，搭在院子里拉起的一根绳上，被子、褥子也都抱了出来，一边晒着，一边用竹竿"咣、咣"地敲打着。一大群正在树顶子上叽叽喳喳着的麻雀，听到院子里忽然响起的"咣、咣"声，吓得它们惊慌失措，呼地向着空中飞去，像是石头扔进水里溅起的水花儿，一忽儿就都不见了。

空气有些干燥。有一架飞机从天掠过，细看，才能看见蓝天的高远处有一个亮晶晶的白点儿悠然滑过，却搅动起气流，发出巨大的"呜噜、呜噜——"的轰鸣。这架飞机一定是"超音速"的，飞机飞过去了，机翅摩擦着空气，轰鸣声从机身的后边传来，好似被飞机拖拽着似的。

麦田里依旧碧绿一片。麦苗分了蘖，显得有些稠密，麦垄也跟着变粗了许多。这时节，正是给麦子浇上冻水的时候，从半前晌开始，就有人穿着胶鞋、扛着铁锨到麦地里去浇水。浇地的人常把水放得很大，把畦子里灌得满满的，直到水涨得快要漫过畦埂了，才用铁锨挖起土来挡住畦口儿，把水流引向下一个麦畦。等到把麦子都浇完，地里基本上就没什么活儿了，很少再能见到人影儿。冬天里的人们，其实是很闲在的。

小的时候，即便是冬天的早上，母亲也要早早地把我们吼喊起来。有时是赶着去学校上早校，有时是赶在一夜大风之后，和母亲拉上小胶车儿去村外的树林子里搂树叶。母亲看不惯睡懒觉，常念叨："早起三光，晚起三慌。"由温暖的被窝里爬起来，望着刚刚有些亮色的窗户，每每心中总是升腾着老大的不情愿。磨磨蹭蹭地坐起来，在母亲连嚷带骂的催促声中，再将搭在被子上的棉衣穿在身上。有时，棉衣像铁一样冰凉而沉重，母亲就用两手把棉衣支架着，移到炉台儿上，冲着炉口燎一燎、烤一烤，然后再交给我们，催着我们趁着热乎气儿，赶紧往袖筒儿里头舒胳膊伸手。走出屋门来，冷风吹到脑门子上，浑身一激灵，精神也随之一振。有时能看到院子里落了一地的寒霜，薄薄地铺了一层，被未落的月光照成晶莹的一片。——现在的村子里，一定不会再有人在冬天的大早起，冒着刺骨的寒冷，到村外去搂那些树叶子了吧。谁还看得起那些东西呢？再说，不养猪了，也没猪圈了，搂一堆树叶子也没什么用。

南水北调中线输水干渠在我们村西，往西走出村口儿，不到一里地就是。这算是一条"倒流河"吧？——北方平原上的河，不是向东流，就是向南流，绝少有向北流的，所以也是一道景致。有一天午后，我从外边回村子里去，走到横跨干渠的水泥桥上，停了下来，趴着桥栏两侧的铁丝网看桥下的流水。宽阔的一汪碧水，卷着细碎的漩涡平缓地向北流过，并不发出一点声响。许是冬天水冷的缘故吧，我在水边没有看到或溯水或顺水游戏的鱼群，而这景象在夏天和秋天时是常能见到的。而且，有时还会看见有人隔着铁丝网把鱼钩儿甩到水里去钓那些鱼，真是有意思……这会儿，周围一个人也没有。我看见我趴在铁丝网上的半截身影投射在水面上，变得有些淡，也有些虚，随着水流在那里一漾一漾地晃悠着，晃悠着。西斜的日头晒得我的后背暖烘烘的。

有这么一条宽阔、整齐的干渠在村边安静地清澈地流淌着，尽管它只能远观而不让村里的人们靠近，永远不可能成为我们村的母亲河；尽管两边长长的河堤上光秃秃的，除了高高的封闭着的围栏以外，既没有成行的树木，也没有成片的花草，但是，在这干燥的灰黄色的北方的冬天，它依然是一道难得的灵秀美丽的风景。

现在的冬天有好多不如过去的地方。过去乡下的冬天，无论是晴天还是阴天，大都是很清爽的。西北风总是清新而凛冽。早晨刚升起的太阳，傍晚要落下山的太阳，发出的光都是金黄金黄的，照在人的身上、头脸儿上，像是镀了一层红铜似的。灰塌塌儿的阴天，也是柔和、透明的。可是，最近这些年，老是起雾霾，西北风刮得也不那么强劲了，空气老是脏乎乎的，阳光即便照射下来，也半死不活、有气无力，像是澥了的鸡蛋黄儿一样，死眉哈塌眼的，没一点儿爽利劲儿。人们在这样的空气中呼吸，就像鱼游在一汪污水里，怎能不憋气？

真的是很怀念旧时的乡村的冬天——即便是北风吹、大雪飞，村庄的里里外外都是清新、透亮的，总要强过雾霾笼罩下这种说晴不算晴、说阴不算阴的乌突突、脏兮兮的寒冷。

在这一年的最后一个月里，有一种实实在在触摸到时光的感觉。日子照样一日日地度过，只不过多多少少总是混杂些惆怅。还记得年头儿的时候，觉得一年刚刚开始，时光好长，我们有大把的时间，可以大有作为，做什么事也不用太着急。不知不觉间就到了年底，再回头一望，这一年来做过的事情不算少，但没来得及做或者没有做好的事情却有更多，到了这会儿，看来终究是要错过的了。一年的时光终究还是太短暂了，而日子又似乎过得太快了些！——呼噜呼噜地来了，一眨巴眼儿，又呼噜呼噜地去了。

其实，从老辈儿的时候起一直到现在，一年又一年，都是这么着过来的，只不过每到年底的时候，我们对时光的难留总是会有更加切实、急迫的感受。而且，随着年龄的增长，这种感受怕是只会越来越深刻吧。

结　语

这个"村庄月历"系列中的十二篇文字，别看篇幅都不算长，却不是一下子两下子或者三下子四下子就写完的。

是的，每一篇都耗费了不少的功夫。我又一次动用了自己在乡村生活十九年的那些私存和积累，先是根据自己的乡村记忆和印象，想到一点就记下一点。然后，逢到双休日或节假日，就一个人骑上车子回村子里去"撞"。当然，也不是瞎"撞"，而是尽量仔细地观察、体验，对一些记忆进行印证，把那些我自认为有意义、有意思的情景记录下来。我是以每个月份为标题来写的，每个月的这一篇，哩哩啦啦的，差不多也要敲敲打打、修修补补地写上一个来月。日子零零碎碎的，文字也是零零碎碎的，这件活儿一点一点地直到做成现在的样子，其实是挺缠手的。

我一个月挨着一个月地写，慢慢地写啊写，写到第十二月，一年就到了头儿，一年的时光也就跟着过去了。抬眼望一望书房的窗外，天空沉郁，草木萧疏，一派隆冬的景致。再往西南方的远处看，能隐隐约约看得见故乡方向的封龙山的山影。此时此刻的心情，还是很欣慰的。

大地之上，万物生长；春去春又来，一岁一枯荣。正如《史记·太史公自序》中所说："夫春生夏长，秋收冬藏，此天道之大经也，弗顺则无以为天下纲纪。"这是生命和岁月轮回与演变的规律。大自然这本厚重的书，它的奇妙和奥秘既浩浩荡荡、横无际涯，又深奥精微、包罗万象，我们用尽了一生的心力，恐怕也是读不尽的吧。

我知道，拉拉杂杂地写下这些文字，只是把大自然所呈现出来的我目之所见的景象用文字作一浅显的表述而已，所记录的都是乡间司空见惯的一些琐事，说来说去，也不过是其间的一个小旮旯里的一两行平淡而又潦草的断章散句。况且，我毕竟离开村子已经三十多年，写到一些具体的散乱的事，很难不浮浅、不表面、不碎片，也难免有以偏概全的地方。

记得有位作家曾经在一篇文章里说过，平原的文化特征正是"平"——平凡、平淡、平静、平常，它就像个巨大的调色盘，各种色彩都有，但又相互交融，黑红莫辨，其滋味平和而底蕴深厚，若广阔的大地一般。因此说，无明显特征也就是平原文化的基本特征。用作家的话去印证我们村庄的方方面面，我发现，好多家长里短、风土人情，都能找到相应的解释并且对上了号儿。

只要不是农忙时节，乡村的时光在大多时候是缓慢的。日子平静、平和、平淡着，一天连着一天，过着过着，一年就过去了。而那些过去了的日子，就再也回不来了。《古诗十九首》里讲："人生天地间，忽如远行客。"这应该是出远门去旅行的人所发出的感叹吧。这话多有画面感啊！——一个出远门的人，行走在苍茫天地之间，越走越远，越走越小，直到变成一个小黑点儿，像一粒飘飞的微尘，最终消失……而有的人，就是这样子一去不回头的，再也没有回到他的故乡。这样一想，人生啊，岁月啊，真是充满了无尽的苍凉！

一月又一月，一年又一年。一个人的一生，何其短暂，能有多少个月、多少个年呢？一月又一月地过去，一年又一年地过去，人很快就长大了、变老了。而岁月和历史，也就是这么一年又一年地积攒起来的，越来越厚，也越来越长。有时我想，一个人在琐碎而并不漫长的时光里，能把平淡、朴素的生活过得有滋有味起来，也是一种本事。而我把这些一一记录下来，尽管不能洞烛幽微、钩深致远，但自我感觉，也是一件挺有意思、挺有意义的事。

剜　洋　姜

过了霜降以后，地里开始下霜，天就一天比一天冷了。该着把村外的洋姜剜回来了。

午后的斜阳暖暖地晒着，风也不大，云朵安安静静地停留在村庄的上空，过了好久才会移开一点儿。我和父亲扛上铁锨、背着筐子，去村东的菜园子里剜洋姜。菜园子的南头儿有道土坡，挨着马路，洋姜就长在这道土坡上，拢共有二十多棵。已经下过了霜，洋姜的叶子变黑、干枯，有的掉在了地上，有的还在棵子上挂着，看上去有些零乱、寂寥的样子。

这一片洋姜长在这里有好些年了，年年都能剜上一大筐子，算是意外的收获，跟白捡的差不多。洋姜在乡下不是什么稀罕物件儿，随意地长在路旁、沟坡、地头儿、房角或者闲院子里，谁也不拿着当事儿，长就长，不长就不长，仿佛有它不多，没它也不少。秋后剜下来的洋姜，主要是腌成咸菜。等到腌得差不多的时候，已经是初冬时节的光景了。腌洋姜嫩格生生儿、脆格铮铮儿的，挺好吃。早饭和晚饭时，从咸菜瓮儿里捞出一块洋姜，切成细丝，调上酱油醋，滴上两滴香油，再配点儿葱丝，稍微拌一拌，就是饭桌上一道可口的下饭小菜儿。

父亲蹬住铁锨，照着洋姜棵子剜下去，然后用手拽住洋姜棵子，使劲一拔，棵子就拔下来了。嗬，收获还不小呢！洋姜棵的根儿上，滴里嘟噜地挂满了一窝儿大大小小的洋姜。造物的奇特，有时真的有趣而讲不出道理，比如这洋姜，也叫"鬼头姜"，由名字就能想象它疙里疙瘩的模样，因为实在是够生动形象的。剜出来洋姜，大的像拳头、像鸡蛋，小的像核桃、像花生，都光不溜丢儿、白生生的。父亲高兴起来，弯着腰，把它们一一捡到筐子里。把坡上坡下的洋姜都剜完，我们的筐子就快装满了。"今年天旱，入了秋才哩哩啦啦、接二连三下了几场雨，没想到还长得不赖，腌咸菜是没有问题了。"父亲在拔出洋姜棵子的地方又剜了两锨，把土坷垃扣过来，轻轻拍碎，又捡到几块儿遗漏的洋姜。坡上被剜得坑坑洼洼、乱七八糟的了。

我想起小的时候，在姥娘家的那个闲着的西栅栏，年年都会长出一大片的洋姜和蓖麻，满院子里热热闹闹的。等到秋后，过了霜降，姥娘就开始剜洋姜，能剜出两大筐来。剜过洋姜的地上，跟我和父亲刚刚剜过的坡上是一样的景象。姥娘家的咸菜瓮，每年都码得满满的。腌洋姜与腌白萝卜、红萝卜和芥菜疙瘩一样，重盐重色，入口一嚼，能把舌头蜇掉一层皮。姥娘说，洋姜这东西有个怪脾气，一洗就黑了皮，面目变得更加难看，要腌的洋姜最好不要洗，直接扔进咸菜瓮里就行，上边带点儿土也没事儿。

我从网上查了查，洋姜的学名叫"菊芋"，因为它的茎块颇似生姜的模样而被称为"洋姜"，其实与生姜并没有"血缘关系"。各地对洋姜有不同的叫法，有的叫鬼头姜，有的叫地姜。据植物和蔬菜专家介绍，它原产于美国的宾夕法尼亚，公元17世纪，由莱斯卡弗带到欧洲，19世纪70年代，又从英国引入我国上海。现在，我国东西南北到处都有洋姜的身影。在乡下，洋姜这东西并没有人去特意栽培，种一次就可以自生。我姥娘曾给我说过，剜过了洋姜，就不用管了，那些无意间留在土里没有捡净的小洋姜，或是洋姜棵的根儿上带着的一星半点儿，就成了来年洋姜的种块儿。等到来年开春儿，一两场雨过后，洋姜就开始发芽，拱破了地皮，这儿一两棵，那儿三四棵，一副粗壮而又憨厚的样子。忙碌的人们并不留意，它自己也不计较，不管不顾地生长起来。也因此，洋姜这东西，村里人开玩笑地叫它"万年脏"，意思是只要种上一年，好啦，以后再也不用特意栽种，这家伙不请自来，一开春儿就冒出来，而且还没皮没脸，年年扩大自己的地盘儿：原本只有坡下有一小片儿，过个两三年，它的棵子已经蔓延到了坡顶；原本种在东墙根儿下，它却像是会走似的，串到南墙根儿下、北墙根儿下，把那里也变成它的领地。

洋姜的身价是低贱的，也没有什么自我存在感，生命力却像野草似的顽强。它们不择地块与土壤，也不向人索取，不需要人照料，从来没有人特意给它施肥、锄草、浇水、间苗地伺候着，更没有人给它打药、掐杈儿。即便是到了秋天的时候，它的顶子上开出了一簇簇艳丽的黄花儿，人们也很少注意到它们。尽管如此，洋姜却随遇而安，只要有一处安身立命之地，便安顿下来，一味地生长。天旱它们就渴着，忍着，耐着，——总有一天会落雨的吧，只要得了雨水的滋润，立马就精神抖擞、汪洋恣肆起来，苗壮的洋姜棵子还在夏天的时候，就长得高过人头了。

天壤间的万物，即便是低贱如在乡间土生土长的洋姜，那份随境而生、随遇而安的泰然、坦然，也是当得起一种品格和境界的吧。

短 文 两 篇

消失的夜空

夏日里的一天，我骑着车子去西龙贵看舅舅。在舅舅家吃过了晚饭，又说了一阵子话，等动身往回走的时候，天已经黑透了。

妗子有些担心道儿上黑，嘱咐我走慢点儿。舅舅说："没事儿，往市里走，道儿越走越明。"

我骑上车子出了村，拐上村东的公路。朦胧的夜色中，公路发些淡淡的灰白，静悄悄地伸向远方。舅舅说的对，尽管是在黑夜，这条通往城市的大道儿还是挺明的。

夜风很凉爽，吹在身上很舒服。过了差不多一刻钟的样子，我无意间回了一下头，发现身后的夜空和我前头的城市夜空明显有些不一样。在我的前边，东北方向二十多里以外是石家庄，夜空中仿佛浮动着一大团迷迷蒙蒙的发红发黄的光雾，大半个天空都是明晃晃的，不禁让人想到"万丈红尘"这样一个词语。隐隐约约地，似乎还有一种巨大的模糊而低沉的嗡嗡声，在那一大团光雾里微微地震颤着，轰鸣着。而在我的身后，西南方向的夜空则明显暗淡许多，抬头远望，能看见南山顶上高高地竖立着的电视发射塔，以及塔尖上的三两盏小红灯，像是瞌睡人的眼。幽蓝的天幕上，有一颗又一颗闪着微芒的星星。

我沿着宽阔平坦的公路，奔着灯火闪亮的城市而去，道路也越来越看得清楚，就连路上的水泥接缝和一些小的坑洼、起伏都能瞧得见。而我身后的夜空，则在乡村夜晚的寂静中，兀自黑暗着。

台湾作家蒋勋曾经写过一篇文章，叫《月光的死亡》，他对高度工业化后过度的人工照明赶走自然光深感忧虑。他在文章中写道："城市大量使用现代虚假丑陋的夸张照明杀死自然光。杀死月光的圆满幽微，杀死黎明破晓之光的绚丽蓬勃，杀死黄昏夕暮之光的灿烂壮丽"，那些"高高的、无所不在的、丑陋而刺眼的路灯，使人心喧嚣浮躁，如同噪音一般使人发狂"。

忽然间，很有同感。

唐代诗人杜牧有首《秋夕》："银烛秋光冷画屏，轻罗小扇扑流萤。天阶夜色凉如水，坐看牵牛织女星。"记得早些年的时候，我曾经见过萤火虫，不过不是在我们村，而是在我高中同学冯英录家所在的南寨村。在我们村，好些年都见不到有萤火虫了。据专家讲，萤火虫的逐渐消失，也与现代照明所造成的"光害"有关。萤火虫是靠尾部微光来寻找伴侣，完成交配繁殖的。这本是它们的天性。但是，因为电灯的普及所造成的"光害"干扰，使得它们无所适从，于是，萤火虫就越来越少了。

2017年7月《半月谈》上有篇文章说，随着城镇化加速，光源不断增加，越来越多人已经说不清上次看到繁星满天的夜空是什么时候。为避免光污染对天文观测的影响，2003年，国家天文台组织启动了中国西部天文选址计划，经过四年左右的考察，最终确定西藏阿里地区狮泉河镇为国际一流的天文台址，在那里建立了阿里暗夜保护区。

人类需要光明，喜欢光明，追求光明，歌颂光明。但是，彻夜不眠的过度照明也是有利有弊的，它们挤占了自然光，杀死了月光星光，影响了天文观测，扰乱了禽鸟昆虫的生物钟，连草和树老让灯光照着，恐怕也不会舒服的。

一边往回走，我一边不时地回头仰望身后那片越来越远的暗淡的夜空。等到我走进了城市，被四面八方、璀璨绚丽的灯火所笼罩。再抬头看天，灯光白花花地刺眼，头顶的夜空已然消失。

剜　地

　　春分的前一天，我回到村子里去。

　　这几天，父亲正忙着在村东的菜园子里剜地，已经剜了一多半儿。我家的菜园子有半亩多大小，北头的二分地，用来种菜，南头的三分地，也没什么特意的打算，大多种些杂粮，黑玉米啦，黄豆啦，红薯啦，花生啦，有时也种些豌豆、扁豆、蚕豆什么的。杂粮的收成看年份，跟要小性子似的，有的年份这样杂粮长得好，有的年份那样杂粮打得多。有一年，父亲从永壁的"老董种子站"买了黄豆种儿，秋后只长成个大空棵子，有几个豆荚，也是秕的，只有两张薄皮儿，只好割下来拉给舅舅家，作了他养猪的饲料。记得还有一年，父亲种了两畦草莓，只不过草莓红了的时候，还不等来摘，就让地里的灰喜鹊们给啄光了。父亲说，那一季儿下来，他只不过摘回了多半碗草莓，而且好些被灰喜鹊啄过，半截半拉的，完整的没有几个。

　　秋后收完杂粮杂豆，那地便闲了下来。三分大的闲地，也不值当请人动用拖拉机来犁地，父亲每天吃过饭，就扛上铁锨上菜园，一锨一锨地剜地。剜过了，再用耰耙来回耰一耰，地就变得松软而平整了。父亲说，有的人家已经种上土豆了，他准备剜好地后，也在地里种四五沟儿土豆。

　　父亲已是七十六七岁的老人了。他中专毕业后去当兵，当兵转业后当工人，没怎么在地里实打实地受过苦，耕种锄耪、收拾庄稼都不怎么在行。好在他有退休金，也不全指望着地里的收成过活。母亲去世之后，光景寂寞，有这么点儿地，种种菜，锄锄草，松松土，治治虫儿，手上有点儿抓挠头儿，时常活动活动筋骨，虽说有时会累一些，日子倒不麻烦。

　　我从小干惯了农活儿，现在干得少了，一回到村里，就愿意上地里去。我接过父亲手中的铁锨，开始剜地。开春儿以来，还没下过一场像样儿的雨，地里有些干。我用脚蹬住铁锨，往下用力，将土块儿土翻起来，再扣过去，随手再用铁锨把土坷垃拍碎，干土面面儿也跟着扑腾起来，不一会儿，我的皮鞋上就落满了一层细土。浮头儿的土是干的，下边的土却还是潮湿的。风中飘荡起凉凉的泥土味儿。

我一锹一锹地剜着。从我剜过的土里，一会儿钻出一只受到惊吓而慌慌张张逃窜的小甲虫儿，一会儿又爬出来一条筷子般粗细的蚯蚓，它的湿润而又滑溜的身子一下子晾在光天化日之下，却并不着慌，身子懒懒地扭动着、伸缩着，不慌不忙地又朝土里钻去。忽然，我发现从翻起来的土块儿里滚出一颗花生来。那花生还很饱满、完整。我猫腰把花生捡起来，欣喜地剥开，一看，里边的花生豆儿已经霉烂、变黑了。——我想起来了，这块地年上曾经种过一茬儿花生。

剜了不多会儿，身上就冒汗了。我把铁锹往地上一插，转到东边新会家的一块闲地里寻着挖野菜。地里的荠菜正是一年当中最鲜嫩的时候，这里一棵，那里一棵，小孩儿巴掌那么大，有的地方长得连成了片，长在垄沟沿儿上的荠菜因为不缺水，棵子显得格外肥壮。我还挖到了些蒲公英，蒲公英已经挺起了花梗，快要开花了。没多大工夫，我已经挖了多半兜子。

"城中桃李愁风雨，春在溪头荠菜花。"荠菜和蒲公英是春天里最早出现的野菜，灰灰菜、曲曲菜，马齿苋、大叶草什么的，这会儿都还没有冒头儿呢。

天色将晚，我带着挖来的野菜和一身尘土回到了家。身上有些疲乏。想想这一天的经历，却很满足。心里坦然、安详，身上累一点儿又算什么呢？

写于2016年3月20日，今日春分

下　地

　　乡下的孩子，干活儿都早。我长到十二三的时候，就隔三差五地开始跟着母亲下地了。家里劳力少，母亲身子骨儿又弱，我是家里的老大，又是小子家，给母亲当帮手儿、打下手儿，理所应当、义不容辞。再说，穷人的孩子早经事、早当家，这也是没有办法的事。干不来大的干小的，做不了多的做少的，拿不了重的拿轻的，多多少少替家里分担一点儿，总比光跑着耍、吃闲饭要强。

　　在我们家，母亲最是劳累。父亲在工厂上班，早起走，晚上回，辛苦归辛苦，总比母亲下地做活儿要轻省些。家里地里的活计，大都靠给母亲一个人去料理，放下扫帚拿起权把，手不识闲儿。我从懂事起，就开始帮着母亲做些力所能及的碎家务活儿，小来小去的如挡鸡窝啦、拾鸡蛋啦、掏灶灰啦、掐柴火啦、烧灶火啦、和煤泥啦，有时不用母亲特意嘱咐，我就知道什么该做、什么该怎么做。

　　我最早干的农活儿，是背着小筐儿、提着薅锄，和秀增、秀刚他们一块儿，到村外的田野、河边去给家里养的猪拔草。再长大一些，开始跟着母亲到田里去耪草、间苗儿，看水、浇地，慢慢地，垫圈、拉粪，收割、打场什么的，也都能帮上手儿了。我在地里吃的那些苦、流的那些汗，受的那些罪，当然也包括那些有趣的事，到现在都还记忆犹新、感同身受。那是我在学校的课堂上如何也学不到的社会知识和人生识见。现在回想起来，倒觉得挺有意思的。

有的农活儿，看着简单，但里头也是大有学问的，不是细密人，还干不了、干不好、干不精。比如，给长到膝盖高的棉花撇杈儿，要把那些不开花、不结桃儿的空枝条撇下来，防止它吸收营养，影响棉花的生长和产量。有的人一听说给棉花撇杈儿，就有些怵头，因为闹不清哪些枝条是开花、结桃儿的，哪些是不开花光长疯条子的，撇错了杈儿，队长发现了挨顿嚷还不算，关键是棉花受损，让人心疼。我跟着母亲上地里，母亲教给我如何辨认，干了不多会儿，我就学会辨识了。有一回，白元队长对我不放心，特意考我，我从地垄里捡起两枝撇下来的疯条子给他看，讲这样的枝条非常苗壮而且直溜儿，不像开花的那样有那么多的圪节儿。队长一听，乐了，一个劲儿夸我有脑筋，没想到一个还在念书的小孩子家，刚学干活儿就这么懂眼，比有些干了多少年的大人还强不少哩！母亲站在旁边，微微地笑着，看着小脸儿通红的我。"小子不吃十年闲饭。"母亲的心里，在那会儿一定是很欣慰的吧。

　　农活儿中最费劲的是拉车子，特别是在地里拉载重的车子。车上装着东西，地暄得很，车轱辘陷进去，一轧一道儿深沟儿，拉起来费死个老劲。我和母亲拉车子时，常常是母亲驾辕，我拉偏套。母亲没多少力气，我也使不出多少劲儿，吭哧、吭哧半天，累得满头是汗，仍是举步维艰，车轱辘反而越陷越深。实在没有办法，又没人来帮忙，只好卸车，少装点儿，少拉点儿，先把车子从地里拉出来再说。娘儿俩在人都走光了的地里苦挣苦扎的情景，那种气急败坏而又无可奈何的难受劲儿，我到现在还记得清清楚楚。

　　我们家一开始连个小拉车儿也没有，拉拉拽拽什么的，老是借别人家的小拉车儿用一用，赶上人们都在忙着，借也借不到，那才是让人着急。后来，我们生产队的队长樊二庆把家里的一辆旧小拉车儿给了我们家。那辆车子虽然破旧，但总比没有要强。我和母亲经常拉着这辆车子，一直拉了三年多，直到后来实在破得不能再用，父亲才用三角铁和铁管子焊了一辆铁的小拉车儿。

　　我不大喜欢前晌下地，因为越干天越热。小孩子家，贪玩儿的年纪，干活儿没长性，新鲜劲儿一过，就不愿意干了，光想着到地头儿上的树凉儿里去歇会儿。有时跟着母亲下地，干不了多会儿，我就开始问母亲："什么时候下晌呀？"一会儿又问："干了这么长的工夫了，还不下晌呀？"母亲看我一眼，没说话，紧抿着嘴唇。问得多了，烦了，再加上天热，活儿也不太紧，她就放我从地里走出来，让我去玩会儿。要是活儿压着手，她就不耐烦起来了："一个劲儿地嗡嗡、嗡嗡，跟个苍蝇似的！安安生生地干，离下晌还早哩！——你也不看看，日头这会儿才到哪儿？"我抬头看一眼天上的日头，一下子灰心丧气起来。

我比较喜欢后晌到地里去，干着干着，不知不觉间，日头渐渐西斜，天也就越来越凉快。等到太阳慢慢落下山去，夜幕开始降临，就该着下晌回家了。下晌对辛苦劳作了一天的人们来说，是一种解脱，那份身体的放松、心情的释放所带来的愉快自不待言。心情愉快了，再看远处和近处的景色，原本寻常的，也都变得美丽了起来：那停留在天边，一点一点暗淡下去的晚霞仍不失壮观，它们也好像疲惫了似的；那从天幕上一闪一闪地跳出来的小星星，有多么可爱！路旁的大树像老人一样静默着，只有高高的树梢儿在晚风中缓缓地起伏。我们踏着渐浓的暮色向着村子里走去，村子的上空正在飘起袅袅的炊烟。还有，这里的、那里的，星星点点的灯火也正闪烁着明亮了起来……那样的情景，让已经离开村子多年，很少再下地干活儿的我，至今想来仍然很是怀念。

地 头 歇 儿

　　地头歇儿，顾名思义，就是人们在地里干活儿累了，停下手儿，到地头儿上歇一歇。农活儿是累人的，干活儿的间隙歇一歇，是很大的享受，也是迫切的需要。地头歇儿是一种调剂和缓冲，是一种休整和恢复，就像是学校里的大课间，就像是工厂里的工间操，就像是一个乡下老汉走着去赶集，半道儿上走累了，找个地方停下来歇歇腿脚，抽上一烟袋锅子再走。

　　生产队时期，大多是集体劳动，队长分工派活儿之后，社员们一块儿下地。上工的路上，缕缕行行、成群搭伙；到了地里，人欢马叫，呼儿嗨哟。这样的集体劳动，有场面，有气氛，热闹。不管是前晌还是后晌，在地里干活儿，至少要有一回地头儿歇。地头歇儿，总是轻松、愉快的。

　　我从十四五岁上起，到了星期天就去参加生产队里的劳动。其实，所谓的劳动，也就是跟着大人们有样儿学样儿，"比着葫芦画瓢"，甚至是"比着葫芦画葫芦"。人儿小，贪玩儿，干活儿没耐性，干上一会儿就暗暗叫苦，想着偷偷懒，盼望着队长早些发话，好到地头儿的树凉儿里来个地头儿歇。那些大人们，别看有的说得好听着哩，其实也是浑身懒骨头，刚走到地里，还没开始干哩，就嚷嚷着走道儿走累了，先来个地头儿歇；锄苗还没锄够两遭地，就开始撒懒蹭滑，嚷嚷着天热口渴、腰酸背疼，瞅准机会便怂恿生产队长，再闹个地头儿歇。率领着这样一支队伍，队长也真是不那么好干的。

有一次，我随着队上二十多名社员在村西曹家地锄谷子。一人骑住两垄，蹲着往前一边耪草一边间苗。刚锄了半截儿多地，两腿便又麻又胀起来，加上天气炎热，心里有些烦躁，老想站着待会儿。大人们见了，就开玩笑地说："嗬，又叫你给顶起天来了？"让人一说，闹个大红脸，便又赶紧蹲下来，接着干。大人们干惯了，不慌不忙、不紧不慢地连锄带耪，间或有人说句闲话，打个哈哈，或直起腰来舒展一下。等到半前晌儿的时候，连大人们也觉得累了，有人开始有意识地哼呀咳地小声嘟囔起来，一会儿站起来一个，一会儿又站起来一个，还不时往队长这边瞥一眼，眼神儿里有抱怨，有提醒，还包含着期盼。队长早就觉察到了，他停住手，站起来，望望不远处的地头儿，提议说："大伙儿手脚都利索点儿，等干完了这一遭儿，到了地头儿咱们就歇会儿，松快松快。"人们一听队长发话了，心里一下子兴奋起来，又看到地头儿真的不远了，一个个鼓起了劲儿，手上也忙得更欢了。也有的人心急图快，想懒省事儿，手下毛毛糙糙起来，"噌、噌"地往前超去。队长发觉了，跨着谷子垄，斜角巴又着走了过来，在那人身后猫腰看了看，就把眼珠子一瞪："咋？你小子又开始狗吊直腰了。你回来看看你这垄儿，你是糊弄谁哩？你说说，唉？"旁边的人们都停下来往这边看。队长接着说："你说你糊弄谁哩？——你可谁也糊弄不了！糊弄来糊弄去，到头来只会糊弄了咱们队，糊弄了大家伙儿，糊弄你自己！你小子再这么闹，我饶不了你。我就不信治不住你，真是的！"

那家伙勾着头，心虚地瞅了瞅队长虎着的脸，嘿嘿地挤出两声干笑，老实了。他也知道队长这是在拿他"杀鸡给猴儿看"，便一脸讨好的神色，冲着队长讲道："大伯你说得可对哩！我再也不这样了！我就是想着早点儿干到地头儿，也好歇会儿！"

"行啦行啦，别净说那些个好听的！好好地锄苗儿，今儿个无论如何也得把这块儿谷子锄完，气象站预报说这两天要下大雨哩！一下大雨可就崴泥了！"

"咳，你听他们的哩！气象站说的哪有准儿呀？哪一回不叫他们给猜得差了壶儿？……"

"没话找话瞎废话！好好锄你的谷子吧！"队长又一瞪眼，那家伙立马闭了嘴，赶紧又蹲回谷子垄里，继续挥动起手中的小薅锄来。

锄苗儿的人们渐渐靠近了地头儿。顶着地头儿的是一条土路，路南边就是村里的养猪场，周围有好多高大的柳树，浓荫蔽日。猪场的房后还有一条水渠，哗哗地流淌着。队长第一个锄到地头儿，提溜着薅锄，支起腰来，一边用手擦抹着薅锄上的土，一边回头招呼着后边的人们："来吧，锄到头儿，咱们都来树凉儿里歇会儿，放放乏。哎哟，我这老腰哎！"接着又招呼着人们说："时候不长，都别走远了，赶晌午下晌前，咱们还得再锄一遭地呢，要不赶天黑锄不完这块谷子。"

人们懒懒散散、嘻嘻哈哈地纷纷迈过谷子垄，从地里走出来。男的女的，三五个一堆儿分开坐，有的往柳树底下一靠，有的在树凉儿里蹲下来，更多的是找个得坐的地方坐下来，舒展开腿脚。这个时候，男人们的习惯动作，是先掏出别在腰间的烟袋锅儿，找个安生地方坐下来，然后在烟布袋儿里一挖一挖的，慢慢地掏出来，再用大拇指把烟丝摁瓷实了，把烟袋叼起来，划根儿洋火儿点着，狠狠地吸上一口儿。只见男人的腮帮子一瘪，一会儿，一股浓重的烟气，从嘴巴和鼻孔里突突突地冒出来，悠悠然飘上去。抽完第一锅儿，在鞋底子上磕一磕，再接着抽第二锅儿。这第二锅儿明显抽得慢慢悠悠，不像第一锅儿那么猴儿急了。他们要一连着抽上两三锅子，才算过足了瘾，然后才开始找对眼的人说说话、唠唠嗑儿。或是脱下一只鞋来，垫在屁股底下坐着，顺手捡根柴火棍儿，仔细地刮蹭锄板上的泥土，遇到一块石头儿或是瓦片儿，还要来回打磨打磨。女人们的习惯动作，则是变戏法儿似的拿出鞋底子来，抓紧工夫纳上两针。几乎每个女人的手里都不空着，也不知道她们事先都把鞋底儿藏在哪儿了。她们拿出自己的鞋底儿，解开缠在上边带着针的麻绳，戴上顶针儿，找出针锥，几个女人说笑着坐在一片树凉儿里，开始一针一针地纳起来。

年轻人们没有家事拖累，啥也不操心，就是个玩儿。他们好像并不累，不是说说笑笑，就是打打闹闹，不是挣着脖子抬杠，就是想法让别人出洋相。有的聚在一起用一副老掉牙的扑克牌（当中还有只剩下半截儿的）打"升级""斗地主"或者玩接龙、"憋王八"的游戏，更多的则是两个人捉对儿，在一起玩"下六儿"。"下六儿"是我们这里的乡间特有的一种非常简便的棋类，先在地上横竖各画六条线，结成正方格子，双方各拿十六个子儿，一方用小石子儿或小土坷垃儿，另一方就用草圪节儿，依次往格子的交叉点上下子儿。一边下子儿，一边扭着身儿找小石子儿或捡小土坷垃儿，另一方则把一截草棍儿拿在手里，该下子儿了，就揪一节按下去。如果一方下的子儿直线成六，就可以俘虏和吃掉对方两个子儿；如果成的是四方，可以俘虏和吃掉对方一个子儿。你就看吃对方子儿时，这边得意的派势吧，他把对方的死子儿捏出来，一扬手，狠狠地甩出去老远，气得对方直翻白眼儿，张着鼻孔出粗气。一有人"下六儿"，马上就有许多人聚过来观战。好几颗脑袋挤在一起，跟在街口儿上看下象棋一样，有只看不说的，有东一下西一下乱支招儿的，碎嘴子老念叨，唾沫星子喷到前头蹲着的人的后脑勺儿上。有的人热情高、性子急，说着说着，干脆挤进去，伸手就要代人家挪个子儿或下个子儿，叫人家把手拨拉开，或叫人家把下了的子儿捏起来给扔出去，一边翻着白眼儿说："你这是干吗哩？是你下还是我下？输了算我的，又不算你的，你来给我杵什么锅子？这儿还轮不着你下筷子夹菜哩！去去，上那边儿凉快会儿去。"

有的人更会舒服，避开人群，找个清静的草坡或是树凉儿，半躺下来，用草帽遮住头脸，一会儿就拉起了呼噜。有的捣蛋鬼好闹，悄悄地靠近了，用一节柔软的细草棍儿去捅人家的鼻子眼儿，或者是轻轻地搔他的耳朵眼儿，直到把那人闹醒，他才一下子跳着跑开，一边跑一边嚷嚷："夜来个（昨晚）费大劲了吧？看使得你，躺下就着了。""我费啥劲来？""别装傻了，在炕上和嫂子一块儿费劲呗！""去去去，跟你媳妇儿费劲来着！"

歇够了四五袋烟的工夫，队长先站了起来，看看日头，然后招呼人们："走啦走啦，不歇着啦！越歇得时候儿长，身上越没劲儿！"人们一个个站起来，伸伸懒腰，拍拍屁股上的土，懒懒洋洋地拿起自己的锄头，一个接一个迈进谷子垄里去，有的一边往地里走，一边小声地抱怨："跟'周扒皮'似的，这才歇了多会儿？"队长有时听见了也装作没听见。

我还听玉星叔讲过他们第八队的社员地头儿歇的故事。八队的队长叫不喜，是个厚道、实在的老汉。有一回，不喜带领社员们干活儿，地头儿歇的时候，几个坏小子老是想方设法地糊弄着不喜躺倒在树荫凉儿里，说是稍稍打个盹儿，舒舒服服地歇着，这样更解乏。不喜躺下来，不一会儿就睡着了，人们也都各自找个地方躺下来，大树下，很快就东倒西歪地睡倒一片。只那几个坏小子舍不得睡，负责派人轮流值班儿伺候着，拿着个草帽儿给不喜扇凉风儿、驱蝇子、撵蚂蚁。就这么着，不喜睡得死沉死沉的，还"吱——，吱——"地打着鼾。这一觉睡得可好，一下子就睡到快晌午了。有的老社员歇了会儿，看看时间差不多了，不喜却还在睡着，就过去把年轻人嚷开，又把不喜给捅醒，一边嚷嚷："不喜，不喜，你咋还睡哩？下大雨啦，快发水呀！冲走了你呀还睡、睡！"不喜猛地睁开眼，一下子坐了起来："咋？下开雨了？——没嘛！净胡说。"他眨巴着眼儿，迷迷瞪瞪地看着转边儿的人们脸上连嗔带笑的神色，一时弄不清是咋回事。揉揉眼，又抬头看看日头，低头看看树影儿，这才醒过闷儿来，"忽"地站起来，连嚷带骂那几个年轻人："好你们这几个'汉奸'！合着伙儿地耍弄我呀！"几个年轻人嘿嘿地坏笑着："不喜叔，你看你，俺们伺候着你，叫你当了会儿'皇上'还不沾啊？"不喜呵呵笑着："滚球！"一边喊着冲进地里："来，都来，咱们抓紧再干会儿！"人们你推我搡、嘻嘻哈哈地相跟着下了地，可毕竟快晌午了，干了不多一阵子，也就该下晌了。自那以后，每回地头儿歇时，不喜再也没上过那帮坏小子们的当，每当有人笑嘻嘻地说："不喜叔，你躺下歇会儿呗！"不喜便憨憨地笑着说："滚一边子去，我还不知道你们的花花肠子呀？少给我来这一套！"

有的男社员更好闹，趁着地头儿歇的时候，常跟嫂子辈儿的开玩笑。这些乡下大嫂可不是好招惹的，有时把她们惹急了，一伙子妇女就冲上来，有拽胳膊的，有扯腿的，把那不老实的家伙捞起来，蹾他的"屁股蹲儿"，像打夯一样，一边蹾着，一边还喊着号子，旁边看热闹的人笑得肚子都疼了。也有的玩得过分，把男社员的裤腰带都解开了，把他的头窝进裤裆里，再用腰带给绑上，还说这叫"猴儿看瓜"……因为年少，因为害羞，碰上这种"少儿不宜"的玩闹，我一般都不好意思靠前，只是站得远远的，偷偷地看着，偷偷地乐。

下　晌

多少年过去了，我还记得生产队时期社员们下晌时的场景。

下晌，就是收工。当一天的劳作结束了，人们一边纷纷收拾起农具，一边互相大声地招呼着，顺着田垄，三三两两地相跟着，从地里走出来。到了地头儿，从路边捡起一块小石头或一截儿树枝，蹲着或者站着，把锄头或铁锨上沾着的泥呀土呀擦干净，然后提在手里，或是扛在肩上，说说笑笑着，向着夕晖笼罩着的正在飘起炊烟的村庄走去。

地里的农活儿是磨人、累人的。面朝黄土背朝天，在风吹日晒中耪草锄苗、抓泥挖土，一颗汗珠摔八瓣，这么一天干下来，腰酸、腿麻、肩背发胀，身上的汗湿了干、干了湿，在衣服上、皮肤上留下一片片像云彩一样斑驳的盐渍，鞋壳篓儿里也进了土，又被踩实，不使劲磕，就粘在鞋底儿里硌脚。浑身的疲惫，有时让人连说笑的兴致都没有了。可是，一说下晌，人们的心情就跟猛地打了一针一样，立马兴奋、欢悦起来，不用人前边喊、后边催，一个比一个动作麻溜儿、手勤脚快。特别是那些着急回家奶孩子做饭的妇女，总是急慌慌地，刮风一样冲在人群的最前面，也顾不得步幅的优雅、从容了，走着走着，就变成小跑儿了，好像有谁在后边撵着她一样。

不光人们是这样子，就连那些在地里下了一天气力的大牲口们，下晌时也是一样地着急、发慌。下晌对它们来说，也是一种解放。"日之夕矣，羊牛下来。"这是一天当中最轻松、舒缓、惬意的时刻。马们一边走，一边甩着长辫子似的尾巴，一边昂着脖子，不住地"咳儿——，咳儿——"地打着响鼻，扯得后边拖着的犁呀耙呀在路上"咣当、咣当"直响，在土路上划出一道道深深的来回弯曲的痕迹，拽得后边赶牲口的老汉也跟着脚步踉跄起来，急了眼，就嚷骂上了："你个慌槽子货！着什么急哩，你家里又没有吃奶的小娃子！"可嚷归嚷、骂归骂，这些高头大马们也不理睬，只盼望着赶紧回去，好卸下在身上箍了一天的绳呀套呀，让老饲养员牵着缰绳，在场院里轻轻松松地遛上几圈儿，再痛痛快快地打上几个滚儿；牛们这会儿也顾不上安详了，"哞——，哞——"地拉着低沉的长声，呼唤着跑开的小牛犊儿或是走在不远处的同伴，它们想的一定是赶快回到牲口圈，到井台儿上的石槽子那里痛痛快快地饮一饮刚打上来的井水，再让老饲养员拿起那把只剩下几根竹枝的秃扫帚，在身上来回扫几遍，既挠了痒，又解了乏，浑身舒舒坦坦。然后，再被老饲养员牵去，到料槽上去吃草料；小毛驴顺着村路往回走，脑袋一颠一颠，屁股一扭搭一扭搭，显摆似的来回甩动着尾巴，小蹄子"嘚、嘚、嘚"，跟撒欢儿一样，细碎而不凌乱，说不定什么时候，兴致一来，还会兴高采烈地发一发自己的驴脾气，把脑袋仰得高高的，也不知道个害臊，张着大嘴乱叫一气："啊——哦——啊！啊——哦——啊！"嗓音那么难听而高亢，把走在旁边的人吓一跳……

　　这是一天当中，村子里最欢快、热闹的时候。下地的人们收工下晌，上学的孩子们下课放学，在外头上班的工人，也都下了班骑着车子回家来了。永壁公社广播站在播放过乐曲《东方红》之后，开始正式播音，第一个节目就是雷打不动地转播中央电台的"各地新闻和报纸摘要"。狗们高兴得慌慌张张、晕头转向，院里院外地四处乱跑着。鸟儿们打着旋儿，一群一伙地从野外飞回来，像大风刮起来的树叶子一样，呼啦啦落进大树上各自的巢里去。在外头刨挠了一天的公鸡母鸡们，带着饱得发胀的嗉子，"丢、丢、丢"地跑着，一溜儿歪斜地回来了。它们是认家的，钻鸡窝也是熟门熟道儿。鸡窝里横搭着几根粗棍子，鸡们仿佛训练有素，一个接一个地排好队，纷纷跳到上面。它们彼此挨着，用爪子抓住木棍，然后往下一卧，脖子再一缩，就准备睡觉了。

所有回家者的脚步，都是急切、匆忙的，我的母亲却有些例外。

母亲通常在下晌之后，不慌不忙地走在人群的后边。别人都回家来了，老也看不到她的身影。我和两个妹妹时常站在村边的巷子口儿，眼巴巴地望着远处，心里不由得有些不安。总要等上老大一会儿，才会看到远处有个模模糊糊的黑点儿在慢慢地往前移动，等再走近了些，看那架势和走路的姿势，才知道那是母亲。母亲背着筐子，正向着村庄走来。看得出，肩头上的筐子，让瘦弱的她气喘吁吁。我们一下子跳了起来，一溜儿小跑儿，一边喊着叫着，欣喜地冲上前去。

每天下地，不管是去干什么活儿，母亲总要随身背上一只粪筐子。这是她多年的习惯。每每从地里回来，母亲的筐子里很少是空着的。等人们下了晌，她落在人群的后边，把人们从地里背出来丢在地头儿的青草捡拾一些，装进筐子，背回家来。这些青草有猪喜欢吃的，她就撂给猪；猪不喜欢吃的，就扔到猪圈里沤肥。有时，趁着下晌往回走，她顺道儿拔点儿草，拾点儿柴火，不是那么刻意，都是捎带脚儿的事。有时，母亲也会给我们带回来些小小的惊喜，比如，她在地头儿或是路边的草丛里发现了一两棵蘑菇，白白的，胖胖的，肉扭扭儿的，拔回来，洗净了，炒菜时放进去，吃着比肉还要香；秋天时，在路边逮住了一只或几只大蚂蚱，或是一两只满肚子是子儿的"担杖钩儿"，掐了头，清理了肠胃，找根细棍儿穿起来放在灶火上烤熟，那是我们吃到的最原始、最有风味的"乡间烧烤"。

夕阳西沉，天上的晚霞渐渐暗淡下去，变成紫色、灰色的云朵儿、云块儿或是云条儿，在那里静默着。暮色笼罩中，我们高高兴兴地跟在母亲身边，一起往家里走去。这样的情景，镶嵌在我有关乡村童年的记忆里，总也挥之不去。他让我相信，只要母亲在，即便日子贫穷，也是充满了温馨的，生活也照样是温暖和美好的。

卖 菜 记

20世纪80年代，我上高中和大学的时候，每年放了暑假，除了帮母亲干些农活儿以外，再有空儿，就跟着村子里世全叔的建筑队当小工儿，每天骑着车子跑到石家庄郊区的振头，不是和泥拎灰搬砖筛沙子，就是挥着锹镐开槽铲土挖地基，一开始一天挣两块，后来涨到了两块五、三块。没多有少，对家里的日子，大小是个贴补。

1986年暑假里的一天傍晚，忙忙叔找到我家里，跟我母亲说："嫂子，别让峰峰老当小工儿了，叫他替我卖菜去吧。我光忙着地里，顾不过来卖菜。让峰峰去，算账儿肯定没问题。再说，肯定比当小工儿要轻闲，也自由点儿。"忙忙叔又转过来，问我道："行不峰峰？你愿意不？你要是愿意，咱明个儿就开始。"忙忙是我堂叔，作务着一大片菜园子，成天忙得长在地里。母亲没多想，当即应承下来。我也赶紧说愿意。我们和忙忙叔是当家子，一拃不如四指近，有事儿也好说话。再者说了，干什么不是干，赶集卖卖菜，学学算账儿，总比成天一身土两手泥要强。

我跑到世全叔家里打了声招呼，这就从建筑队"跳槽"了。

忙忙叔大早起把要卖的菜一样儿一样儿收拾出来，该装筐的装筐，该捆扎的一把把儿捆扎好，再装上三轮车。又拾掇好杆秤和装着零钱的旧书包，忙忙叔帮着我把三轮车推出大门，嘱咐我说："到了晌午，有卖菜的钱，想吃点儿什么你就买点儿什么，别太细了。记着多喝水，天热，别渴着了。"我一听，卖菜还管饭呀，真不赖。我在建筑队当小工儿时，每天都是用铝饭盒从家里带饭的。

　　刚开始卖菜，我不敢走远了，就按忙忙叔说的，先去三里地外的永壁试试。永壁是个大村，但毕竟是村子，买菜的人实在不多，那天我在马路边等到半前晌，天热上来了，也没遇见一个来买菜的。望着三轮车上的菜，我有些耐不住了，要不去铜冶镇上碰碰运气？铜冶是附近三里五乡当中最大的村子，也是镇政府所在地，有机关，有学校，还有不少工厂，逢四排九过集，摊贩云集、人来人往，有买有卖、市声扰攘，即便是不过集，每日里也是热热闹闹的。想了想，要是这会儿往铜冶镇赶，到了那儿，差不多正好是人们买菜做饭的时候，兴许买卖会多点儿。我便骑上三轮，去了六里地外的铜冶。

　　我在二十岁之前很少赶集，能记起来的，也就两三次，还都是跟着母亲一块儿去，有时是去买东西，有时是去卖鸡蛋。一来岁数还小，生活上诸如针头线脑、灯油火耗等用项，是大人们要操心的事情，用不着我；二来身上没有钱，凡事不能做主儿；再者，成天上学，也没那闲工夫。还有一点，在当时的社会背景下和人们的头脑观念中，好像对赶集、上店什么的暗暗地有所贬斥，认为那多是闲人或者是所谓的"买卖精儿"们的所为、所好。我听说附近一个村子的村干部在训导"四类"分子时，所提的要求中就有这么一条："有空儿多拾粪，没事儿少赶集。"

　　我对铜冶这个地方并不怎么熟悉。记得头一次来铜冶镇，是母亲带着我赶四月初四的庙会。我对那天的情形印象很深。那天是1980年的农历四月初四，是改革开放后铜冶镇恢复传统庙会后的第一年"起庙"。那年我十四岁，正上初中二年级。赶庙会和过集，情形差不多，但庙会比过集人更多，而且一般要唱三天戏，亲戚们也都来走动。过集则是当天起、当天散，一般不唱戏，也不用待戚，人们来赶集，大多只用小半天儿或多半天儿的时间，买了要买的东西，再在集市上转一转，奢侈点儿的，在集上买碗饸饹面，吃盘儿肉炒饼，或者就着两只缸炉烧饼喝碗鸡蛋汤，就回去了。还有的人，属于"老细茬子"，只是来集上随便转转，看看集市上的景致，打听打听行情，就觉得心满意足了，除非遇着非买不可的物件儿，来时空着手儿，回去时手儿还空着。

我骑着三轮车来到镇上，打听着找到卖菜的地方，把车停在路边一棵树下，四处张望着，内心有些慌张地等待着我的第一个主顾。我原先从没做过买卖，现在站在这里卖菜，总觉得脸上臊乎乎的，也不敢张嘴吆喝，只是电线杆子一样傻站着。遇到有人过来，也不好意思主动招呼，人家问问，我就说说，不问也就不说。过去了三五拨儿，个别过来翻一翻、看一看，我还没顾上说话、招呼儿呢，他们就又撂下走开了。我站得累了，坐也不是，站也不是，便靠在三轮车的车把上，心里既煎熬，又无聊，既尴尬，又别扭。看来，这买卖儿不是那么好做的。一直等到快晌午了，来买菜的人更多了，才卖出去有限的一点儿菜，也只不过五六块钱。招待第一个来买菜的一位大嫂时，我热情得手忙脚乱，捉秤杆儿的手都是慌里慌张、哆里哆嗦的，当我把称好的菜装进她的菜篮子时，额头上都冒汗了。日头已经开始西斜，天也越发炎热起来，好多卖菜的陆续收摊儿了。怎么办？就卖这么点儿钱，我哪好意思去买什么吃的，就骑上三轮车回家去了。在家里简单地吃了点儿饭，稍坐了会儿，就又顶着日头，骑上车子返回铜冶。那天，到天黑，我一共才卖了十七块多钱，剩了大半车的菜没有卖掉，又都拉了回来。我去忙忙叔家还车子时，满心的惭愧，忙忙叔显然也有些失望，但他还是鼓励了我："还行还行，起码够饭钱了！大闺女上轿——头一回嘛，多跑上几趟，慢慢就行了。干什么也得从头儿学、从头儿练哩！"当他得知我晌午饭是跑回来吃的时，埋怨道："哎呀，不是给你说过了嘛，你这傻小子，大热个天儿，来回跑个什么劲儿呀？为省那点儿饭钱，把菜晒蔫墮了，更不好卖，不合算的。菜这玩意儿，越新鲜越下货。时候儿一长，日头再一晒，菜叶儿一耷拉，便宜也没人要了。还有，他们说叫你便宜点儿，你就给他们便宜点儿，头一天卖不了，第二天更没法儿卖，等于白扔，还不如贱处理了划算哩！"我一听这，如醍醐灌顶，敢情这里边有这么多的学问！忙忙叔非要给我七块钱，说："来，拿着！"我红着脸，说啥也不好意思要，推搡了半天，忙忙叔硬是把钱塞进了我的衣兜儿，一边还急拽拽地嚷道："皇帝还不白使唤人儿哩，叫你拿着就拿着呗，你看你这孩子！"

　　第二天再去铜冶卖菜，我就神情自若得多了。一天下来，我卖了四十二块钱。最后剩下三五只打蔫儿发暗的茄子和几把蔫堕得像老鼠尾巴的长豆角儿，处理也没人要。那天有个小插曲，我在卖菜时碰到了一位高中女同学。她姓张，家是山前钟家庄的，高中毕业后考上一所大专，比我早毕业两年，已经在铜冶镇政府参加工作。我发现她比上高中那会儿胖了些，也白了些，但眉眼依然是清秀的。我们只站在那儿说了会儿话，她就走了。她没买我的菜，我也傻乎乎地不会"来事儿"，不知道主动送给人家点儿新鲜菜。说不定，她会觉得我是一个"老抠门儿"哩！我就见了她那一回，往后再也没见过。

　　卖过三五天之后，我不像起初那么慌乱了，慢慢地，也敢跟人说话打招呼了，也敢跟旁边摆摊儿的人聊天儿了。有一天，我跟旁边另一个卖菜的中年汉子闲说话儿，他见我挺实诚，就对我说："在这儿赶集卖菜，就是图个近便，管集市的也好说话儿，收费不多，两三毛就能打发。但菜价儿不沾，卖上不去。镇里的人们好讲价儿，又不大方，不如去石家庄，城市的人虽说更精，但他们有钱呀，只要你菜够新鲜，样子水灵，颜色也好，可比在这儿下货快。"我有些动心。虽说道儿要远好多，但我不怕费劲，就怕卖得少——忙忙叔辛辛苦苦种出这些菜，换俩钱儿不容易。

　　打那以后，我就不去铜冶了，天天早起骑着三轮车，跑上二十来里地，到郊区振头去卖菜，后来又去过工农路的菜市场，再后来，就固定在省委家属院的北门口儿。石家庄到底是不一样，再加上我的经验越来越多，最多时一天能卖到八十多块钱，攥在手里，老厚一沓子，晚上回来交给忙忙叔时，我们俩都挺高兴的。有时是忙忙叔，有时是忙忙婶子，每天给我发工钱，把卖菜的零头儿都给了我，每天至少七八块，多的时候是十块。叔和婶子也信赖我，光说大晌午的在外头，受罪哩，饿了的话，想吃什么就买点儿什么，千万别饿着，有时也问我晌午吃了点儿什么，却从不问花了多少钱。

　　在外头卖菜，一过了晌午，就基本没人了，那会儿最难过，没地儿去，天又热，确实挺受罪。饿了，我就到附近卖烙饼的摊儿上，花上两块来钱儿，买多半张烙饼；渴了，就去找个自来水龙头，歪着脖子灌一肚子凉水。后来因为喝凉水喝得太多，闹了一回肚子，狼狈得不行，就再也不敢喝凉水了，每次出门时带上一只装满凉白开的塑料壶。吃饱了，喝足了，就学着别人的样子，找一个纸箱子，破开，往树凉儿底下一铺，躺在上边眯一觉儿。到半后晌时，再卖上一会儿，一般情况下，快天黑时都能把菜处理完。卖完了菜，天也晚了，我就骑上三轮车，高高兴兴地往回走。有时卖菜卖得顺利，心里高兴，我就狠狠心，在小饭摊儿上坐下来，要上两盘炒饼，或者买上两只烧饼，再喝一碗鸡蛋汤或是豆腐汤。这差不多相当于犒劳了，花钱自然也就多了些。回来向忙忙叔报告，忙忙叔和婶子总是笑嘻嘻地说："看你这，老说这个，想吃啥就吃啥，不用说！一个那个（意思是，吃个饭算不上什么），别老舍不哩！"

　　第二年的暑假，我又帮着忙忙叔卖了一假期菜，我的神情和作态，基本上和一个菜贩子也差不多了。

　　木心说："那种吃苦也像是享乐的岁月，便叫青春。"现在想想，我当年卖菜的经历，就有那样的体验。差不多过去三十年了，忙忙叔和婶子有时候还会提念起我卖菜的事。

修蹄子·钉马掌

　　我在生产队的牲口圈里曾经看过给牲口修蹄子、钉马掌，觉得很有意思。

　　村里的每个生产队，都有一处牲口圈，养着十大几匹骡、马、牛、驴等大牲口。村里人把大牲口叫"头夫"，耕地拉车，比一个壮工可顶事儿多了。这是队里的一笔宝贵财富，从队长到社员，特别是喂牲口的饲养员，对牲口都很值重。

　　没事儿的时候，我总喜欢到牲口圈里去，有时是和堂哥秀刚一块儿，有时是我自己。我喜欢那些马呀，牛呀，小毛驴儿呀，它们是我沉默的朋友。堂哥秀刚的爷爷，也就是我二爷爷当着生产队的饲养员，碰到我们也不嚷，我们去那里玩耍，心里自在，手脚放得开，不觉得顶腿——"顶腿"就是因为有所顾忌而不敢或不好意思往那里去的意思。

　　骡、马和驴的蹄子如同人的指甲一样，过上一阵子就得修剪修剪，再钉上新马掌，否则就会影响牲口干活儿、走路，严重的可能崴了蹄子伤了腿脚。给牲口修蹄子、钉马掌，好比给牲口换上一双新鞋。所以，每年的农闲时节，就有三三两两修蹄子、钉马掌的手艺人来到村子里，转着圈儿地找各个生产队的牲口圈揽生意。

　　修蹄子、钉马掌的大都是两个人一起，多数是一老一少，老的是师傅，少的是徒弟。师傅见多识广、经验丰富，熟知各种牲口的习性，是调教牲口的行家里手，多烈性的马或骡子，到了他的手里，抓两下儿、挠几把，不大一会儿就温顺得跟个乖猫儿似的了；少的则沉默寡言、身手敏捷，配合默契地帮着师傅打下手儿。

修蹄子、钉马掌的师傅一走进生产队牲口圈的院子里，先高门大嗓儿地喊一声。饲养员和他们大都是老熟人，听见了喊，就知道是谁来了，便放下手头上的事，一边拍打着身上的尘土、草屑，一边笑着迎了出来。过一会儿，饲养员就把要修蹄子、钉马掌的骡子、马和毛驴一匹匹地牵出来。修蹄子的师傅找好一处空场地，把车子往旁边一支，掏出帆布围腰，一边慢慢腾腾地往腰里戳，再背过手去绑住两根拉带儿，一边跟闻讯而来的队长说着话，一边用眼睛瞥斜着站在旁边的牲口。趁着师傅跟赶过来的饲养员打哈哈、开玩笑的工夫，徒弟有条不紊地把自行车后尾架上绑着的马凳解下来，支好，把铲刀、羊角锤儿和马蹄铁、马蹄钉等一应家什一一拿出来、摆列上。他们带来的那把明晃晃的修蹄子的铲刀，是自己打制的，手拿把攥多年，轻便、锋利，使用起来得心应手。

其实，这个活儿不是那么好干的。一般的人干不了，得是专门的把式，既得有胆量、有手艺，又得手脚利落，会使巧劲儿，还得手上、肩上、腿上有力气。最重要的，是得懂牲口们的脾性。毕竟是牲畜，不会跟人说话、交流，只有懂得牲口的脾性，才能把它们驯服得顺溜儿了，乖乖儿地听从你的摆治。

给牲畜铲蹄子之前，得先把蹄子上磨得残缺不全的旧铁掌起下来，再用铲刀把蹄子连切带铲地整平，以便钉上新马掌。这项工作看似是件粗活儿，实则是一个兼及力量、技巧、经验于一体的工作，得有两下子才行。最难伺候的是骡子，骡子体型较大，大都脾气暴躁，看到人们拿着铲刀靠近它，不知道你要干啥，还以为你是要宰它呢，便"噔噔、噔噔"地尥蹶子，不是踢，就是咬，那架势，一般人不敢靠前——不小心让它踢上一脚，可不是闹着耍的。同时，这也是个又脏又累的营生——有时，正在做着活儿，这家伙憋不住，竟没羞没臊地又拉又尿起来，弄得地上一地狼藉、臭气熏天。遇上这事也没法儿，清理清理，接着干。

对那些不好伺候的牲口，铲蹄子的师傅自有对付的办法。在给一头骡子铲蹄子之前，有时得用一种专用的木头夹子，把骡子的上嘴唇夹住；有时不得已，还得拿出"杀手锏"，就是用绳套把骡子的脖子和腿套住——铲前蹄时套住脖子和后腿，铲后蹄时套住脖子和前腿，这样一来，骡子就是再有脾气、再有能耐，也踢不着人了，只能老老实实地待着，因为它没法施展，做不了大动作，一旦暴躁起来尥蹶子，身子就会失去平衡，闹不好就会摔跟头。

干得有年头儿的师傅们大都有自己的独门秘籍。比方说，给骡子铲蹄子、钉马掌时，身子要紧紧地靠住骡子的侧面，像是粘在它身上一样。这样，骡子就是再"烦套"，也没法儿发作。慢慢地，骡子也仿佛明白了人们的意思，神情放松下来，安安生生地待着，对师傅的动作也很配合。

把牲口捋摸顺溜儿了，安静下来了，师傅便把马凳扯过来，再把牲口的腿弯起，将蹄子垫在马凳上面，翻蹄亮掌，剔掉磨豁、磨破或磨薄了的旧马蹄铁，然后用肩膀顶住刀铲，一层一层地往下切蹄子，切完了再仔细地修整修整、打磨打磨，然后找出一块新铁掌，比照着蹄子的大小，对齐了，再用羊角锤儿往上敲钉子，新蹄掌就算换好了。那时，我总觉得往马蹄子上钉铁钉儿，马该有多疼啊，但不知为什么，马却一直老老实实地那么待着。新换了马蹄掌的牲口，走起路来"嘎嗒儿、嘎嗒儿"地响着，很是神气，再不会是那种破声哈剌子气了。

我原先闹不清骡子和马的区别，觉得它们的身架儿、模样儿、毛色儿什么的看上去都差不多，咋一个叫骡子一个叫马呢？后来，我听铲蹄子的师傅和饲养员你一句我一句地来回讲，有时还争辩，这才慢慢地知悉其中的差别。原来，骡子是驴和马交配的后代，有的骡子叫驴骡，是母驴和公马生的；有的骡子叫马骡，是母马和公驴生的。相对而言，马骡的身架儿和力气更大一些。不管驴骡还是马骡，都有公母之分，但是它们却都没有生育能力。还有一样儿，就是骡子的耳朵比马的长、比驴的短。有时，他们讲着讲着，就说起粗话来，你有来言，我有去语，脸红脖子粗地开着彼此的玩笑，然后仰着头哈哈大笑，突然看到围着的人群中有几个瞪着大眼儿的小孩子，就撵鸡一样地轰开我们："穷ＸＸ孩子们，这有什么好看的？都给我滚，滚开，滚得远远儿地！万一叫牲口踢你们一家伙子，算是谁的？真是的。"我们小孩子围在一旁，一来是看热闹，二来也是有所图谋的——捡到铲马掌的师傅从牲口蹄子上取下来的破马掌，可以到收破烂的老头儿那儿去换上一小把儿"锭拘儿"糖（一种像是纺车上的锭拘儿一样的彩色糖豆儿）。

记得曾经有一位钉马掌的师傅，人长得并不高大，只是很粗实，是个红脸膛的半大老头儿，嗓门儿也高，说话时两眼一瞪，很有一股子煞气。据说他特别会摆弄牲口，牲口要是不老实，他就站在离牲口不远的旁边，冷不防地用手猛地抓一下牲口后肋的一处地方（有人说那里有处"痒痒筋儿"，牲口最草鸡有人抓它那里），那牲口立马就安生了下来，扭回头儿来小心翼翼地看看他，眼神怯怯的，腿上也微微地发着抖。钉马掌的师傅站在那里，脸上仍是笑嘻嘻地，仿佛是在说："我看你再操蛋！"

修蹄子、钉马掌的时候，生产队的饲养员一直跟在旁边伺候着，修完一个，牵走，拴在院子里的槐树底下或者靠墙根儿的地方，再去牵来一个。那些钉完新铁掌的牲口们无所事事地站在那儿，时不时的，喷一个响鼻，摇摇耳朵，晃一晃脑袋，顿一顿蹄子、甩一甩尾巴，很悠闲的样子。饲养员除了帮着拽缰绳、拉牲口外，一会儿也不闲着，不是抱着一把枝条稀疏的破扫帚扫扫这儿、扫扫那儿，就是掂把铁锨敛敛这儿、垫垫那儿，要不就到井台儿上用辘轳绞上来一桶凉水，左右来回晃荡着提过去，放在地上，挨着个儿地饮牲口。当牲口们低下脑袋扎进桶里喝水时，饲养员就站在一旁，一边用满怀慈爱的眼色看着，一边嘴里还絮叨着……

给牲口修完蹄子、钉完马掌，师傅直起身来，解下围腰，拽下套袖，"啪、啪"地抽打着身上、脚上的尘土，一边接住队长递上来的钱，一边点着叼在嘴上的烟卷儿，狠狠地抽一口儿，再徐徐地吐出烟雾，然后哈哈大笑着，和围着的人们说些笑话。徒弟则在一旁一件件收拾扔了一地的家伙，然后装进工具兜里，安置在自行车上。洋溢在师徒两个脸上的那份自得、满足、舒坦的神情，不由得让人觉得，靠手艺挣钱吃饭，即便又脏又累，也是值得尊敬的，甚至是令人羡慕的。

如今，汽车轮子替代了马车轱辘，各式各样的农业机械代替了牛耕马拉，村里的大牲口差不多已经没有了，而修蹄子、钉马掌的手艺人也随之越来越少能见得到，也不知道他们后来干什么去了，他们现在还好吗？……

下 酒 菜 儿

村子里的男人们闲下来了，最喜欢的事，就是三五个相好儿不赖的在一块儿坐一坐，喝两口儿酒。

村子里的人喝闲酒讲究儿不大，下酒菜儿也简单，一图不费钱，二图省事、便利，整出仁碟子俩盘子的，就开喝了，那情景，正像丰子恺先生漫画里画的那样："草草杯盘供语笑，昏昏灯火话平生。"几个人围坐在一块儿，推推让让的，边说笑边吱儿咂地喝将起来，也算得上人生一乐。

这里讲几个不费事，就手儿就能端上桌儿的下酒菜儿。因为太过家常，大约各种菜谱是不屑记载的。倘若女主人不在家，男人洗洗手、操操刀，也能做得来。

猪 耳 朵

村子里入了腊月就杀猪。过个两三天，把肉煮了，就用肉瓮儿腌起来，一年的肉啊油啊就全都有了。会过日子的人家，这一瓮儿腌肉可以保证全家不断油腥地吃上对头儿一年。

用大锅烧柴火煮肉的时候，猪耳朵也一块儿煮出来，但猪耳朵一般单另开，煮得轻一些，一则是因为猪耳朵肉儿薄，好煮，煮老了容易给煮化了。二则，猪耳朵煮得轻，才能保证肉质细嫩，不至于失掉那股脆格铮铮的劲儿。煮好的两只猪耳朵也是单独放好的，以备着家里来了客人，好招待客人喝酒时作下酒菜。这个下酒菜很现成，不用加热，将猪耳朵切成细丝，然后装盘儿，淋上点儿酱油、醋，再加一撮儿葱花儿或几缕葱丝就行。猪耳朵大的，一只就能切一盘儿。

猪耳朵绵软的厚肉皮儿中间，夹一层薄薄的软骨筋儿，吃起来脆筋筋儿的，有嚼头儿，拿来下酒，必是不差。

猪 肝 儿

村子里的人把猪肝儿叫"肝货"。

猪肝儿和猪耳朵一样，也是在腊月里煮好，腌起来。有客来的时候，在案板上切成薄片儿，加点儿葱丝，再淋点儿香油、醋，即可。煮猪肝儿时更得讲究火候儿、把握分寸，不能煮得老了，否则就会收缩、发硬，口感上差出不少；颜色也重，显得不那么鲜气；嚼起来时，口味儿上也会失去不少鲜香。

煮得好的猪肝儿不沙、不硬，吃起来有点儿绵，也有点儿面，耐嚼，越嚼越香，直让人舍不得咽下去。大人喝酒时喜欢吃，小孩子也知道这玩意儿好吃。我有一个堂哥，有一回从肉瓮儿里偷着扭了一块儿猪肝儿吃了，嘿，好吃！不成想，吃了一回过两天又想吃下回，结果，越吃越惦记，过了一阵子，不知不觉就把那块猪肝儿给扭完了。有一次，我堂叔找几个人来家喝酒，用筷子在肉瓮儿里翻了个遍，咦，怎么找不着那块猪肝儿了？最后一哄二吓地"审"出来，是我这堂哥干的好事。一气之下，堂叔虎着个脸蛋子，连嚷带训："学习不沾，光长个吃心！"末了，罚他直橛橛地站在炉台儿上，像烤山药似的站了俩钟头。

盐 腌 豆 儿

所谓的盐腌豆儿，其实就是盐水煮大黄豆，用酱油、醋和香油调一下就成。讲究点儿的，煮黄豆时往里边加上几粒花椒、茴香、大料和一截儿或半截儿红辣椒，滋味会更浓厚，煮好后再切点儿葱丝或是葱花儿，葱白、葱芽儿绿衬托着黄豆的黄，颜色上更好看些，吃着也提味儿。

村子里的人家，每年都要种些黄豆，秋天时打下黄豆，晒干，放好，既可在腊月里自己磨豆腐，或者找做豆腐的来换，家里来了人，还可以现煮，做盐腌豆儿下酒。

过去，村子里的人家过红白喜事，一般桌上都有一盘盐腌豆儿，一粒粒黄豆，饱满、浑圆，而且耐吃——用筷子夹，一次最多能夹两粒，再多就夹不住了。有的小孩子不擅使筷子，夹来夹去夹不住，有时干脆就下手去抓。

盐腌豆儿有一种朴实、本色的香，加上脆、咸、稍麻、微辣，作为一道佐酒的小菜儿，比起鲁迅笔下孔乙己吃的茴香豆，除了豆粒小点儿，也次不到哪儿吧？

炒 鸡 蛋

村子里的人家，差不多家家户户都喂着老母鸡。无冬历夏，勤劳的女主人差不多天天都能从母鸡的"透蛋窝儿"（村子里的人管母鸡下蛋叫"透蛋"）里欣喜地捡到两三枚温热的浑圆可爱的鸡蛋，握在手里端详半天，然后把它们一一埋进盛着谷子的米瓮儿里攒起来，留着日后待客，或者给小孩子过生日时煮上俩，或者等收鸡蛋的小贩来村里了，卖俩灯油火耗钱。

鸡蛋是个好物件儿，可蒸、煮，可煎、炒，可打汤，可盐腌，还能放在浅碗里做成又软又滑的鸡蛋羹，还能跟好多菜搭配着炒，又好吃，又好消化，又有营养。

要喝酒，炒鸡蛋也是最省事的一样下酒菜儿，打上五六只鸡蛋，就能炒出一大盘子。也可以配着西红柿一块儿炒，和香椿芽一块儿炒，和葱花儿一块儿炒，和蒜苗儿一块儿炒，和嫩韭菜一块儿炒，和洋葱头一块儿炒，还可以和青辣椒、红辣椒、柿子椒一块儿炒，浓香四溢，又各有各的风味。而且，油汪汪儿之下，有鸡蛋清儿的白，鸡蛋黄儿的黄，洋葱头的紫，西红柿或红辣椒的红，蒜苗儿或韭菜的绿，单是颜色的丰富鲜艳，就令人胃口大开。

咸 鸡 蛋

　　勤俭持家的女主人将鸡蛋放入盐卤瓮儿里，腌上二十来天就入了味，成为咸鸡蛋，捞出来煮熟，正好作一道下酒菜儿。

　　咸鸡蛋佐酒，一般是用刀将腌鸡蛋一切两半儿，再分别一切两半儿，一只腌鸡蛋切成大小一样的四瓣儿，跟四只月牙儿小船儿似的。蛋黄儿切开的地方，很快就浸出了油儿，发黄，带点儿红，依次摆列在盘子里，像是开了一朵盘子大的莲花。村里的鸡大都是散养的，吃草籽儿，吃粮食，吃菜叶儿、草叶儿，吃在草里飞、在地上蹦、在土里钻的小虫子，这样的母鸡下的蛋好吃，蛋黄儿金黄儿金黄儿的，细密而又紧致，筷子一挑能拉丝，一腌就出油儿。

　　我第一次见用腌鸡蛋作下酒菜，是我们家在1973年春天盖房子的时候。盖房子要待瓦匠、木匠，晚上那顿饭要上酒，桌上的下酒菜中，就有一盘儿切成八瓣儿的腌鸡蛋。有一次，母亲将切碎了的一瓣儿腌鸡蛋拿给我吃，哈，又咸，又香，特别是那块儿带油儿的蛋黄，更是好吃，比起白水煮鸡蛋，要有滋有味得多。

炒 腌 肉

　　北方人吃东西，最讲究的是要香，鲜倒在其次。村子里的人家，日子过得好不好，主要看碗里的饭水好赖。饭水的好赖，主要就是看有没有肉吃。肉瓮儿里存着用腥油灌起来的腌肉，那日子，准保赖不到哪儿去。

　　几个人凑一堆儿喝酒，家里有腌肉，下酒菜儿就好弄——用筷子去插上来一方块有肥有瘦的腌肉，切成肉片儿或是肉丝，火上一炒就出来了。

　　直接炒腌肉，香归香，但出油太大，发腻，再加上太咸，吃着齁嗓子，吃着并不顺口儿，得配上别的菜，比如，春天的蒜苗、小油菜，初夏的蒜薹、西葫芦，盛夏的茄子、苦瓜、青椒，秋天的芸豆、小白菜儿、眉豆儿、丝瓜，冬天的大白菜、土豆、大葱、萝卜。这些菜就长在村边的菜园子里，或是院门口儿的菜畦、瓜棚、豆架上，出去一趟，随手就摘回来了，最是鲜气水灵。冬天的菜则贮存在地窨子里，也方便得很。耗好了油，搁上几粒花椒、茴香，把切好的肉片儿和切好的菜推进菜锅，"欻"一下子，肉的咸、香，搭配上各样蔬菜的各样鲜气，可谓相辅相成、相得益彰。

豆　　腐

豆腐有白豆腐，有先炸后腌的咸豆腐。作下酒菜儿的吃法儿有好几样，可以炒，可以炸，可以炖，也可以凉拌，最为家常。

最常见的是炒白豆腐，或和大白菜炒，或和大葱炒，高级一点儿的，和肉末儿炒。白豆腐不吃油，稍放点儿就油汪汪儿的了。腌豆腐是咸的，可以下油炒，但一般多用于和大白菜、肉片儿、粉条儿、海带一块儿熬大锅菜，最对劲了。

豆腐凉拌，也是别有风味的。刚做出的白豆腐，拉成方丁儿，拌以春天的小嫩葱儿，撒点儿盐末儿，再下几滴香油，爽口，清香，各是各的鲜美，还好看呐！——"小葱儿拌豆腐，一清二白"嘛！还有一种吃法儿：用开水略微烫一下，或者上锅稍蒸一会儿，去一去豆腥气，然后装盘儿，用刀横着竖着拉几下，上面淋点儿蒜泥儿和酱油、醋、香油，或者只撒点儿韭菜花儿，也可以只淋点儿酱油，都成，吃的时候用筷子捯下一块儿，蘸着佐料吃。用开水烫，或上锅蒸，时间都不可太长，要不豆腐就发硬、发倔了。

腌豆腐也能凉拌。最讲究儿的是用嫩香椿芽儿，与腌豆腐同拌味道极好，属于上上品，囿于节令，可遇而不可求。腌豆腐是咸的，连盐也不用搁，切成碎丁儿，滴上几滴香油，和切成碎末儿的香椿一搅和，扑鼻的香气一下子就飘出来了。夹上两箸子，喝上一口小酒儿，咂巴咂巴，那滋味，还有什么说的？

炸香椿鱼儿

炸香椿鱼儿作下酒菜儿，尤有风味。夹一筷子香椿鱼儿，就一口小酒儿，要多得有多得！这个菜符合村子里的人对好吃的东西所定的最高标准，那就是：香！但炸香椿鱼儿得在春天香椿树发芽的时候才能做，时令菜，想吃要抓紧，就那么有限的半拉多月，过时不候。

举着用铁丝窝成的钩子，从香椿树的枝头扒下嫩香椿芽，一柄柄地擗开，用开水稍微一焯，控干水分，放进用白面、鸡蛋加细盐调好的面糊糊儿里一涮，将裹满面糊糊儿的香椿芽放进油锅，"唰！——"香气一下子溢了满院子。

炸好的香椿鱼儿，有头儿有尾，中间一根叶梗儿，那样子，真的像是一条一拃多长的鱼。吃吧，趁热儿，金黄色包裹着碧绿，既有裹了鸡蛋面的又酥又脆的醇香，又有香椿芽儿所独有的清香，外酥里脆，香得直冲脑袋顶儿，真是个好东西！特别是那根叶梗儿，咬着格筋筋儿的，筋道而不柴，耐嚼。作家汪曾祺先生曾经在一篇文章中谈到，南方人吃东西讲究个鲜，形容一样东西好吃，就说："鲜得连眉毛都掉了！"那么，村子里的人就着炸香椿鱼儿喝小酒儿，该怎么来形容呢？别的也说不来，就一个字儿：香！

——哦，不说了，再说，口水就要把舌头泡起来了！

凉　拌　菜

凉拌菜做着省事，拣应时的，顺手儿的，洗洗、切切、烫烫、焯焯，再用酱油、醋、香油调一调，就成了。顶多再加点儿葱花、香菜、姜丝作个点缀，好看，也提味儿。

春夏秋冬，随时应季，都有凉拌菜可做。春天有菠菜，从菜畦里拔上五六棵，洗净了用开水一烫，切成寸半来长的小段儿，一拌就成。有粉丝的，再加一小把儿煮好的粉丝，效果更好，太长的话，就稍截一下儿。

春天还有小葱儿，小葱儿蘸酱、小葱儿拌豆腐，都很不错。夏天到了的时候，可做凉拌菜的就更多啦：西红柿、莴笋、苦瓜、芹菜、紫苏、黄瓜……秋天和冬天有大白菜和白萝卜。白菜心儿凉拌，可用盐，也可用白糖，随人口味儿。刚收下来的大白萝卜水分大，不糠心儿，咬一口儿，有点儿辣，也有点儿甜，生吃也好吃，切丝凉拌就更甭说了。先把一截儿大白萝卜斜着切成椭圆形的薄片，再切成细丝，越细越好，捏点儿细盐，淋上酱油、醋、香油。也有的撒白糖，口味也很不错，但似乎更适合"心里美"、水萝卜。

　　说了半天，差点儿忘了说柿子椒。凉拌柿子椒也是令人喜欢的。将柿子椒切成丝，或者不用刀，用手掰成指甲盖儿那么大，调上酱油、醋、香油就成。有的柿子椒稍有点儿辣口，又不像尖辣椒那样辣得人流眼泪、哈冷气，就着辣酒吃，过瘾。

　　最后还要说到粉丝。粉丝除了用以作汤，单独凉拌也好，用作凉拌"伴侣"也好。将粉丝用开水焯一会儿，用筷子一挑，捞出来，佐以少许酱油、醋、香油、细盐和切细的姜丝、葱丝，必是爽口好滋味。煮粉丝得看火候儿，不能煮到软得像泥，一夹就断，还缠筷子，那样的话，调料再好，口感顿失。

一天三顿饭

一

古话讲："民以食为天。"老百姓过日子，吃饭是头一件事，也是天大的事。自古以来，历朝历代，包括外国，概莫能外。天底下任何人都不能不吃饭。

打从我记事起，村子里的人们最惦记的事，就是一天能吃上三顿饱饭。贫穷的年代，人们用力地生活，只为不饿着一家老小的肚子。如果能够保证一天吃上热热乎乎儿的三顿饭，也就阿弥陀佛、天下太平。至于一天三顿饭吃什么，怎么吃着好，怎么吃得有滋味、有营养，恐怕还在其次。——这说的是寻常日子的时候，过年过节或是家里过事儿、待客，那是特殊情况，得另说。

那时，人们见面、打招呼，总是把吃饭的话头儿挂在嘴边。在街上碰见了熟人，张口儿不说"你早"或"你好"，一般都是这样的一句："吃了不？"哪怕半时不晌的，也是这么一句，习以为常，见怪不怪。就连村里的大队长王化连傍晚时在大喇叭里通知晚上要演电影，也不忘加上这么一句："吃了黑夜饭，都来看电影！"

人是铁，饭是钢，一顿不吃饿得慌。人不挨饿，就能稳住心神儿，才能再去打算别的。有个老汉，有一次吃完饭，把碗一撂，抹抹嘴边，一边打着饱嗝儿，一边心满意足地笑着说："吃饱了，喝足了，谁说我也不服了！"玩笑归玩笑，说的倒是真心思——肚子里有食儿，就有底气，就没有什么可怕的。

二

早起饭，头一顿，是一天当中最重要的。但早起向来时间紧，总是匆匆忙忙，早起饭一般都是怎么快便怎么弄，因而大都非常简单甚至潦草，通常是馏点儿干粮，锅里灙点儿玉米面粥，或者煮点米粥。至于菜，最常见的是咸菜。从咸菜瓮里捞出一块腌好的白萝卜、红萝卜或者是芥菜疙瘩，在案板上切成细丝，再调点儿酱油醋和香油就成。腌咸菜就热粥，特别是冬天的早起，倒是个很不错的搭配。

家里有老人小孩儿的，就不能这么简单、对付了，得有点儿可口的、软和点儿的、有营养的。有时要炒菜，有时还要在锅里蒸上两碗鸡蛋糕。老人和小孩儿都食儿细。

大人孩子们呼噜、呼噜吃了，就各干各的营生去——上学的去上学，下地的去下地，上班的去上班，不上学不下地不上班的，待在家里收拾家务，擦桌子、扫地、刷锅、洗碗、喂猪、喂鸡，事儿不少，且得忙活一通呢。

在我们家，母亲每天早早起床做早饭。母亲拿早饭很当事儿，先捅开火，再坐上锅，然后开始洗菜、切菜、准备炒菜。等到锅里水开了，再灙粥。我们吃过早饭去上学，肚子里有食儿，身上不冷，心里不慌，上课精神集中、思维敏捷；父亲在石家庄上班，他骑着车子从村子里出发，要赶三十里地的远道儿才能到达工厂。母亲说，父亲的早饭一点儿也不能马虎，不吃不行，瞎对付着吃也是不行的。所以，父亲的早起饭里，差不多每天都有母亲给他蒸的一碗鸡蛋糕。

三

晌午的工夫也不大，所以，晌午饭也是拣简单、顺手的做。

母亲从地里干活儿回来，放下农具，头一件事就是洗手，准备做饭。夏天天热，吃饭没胃口，饭食也就清淡简单，很多时候是熬小米汤。真是米汤，稀里咣当的，能照得见人影儿。母亲一边往饭桌上端米汤，一边给我们讲顺口溜："一进厨房门儿，稀饭一大盆儿。勺子搅一搅，浪头打死人儿！"有时候也熬绿豆汤，吃了解暑。偶尔会吃一次擀面条儿、蒸"苦累"什么的。吃菜也简单，多是凉拌菜，西红柿啦，青辣椒啦，紫苏叶儿啦，小茴香儿啦，好弄得很，用白糖或酱油醋调调即可。要不就是茄子啦，豆角儿啦，上锅蒸熟或用开水焯一下，把捣好的蒜泥儿淋在上面。冬天时候的晌午饭，样数儿稍微多一些，比如揪面片儿、擀面条儿、擦疙豆儿。工夫儿长的时候，她也给我们换一换样儿，轧一回饸饹，做一回焖面，或烙几张旋饼。

我觉得最有意思的是擦疙豆儿和轧饸饹。这两种都是面食，一般用荞麦面、山药面、高粱面或豆面掺点儿白面。擦疙豆儿时，把疙豆儿床架在锅上，等锅里水开之后，右手用力搓压那块面团儿，一层层的疙豆儿掉到滚水中，一煮就熟。轧饸饹有专门的饸饹床子，跟铡刀似的。把和好的面团儿塞进洞口儿，用安在饸饹床子上的木塞子往下压，随着"咯吱吱——"的声响，整齐的饸饹从洞子底下的小孔里齐刷刷地流淌着，徐徐地挂下来。轧饸饹是很费劲的，每次都是我负责压饸饹床子。饸饹的吃法儿和疙豆儿一样：或者炒了菜、打了卤浇上去吃；或者过一遍凉水，再浇上捣好的蒜泥儿，也别有风味，特别开胃。

说起这个久违了的轧饸饹来，不免引发心中的想念，特别是在夏天。我现在在城里，想吃一碗乡村风味的饸饹不那么容易。那一份馋嘴的想念，更多的大约还是乡思的蛊惑吧。

四

村子里的人把晚饭叫黑夜饭。

在我们家，黑夜饭通常是一天当中最正式、最当事儿、吃得也最妥帖的一顿饭。村子里好多人家也是这样，黑夜饭比早饭和午饭要丰盛一些。

因为，只有晚上家里的人最全，工夫儿也相对长一些，吃呀喝呀的都相对从容。

有一样常做的饭，就是擀面条儿。擀面条儿算是"硬饭"。原先是母亲在案板上用擀面杖擀面。每次她把擀好的面一层层折叠起来，用菜刀一下一下地切成韭菜叶儿那么宽，这时候，负责拉风箱的我，就紧着把锅里的水烧开。母亲把切好的面条儿一把儿一把儿地提起来，抖搂顺溜儿了，再小心翼翼地下到锅里，我再紧着拉几下风箱，不多会儿，面条儿就煮好了。母亲擀的面条儿很长，挑一箸子就能盛满一碗，吃起来特别筋道。后来父亲买回了一台手摇式轧面机，我们就改吃轧面了。有时母亲不在家，我们也能轧面条儿吃。在我们家，吃面条儿一定是要炒菜的，而且，晚上吃面条儿，母亲在炒菜时必定会多放一勺子油。一家人一边吃着，一边说笑，谁在外头有什么见闻，也要拿到饭桌上来讲一讲。饭桌前的气氛总是充满了温暖。

还有一样常做的晚饭，就是熬粥。冬天的晚上熬粥，不同于夏天时的净面儿粥或小米粥、小米汤，粥锅里会放一些山药、红萝卜、蔓菁什么的，熬的时候也更长。这样熬出来的粥更稠、更黏、更滑溜儿，吃着也更香甜、有滋味儿。我最喜欢吃的，就是冬天的晚上熬的这种粥，见天儿吃也吃不厌，打两天不吃就想得慌。

五

村子里的人家，家底儿不一样，性情不一样，饭水的好赖自然也就不大一样。有的人家饭水好一些，吃得精细、讲究儿；有的人家饭水差，马马虎虎、凑凑合合。

饭水的好赖有时候也与这家人讲吃不讲吃、好吃不好吃有关。有的人家，是宁可少穿两件好衣裳也不肯糊弄肚子的。在他们的意识里，穿得再好，那是给别人看的，吃好才是真正留给自己的享受。也有的人家觉得这样子不划算，宁可吃赖点儿也要讲究穿戴——穿在身上，戴在身上，那是人人能看得见的体面。而吃就不同了，只在嗓子眼儿里香一下儿、甜一会儿，落进肚子这个无底洞里，有谁能看得着呢？不划算。

时代在发展，生活在提高，如今的村子里，再也没有谁家会为一天三顿饭发愁。愁的倒也有，那就是发愁不知这顿饭做点儿什么才稀罕，下顿饭吃点儿什么才对口儿。用村里人的话说就是，不是"死猪肉"就是"烂白面"！——"死猪肉""烂白面"在这里并不是贬义词，而是农民式的幽默。

我出生在农村，吃农家饭长大。农家饭是粗粝的，但一样将我们滋养得粗粗壮壮的。我也知道鱼呀肉呀的好吃，但老吃也并不见得就有多好。再说，人吃得过于高级、精细、娇贵，长此以往，于身体而言，未必就一定是好事。吃来吃去，我还是最喜欢吃农家饭，健康、自然、原生态，而且常吃不厌。

那些从田野里消失的小动物儿

从20世纪80年代起，因为广泛、大量、多频次地施用化肥、农药，一些小动物儿，渐渐地从田野上消失了。只有寂静生长的庄稼，很少再能看到它们或飞或跑或蹦蹦跳跳的"绿野仙踪"，田野里变得寂寞了。

"地 百 灵"

我曾经在村子里见过"地百灵"，不过大多是死了的。

那年我有十三四岁吧。春天的时候，因为老有鸟儿和农户养的鸡到地里去啄吃刚刚开始返青的麦苗，生产队一边关照社员们把自家的鸡关好，一边就在村东的麦地里撒了农药拌过的麦粒儿。正是春荒时节，成群结队的"地百灵"正在为打食儿发愁呢，见了地里的麦粒儿，也不管三七二十一，欢呼雀跃、不亦乐乎。这下子可遭了大殃了，吃了药麦子之后，"地百灵"们成批成批地死去，那阵势，不亚于集体大屠杀。村子里有的人去地里捡"地百灵"，一捡就是多半筐子。他们说，把那些中毒轻还没有死去的"地百灵"的嗉子剪掉，"地百灵"身上的那一疙瘩儿嫩肉还是能吃的。我也去地里捡了几只，但我不敢吃，母亲也不让。我至今还记得那些"地百灵"的模样，个头儿、羽毛看上去跟麻雀差不太多，只不过脑袋顶儿上有一撮翘起来的羽毛，嘴也比麻雀的长一些。

在这之前，我未曾留意过它们。我从网上搜索了一下，"地百灵"的学名叫"凤头百灵"，喜欢栖息于平原、旷野、草地、河边，非繁殖期多结群生活，高飞时直冲入云，在地面亦善奔走，受惊扰时常藏匿于草丛中，因为有保护色而不易被发觉，主要以草籽、嫩芽、浆果等为食，也捕食昆虫，如甲虫、蚱蜢、蝗虫等，同时也吃少量的麦粒、豆类等农作物。

那些可爱又可怜的"地百灵"们呀，它们都是益鸟，人类的朋友！从那年以后，我在村子里就很少再能见到它们的影子了。

"地 出 溜"

"地出溜"是村里人的叫法，学名应该是"蜥蜴"。

在我的印象中，"地出溜"一般在麦收时节出现，麦田和野地里最多。我有些怕"地出溜"，从不敢抓它，也不敢碰它。有一次，我在地里发现四五粒白色的半透明的小球球儿，看上去很精致，别人告诉我，这是"地出溜"的蛋，里边有小"地出溜"。我一听，赶紧就离开了。"地出溜"的样子，实在说不上温柔、好看，简直是可怕的——尖尖的小脑袋像蛇，又像青蛙，身形像壁虎一样有四个爪儿，浑身的花纹儿也像是蛇一样，后边拖着一支细长的尾巴。这家伙特别机警，停下来时，昂着小脑袋，来回扭，眨巴着小眼睛儿，左看看、右看看；跑起来时也飞快，像箭头子一样，贴着地皮，"出溜、出溜"地，一会儿便没有了踪影。要不咋叫它"地出溜"呢！

"地出溜"算是益虫吧。我曾见过好几次，"地出溜"的嘴巴里叼着蚂蚱、促织什么的，顺着地垄跑，却从来没见过它们糟害庄稼。可惜，因为频繁使用农药，地里的害虫被消灭了的同时，"地出溜"们的食物链也跟着断了。如今的田野里，要想发现一两只"地出溜"，并不那么容易。不知怎地，我到有些想念它们了。

长 虫

我打小就特别怕长虫（也就是蛇）。远远地看见了长虫，跟"条件反射"似的，我的心里一惊，第一个反应就是远远地躲开。就连在草丛里挂着的长虫蜕下来的干皮儿，看见了也怕，宁可不去割那把青草，我也是不敢用手去碰的。

村子里像我这样怕长虫的人，有不少，有大人，孩子更多。长虫冰冷而又鲜艳的花纹，太诡异了；长虫曲折而又无声的爬行，太瘆人了；长虫的信子一吐一收，小眼珠儿一眨巴一眨巴，太阴鸷了。去地里干活儿时，最担心的就是与长虫相遇。

有的长虫藏在草丛里，割草的时候就容易碰上。它们听见了人的动静，知道人们不喜欢它，便擦着草根，慌慌张张地逃进草丛的更深处。

藏在庄稼地里的长虫更多，特别是玉米地、山药地、棉花地。有的时候，它们把身体盘成一圈一圈的，好像是在玩耍；有的时候，它们拉直了身体，像绳子一样挂在玉米秸秆上；有的时候，它们缠绕在棉花秸上，把摘棉花的人一下子吓得魂飞魄散；还有的时候，它们也从土路上横穿而过，头微微地抬着，来回扭动着光滑的身体，身后的地上留下它摩擦出来的一条清晰、曲折的土印儿……

人们怕长虫，其实，长虫更胆小、更怕人。长虫并不与人为敌，只要你不去招惹它，它更不侵害你。我曾见过长虫吞吃田鼠，见过长虫吞吃青蛙，还见过长虫缠在棉花秸的顶上捕食小鸟儿。但我一次也没有听说过村里有谁让长虫咬伤过。母亲曾经对我说过，我们村子里的这些长虫大都是没有毒的。

现在，地里基本上看不到长虫了。田鼠、青蛙、"地出溜"越来越少，它们只好到别处去找吃的了。

青　蛙

我小的时候，村子里还有小河，有池塘，水流虽不大，但长年四季有水。有河有水，就有鱼有泥鳅有水草，还有青蛙和癞蛤蟆。而且，水边有芦苇，岸上有柳树，风景自然、朴素，顶好！

那时候，庄稼地里的青蛙和癞蛤蟆有很多，在地里干活儿时，常常遇见它们从脚边慌慌张张或者懒洋洋地蹦开、逃走，把人吓得一跳。别看它们长得丑陋，却是消灭农田害虫的能手，待在庄稼地里，专门吃虫子，是庄稼的卫士和农民们的好帮手。青蛙和癞蛤蟆爱吃小昆虫，它们捕虫时的动作干脆利落、一气呵成：先是一动不动蹲在那里，像小狗儿一样前腿支撑着，后腿蜷着卧在地上，张着嘴巴仰着脸，肚子一鼓一鼓地。一只傻乎乎的飞蛾扑闪着翅膀飞过来，在晃过面前的一刹那，它们身子猛地向上一蹿，舌头"嗖"地往外一翻、一收，那只小飞蛾就落在它们的嘴巴里了。爬在庄稼叶子上正大吃二喝的浑身肉乎乎的小虫子更傻，对近在眼前的危险也视而不见。青蛙或者癞蛤蟆发现了它们，照样不慌不忙地爬过去，在底下瞅准了，依旧是身子猛地向上一蹿，舌头"嗖"地往外一翻、一收，就把那家伙给叼到嘴巴里来了。一只青蛙或者癞蛤蟆，一天下来不知要吃掉多少破坏庄稼的害虫呢！

从暮春时节开始，青蛙和癞蛤蟆们就"咕儿呱、咕儿呱"地叫了起来，夜里也不停歇。它们最爱在夏天的雷雨之后放声欢叫，一只起头儿叫，别的也随着叫，很快，几十只、上百只都一齐叫起来了，好像是在对歌儿，又好像是在一问一答，又滑稽又可爱。如果赶上顺风儿，此起彼伏的蛙鸣在三四里地之外也能听到。

青蛙和癞蛤蟆怕冷，天一冷，它们就钻进土层的深处，猫着冬眠，度过漫长的冬天。有一年，我和母亲从地里挑土、拉土，挖土的时候，在不到一米深的土层里，挖到一只正在冬眠的青蛙，合着眼儿，懒洋洋的样子，看上去萌萌的。当春天来了，青蛙们就跑到河里，在水草上产卵，卵慢慢地再变成蝌蚪。黑色的蝌蚪，大大的脑袋，圆滚滚儿的身子，有一条长尾巴，闹嚷嚷地挤在一起，十分有趣……

如今，河水没了，池塘干了，那些青蛙呀癞蛤蟆呀，都跑到哪儿去了呢？

"崩锅底" "王八留" "米布袋" 和 "梢瓜儿"

在我的印象中，有许多有意思的草，也像"地百灵""地出溜"、长虫、青蛙一样，渐渐从庄稼地里消失了踪影："崩锅底""王八留""米布袋""梢瓜儿"……

我长到六七岁时，就开始给家里养的猪拔草了。我能认得出许多猪爱吃的青草：灰灰菜、曲曲儿菜、猪耳朵棵子、酸溜溜苗儿、蒲公英、狗牙根儿、打碗花儿、马婶菜（马齿苋），还有"崩锅底""王八留""米布袋""梢瓜儿"等等。

春天时，"崩锅底"长在地垄边、田埂上，麦地里最多，这里一两棵，那里三四棵，贴着地皮儿，边缘有些微微地翘起来，像一只浅浅的碗碟儿一样。大概，这就是人们把它叫作"崩锅底"的原因吧。它的样子有点儿像荠菜，但比荠菜叶子厚，而且上边有些毛拉拉的。长着长着，"崩锅底"就开花儿了。是那种很细小的有四个小花瓣儿的花儿，白色中透着微红，密密匝匝地挤在一起。"崩锅底"这种草，猪特别爱吃。灾荒年间，村里的人们也曾采来当菜、当饭充饥，熬过艰难的岁月。快到麦收时，"崩锅底"就老了。它的小碎花儿早就落了，结出了一支支细长细长的豆荚儿，小心地剥开，里边是一兜儿灰黑色的草籽儿。我上网搜索了一下，看图看文字，"崩锅底"的学名应为"涩荠"（《中国植物志》卷33）。

"王八留"是我们村子里的人的叫法，其实是一种误传。我从网上查看得知，我们这里所讲的"王八留"，学名叫"麦瓶草"，也有的地方叫"面条菜"，麦地里特别多，刚长出来时，欢欢实实的，和麦苗儿的样子差不多。我母亲也曾对我说过，"王八留"的叫法不对，应该叫"黏秆儿"，它的茎秆的确有点儿黏手。但村子里的人们仍旧叫它"王八留"。每年暮春时节，我们都要到麦地里去拔这种草，因为猪特别喜欢吃。许多"王八留"藏在麦子垄里，和麦子差不多一般高，一时发现不了，可是等到麦子抽穗儿时，"王八留"也开了花儿了。它的花儿是紫红色的，那么好看，那么惹眼，老远就能看见，再也藏不住。等花儿开谢了以后，再过几天，我们就专门揪下它那像是小葫芦似的种壳儿，剥开后，里边是一兜兜儿奶白色的嫩籽儿，跟一堆儿小米粒儿似的，能吃，我曾坐在田埂上剥着吃过好几次。

真正的"王八留"应为"王不留"或"王不留行"，另有其物。"王不留"是味中草药，它的草籽可以用来活血通经、下乳消肿。北方有一段歌谣说："穿山甲，王不留，大闺女喝了顺怀流。"夸张地说明了穿山甲和"王不留"这两味中草药的通乳作用。这种草还没开花时，和"王八留"模样差不多，只是叶子薄一些，还发点儿灰白，开的花儿、结的籽儿却是有明显区别的，挺容易辨认。

"米布袋"这个名儿起得好，名副其实。我从网上寻查这种野草，得知古代的植物学著作，如朱橚的《救荒本草》、李时珍的《本草纲目》以及吴其濬的《植物名实图考》，都是叫"米布袋"，在现代著作如《中国植物志》《中国高等植物图鉴》中，却将其名字定为"米口袋"，而把"米布袋"列为别名。"米布袋"多生长在沟沿、壕边，也是四月里开花儿，花朵儿蓝莹莹儿的，很好看。花儿谢了以后，就结下三四支一骨爪儿、四五支一骨爪儿的籽荚，每支籽荚二寸来长，浑圆饱满，有些像是绿豆的豆荚，上面有一层细细的茸毛。趁着籽荚还嫩的时候，我们常常揪下来，一个个地剥开，真像是打开了一只米布袋一样，里边有一排比米粒儿稍大些的青绿色的种子。我们把种子小心翼翼地磕到嘴里细嚼，满嘴的青气，甜丝丝的，口味还不错。

我在网上还看到有的文章说，"米布袋"就是紫花地丁。这是不对的。我早就认识紫花地丁，和"米布袋"长得不一样嘛。在我们村边的野地里，有好多紫花地丁。紫花地丁有一点和"米布袋"是一样的，那就是在春天里，它们都是老不早儿就开出了蓝紫色的花蝴蝶一样的花朵，只不过紫花地丁的花骨朵儿要稍大一些而已。

"梢瓜儿"的名字很形象啊！"梢瓜儿"正是两头尖尖的小瓜仓儿的样子，又像是一支细长的小纺锤儿。一棵"梢瓜儿"上，往往一结就是一串，长得壮的，能结三四个甚至五六个，找到一个，一拨拉，其他几个也露了出来。初秋时节，我们去棉花地里给猪拔草，时不时就能遇见两三棵或是三四棵"梢瓜儿"。它们常与野豌豆、曲曲儿菜等在一起。"梢瓜儿"又青又嫩的时候能吃，剥开以后，里边是一片片压在一起的嫩白的种子，吃起来甜滋滋儿的。"梢瓜儿"老了之后，先是表皮的颜色由绿色变成铁锈色，然后从中间裂开，尾巴上带着一撮儿绒毛的种子，像一支支小伞儿一样，很快就会随风跑掉。网上有资料说，"梢瓜儿"全草及果实均可入药，据说能清热降火、生津止渴、消炎止痛。还有的说，"梢瓜儿"有通乳的功效，被称为"通乳神草"。

如今，除草剂这种现代农药真是太厉害了！背上喷壶，"哧哒、哧哒"地朝地里一喷，青草们还没来得及打籽儿，就被农药"烧"死了。朝着光地上喷一喷，更绝，各种杂草们连芽也不发了，名副其实的"百草枯""一扫光"。这可省了农民的大劲儿，农民们乐得省事儿、省劲儿，免除了耪地、锄草的麻烦，乐此不疲。可惜的是，一些挺有意思的草也就随之销声匿迹了。

唉，这到底是好事还是坏事呢？有谁能一五一十地告诉给我？

有过乡村生活的人是幸福的

　　我在农村出生并长大，后来离乡日远，在城市读书、工作，洗去了脚上的泥巴，走在平整的柏油路上，朝九晚五，日日奔波，为妻孥计，为稻粱谋，装模作样着，慢慢地变成了一个"城市人"。

　　像我这样的人，在城市里有很多。我们之间有着许多共同的话题，其中之一就是农村。我们每个人都有一段难忘的农村生活经历，记忆里带着诸多有个人体验的细节和故事，或令人捧腹，或淡淡辛酸；我们也都是热爱城市生活的，不喜欢的是它昼夜喧嚣、人海如潮的嘈杂——城市的嘈杂让人很容易暴躁。当我们坐在一块儿闲聊，一旦有人提起农村的话头儿，准保有人接茬儿，而一说起乡村来就停不下，七嘴八舌，唠唠叨叨，有的没的，纷纷地抢着说。

　　我在城市里工作生活已经有三十多年，长度远远超过了我在农村度过的时光。但我仍然忘不了农村，脱离不开农村。我的脑海里时不时地浮现出一幅幅这样的画面：一望无际的麦田，无边的麦浪像是乡村无边的时光；秋天时，密密匝匝的青纱帐覆盖了原野，把村庄都藏起来了。还有，有月亮的晚上，多么安静啊！下过雪的原野，又是多么辽阔！麦收时节割麦子、拾麦穗儿，秋天里摘棉花、收玉米，背着大人们偷瓜溜枣儿扒山药、吃"甜甜秸儿"……我看书，最喜欢看的，是写农村的，语言描写啊，情景场面啊，有兴趣，有共鸣，像赵树理、孙犁、汪曾祺、周立波、舒飞廉，我都非常喜欢；看电影，单单愿意看演农村的，《五朵金花》

《柳堡的故事》《李双双》《朝阳沟》《我们村里的年轻人》，人物性格啊，镜头画面啊，故事演绎啊，既亲切，又温暖。

上大学那会儿，班上的同学大部分来自农村，家在城市的为数不多。混在学生堆儿里，城市来的学生总是十分抢眼。他们是我们羡慕甚至崇拜的对象。杨海龙、季卫东、沈伟光，冯梅、王洪丽、杜建珍、李晓玲、王旭红，他们一个个衣着得体、出入大方，人前从不怯场，能说会唱。在他们的身上，举手投足之间，似乎有一种我们一时说不清、道不明、看得着、摸不着的洋气的"城市味儿"。后来知道，那就叫"气质"。比方说，同样一件松松垮垮的大背心儿，城市同学穿上，看着就那么随意、自然、潇洒，这叫不修边幅；农村同学穿上，浑身上下连神态都跟着松松垮垮下来，显得邋里邋遢，这叫窝窝囊囊。还比如，同样是镇着脸不说话，在城市同学那里叫"酷"，在农村同学身上，却显得倔巴或是发苶，显得不谙世事。差在哪儿了？就差在这个"气质"上。有气质，咋样儿咋好；没有气质，行走坐卧都不从容、舒展。而且，城市长大的学生大都见多识广、内心强大，上知文言文，下能背单词儿，不上课时，就跑啊跳啊地热爱体育运动，足球啦、排球啦、羽毛球啦，游泳啦、舞蹈啦，艺术体操啦，啥都会玩，啥都会弄两下儿。而我们这些农村来的子弟就显得有些发闷、露怯，顶多跑跳着打打篮球，或者游游泳。说是游泳，充其量也就是小时候在河沟儿里学的那点儿狗刨儿、打扑腾儿的本事，那只能叫耍水、扎猛子。一个人，英俊也好，漂亮也罢，那是爹妈给的，天生的。至于风度、气质，则是后天的经历和见识长期熏陶养成的，我们一时半会儿也学不来、赶不上。

记得刚入学头一年，我老穿一身绿军装、蓝裤子，还戴着一顶绿军帽。这基本上是我从初三以来一贯的装束。当然，除了那顶绿军帽是从公社供销社买的以外，上衣和裤子都是我母亲给我做的。母亲的针线营生不错，但做出的军装也只是"高仿"，有那么个样子。再加上我生来脸黑，要多土气有多土气，要多傻气有多傻气。第二年的夏天，我学着赶时髦，也去商店里买来一件当时流行的印满小碎花儿的白衬衫穿在身上。可是，这会儿再翻出那时候照的相片来，看上去还是别扭得慌，除去年轻一些，真是不忍再看。那时，我还曾一度为自己的一口获鹿土话感到羞愧和尴尬，别着自己学说城市人的腔调——普通话。我们读的是中文系，又是师大，将来是预备着要做中学语文老师的，学说普通话也是必需的作业，要过关，要考试，要考级，通不过就不发给资格证。终于，我在班里，在人前，也能蒙混过关地说上一通了。当然，碰到和获鹿老乡在一起时，仍是要说获鹿土话的。

四年大学，很快毕业。我参加了工作，在城市安家。慢慢地，我也习惯了城市的生活节奏，在熙熙攘攘的人海里载沉载浮，忙着自己的事，倒也自在。作家和菜头曾经在一篇文章里谈到他对城市的感受，是这样写的："要融入大都市的生活并不容易，需要很多时间一点点打磨自己，打磨到头颈灵活，行动如风，打磨到看什么东西都带着司空见惯的漠然和老练，打磨到面皮上混合着矜持和疲惫，进而形成一种疏离，然后你就再也离不开这里了。"——我是被城市生活打磨了三十多年的人，在我的身上发生了怎样的变化？当然，城市和城市里的人们，也并不都是像和菜头所说的那样。我所在的石家庄这座城市，还是很宽容的，市民也淳朴。我是喜欢石家庄的。

城市有城市的优势，农村也有农村的好。这是一定的。这也是我在参加工作，特别是开始写东西以后才感觉到的。《圣经》里说："凡含泪播种的，必含笑收获。"对于我来说，农村的生活和经历给了我一辈子也用不完的精神财富，我能写出点儿东西来，就是沾了有过十九年农村生活经历的光。要不，我真不知道自己能写点儿什么、该写点儿什么。

人的出生地就像父母一样，是没法设定和挑选的。但人生是多向的，道路有许多条，不选择走这边的路，就去走别的方向。不论走哪一条，既然有不同的选择，就会有不同的生活，不同的生活造就不同的人生。只要知道努力，生命同样都能充满致密的质地，发出金属一般的光泽。即便不能取得世俗意义上的成功，也能做到生命无怨、岁月无悔、内心安稳，活出自己的那份精彩。无数的人，无数的路，路上的风景也许不大一样，但各有各的妙趣。人生总的说起来，在这一点上倒是一致的。

作家雪小禅在一篇文章中说："每一个在乡村生活过的人都是幸福的，在漫长的人生中，那是丰沛厚实的滋养。"我是幸福的。想来，那些像我一样，一说起农村就来劲儿的人，大都也得过这样的滋养吧。

渐渐地向村庄告别

近些年来，我常常有个感觉：我正在自觉不自觉地一点一点地向着村庄告别。我越来越清晰地意识到，我在背向着村庄，一步一步地渐行渐远。每一次回村，似乎都有着告别的意味。我有些伤感地想道：终会有那么一天，熟悉的村庄变成心中的故乡，我再也不能回去。回头一望，满怀苍凉。

一晃儿，母亲去世已经七八个年头儿了。母亲的离去，仿佛一下子就挖去了我和村庄之间像根一样联系着的东西。说不清是什么，我的心上出现了空洞。由打那儿起，自觉或不自觉地，我便与村庄日渐一日地变得疏远和隔膜起来，似乎再也回不到像原先那么深厚的亲密的地步了。母亲去世以后，我再没在村子里住过一个晚上，不管是上午回来还是下午回来，待上半天或多半天，赶天黑就又走了。有一次，我在傍晚时骑着车子离开村子，碰上正在回村儿的人们跟我打招呼，我忽然有些愧疚地意识到：正是人们回家、鸟雀归巢时，我却背向而行。心里边颇有些不是滋味。

我在村子里长到了十九岁，然后就离开了，至今已是三十多年的时光过去了。这三十多年间，我曾经一有了空儿就骑着车子往回跑。那时，母亲还健康，家里种着好几亩地，回村子里来，主要是帮着干地里的活儿。特别是到了农忙时节，我必须得回来帮着收呀种呀。后来母亲生了病，家里的地和菜园子就由父亲照管着，我差不多每个星期都要回来一趟，天晚了，身上累了，或者有时天道儿不好，就在家里住上一两晚。

没有了母亲，家里一下子变得有些沉寂和冷清。这是没有办法的事。父亲一个人住在村子里，自己做饭，自己洗涮，收拾好了，就把大门一锁，去地里干活儿，日子漫长而又寂寞。入冬后，天气冷了，父亲就离开村子，搬到石家庄去住。父亲的左手在早年间曾经受过一次"药害"，有一回他用中草药熬的汤洗手，没想到那些中草药特别"霸道"，把父亲的手"烧"坏了，特别是左手，夏天还强点儿，到了秋天，特别是在冬天，就更麻烦，手心手背上的皮肤发干、发硬，像是老树皮一样。更冷些时，手指关节处常常七崩八裂，含着血丝儿，不敢捞摸凉水，一沾凉水，冷风一吹，裂子裂得就像小孩子张着小嘴儿似的，让人看了都替他疼。关键是这手使不上劲儿，一张手就疼得慌，耽误干事儿。抹抹护肤油虽说强点儿，但他还要干活儿，哪能抹了护肤油光扎煞着手啊！他的手上不得不经常戴着一副护手的橡胶手套，以增加皮肤的湿度和柔软度。所以，一到冬天，父亲就到市里来住，房子有暖气，住在暖和的屋子里，他的手就好多了，不再裂口子，而且还多了几分光润。

父亲一个人在老家过日子，过一段时间，逢着双休日、节假日，我仍时不时地回村里去看他。我和父亲的关系，一直处得不太好。他年轻时脾气很暴烈。在我小时侯的印象中，父亲对我们过于威严。这固然是受到那时穷困日子的逼迫，也与他的性格有关。我也记不清挨过多少回他的打骂。在我们之间，从一开始就没有建立起良好的民主、平等、友好的沟通平台，对他，我只有服从和遵守。在家里，不管遇上什么事，也无论小事还是大事，从不商量，基本上都是他说了算。即便是在我结了婚、成了家后，甚至到现在，也是如此，父亲想不到要征求我们的意见。说句实话，我现在见了他，还是有些怕他。小时候在心里留下的那些阴影，使得我每每和他坐在一块儿，就有些不自在，家常话也拉不起来，很多时候我都不知道该对着他聊些什么。

我要是打上一阵子不回村子里去，父亲就会生气。但他有话往往不直接跟我说，而是转着圈儿地跟别人讲。他的意思，是让别人给我捎小话儿。常言说：东西越捎越少，话儿越捎越多。有些人捎话儿，很容易就给捎得变了味儿。还有的表面看似对我好言相劝，得到的效果却是在拱火儿。我也承认，没了母亲之后，我的确回老家回来得少多了。我老是觉得，家里没有了母亲，家就不一样了。母亲是一个家庭的核心与灵魂，即便母亲病得躺在床上，毕竟人还在，父亲无论如何也是代替不了母亲这一角色的。一个家庭，如果没有了母亲，就像灭掉了一盏最温暖、明亮的灯，这个家一下子就会出现一大块的黑暗与虚空，而且，从这个虚空里，还在不断地往外散发着家的热气。

我父亲平时"铺排"劲儿大，不好收拾或者说不大会收拾。他一个人在家里，也能把所有的屋子给住得满满当当。我曾经住过的那间屋子，也让父亲给"铺排"满了，床上、写字台上，高高低低地堆满了杂七杂八的东西。就是他睡觉的屋子，也同样是热热闹闹的：桌子上、椅子上、窗台子上，用得着的，不怎么用得着的，有可能要用得着的，还有已经用过的，差不多都快摆满了。我和两个妹妹断不了说他，父亲自己也下功夫、下决心收拾过，有时我们也帮着他一块儿收拾，一边收拾一边劝说他，可说了皮儿说不了瓤儿，说轻了，置之不理；说重了，语气中就显得不友好。过一阵儿，桌子上、窗台儿上就又卷土重来似的摆列满了。

母亲走后，留下三亩三分地，父亲种了两年后，种不动了。他在外边当了一辈子工人，没怎么在地里受过苦，如今上了年纪，腿脚不像早先那么灵便了，更是受不了这份儿罪，去地里薅草、锄苗，有时不得不提溜上个小凳子，坐着干活儿，甚至半跪在地上。老父亲这样子种地，村里有的人就说我们做儿女的不孝顺，不让老人享清福，弄得我们脸上很没光儿。后来，我们和舅舅、姨们一起商量了几次，就让父亲把地转给了村里的玉星来耕种，玉星一年给他一千多块钱。村边上的半亩菜园子还留着，父亲经管着，一多半儿种玉米、黄豆、山药，一少半儿用来种菜。地块小，用机器不方便，所以，翻地，播种，收割，大都靠父亲一个人操持，忙得他团团转。他经常在地里摸索着干干这、干干那，一天里不知要跑多少趟菜园子，一天的时光很快过去，倒也减少了麻烦的时候。

但是，迟早会有那么一天，家里的这一大一小两块地，得落在我的手上。到那时候，父亲把地交给我，我该咋办呢？

现在，我与村子的关系总的来说还算是密切的。村子里好多上点儿岁数的人认识我，也断不了有人给我打个电话，说道几句，偶尔在一起吃个饭。但也仅止于此。我越来越感觉到，随着过去的生活离我越来越远，我正在慢慢地，慢慢地，向着我的村庄告别。不用回避和退缩，未来终将会到来，心里再有不舍，这也是迟早都要发生的事。总会有那么一天，我的村庄变成远处的故乡，我很少再回来……

生活给予我的款待（后记）

　　"村上的事"系列之四就要出版了，我心里很高兴。这是2017年初夏时节的一个下午，窗外阳光很亮，照着嫩绿的树梢。我一个人坐在屋子里，看着书桌上摞着的书稿校样，想起这些年来我在业余写作上所走过的路、所经历过的事，酸甜苦辣，百感交集。

　　我从事业余写作已经三十多年。这是一条漫长的道路，曾经充满艰难的等待。时光过去了许久，回头一想，有些事情好像就发生在去年、上周甚至是昨天似的。这种记忆上的错觉，真是奇怪而又别致。

　　我是在1981年秋天上了高中以后，才开始真正意义上接触了文学。那时候，文学热潮遍地，舒婷北岛流行，无论机关、厂矿，还是部队、学校，包括乡村，全国各地的阅读写作运动如火如荼。我就读的那所乡村高中，有着浓厚的爱好文艺的风气。学校传达室有个姓杜的老校工，经常替乡里的邮局代销一些杂志，如《滹沱河畔》《新地》《百泉》《芒种》《人民文学》《小说月报》《河北青年》什么的。我们班上的几个男同学，下了课就去那里翻，断不了买回三本两本，在班里来回传着看。我也瞅着人家的空儿借过来翻看。学校里有间图书室，不大，一周只开放一次，而且是在周末下午的课余时间。每一次，我必定要去那里借书还书。记得我曾经借阅过罗曼·罗兰的《母与子》，还有高尔基的《童年》《在人间》和《我的大学》等等。因为看书，我的眼前渐渐展开了一片新的天地。再后来，我便开始模仿着写东西。当然，那个时候的写，看上去很认真，实则无异于硬务，常常"绕室彷徨，未得一句"，搞出来的诗呀文呀，无外乎一些装模作样、矫揉造作、无病呻吟的东西。比如，看书必要掩卷沉思，遇事就会百感交集，动不动就潸然泪下，一会儿黯淡地惆怅，一会儿苍凉地忧伤，一会儿忧郁地叹息，像个感情丰富的小老头儿似的。记得还曾写过"我是山的儿子"这样的句子，酸得倒牙不说，完全是无中生有！因为，我出生在平原上的村庄，只站在村西遥望过十多里地以外的远山，连山脚下也不曾去过一次……过了一阵子再看这些东西，满篇都是可笑、没用的玩意儿，没一个像点样儿的。有一次没藏好，父亲无意间检查到了一篇，不顾我脸红害臊、诚恐诚惶、汗出如浆，晃悠着那几页薄薄的稿纸，狠狠地笑话了我一回，说我是"牛吃荆条拉粪筐子——肚子里头胡编"。多年以后，每当回想起这一幕，我还会脸红。说实话，那个时候，真不知道啥该写啥不该写，更不懂得怎么去写，"为赋新词强说愁"，瞎编乱造的成分居多。后来又学着投稿，那些不好意思拿出来给人看的东西，却敢投给报刊去"撞大运"。结果可以想象，稿子投出去，有时连退稿的回音也没有。但我忘不了当时那种满心渴望却又慌张无措的等待，那般滋味，像极了一场潜滋暗长却又无果而终的单恋。

现在想来，在我幼稚地把年少轻狂当作慷慨激昂的岁月里，这样的举动，无异于不知天高地厚。好在写这些东西和把信封投进邮筒，都是悄悄地进行，很少有人知晓。直到快要高中毕业了，在付出了功课一塌糊涂、高考四面楚歌的沉重代价之下，才陆陆续续有三篇小豆腐块儿面世。我记得，我的文章第一次正式变成铅字印在报纸上，是在1983年4月19日的《安徽青年报》"处女地"版，篇幅也就比烟盒儿大一点儿，真正的"豆腐块儿"。高中很快毕业了，那一年，我高考失败，灰溜溜地离开了学校……文学能丰富和滋润人的心灵，锤炼和提升人的精神，但当年的我，的确因为爱好文学而影响了升学考试，走过了一段人生的弯路。

一晃就是三十多年过去了。我的生活虽说经历过曲折和坎坷，但总的来说还是比较顺利的。我没有挥洒自如的文学天赋，但一直孜孜矻矻地坚持着没有撒手，只可惜发表出来的东西都是零碎的，散乱的。过了四十岁之后，人生即到鲁迅先生所说的朝花夕拾的时节。有时夜深人静，回望这么些年来所走过的路，常常想了又想：总是这么东一犁、西一耙的，有什么大意思？应该出本像样儿的书，才算对自己有个交代，多年的笔耕也算得到些许的慰藉。——这便是我着手写作"村上的事"的由来。

"村上的事"就这么写起来了，且一写就是十年。十年啊，道阻且长。这期间，我一点一滴地寻访，一笔一画地描绘，将华北平原上乡村的风土、田园、人情、故事，通过原汁原味的文字呈现给读者。一开始，我也没有多大的信心，因为我知道，日常是反传奇的，被我写进书里的，大概都是没有资格进入历史的，但这并不代表它们就毫无意义。在它们的身上，散发着虽然微弱却同样迷人的光芒。挖掘和展现这样的记忆，使我寻找到了一座写作的富矿，踏进了文学的宝山。我是幸运的，"村上的事"一本接一本写到了第四本，成了一个系列。写作这么多年，能落下这点儿东西，也实在是有幸和难得！我由衷地感谢生活给予我盛情而又丰厚的款待。

记得当年《村上的事》出版之后，我的信心还很大，即刻开始着手写第二部。到第二部《在村子里》出来时，我有些犹豫了：往下还写不写？但只犹豫了不长时间，我又鼓舞起了信心。因为《在村子里》被命名为"'村上的事'系列之二"，如果不接着写第三，何以成系列，岂不等于半途而废？于是，我又悄悄地开始，暗里使劲。等到《平原上的村庄》也印了出来，我长舒了一口气：好了，见好就收，就此打住吧。说实话，我也有些担心读者会因为烦而漠然置之。可是，没过多久，心里又蠢蠢欲动起来。第四部书的写作，只有家人和出版社知道我在用功。

把"村上的事"写成了一个系列，我觉得这并不重要，重要的是我找到了自己的路，并且一直坚持了下来。

写东西是一项又慢又细的劳动，一步步做，一字字写，费力、劳心、耗神，没点儿死心眼儿和缠磨头的劲头儿，很难坚持。好在自个儿喜欢。平时上班忙忙碌碌的，除了双休日和节假日，我没有大块儿的时间，可以归自己利用的也就是午休和晚上。我在多年不断的摸索中，找到了一个好的办法：每天写200字。俗话说得好，日日行，不怕千万里。天天如此，只要能坚持住，还用发愁积少成多吗？人难免得做苦工，何况一天200字，也不算个啥事儿，顺其自然，慢慢地写就是了。

记得鲁迅先生曾经说过："做一件事，无论大小，倘无恒心，是很不好的。"我没别的本事，就是肯耐下性子来，下一些笨功夫。或在家里，或在办公室，我以这种每天"随记"200字的方式，专注着、坚持着，零零碎碎、陆陆续续地留下了一篇篇文字。那些沉了底的记忆，一点一点地浮现，再用心地写出来，真的感觉很好。小小的一段文字，不会让我绞尽脑汁苦思，也不让我感到时间的紧迫和任务的压力，有时候还觉得挺好玩儿的，仿佛是一株植物在慎重而缓慢地生长，一点点地生枝发叶，然后开花结果。每天打开电脑看看，写上200多字，就像村里的老农去地里看他的麦子一样，又像是个乡间的老"财迷精"，悄悄地积攒下自己的小钱儿，那份心情，不足为外人道也，真是其乐也何如！

《庄子·天道》有言："素朴而天下莫能与之争美。"美往往是朴素的，包括文字的美。我喜欢朴素、本分、安静的人或物事，哪怕有些笨呢。我希望我的文字也是如此。我的"村上的事"系列就写得很笨。但这也有个显而易见的好处，那就是看上去挺实在的。就目前的这四部书来看，不论是当时写，还是在今天看，无论是文字的表达、感情的抒发、主题的提炼，还是对回忆的挖掘、往事的梳理、物事的臧否，除了还算实在以外，还有许多这样那样的缺点与不足，有些我预期的目标并没有实现，我所能给予读者的也还很不够。这和我的心性、修养与文字功力不够有关。我距离我所希望的和读者所期待的，还有很长很长的路要走呢！

"村上的事"系列，有对人事记忆的钩沉拾遗，有对自然风景的描摹记录，有对乡村掌故、民间俚语的参互考寻，也有对风土人情、地域文化的爬梳剔抉。它们既属于我的个人书写、个体表达以及自我观察，同时又兼及公共话语、大众视野和民间情怀。我想，"人书俱老"该是一个作者最向往的结局吧。但愿我的这些书也能有这样的好运——当岁月的流水漫过，那些记忆、那些痕迹在时间的冲蚀下渐渐破损、模糊、淡漠和消失，而它们依旧雪泥鸿爪一般，安静地散落在民间淡淡的时光里。

鸣　谢

"村上的事"这个系列到目前为止已经写了四部，包括《村上的事》《在村子里》《平原上的村庄》和《走，到村子里去》。我耗费了十年时光，一个接一个地将它们完成。在此，谨向在这个系列写作的过程中给予我支持、帮助和鼓励的人们，特别表示由衷的谢意！

感谢我生活过的村庄、土地和岁月。我曾在我第一部书的扉页，特意印上这样的一句话："谨以此书献给我生活过的村庄、土地和岁月……"这是我发自内心的表白。故乡的村庄是一个人血脉和心灵的安居之地，埋藏着记忆，承载着乡愁。它的辽阔、浑厚、沉默和朴素、真挚、美丽，一直滋养着我的生命，也一直是我精神的最为深远的源泉。

感谢我的母亲和父亲。母亲对我成长的抚育不言而喻。尤为宝贵的是，母亲对乡村方方面面的知识，堪称一本乡村生活辞典。我经常跟着母亲下地，母亲见到什么就跟我讲说什么。难得她当年的那些讲述，留存在我的记忆中，使得多年后我在"村上的事"里的呈现，多了几分切实、饱满和绵密。让人难过的是，我的第一部书出版之后刚刚半年多，母亲就去世了。要是她今天还活着，还不到80岁，如果我在有关乡村的写作上遇到弄不清楚的事情，马上就可以向她老人家请教，也必定能从她那里及时地得到贴切的答案。唉，母亲走得太早了！好在父亲仍然健在，有时也能给我一些力所能及的帮助。感谢我的妻子和儿子——

他们是我的生活中最为亲近和信赖的人。虽然有时他们也笑我的呆笨和执拗，但更多的是理解、支持和鼓励，给我腾出工夫，让我能安心地将家乡的风土、人物与故事，一点一点地变成文字，并且印成这些书。更为可喜的是，在我的第四部书就要出版之际，儿子专门为我写了一篇序言，读来温暖而又亲切，让我十分感动。

感谢我的启蒙老师李素芹。她在乡下时叫辰姐，从小学一年级一直教到我们五年级毕业。李老师又教语文，又教算术，偶尔也教我们唱歌，还曾经拿着小人书给我们讲上面的故事。她在课堂上不止一次表扬过我写的作文，有时还单独送我几页稿纸或者教案纸，让我一笔一画抄写干净，然后贴在教室后边的"学习园地"里。她那时还是一名乡村民办教师。后来调到了城里，仍一直当小学老师，有一年还被评为河北省优秀教师，先进事迹登在了报纸上。如今她已退休多年。我曾去过她家里两次，将我刚出版的新书送给她。我又有好多年没有看到过她了。我知道自己肯定不是李老师最好的学生。这些年来我用力地写作，也是为了不枉她当年曾经对我的悉心教导与一片期望。她能看到我用四十多年前她教会我的那些方块汉字写出来这些文字，心里该会有些许的欣慰吧。

感谢我的大学老师刘绍本最早对《村上的事》给予的鼓舞、鞭策、指导和提携。前辈的关心、帮助和支持让我发自内心地感到珍贵。感谢我的亲友、村中的长辈。我深深地知道，你们也是我写作的源泉与动力所在。如果没有你们一直以来的鼓励和批评，我不会有一再挑战自己的勇气，不会有信心和力量能坚持这么长久，我的"村上的事"系列的写作也就不会走到这么远，做成目前的这个样子。

感谢花山文艺出版社。遇上花山文艺出版社是我的幸运。"村上的事"系列四部书，都是花山出版的。我是一个有些笨拙、执拗和任性的作者。在出书的过程中，责任编辑非常有耐心地容忍我对书稿一改再改，我都快成"老改犯"（老是修改）了，他们也不烦。这是出版社对作者的极为珍贵的理解、信任与爱护。在这十来年的时光里，花山给我留下了一连串美好、难忘的记忆。

感谢我童年的伙伴、少年时代的朋友和中学时期的同学。在我们一起玩耍、长大所走过的那些岁月里，有相似的经历，有共同的烦恼，也有不一样的喜悦。书里的好多事，写的就是我们在一起的童年与少年。生活和现实带领我们走上不一样的人生道路，在后来的日子里聚少离多。如今，他们许多人还住在村子里，有了一把岁数，并且大都已当上爷爷或者姥爷了。我有时回到村子里去，时不时能遇见他们，亲近之情一如当年我们还小的时候。

感谢天南地北的读者朋友们阅读"村上的事"。文字里的那些温暖、苍凉和苦痛，许多人懂得。他们告诉我真实的阅读感受，并且提出了诚恳、宝贵的意见和建议。我衷心希望有更多的读者继续给予批评指正。你们可以给我写信，发到我的电子信箱：hbfxf@sohu.com。哪怕说得不太妥帖或是不够准确，也是不要紧的。

木心曾说："如欲相见，我在各种悲喜交集处。"我想，读书读到心中悲喜交集而产生共鸣，就是读者与作者的一种相见或者相逢吧。愿我们通过阅读，相逢了再相逢，隔着或近或远的时空，产生或深或浅的共鸣，用文字发出的一丝丝微弱的亮光，照见彼此的心灵。——那该是一件多么幸福、美好的事！

樊秀峰

2017年6月于石家庄海德园

2017年7月29日定稿于围场满族蒙古族自治县山湾子乡